高等职业教育"十四五"学前教育专业立体教材
江苏高校"青蓝工程"优秀教学团队资助项目

幼儿文学

主　编：张小华　周梅香
副主编：张丽丽　孔令玉　王欣荣
　　　　张　燕　孙　曙　李　亚

南京大学出版社

图书在版编目(CIP)数据

幼儿文学 / 张小华,周梅香主编. —— 南京：南京大学出版社,2025.1. —— ISBN 978-7-305-28540-0

Ⅰ.I058

中国国家版本馆 CIP 数据核字第 2024ED9410 号

出版发行	南京大学出版社
社　　址	南京市汉口路 22 号　　邮　编　210093

书　　名　幼儿文学
　　　　　　YOUER WENXUE
主　　编　张小华　周梅香
责任编辑　丁　群　　　　　　　编辑热线　025-83686756
照　　排　南京南琳图文制作有限公司
印　　刷　江苏扬中印刷有限公司
开　　本　787 mm×1092 mm　1/16　印张 16.25　字数 396 千
版　　次　2025 年 1 月第 1 版　2025 年 1 月第 1 次印刷
ISBN 978-7-305-28540-0
定　　价　50.00 元

网址：http://www.njupco.com
官方微博：http://weibo.com/njupco
微信服务号：NJUyuexue
销售咨询热线：(025) 83594756

在线课程

＊版权所有,侵权必究
＊凡购买南大版图书,如有印装质量问题,请与所购
　图书销售部门联系调换

前言

　　幼儿文学是世界给幼儿的"爱与美的馈赠",是幼儿成长不可缺少的精神食粮。它寓美于乐、怡情益智,滋养幼儿的心灵,培养幼儿的审美情趣,使幼儿具有美的情感,形成美的人格。幼儿文学作品的阅读、赏析、教学能力是幼儿教育工作者必备的重要职业能力,幼儿文学素养也成为幼教工作者必备的职业素养之一。

　　本教材以党的二十大精神和习近平新时代中国特色社会主义思想为指导,遵循《幼儿园教育指导纲要(试行)》的基本精神,融合《幼儿园教师专业标准(试行)》《3—6岁儿童学习与发展指南》《上海市0—3岁婴幼儿发展要点与支持策略(试行稿)》等一系列文件的精神,吸收借鉴幼儿文学理论与实践研究的最新成果,联系学前教育、早期教育、婴幼儿托育服务与管理等专业实际,面向教育实践和婴幼儿保教岗位工作要求,建构了具有较强前沿性、实践性、操作性的教学内容,更加便于教师教和学生学。

　　本书共分为八章。第一章为幼儿文学基本理论,具有总论的性质。第二章至第八章的主要内容为幼儿文学各种文体的基本概念与特点、代表性作品选读和鉴赏、朗诵或讲述表演要点、教学应用等,并配有师生的朗诵、讲述和表演示范音(视)频。文体包括儿歌、幼儿诗、幼儿散文、幼儿童话、幼儿生活故事、幼儿图画书和幼儿戏剧。全书以基础知识为指导,以培养能力为中心,依据基础知识和作品选读配置练习,进行朗诵训练、讲述和表演训练、鉴赏训练、改编和创作训练及教学训练,使学习基础知识与阅读鉴赏作品、教育教学实践紧密结合,理实一体,学练相辅。

　　该教材旨在对学生进行幼儿文学基本素养和教学能力训练。其任务是使学生认识幼儿文学在幼儿教育中的重要作用,学习幼儿文学的基础知识,阅读一定数量的中外优秀幼儿文学作品,进行幼儿文学写作训练,具有适应幼儿教育需要的幼儿文学鉴赏能力和改编、创作能力,具备良好的幼儿文学素养,为将来从事婴幼儿保育教育工作打好基础,在幼儿终身发展过程中起到良好的引领作用。

　　在教材编写过程中,团队成员严格遵守《职业院校教材管理办法》等有关政策规定,在规范性基础上力求体现以下要求和特点:

　　1. 坚持思政引领原则

　　本教材落实立德树人根本任务,以《幼儿文学》课程标准为依据,教材内容与课程任务、课程目标保持一致,挖掘课程思政教育元素,展现幼儿文学最优秀的成果,有机融入中华传统文化,体现科学的幼儿观,从目标到内容再到实施立体化,落实课程思政理念,有利于学生研读、思考、实践和成长。

2. 坚持理论联系实际

考虑各专业实践性的特点,满足岗位能力培养需求,本教材在讲解基本理论的基础上力求联系幼儿园、家庭等环境中的实践案例,设置教学情境展开分析,以使学生联系实践进行学习、反思,从而更好地理解幼儿文学的基本原理,与职业岗位实践紧密联系。

3. 注重学生能力培养

本教材特别突出诵读、讲述、表演的指导,并附示范音视频以便学生模仿;将幼儿文学创作的新作品、研究的新理念和幼儿文学教学研究的新成果融入教材,体现时代性原则,教学方法的指导与案例的编写也为学生的实践应用提供参考,既能够提升学生的幼儿文学核心素养,又能提升他们的工作胜任力。

4. 注重学生自主学习

在体例方面,本教材每章都提供了教学案例,方便学生在刚开始学习阶段进行模仿实践;在内容分析方面,本教材紧紧围绕基本内容,联系实际展开剖析,便于学生理解。此外,本教材还配有丰富的在线学习资源,便于学生自主阅读和学习应用。

教材的分工如下:

张小华:第一章、第七章撰写;

周梅香:各类文体讲述要点,以及书稿统筹等;

张丽丽:第二章、第三章撰写;

孔令玉:第四章、第六章撰写;

王欣荣:第五章撰写;

张　燕:第八章撰写;

孙曙、李亚、张燕、成颖丹:在线课程录制。

本教材参考引用了幼儿文学创作和研究专家的成果,在此表示诚挚谢意!感谢教材编写过程中王海英、杨柳、景秀琴、刘玉梅、仓文玲、杭慧等幼教老师们的建议和合作付出。同时,感谢学校领导的关心和家人的大力支持,感谢学校师生用心为本书拍摄贡献音视频等资源。

当然,由于各种原因,本教材还不可避免存在一些问题,敬请各位专家、同行和读者批评指正,不胜感激。

编　者

目录

第一章 幼儿文学基本理论 / 1

第一节 幼儿文学概说 / 1
第二节 幼儿文学的功能 / 5
第三节 幼儿文学的发展历史 / 13
第四节 幼儿文学的教学应用 / 19

第二章 儿 歌 / 29

第一节 儿歌概说 / 29
第二节 儿歌选读与鉴赏 / 43
第三节 儿歌朗诵 / 49
第四节 儿歌创编 / 51
第五节 儿歌教学及案例 / 57
附：儿歌选读 / 66

第三章 幼儿诗 / 69

第一节 幼儿诗概说 / 69
第二节 幼儿诗选读与鉴赏 / 81
第三节 幼儿诗朗诵 / 88
第四节 幼儿诗创作 / 90
第五节 幼儿诗教学及案例 / 103
附：幼儿诗选读 / 109

第四章 幼儿散文 / 113

第一节 幼儿散文概说 / 113
第二节 幼儿散文选读与鉴赏 / 119
第三节 幼儿散文朗诵 / 123
第四节 幼儿散文改编与创作 / 125
第五节 幼儿散文教学及案例 / 129
附：幼儿散文选读 / 136

第五章　幼儿童话 / 138

第一节　幼儿童话概说 / 138
第二节　幼儿童话选读与鉴赏 / 149
第三节　幼儿童话讲述 / 158
第四节　幼儿童话改编 / 164
第五节　幼儿童话教学及案例 / 168
附：童话选读 / 175

第六章　幼儿生活故事 / 178

第一节　幼儿生活故事概说 / 178
第二节　幼儿生活故事选读与鉴赏 / 181
第三节　幼儿生活故事讲述 / 185
第四节　幼儿生活故事改编与创作 / 187
第五节　幼儿生活故事教学及案例 / 189
附：幼儿生活故事选读 / 195

第七章　幼儿图画书 / 198

第一节　幼儿图画书概说 / 198
第二节　幼儿图画书选读与鉴赏 / 204
第三节　幼儿图画书讲述 / 211
第四节　幼儿图画书创作 / 213
第五节　幼儿图画书教学及案例 / 215

第八章　幼儿戏剧 / 224

第一节　幼儿戏剧概说 / 224
第二节　幼儿戏剧选读与鉴赏 / 228
第三节　幼儿戏剧表演 / 231
第四节　幼儿戏剧改编 / 235
第五节　幼儿戏剧教育 / 240
附：幼儿戏剧剧目选读 / 247

参考文献 / 254

第一章 幼儿文学基本理论

1. 掌握幼儿文学的概念和特征。
2. 了解幼儿文学的发展历史。
3. 掌握幼儿文学的功能。
4. 学会运用基本理论组织和开展教学活动。

本章重点

掌握幼儿文学的概念、特征和功能。

掌握幼儿文学在不同年龄段、不同领域教育中的运用。

第一节 幼儿文学概说

一、幼儿文学的概念

在学习幼儿文学的概念之前,我们需要先了解幼儿观。幼儿观,简而言之,是对幼儿的基本看法和对待幼儿的基本态度。它不仅关乎我们如何看待幼儿,更影响着我们如何对待和引导幼儿。在选择和创作幼儿文学的过程中,保持正确的幼儿观至关重要。

首先,幼儿是独立的个体,他们有自己的思想、情感和需求。我们不能简单地将他们视为成人的附属品或缩小版,而应尊重他们的个性和差异。每个幼儿都是独一无二的,他们以自己的方式感知世界、理解事物，并在与环境的互动中不断成长。

其次，幼儿是发展的主体，他们的成长是一个持续不断的过程。在这个过程中，幼儿会经历各种挑战和困难，但正是这些经历促使他们不断学习和进步。作为教师，我们的任务是为幼儿提供适宜的环境和资源，激发他们的学习兴趣和动力，引导他们积极参与各种活动，从而培养他们的自信心和创造力。同时，我们还需要关注幼儿的情感发展，给予他们足够的关爱和支持，让他们在温暖的环境中健康成长。

再次，幼儿具有巨大的发展潜力。他们的好奇心、想象力和创造力是无限的，只要我们给予适当的引导和启发，幼儿就能创造出令人惊叹的成果。因此，我们需要鼓励幼儿大胆尝试、勇于创新，不要害怕失败和挫折。在失败中汲取教训，在挫折中锻炼意志，这样才能让幼儿在未来的道路上更加坚韧不拔。

最后，树立正确的幼儿观还需要我们关注幼儿的全面发展。我们不能仅仅关注幼儿的智力发展，而忽视他们的身心健康、道德品质和社会适应能力等方面的培养。一个全面发展的幼儿应该具备良好的身体素质、健康的心理状态、高尚的道德品质和较强的社会适应能力。因此，我们需要为幼儿提供多元化的教育内容和活动方式，让他们在快乐中学习，在游戏中成长。

总之，科学的幼儿观是我们开展幼儿文学活动的指导思想。基于以上思想和幼儿文学本身的特点，我们认为：

幼儿文学是作者为0—6岁的幼儿自觉创作的，符合幼儿的认知发展规律和审美接受特点的文学作品。要全面地理解该概念，需要把握以下四个方面的内容：

首先，幼儿文学是作者自觉为幼儿创作的。一方面，幼儿文学不是幼儿的咿呀学语、无意识的语言产出，而是作者有意识的、自觉的创作成果；另一方面，幼儿文学不是成人作家对失落童年的怀旧、对未完成梦想的遗憾之情感抒发，而是他们在对幼儿的身心发展规律深刻认识的基础上，从幼儿的生活和内心出发，站在他们的角度去思考问题，去表达属于他们的天真与快乐，去理解和同情他们的困惑与忧愁，并努力通过作品引导和启发他们，促进他们身心健康成长的文学作品。幼儿文学作家须站在更高的层次上去再现幼年的真实、童趣的美好。中国当代诗人、童话作家蓝蓝说："好的童话＝5岁的天真＋99岁的智慧。①"蓝蓝用简易的数学公式形象地揭示了优秀的幼儿文学作品的本质，即既要有幼儿的天真无邪，又要有作家的巧思和睿智。

其次，幼儿文学是专门为0—6岁的幼儿创作的。儿童文学的读者对象是0—18岁的儿童。其中，幼儿文学是面向0—6岁的儿童，童年文学是面向7—13岁的儿童，青少年文学是面向14—18岁的儿童。因此，幼儿文学是儿童文学的一个分支。

再次，幼儿文学的创作要符合幼儿的认知发展规律和审美接受特点。皮亚杰将儿童的认知发展分为四个阶段，根据相关性原则，这里仅引用前两个阶段的研究成果：

第一阶段：从出生到2岁，是儿童智慧的萌芽期，称为感知运动阶段。这一时期儿童主要靠感觉和动作来认识世界。如通过吸吮、敲击、移动、扔东西等活动获得新的知识和经验。在这一阶段的后期，大约1周岁以后，儿童完成了"哥白尼式的革命"，能在事物不

---

① 金波.爱与美的馈赠幼儿文学与文学启蒙[M].上海：少年儿童出版社，2013：176.

在眼前时仍然能认识到它的存在,即建立了"客体永久性"概念,出现了表象思维的萌芽。对于 0—2 岁的儿童,依据他们的认知发展特点,可以为他们创作和选择依靠感觉和动作来"阅读"和互动的书籍,如洞洞书、立体书等,这些书籍应具备安全、咬不烂、撕不破等特点。

第二阶段:从 2 岁到 7 岁,称为前运算时期。这一时期儿童开始从具体的动作中解放出来,凭借象征性图式进行思维,如把竹竿当马骑,从事各种象征性活动或者游戏等。然而,他们使用的语言或符号还不能代表抽象的概念,思维仍受知觉表象的束缚。这时儿童的思维是不可逆的,并只考虑自己的观点,具有自我中心的特性[①]。对于 3—6 岁的儿童,家长与教师在引导儿童进行阅读活动的过程中,可以根据他们凭借象征性图式进行思维的特点,设计阅读活动。如一些表演性的活动就很受该年龄阶段的幼儿的喜欢。

幼儿在成长的过程中,理性思维能力还未形成。他们对美的感受和理解大多建立在感性认识的基础上,依靠的是对美本能的感受与体验。其审美特点主要有优美性、幻想性、趣味性和求知性等。

爱美之心人皆有之。幼儿对和谐的色彩、形状、韵律等有着天然的偏好。文学作品中的优美也同样吸引着儿童。例如,图画书《晚安,月亮》中纯净的蓝和静谧的温馨让幼儿带着美好的感觉入睡;童话《小意达的花》带领幼儿以优美的想象感受诗意的生活。

幼儿的自我中心性使幼儿具有泛灵论的心理特点。童话是他们最喜欢的文学样式。他们相信万物有灵,相信星星、月亮、兔子、小狗等和他们以同样的方式生活在世界上。想象和幻想是他们处理日常生活问题的主要方式。他们在想象和幻想的文学作品中发现自己存在的问题,探寻解决的方法。例如,幼儿会通过阅读《好脏的哈利》,发现其中的小狗哈利简直就是不爱洗澡的自己;《小红帽》会告诉幼儿生活中有"大灰狼",不可轻易相信他人。

"有趣味、有意思"是促发幼儿阅读的内驱力。幼儿在阅读中感受到的快乐会形成他的记忆,促使他再次主动走进书本。优秀的文学作品让幼儿在欢笑中阅读,在快乐中成长。如逗乐歌、游戏歌让幼儿心情愉悦地体验与人互动的快乐。

幼儿对周围世界充满了好奇,每个幼儿大脑里都储存着"十万个为什么",求知是他们审美的又一动因。他们喜欢学习问答歌和猜谜语,喜欢阅读有科学知识的作品,因为这能使他们长知识,使他们更"了不起"。我们要走进幼儿的生活,走进幼儿的内心,去观察、去倾听、去思考每一个幼儿发展和审美的特点,为选择、创作和改编幼儿文学作品提供支撑。

最后,幼儿文学属于文学。张美妮和巢扬曾指出:"儿童读者的年龄越小,儿童文学的特点越鲜明。所以,幼儿文学是儿童文学中儿童文学特点最为鲜明的文学。[②]"不具备文学性的作品,均不属于文学,幼儿文学也不例外。字母书、数字书、科普读物等单纯的认知类书籍不是幼儿文学作品。幼儿文学为幼儿提供做人做事的范本和解决困难的路径,为他们心灵的健康成长提供精神食粮。

---

① 皮亚杰.教育科学与儿童心理学[M].傅统,译.武汉:长江少年儿童出版社,2014:14.
② 张美妮,巢扬.幼儿文学概论[M].重庆:重庆出版社,1996:7.

二、幼儿文学的特征

幼儿文学具有"双重读者"的特征。幼儿文学的接受者首先是以家长、教师和图书管理员等为代表的成年人。他们在购书、选书等环节中,起到了为幼儿"过滤"的作用。所以对于幼儿文学作家来讲,也要站在家长和教师的角度,去考虑什么样的作品比较适合幼儿。幼儿由于年龄小、知识有限,几乎不认识书面语言,这就决定了他们如果要阅读和欣赏文学,必须在成人的帮助下进行。家人和教师需要教他们背诵儿歌、朗诵幼儿诗,给他们讲故事,协助他们表演戏剧。即便是阅读图画书,也需要大人提供支持。日本图画书之父松居直说:"孩子们几乎没有意识到作者的存在,而读图画书的人则在孩子们心中留下强烈的印象。图画书的内容由读书的人传达给孩子,影响着孩子。[①]"因此,可以说,幼儿文学是"听赏"的文学。幼儿在成年人的讲述、朗诵和阅读中,用耳朵欣赏文学。

具体来说,幼儿文学是专门为幼儿创作的文学作品,它不仅需要具备娱乐性和知识性,还要在潜移默化中传递审美价值和教育意义。这种文学形式有其独有的特征,使其能够吸引幼儿的注意力并激发他们的想象力。以下将从多个角度阐述幼儿文学的主要特征。

第一,幼儿文学的语言应当简洁明了。由于幼儿的认知能力尚未完全成熟,过于复杂的语言和句子结构会使他们难以理解。因此,幼儿文学通常使用简单易懂的词汇和短句,尤其是动词和名词的使用,确保幼儿能够轻松地跟上故事的节奏。另外,重复的短语或韵律感强的语言有助于增强幼儿的记忆,提高他们的语言能力。

第二,幼儿文学的内容应具有趣味性、游戏性和互动性。故事情节应该生动有趣,能够引起幼儿的兴趣。例如,动物角色、魔法世界、爱的表达等元素常常出现在幼儿文学中,这些都能激发幼儿的好奇心和参与意识。

第三,幼儿文学往往寓教于乐。优秀的幼儿文学作品总能在娱乐的同时巧妙地融入教育意义。通过故事情节的发展,幼儿可以学到诸如珍惜友谊、勇敢面对困难、诚实守信、保持善良等价值观。这种方式比直接说教更能让幼儿接受并内化于心。

第四,视觉元素的运用对于幼儿文学也至关重要。鲜艳的色彩、夸张的形象以及富有创意的插图都能极大地吸引幼儿的目光,帮助他们更好地理解故事内容。图文并茂的设计不仅增加了阅读的乐趣,还能促进幼儿的视觉认知发展。

第五,情感共鸣是幼儿文学的重要特征之一。一个温馨的故事往往能够触动幼儿的心弦,让他们感受到爱与关怀。当幼儿能够在故事中找到自己的影子时,他们更容易产生共鸣,从而更加投入地参与到阅读中来。

综上所述,幼儿文学以其简洁的语言、趣味盎然的内容、寓教于乐的方式、丰富的视觉元素以及强烈的情感共鸣成为幼儿成长道路上不可或缺的精神食粮。它不仅陪伴幼儿度过快乐的幼年时光,也在不知不觉中培养他们的品格和情操。

[①] 松居直. 我的图画书论[M]. 郭雯霞,徐小洁,译. 上海:上海人民美术出版社,2009:28.

第二节　幼儿文学的功能

对幼儿来讲，幼儿文学的功能很多，其主要功能有审美启蒙功能、伦理教诲功能、认知开启功能和游戏娱乐功能。

一、审美启蒙功能

"审美"词源可追溯至希腊文 aisthesis，意谓"感官（感觉）认识"，审美教育的本义是感性教育——即"对人的感性方面，如感知、想象、情感、直觉乃至无意识等进行教育[①]"。幼儿文学中的审美启蒙，在于激发幼儿爱的本能，在于培养他们对美的习惯。优秀的幼儿文学作品注重幼儿的独特感知，强调对幼儿想象力的激发，关注幼儿情感的体验。

图画书《野兽出没的地方》，从幼儿生气的情绪出发，讲述了主人公马克斯运用想象力"抵达野兽国—统治野兽国—逃离野兽国"的思想游历，最终回归母爱的情感发展历程。幼儿在阅读该作品的过程中，也能释放自己的情绪情感，达到愉悦身心的目的，使情感得到升华。

林武宪的幼儿诗《鞋》："我回家，把鞋脱下/姐姐回家，把鞋脱下/哥哥、爸爸回家，也都把鞋脱下。//大大小小的鞋/是一家人/依偎在一起/说着一天的见闻//大大小小的鞋/就像大大小小的船/回到安静的港湾/享受家的温暖。"幼儿在朗诵这首诗的过程中，也会联系自己的情感体验，感受着家的温暖。诗中将一家老小的鞋子想象成"大大小小的船"，将"家"比喻成"港湾"，想象形象贴切，情感纯真动人。

王勤的幼儿散文《我的洗脸盆》：

我的洗脸盆里，有鱼，有虾，还有一条条船哩……

要知道，它们可不是脸盆上的画，全是真的呢！

我天天拿一条毛巾，在盆里洗脸洗手，里面的水怎么也不会浑浊，总是碧清碧清的。

奇怪吗？我的洗脸盆，就是老大老大的太湖呀。我的家，就住在太湖的渔船上。

作家运用大胆的想象力，将"太湖"想象成"脸盆"，然而进一步品味，便能体会到逻辑上的巧妙——"我"确实是在太湖里洗脸，太湖自然就是我的脸盆了。散文中既有作家以幼儿的口吻进行的感性表达，又给予了幼儿哲思的精神。这种"故弄玄虚"的叙事策略，让读者欣赏诗歌的同时不禁会心一笑，文学幽默的效果显而易见。幼儿通过阅读幼儿文学作品，能够丰富情感体验，发展想象力，提高审美能力。

---

① 杜卫.美育论[M].北京：教育科学出版社，2000：64.

二、伦理教诲功能

聂珍钊教授在《文学伦理学批评导论》中指出,"目前中国对文学最大的伦理需要,就是文学要为建设良好的道德风尚服务,为净化社会风气和创造良好的社会环境服务,为满足改革开放的需要服务。无论文学创作还是文学批评,都要促进我国民族文学的繁荣,担负起建设社会主义精神家园的责任,为把美好的中国梦变成中国的现实而服务。[①]"同时,研究者李刚进一步提出,"对于处于低幼年龄阶段的儿童而言,他们最重要的成长需求便是通过接受伦理启蒙,逐步培育自己的伦理道德观念,增强自己的理性意识,从而使自己从混沌未开的懵懂生灵成长为有理性、懂伦理的真正意义上的人。[②]"

每个个体刚出生都是纯粹的自然人,要成为真正意义上的社会人,需要经历一个社会化的过程。由于各种原因,个人的社会实践能力有限,因此我们需要借助前人留下来的间接经验,去丰富我们的个人阅历,增强辨识善与恶的本领,接受一定的社会伦理的制约。

幼儿在成长的过程中,学会用理性去约束自己行为的过程,就是逐渐脱离兽性,习得道德的过程。在吴玉中的童话剧《雪童》中,小动物们和花籽出于善良,为姥姥、姥爷"造"了一个雪娃娃外孙,可是这个外孙蛮横霸道、自私自利,对于老人的溺爱,他只管接受,提出的无理要求已经到了不顾老人死活的程度。妈妈意识到这个孩子只是一个小野兽,缺少一颗善良的同情心。雪娃只获得了人形,并没有获得人的本质,获得人在社会上生存的伦理常识——以己度人,站在他人的角度去想问题。后来有了心的雪娃会替他人着想,懂得爱别人,择善弃恶的改变使他重新赢得了小朋友们的喜爱。通过欣赏这样的作品,幼儿能够在潜移默化中受到道德的启迪。

杨武能翻译完《格林童话》,以《永远的温馨》(代序)[③]为名,写了一首诗歌,原文如下:

奇妙啊,这哥儿俩的小宝盒!
你听听,孩子,听它给你唱
一支支婉转动人的歌——
歌唱勤劳善良,歌唱忠诚正直,
歌唱助人为乐的勇士,
为唤醒长睡不醒的女孩,
一往无前,不怕挫折……

奇妙啊,这哥儿俩的小宝盒!
你瞧瞧,孩子,瞧它的收藏
精美绝伦,五光十色——
闪光耀眼的水晶鞋,
自动上菜的小木桌,

---

① 聂珍钊.文学伦理学批评导论[M].北京:北京大学出版社,2014:5.
② 李纲.英国童话的伦理教诲功能研究[M].北京:社会科学文献出版社,2016:26.
③ 格林兄弟.格林童话[M].杨武能,译.北京:中国文联出版社,2015:1-2.

巧克力蛋糕做成的林中小屋，
还有一把金钥匙哩，
它会帮你打开智慧之锁！

你、我、他——你们和我们，
今天的孩子们和过去的孩子们，
一代又一代枕着这只小宝盒，
进入梦乡，进入幻想的天国，
变成美丽的公主，勇敢的王子，
变成聪明又机智的小裁缝，
变成害怕也不会的傻大个，
去环游世界，去历经坎坷，
去斗巨人、斗大灰狼、斗老妖婆！

即使在严寒的冬夜，
不慎落入食人者的凶窟，
多么紧张，多么恐怖！
可噩梦总会在曙光中消逝，
醒来，我们更爱身边的一切。
即使多少年过去了，
我们已成为老头儿老太婆，
每当想起善良的小矮人儿，
想起灰姑娘和白雪公主，
我们心中仍会感到温馨，
感到慰藉，充满欢乐——
多么幸运啊，这奇妙的小宝盒，
它曾经进入我的家庭！
它永远永远属于我！

　　杨武能作为一位特别优秀的童话"读者"，他深深地感受到童话对于儿童的巨大价值：幼儿可以通过童话学到善良、忠诚、守信、勇敢等品质；懂得何为善良，何为邪恶；了解什么是公平与正义，同时还学会了与坏人斗智斗勇，尽管童话看起来是不着边际的幻想，但实际上与现实有着千丝万缕的联系。

三、认知开启功能

　　著名儿童文学理论家方卫平教授在《"教"的文学：幼儿文学的认知性》一文中指出："对年幼的孩子来说，各种题材、类型的幼儿文学作品能够提供包括语言与符号认知、名称与概念认知、情绪与行为方式认知等多个层面的教育功能。[①]"幼儿文学作品是开启幼儿认知的最佳工具。

(一) 语言与符号认知开启功能

文学是语言的艺术，是用语言进行交流的艺术。作家用语言进行编码，读者通过语言进行解码。要成功解码，读者首先必须和作者拥有共享的背景或语境，其次还要依赖与作者共享的代码，即语言与符号。

幼儿文学除了能提供有趣的故事，带来美的享受以外，还承载了丰富的语言与符号系统内容，幼儿在阅读的过程中，有意无意地获得语言与符号内涵的积累。随着对语言和符号认知能力的不断增强，他们的解码能力越来越强，文学鉴赏能力也逐步提高。

贵州儿歌《端阳》："端午花，红又红，摘朵鲜花送金龙；端阳端，粽子粽，拿个粽子塞龙洞；龙戴鲜花吃粽子，吃饱粽子回龙洞，请你不要伤害屈原老公公。"幼儿在朗朗上口、音韵和谐的语境中，了解了在贵州这个文化场域中"端午—粽子—龙—屈原"之间的关系，表达了对爱国诗人屈原的爱戴之情。

艾瑞·卡尔的图画书《棕色的熊，棕色的熊，你看到了什么》，通过一系列重复的句型"[动物名称]，[动物名称]，你看到了什么？"(What do you see?)以及下一页的"我看到一个[颜色词]的[另一个动物的名称]在看我"(I see a [颜色词] [另一个动物的名称] looking at me)的形式，构成了图画书的正文主体。例如，书的开头是这样的："Brown Bear, Brown Bear, What do you see? I see a red bird looking at me."在阅读的过程中，幼儿在图画的辅助下，自然而然地学会了这两个句型，同时也学会了表示各种动物和颜色的词汇，图画书成为辅助幼儿双语学习的有益资源。

童话故事更是幼儿学习语言和深入运用语言的语料库。幼儿通过阅读，知道了田螺姑娘、狼外婆、东郭先生、白雪公主等的人物形象和所指代内涵，就会将它们运用到语言交流和表达当中，充实自己的语言和符号表征系统。

幼儿文学看似简单，实则蕴含丰富的语言和文化符号信息。幼儿阅读文学的过程，是一个非常复杂的全方位学习过程。

(二) 名称与概念认知开启功能

由于语言的能指与所指具有任意性的特征，这就决定了语言符号的抽象特征。事物的名称和概念由语言符号组成，如何将不计其数的事物名称和概念传达给幼儿，幼儿文学就是一个很好的载体。

儿歌是幼儿学习事物名称和概念的好助手。儿歌简单易懂、韵律和谐、知识丰富，幼儿喜闻乐见。儿歌中的字母歌、数数歌、谜语歌、问答歌、颠倒歌等，往往蕴含丰富的语言和符号知识。如谜语歌，作家通过对谜面和谜目的设置，让幼儿在猜谜语的欢笑声中，学习生活中的事物的有关常识。

许浪的幼儿诗《桑树》："桑树，跟蚕宝宝好，跟我也好。//春天，它送给蚕宝宝，嫩绿的桑叶。//夏天，它送给我，紫红的桑葚。"这首诗不仅让幼儿感受到"桑树"美好的奉献精

---

① 方卫平."教"的文学：幼儿文学的认知性[J].曲靖师范学院学报，2012，31(02)：21-25.

神,还能让幼儿知道桑树叶是蚕宝宝的食物,桑树的果实是桑葚,桑葚在夏天成熟。幼儿通过阅读这些文学作品,对大自然的认知得到扩展。

图画书文字与图画合作的表达方式,也非常适合呈现事物的名称与概念。如荷兰插画大师迪克·布鲁纳的"米菲绘本系列",其符号化的形象和二四押韵的文字风格,教会幼儿很多概念和名称,寓教于乐,深受幼儿、家长和老师的喜欢。

(三) 情绪与行为方式认知开启功能

认知和处理不同的情绪对幼儿来讲,是很重要的一门学问。借助文学对幼儿进行情绪认知和管理启蒙,能够培养他们感受并识别自己与他人情绪的能力,发展适当表达自己情绪的能力,最终促进他们情绪的健康发展。

在夏辇生的童话故事《爱唱歌的小猫》中,小猫由于不能识别他人的情绪,总是遭到嫌弃,好在结尾是快乐的。幼儿通过阅读故事中小猫的经历,会联想到自己是否有相同的经历,并进而学会观察他人情绪状况行事。该童话的原文如下:

爱唱歌的小猫

小猫爱唱歌。

"咪咪咪……喵喵喵……"小猫从早唱到晚,越唱心里越快活。

小猪还没起床。

"咪咪咪……喵喵喵……"小猫唱着歌来了。

"哎呀,真烦人!我还没睡醒呢!"小猪把小猫撵走了。

小山羊正在看书。

"咪咪咪……喵喵喵……"小猫唱着歌来了。

"小猫,别嚷嚷,吵死啦!"小山羊吹胡子瞪眼的,也把小猫撵走了。

小猫心里很难过。但是,她还是唱着歌儿往前走。

小猫来到了小狗家。

小狗刚挨了主人一顿骂,正在不高兴,见小猫"咪咪喵喵"地唱不停,怒吼道:"滚!滚开!"

小猫难过极了。

多好的歌呀!多么快乐的歌呀!怎么谁也不爱听?小猫只好躲在墙角边,轻轻地唱给自己听。

一会儿,小猪睡醒了,小山羊看书看累了,小狗忘了挨骂的事。一个个都来到了墙角边。

"咪咪咪……喵喵喵……"小猫亮开了甜甜的嗓门唱呀唱呀。

"嘿嘿,真好听!"小猪甩着大耳朵笑。

"喷喷,真不错!"小山羊捋着胡须笑。

"哈哈,再唱一个!再唱一个!"小狗拍着巴掌,又蹦又跳。

小猫的歌唱得更快活了,甜甜的、脆脆的、亮亮的……后来,脆脆的嗓门渐渐变哑了,可是,歌声还是那么甜甜的。

有关情绪的图画书也很多,《小情绪大情感》《我的情绪大揭秘》《菲力的17种情绪》等带领幼儿识别各式各样的情绪;《菲菲生气了》《生气的亚瑟》《生气汤》等重点描写生气的情感,以及主人公如何摆脱生气的消极情绪;《蓝色的小花》《绯红树》等则讲述走出沮丧情绪的故事。当然还有表现开心、幸福等各种情绪的图画书故事。幼儿通过阅读这些作品认识情绪,进而学习管理情绪。当幼儿成为情绪的主人,他就更有可能控制自己的行为,从而向理性思维的发展迈出重要的一步。

四、游戏娱乐功能

游戏精神是一种与幼儿天性相适应的美学精神。儿童文学学者、国际儿童文学大奖"格林奖"获得者朱自强教授说:"游戏之于儿童,是其生活本身,游戏的意义即生活的意义,游戏是纯粹的生活,生活是纯粹的游戏。"他还进一步说,"在儿童生活中,游戏是一种精神的体现,游戏是儿童理解、体验、超越生活的方式。[1]"方卫平教授也撰文说:"对幼儿来说,幼儿文学作品提供给他们的,首先也是一个游戏。这个游戏是由语言作为最基本的承载物的,其游戏内容主要也在语言的层面上展开。在此基础上,它同样可以被转化为普通的幼儿游戏。幼儿文学的游戏性表现在幼儿文学文本的各个层面上。[2]"

(一)形式的游戏性

形式是相对于内容而言的,是指作品运用哪些策略讲述内容。很多幼儿文学作品在形式上既具备有趣、激发联想和想象的特点,同时又不失诗歌激发思考的内蕴。如谢武彰的幼儿诗《乖楼梯》,将句式的变化与诗的内容有机结合,幼儿在读诗的过程中,会思考两者的内在关联,感受诗歌的美妙;楼梯是一级一级的,诗歌句式也这样设计,做到了内容与形式的统一。电扶梯这个意象对幼儿来讲并不陌生,便于他们产生联想和想象。同时,在读诗的过程中,他们也能够联系到自身,悟出不能像家里的楼梯一样"懒"。

乖楼梯

我牵着弟弟
  到百货公司买东西
    弟弟第一次上电扶梯
      他悄悄地跟我说:

这里的楼梯都好乖啊
  肯自己走路
    不像我们家里的
      动都不动,太懒了

再如,鲁兵的儿歌《呱》,其外在形式几乎是一个菱形,句式的变化和断句的特点,使幼儿在朗诵的过程中,情不自禁地就去模仿一只青蛙的形象。一只快乐的"青蛙"热情地诵读着儿歌,多么有趣。

---

[1] 朱自强.中国儿童文学与现代化进程[M].杭州:浙江少年儿童出版社,2000:241.
[2] 方卫平."玩"的文学:幼儿文学的游戏[J].学前教育研究,2012(6):3-7.

呱
　　呱
　　呱呱
　　呱呱呱
　　我是青蛙
　　小虫吃庄稼
　　我就马上捉住它
　　呱呱呱
　　呱呱
　　呱

除了外在的形式以外,很多幼儿故事、幼儿童话、图画书等的内在结构也很有游戏性。比如童话绘本故事《三只蝴蝶》①:

花园里有三只蝴蝶。一只蝴蝶是红的,一只蝴蝶是黄的,一只蝴蝶是白的。

她们天天在花园里一块儿游玩,一块儿跳舞,非常快乐。

有一天,她们正在草地上捉迷藏,突然下起大雨来。

三只蝴蝶一起飞到红花那里,齐声向红花请求说:"红花姐姐,红花姐姐,大雨把我们的翅膀打湿了,大雨把我们淋得发冷了,让我们飞到你的叶子下避避雨吧!"

红花说:"红蝴蝶的颜色像我,请进来。黄蝴蝶、白蝴蝶快飞开!"

三只蝴蝶齐声说:"我们三个好朋友,相亲相爱不分手,要来一块儿来,要走一块儿走。"

雨下得更大了,三只蝴蝶一起飞到黄花那里,齐声向黄花请求说:"黄花姐姐,黄花姐姐,大雨把我们的翅膀打湿了,大雨把我们淋得发冷了,让我们飞到你的叶子底下避避雨吧!"

黄花说:"黄蝴蝶的颜色像我,请进来。红蝴蝶、白蝴蝶飞开!"

三只蝴蝶齐声说:"我们三个好朋友,相亲相爱不分手,要来一块儿来,要走一块儿走。"

三只蝴蝶一起又飞到白花那里,齐声向白花请求说:"白花姐姐,白花姐姐,大雨把我们的翅膀打湿了,大雨把我们淋得发冷了,让我们飞到你的叶子下避避雨吧!"

白花说:"白蝴蝶的颜色像我,请进来。红蝴蝶、黄蝴蝶快飞开!"

三只蝴蝶一起摇摇头说:"我们三个好朋友,相亲相爱不分手,要来一块儿来,要走一块儿走。"

三只蝴蝶在大雨里飞来飞去,找不着避雨的地方,真是着急呀!可是她们谁也不愿意离开自己的朋友。

---

① 季华,朱成梁.三只蝴蝶[M].北京:教育科学出版社,2015.

这时候，太阳公公从云缝里看见了三只蝴蝶着急的样子。

太阳公公连忙把天空的乌云赶走，叫雨别再下。

天晴了。

太阳公公发出热热的光，把三只蝴蝶的翅膀晒干了。

三只蝴蝶迎着太阳，一块儿在花园里快乐地跳舞、游戏。

《三只蝴蝶》具有典型的三段式结构特征，三只不同颜色的蝴蝶，三种不同颜色的花，几乎相同的情节重复三次——蝴蝶要在花的叶子下面躲雨，但花都选择性地答应相同颜色的蝴蝶可以留下，三只蝴蝶都以"不抛弃朋友"的坚定态度毅然一起离开。这种复沓表现手法的使用，不仅让故事的结构有了节奏感，增加了艺术的审美乐趣，而且使幼儿感到有趣，易于模仿记诵，甚至演绎成过家家游戏。幼儿文学结构形式的游戏性，是幼儿文学的重要特点之一。

（二）内容的游戏性

游戏性强的文学作品深受儿童喜欢，比如互动性强的逗乐歌和问答歌，本身就伴随儿童游戏产生的游戏歌，还有童话故事、幼儿戏剧、幼儿图画书等。例如，中川李枝子《不不园》中《捕鲸鱼》等故事，带领幼儿在想象的王国探险，在游戏的世界徜徉。北方童谣《一园青菜成了精》充满着游戏精神和荒诞精神。青菜、萝卜、韭菜、黄瓜等一系列稀松平常的家常蔬菜，竟然都摇身一变，成了一个个鲜活的人物形象，而且还和藕王展开了一场生死大战。故事呈现出了想象性游戏的场景，现实中的蔬菜是不动的、安静的，但在想象的世界里，它们是那样生龙活虎。故事中还有些《三国演义》打斗场面的戏仿色彩，两军叫阵，打得尽兴，人物形象和场景鲜活有趣。儿歌的内容如下：

一园青菜成了精
（北方童谣）

出了城门往正东，一园青菜绿葱葱。
最近几天没人问，他们个个成了精。
绿头萝卜称大王，红头萝卜当娘娘。
隔壁莲藕急了眼，一封战书打进园。

豆芽菜跪倒来报信，胡萝卜挂帅去出征。
两边兄弟来叫阵，大呼小叫争输赢。

小葱端起银杆枪，一个劲儿向前冲。
茄子一挺大肚皮，小葱撞了个倒栽葱。
韭菜使出两刃锋，呼啦呼啦上了阵。
黄瓜甩起扫堂腿，踢得韭菜往回奔。
莲藕斗得劲头儿足，胡萝卜急得搬救兵。
歪嘴葫芦放大炮，轰隆轰隆三声响，

打得辣椒满身红，打得茄子一身紫，
打得大蒜裂了瓣，打得黄瓜上下青，
打得豆腐尿黄水，打得凉粉战兢兢，
藕王一看抵不过，一头钻进烂泥坑。

出了城门往正东，一园青菜绿葱葱。

《一园青菜成了精》所体现的狂欢、游戏精神是幼儿所钟爱的，其荒诞之处也让成人大跌眼镜，但也不缺乏现实的逻辑思维，比如蔬菜被打败的惨不忍睹的样子就很合逻辑：辣椒被打得满身红，茄子被打得一身紫，大蒜被打得裂了瓣，豆腐被打得尿黄水，凉粉被打得战兢兢，非常合乎这些蔬菜本来的特征，但被解释为"被打"成这样，真是非常幽默。另外，儿歌合辙押韵、朗朗上口的特点，也增添了活泼的趣味，减少了记诵的压力。基于这些特点，它深受创作者青睐并被改编成其他各种艺术形式。比如，2008年，儿歌《一园青菜成了精》被童书画家周翔改编为同名童谣绘本，由明天出版社出版，被许多幼儿园和小学改编成戏剧、录制成视频在网上传播。难怪意大利儿童文学作家贾尼·罗大里说："故事可以说是玩具的一种外延、一种发展，也是一种令人愉快的思维上的解放。[①]"幼儿利用故事或进行想象性游戏或进行语言绘画游戏或参加舞台表演游戏，乐在其中。

综上所述，幼儿文学的审美启蒙功能使幼儿情感丰富，生活趣味高雅；伦理教诲功能使幼儿明事理，成为符合社会规范的"文明人"；认知开启功能使幼儿了解世间万物的多样性和人类知识的无限性；游戏娱乐功能增添幼儿生活的趣味性和幽默感，符合幼儿爱玩的天性。以上只是幼儿文学的主要功能，幼儿文学的功能远不止这些。

第三节 幼儿文学的发展历史

幼儿文学是伴随着儿童文学的发展而发展的，因此本节很多方面将幼儿文学置于儿童文学的大背景下来讨论。"儿童文学"这个专有名词的出现虽然只有两百多年的时间[②]，但是实际上，当儿童还在摇篮里的时候，当他们听到妈妈哼唱的儿歌时，实际就已经开始欣赏文学了，有儿童的地方，就有儿童的文学。

一、国外幼儿文学的发展历史

（一）幼儿文学起源于民间文学

民间文学是口头文学，具有丰富多彩的内容，有神话、传说、民间故事、寓言故事、儿歌、谚语等。每一个民族儿童文学的产生，都离不开相应的民间文学，幼儿文学从民间文

---

① 贾尼·罗大里.幻想的文法[M].向菲,译.北京:中国少年儿童出版社,2014:140.
② 约翰·洛威·汤森.英语儿童文学史纲[M].王林,译.长沙:湖南少年儿童出版社,2020:14.

学中汲取大量的营养,而后不断成长壮大。

法国著名作家、诗人、法兰西学院院士夏尔·佩罗被法国著名学者、文学史家保罗·阿扎尔誉为"为儿童书写的第一人①"。1697年,佩罗将精心搜集、整理和改编的民间故事集《鹅妈妈的故事》(原名为《过去的那些故事和童话,附有道德内容》)出版。阿扎尔在其著作《书,儿童与成人》中对其进行了高度的评价,他这样说:

> 从乡下来到巴黎的鹅妈妈,令法国和全世界的儿童第一次拥有了一本如他们所向往的、美好而清新的书。从此他们再也不愿意离开它。他们永远都不会忘记小红帽和那头凶恶地把她吃进肚子的狼。他们永远都不会忘记小拇指,和他带给他们灵魂上的颤抖。那正是情感在他们年轻的身体里颤动时,澎湃涌起的强烈同情心!②

屠格涅夫说:"(佩罗的童话)是这样趣味无穷,这样使孩子迷恋,这样使孩子大开眼界……从他的童话里可以感受到我们曾经在民歌中感受过的那种神韵。③"《鹅妈妈的故事》(戴望舒译本)共收集童话8篇,都是我们所熟悉的童话故事,分别是《小红帽》《林中睡美人》《灰姑娘》《穿长靴的猫》《小拇指》《仙女》《卷毛角吕盖》和《蓝胡子》。

1744年,世界儿童书籍出版史上的第一人——约翰·纽伯瑞编写和出版了世界上第一本儿童书《美丽小书》,他开办了世界上第一家儿童专门读物印刷厂,以及世界上第一家儿童专门书店——"圣经和太阳"书社。他把儿童从教育和宗教的桎梏中解放出来,发扬快乐和娱乐的精神,开辟了英美儿童文学发展之路。1922年,为纪念纽伯瑞,美国图书馆儿童服务学会开设了"纽伯瑞儿童文学奖"(又称"纽伯瑞奖")。该奖自创办至今,每年颁发一次,已经成为世界各国儿童文学作家和研究者关注的一个风向标,一些权威组织将它与"国际安徒生奖"齐名。

1750年前后,纽伯瑞以古老的故事、诗歌为原材料,通过与供应商合作,寻找有能力重新书写这些题材的作家,配上有趣的图画,选择优质的纸张和装订设计,终于于1760年,出版了恩泽全世界儿童的《鹅妈妈童谣》。该作品收录了包括摇篮曲、数字歌、谜语、绕口令、情节故事、传说、神话等各种民间文学800余篇,被认为是世界上最早的儿歌集。后世的作家在其基础上进行了多次的改编,很多知名画家还为它配上精彩的插图,就如同《伊索寓言》《圣经》一样,一再出版,经久不衰。目前广受欢迎的有英国著名插画家凯特·格林纳威编绘的版本和美国插画家斯科特·古斯塔夫森编绘的版本等。除了英文原版被引进国内以外,多个版本也被译为中文。我们比较熟悉的故事和诗歌有《玛丽有只小羊羔》《一闪一闪小星星》,等等。

《格林童话》(原名为《儿童与家庭童话集》)是民间文学改编为童话的巅峰作之一。从1812年到1857年,历经数年的搜集、整理、加工和改编,德国格林兄弟的这部作品,不仅在德国家喻户晓,而且早已超出国界,成为全世界所有儿童的共同朋友。《格林童话全集》共210篇,除了我们耳熟能详的《白雪公主》《小红帽》和《灰姑娘》等作品以外,也有《桧树》

---

① 保罗·阿扎尔. 儿童与成人[M]. 梅思繁,译. 长沙:湖南少年儿童出版社,2014:8.
② 保罗·阿扎尔. 儿童与成人[M]. 梅思繁,译. 长沙:湖南少年儿童出版社,2014:10.
③ 沙尔·贝洛. 鹅妈妈的故事[M]. 戴望舒,译. 南京:译林出版社,2015:封面.

《矮子土地》等大众不那么熟悉的篇目,但每一篇都是精品。由于格林兄弟的柏林科学院院士、语言学家、民间文学研究家的身份和学术背景,加之他们收集这些民间故事的最初目的是唤起民族精神,因此其作品具有很高的阅读、传播和研究价值。《格林童话全集》的译者魏以新指出:"要是谁在生活和工作中遇到了烦恼,甚至睡觉都不安稳,只需从这本宝书中读上几篇,包管他会睡得很香很香,明早起身会精神饱满地走向生活,就像喝了神奇糖浆的'勇敢的小裁缝',哪怕面临巨人一般大的困难,他都不会害怕。——你若不相信,请听席勒说:'更深的意义不在生活所教的真实,而在我童年所听的童话。'"[①]根据格林童话改编和戏仿的儿童故事、图画书、影视作品等不计其数,足可见民间文学对于儿童文学取之不完、用之不尽的源泉价值。

(二)幼儿文学的繁荣受到工业革命的影响

第一次工业革命是由英国发起,它不仅使英国逐渐成为世界经济和政治强国,也成为文化强国。一方面,这样的发展速度和规模使英国人感到骄傲与自豪;另一方面,社会经济结构和生产方式的巨大变化使传统的思想和信仰也遭受了前所未有的冲击,引发了人们迷茫、痛苦乃至各种精神及信仰危机。文学是社会生活的反映,幼儿文学当然也反映了当时社会对幼儿文学作家创作所产生的影响。

一些对世界幼儿文学发展产生影响的经典幼儿文学作家及其作品就出现在那个时期,如查尔斯·金斯利的《水孩子》(1863)、刘易斯·卡罗尔的《爱丽丝漫游奇境记》(1865)、克里丝蒂娜·罗塞蒂的童谣集《歌咏》(1879)、卡洛·科洛迪的《木偶奇遇记》(1880)、罗伯特·路易斯·史蒂文森的诗集《一个孩子的诗园》(1885)、奥斯卡·王尔德的《快乐王子及其他故事》(1888),等等。

19世纪70年代,英国印刷出版商埃德蒙·埃文斯将三位伟大的插画家——沃尔特·克兰、凯特·格林纳威和鲁道夫·凯迪克带引到了图画书创作领域,很快英国在19世纪末就首先进入了图画书发展的黄金期。

欧洲其他国家的幼儿文学在这个时期也得到了很大发展,也出现了一些享誉世界的作家和作品。丹麦的安徒生就是其中的典型代表。安徒生开创了文学童话创作的先锋。从1835到1873的38年时间里,他创作了168篇童话故事。他的一些早期童话是对民间童话的改编和再创作,后来的童话基本上都是他的创作童话。他的很多童话都带有自传的色彩。他关心小人物的命运,对一些社会问题进行嘲讽。他的《小意达的花》《铜猪》《梦神》等篇目,都很适合幼儿欣赏。

从这些幼儿文学作品中,我们已经可以读出工业化革命带来的金钱至上的庸俗观念以及贫富差距等城市里存在的诸多问题。以王尔德的《快乐王子》为例。以下是《快乐王子》中燕子和快乐王子的一段对话:

"你是谁?"燕子问。

"我是快乐王子。"雕像回答。

"你为什么哭呢?"

---

① 格林兄弟. 格林童话全集[M]. 魏以新,译. 北京:人民文学出版社,2014:3.

"我活着的时候,不知眼泪为何物。"雕像说。接着他告诉了燕子那些年他在无忧宫的生活。"现在我死了,他们把我放在这么高的地方,我能看见这座城市里的所有穷人。虽然现在我的心是用铅做的,但我能感受到他们的悲苦。我想帮助他们,但为时已晚,我已经动都不能动了。"

"什么!他难道不是纯金的吗?"燕子心想,但是他什么也没说。①

在这个童话故事里,燕子的伙伴嘲笑燕子爱上了没有钱的芦苇小姐;市长认为没有黄金装饰的王子比一个要饭的好不了多少……人们给象征快乐、美好和富贵的王子做的雕像,心竟然是用铅做的。但即使这样,这颗铅做的心也能为人民的疾苦而心痛,但是那些议员和富人们却视而不见。幼儿还很小,他们还感受不到童话所隐藏的深意,但童话在他们心里已经留下了崇尚真、善、美的高尚基因,种下了嫌弃假、恶、丑的人性种子。

当然,工业革命给儿童带来的更多是福利,因为第一次工业革命的到来,科学技术水平提高了,使大规模的印刷成为可能,书籍成本和教育成本下降;因为第一次工业革命的到来,社会和家庭的经济状况得到提升,社会更加重视教育,家庭有经济实力和精力去培养和陪伴儿童。

第二次工业革命使美、德等国的经济得到飞速发展。工业革命使人们的经济生活水平大幅提高,加上当时彩色印刷技术的发展,社会对儿童心理特殊性的认识的不断加强,对儿童教育的重视,父母愿意在教育、情感和娱乐方面给孩子进行投资,儿童文学得到了更大发展。

1845年,德国儿童医生海因利希·霍夫曼为3岁的儿子创作了配有插图的童书经典《蓬蓬头彼得》。全书有《不爱卫生的彼得》《逗小狗的小弗》《动来动去的小菲利》等10个小故事,从故事的名字可以看出,霍夫曼在讲故事的同时,还想通过故事改掉孩子的一些不良习惯,这是一本兼具娱乐性和教育性的幼儿读物。这些作品以短诗配上插图,有很强的戏剧效果,非常受儿童喜欢。

这个时期英国出现了很多适宜幼儿欣赏的经典童话小说,如詹姆斯·马修·巴利的《彼得·潘》(1904)、肯尼斯·格雷厄姆的《柳林风声》(1908)、米尔恩的《小熊维尼》(1926),等等。

到了20世纪三四十年代,美国陆续诞生了一批非常优秀的图画书故事作者、绘者和儿童图书管理员,图画书在美国蓬勃发展起来。1937年,美国图书馆协会还专门设立了最受世人瞩目的图画书大奖"凯迪克奖",用来奖励优秀童书的插画作者。

美国著名图画书作者非常多,比如苏斯博士,他是一位想象力丰富、风趣幽默的教育家和图画书大师。他创作了非常多有个人风格、特点鲜明的图画书,在国内外大受欢迎,比如《桑树街漫游》(1937)、《霍顿孵蛋》(1940)、《戴高帽的猫》(1957)等。后来,这些图画书很多都被改编成同名动画片。

由计算机、互联网的发明和应用催生的自动化生产的第三次工业革命,大大改变了作家的创作观念、书籍的制作过程、读者的阅读行为等。第三次工业革命以3D打印技术为

---

① 奥斯卡·王尔德. 快乐王子和其他故事[M]. 云图分级阅读研究院, 译. 北京:北京理工大学, 2021:69.

标志。在3D技术环境下,作家不仅和传统作家一样,需要创作文学本身,还需要考虑如何利用先进技术,更好地呈现自己的故事,使作品更富于时代气息和个性化风格。于是幼儿立体图画书就应运而生。它的出现增强了幼儿参与故事的热情,使文学阅读更加感性有趣。此外,虽然第二次工业革命使人类的经济技术文明步入一个高峰,但也使人类一些"美好的东西"受到了冲击和损坏,其中最引人注目的就是人与自然之间关系的对立和人与人之间关系的异化等。所以第三次工业革命时代是人的道德回归和觉醒的时代,是人们重返大自然,与世界、他人和谐相处的时代,这样的理念也影响了儿童文学作家的创作。幼儿诗歌、幼儿散文、童话故事、图画书无不有这些主题的佳作。以图画书《野草救了一家人》为例。该书是由英国世界级插画家、图画书作家昆廷·布莱克根据经典童话《杰克与魔豆》改写而来。故事讲述了当地球环境变得越来越坏,一家人被迫困于深谷时,谁也没有想到,竟然是一颗小小的种子救了他们。大自然对人类是友善的,人类在感动的同时,也修正着自己的行为。

当今,随着第四次工业革命纵深演进,大数据、云计算、人工智能等新兴科技推动了物理空间、人类社会之外的"数字空间"的诞生。这不仅是一场技术革命,而且是一场深刻的社会变革。对于幼儿文学的创作与阅读来说,作家可能会受到大数据的影响调整自己的写作主题等,父母、图书管理员和教师利用大数据为幼儿选择合适的书籍,幼儿的陪读对象可能是机器人,关于人工智能的作品可能会越来越多,相应地,作家对有关技术的伦理问题的思考也越来越多,如石黑一雄的《克拉拉与太阳》,洛伊丝·劳里的《记忆传授人》,就是有益的尝试。技术是一把双刃剑,带来效益的同时,也带来伤害。幼儿文学作家在歌唱工业文明的同时,也不忘告诉幼儿它的不利之处,让幼儿从小就用辩证的思维去观察和思考周围的世界,推动幼儿向更好的方向发展。

二、我国幼儿文学的发展历史

(一) 20世纪之前中国幼儿的读物

首先,我们需要厘清幼儿读物与幼儿文学的区别。与幼儿文学相比,幼儿读物是一个更大的范畴,幼儿读物不仅包括幼儿文学,还包括美术、语言、科学、音乐、建筑、社会等方面的基础常识。这些常识以幼儿能接受和喜爱的方式加工创作成幼儿读物,比如用填色游戏向幼儿传授美术知识,以积木游戏启蒙儿童的立体认知能力等。幼儿文学是幼儿读物最重要的组成部分,幼儿文学侧重于用语言(和图画)为幼儿讲故事,而非文学读物的重点在于传播知识。

20世纪之前幼儿的读物多为启蒙教材,是成年人为了教育儿童,从成年人自身的视角出发为儿童准备的启蒙读物,带有很强的功利性。比如宋元时期的《二十四孝》《三字经》,明清时期的《弟子规》《女儿经》等。以《二十四孝》为例,鲁迅在年幼的时候,得到了一本长辈赠予的《二十四孝图》,起初他还很开心,因为这本书配有插图,"但是,我于高兴之余,接着就是扫兴,因为我请人讲完了二十四个故事之后,才知道'孝'有如此之难,对于先前痴心妄想,想做孝子的计划,完全绝望了。"①鲁迅那时感受到的不只是成为孝子有多难,还有成为孝子要承受的心理恐惧——要成为孝子,就要随时为长辈的安康承受各种身体上的痛苦,甚至付出生命的代价。后来鲁迅在文章《二十四孝图》中,对"郭巨埋儿"等故事又进行批判,表达了幼儿听后的心声。鲁迅是这样写的:

> 至于玩着"摇咕咚"的郭巨的儿子,却实在值得同情。他被抱在他母亲的臂膊上,高高兴兴地笑着;他的父亲却正在掘窟窿,要将他埋掉了。说明云,"汉郭巨家贫,有子三岁,母尝减食与之。巨谓妻曰,贫乏不能供母,子又分母之食。盍埋此子?"但是刘向《孝子传》所说,却又有些不同:巨家是富的,他都给了两弟;孩子是才生的,并没有到三岁。结末又大略相象了,"及掘坑二尺,得黄金一釜,上云:天赐郭巨,官不得取,民不得夺!"
>
> 我最初实在替这孩子捏一把汗,待到掘出黄金一釜,这才觉得轻松。然而我已经不但自己不敢再想做孝子,并且怕我父亲去做孝子了。家景正在坏下去,常听到父母愁柴米;祖母又老了,倘使我的父亲竟学了郭巨,那么,该埋的不正是我么?如果一丝不走样,也掘出一釜黄金来,那自然是如天之福,但是,那时我虽然年纪小,似乎也明白天下未必有这样的巧事。②

虽然古代启蒙读物有其消极的一面,但神话故事、民间传说、儿歌、寓言故事等,仍然是幼儿文学创作与改编的宝贵财富,我们要在科学的幼儿观和幼儿文学观的引导下,对其进行遴选、改编,使它们成为激发我们创作新故事的火种。

(二) 现当代幼儿文学的发展

在中国,具有现代意识的儿童文学始于"五四"新文化运动。儿童文学专家王泉根教授认为,"五四"时代是中国儿童文学的第一次变革,其伟大实践的突出成就,在于儿童观的转变与儿童世界的发现,在于儿童文学第一次从文学大系中分离出来,成为自觉服务儿童的一种崭新文学载体。改革开放新时期儿童文学是中国儿童文学的第二次重大变革,它的实践成果与美学尺度,在于儿童世界的再发现与儿童文学主体特征的再确立,在于将儿童文学一分为三——幼年文学、童年文学、少年文学多层次观念的界定与实践。③

从"五四"新文化运动到改革开放新时期,孙毓修、鲁迅、周作人、赵景深、叶圣陶、郑振铎、黎锦晖、蒋风等一批学者和作家,为儿童文学的出版、翻译、创作、编纂和理论建设等做出了突出贡献。如孙毓修编写的 77 册《童话》,涵盖了适合儿童阅读的中国历史故事、西方神话故事、民间故事等,丰富了儿童的精神世界,开拓了儿童的阅读视野;鲁迅的儿童科学文艺研究、儿童文学翻译等工作,周作人的儿歌、童话理论和翻译等成果,赵景深的童话理论,叶圣陶的儿童小说创作等,为我国最初的儿童文学理论建设、创作和翻译实践奠定了基础;郑振铎主编的儿童文学刊物《儿童世界》,催生了一批自觉为儿童创作的成人作家;黎锦晖成为儿童戏剧创作与研究的杰出代表;蒋风在儿童文学教育、教材出版和研究

---

① 鲁迅.朝花夕拾[M].北京:人民教育出版社,2017:21.
② 鲁迅.朝花夕拾[M].北京:人民教育出版社,2017:23-24.
③ 王泉根.中国新时期儿童文学的深层拓展[J].北京师范大学学报(人文社会科学版),2000,160(4):51.

等方面做出了很大贡献。

在儿童文学理论探索、创作实践和外国翻译作品影响的基础上，20世纪80年代，中国的幼儿文学迎来了其发展的独立地位，取得了发展的第一个黄金时期。1981年，在泰安召开的第二届全国少年儿童读物出版工作座谈会上，胡德华提出把学前读物列入重点书的出版规划，鲁兵提议出版《1949—1979幼儿文学作品选》，由此幼儿文学开始独立于儿童文学，逐渐走向繁荣。

正如杜传坤在其著作《20世纪中国幼儿文学史论》[①]中所指出的，从作品数量和质量的提升、学术团体的成立、专业少儿出版社的剧增、幼儿刊物及丛书的涌现、幼儿理论研究的深入、幼儿读物评奖活动的展开、图画书的流行等各个方面来看，新时期以来的20年确实是中国幼儿文学走向独立并创造辉煌的重要时期。这一时期出现的优秀作品包括但不限于：鲁兵主编的《365夜故事》，洪汛涛主编的《低幼童话选》，张美妮、巢扬主编的《中国新时期幼儿文学大系》，等等。创办的低幼文学报刊有《看图说话》《幼儿园》《婴儿画报》《大灰狼》，等等。在20世纪最后二十年，幼儿文学领域逐渐形成一支成熟而稳定的创作队伍，包括贺宜、金近、陈伯吹、孙幼军、鲁兵、郭风、圣野、任溶溶、金波、张继楼、柯岩、张秋生、周锐、郑渊洁、郑春华、高洪波、汤素兰等作家。这一时期的幼儿文学理论也得到了长足发展，蒋风、鲁兵、圣野、方轶群、金波、黄云生、张美妮、巢扬、王泉根、周锐、梅子涵、朱自强、彭懿等，通过撰写论文、出版专著、编写教材、参加学术交流等方式，呈现研究成果，参与理论建设。

21世纪以来，图画书一跃成为我国出版机构、幼儿园和家庭为幼儿选择读物的首选，导致儿歌、幼儿诗、童话、散文等体裁的衰微，甚至不得不借助图画书得到发展。图画书图文并茂的形式确实深受幼儿的喜欢，但纯文学的魅力不应该因此而被遮蔽。在幼儿文学创作和理论建设已经成熟的今天，家长和幼儿教育工作者应该致力于提高幼儿文学素养，为幼儿选择体裁多样、形式丰富的文学作品。

第四节　幼儿文学的教学应用

一般来说，文学的教学应用是指教师与学生围绕文学作品所展开的一系列旨在提升审美体验、建构文本意义的教学行为与实践活动。幼儿文学的教学应用主要是指幼儿教师依托幼儿文学作品，与幼儿一起开展共读的活动。教师的主要职责是为幼儿提供温馨、适宜的阅读环境，通过优美的语音、语调，带领幼儿走进文学的殿堂，让他们喜欢上阅读，爱上阅读，养成阅读的习惯。阅读活动应主要以游戏形式展开。鉴于0—3岁幼儿和3—6岁幼儿在发展水平和特点上存在较大区别，这里将分别论述。

---

① 杜传坤.20世纪中国幼儿文学史论[M].北京:北京大学出版社,2020:184.

一、0—3岁婴幼儿的文学教学应用

目前,我国在国家层面还没有出台0—3岁婴幼儿教养指南,2024年7月上海市教师教育学院(上海市教育委员会教学研究室)率先编制出台了《上海市0—3岁婴幼儿发展要点与支持策略(试行稿)》(以下简称《要点与策略》)。我们将借鉴《要点与策略》中对婴幼儿年龄划分的标准和各阶段的发育特点,制定教学建议。

《要点与策略》将婴幼儿期分为七个阶段,分别是:0—3个月,3—6个月,6—9个月,9—12个月,12—18个月,18—24个月,24—36个月。各阶段分别从动作与习惯、情感与社会、认知与探索、语言与沟通四个领域介绍婴幼儿的发展要点和支持策略,并就如何整体提升幼儿园托班保育教育质量提出了建议和要求。与幼儿文学相关的主要集中在语言与沟通领域的子领域"阅读兴趣与习惯"。我们的教学建议将主要围绕"阅读兴趣与习惯发展要点"展开。为了更清楚明白地表现各阶段的特点和差异,特列表1-1如下:

表1-1 0—3岁婴幼儿阅读兴趣与习惯发展要点和教学建议

年龄阶段	阅读兴趣与习惯发展要点	教学建议	作品举例
0—3个月	听到养育者哼唱有韵律的儿歌,会安静下来。	经常给婴儿念诵简单的、押韵的儿歌,可以抱着婴儿一起随节拍摆动。	如摇篮曲
3—6个月	1. 看到熟悉的画面会注视一会儿。 2. 听到熟悉的儿歌表现出愉悦的行为。 3. 看到色彩对比强烈的图案,会注视一会儿。	1. 指着婴儿熟悉和喜爱的图画,为他们朗诵简短的诗歌。 2. 结合手指游戏等,富有情感和语调变化地为婴儿念儿歌,与婴儿互动。	如游戏歌
6—9个月	1. 被抱着和养育者一起看图片时,会注视画面,倾听养育者说话。 2. 看到图片上熟悉的物体或人物时,会微笑或表现出高兴的样子。 3. 喜欢摆弄书,如翻玩布书、图卡书等。 4. 看到熟悉的图片时,能将语音与对应的画面联系起来,如听到"汪汪在哪里",会朝小狗的图片看。	1. 为婴儿提供撕不烂的、咬不破的婴幼儿图画书等。 2. 在阅读的过程中加强与婴儿互动。	如宝宝黑白卡:凯迪克奖得主送给婴幼儿的视觉启蒙书(全6册)等。
9—12个月	1. 能安静地听养育者念儿歌、讲短小的故事。 2. 对图画书里多次重复出现的象声词会有反应。 3. 喜欢摆弄色彩鲜艳、构图简单的图卡、图片、图画书。 4. 看到熟悉的画面有反应,会发出"嗯——"声或用动作表现开心的样子。	1. 提供塑料书、布书、立体书、简单的图画书等。 2. 鼓励婴儿用语音或动作回应,鼓励其翻弄图画书,激发其阅读兴趣。	如世界各地民间童谣、艾瑞·卡尔的图画书等。

（续表）

年龄阶段	阅读兴趣与习惯发展要点	教学建议	作品举例
12—18个月	1. 喜欢听有韵律的儿歌,如听儿歌《小白兔》时,会模仿简单动作。 2. 尝试自己拿书并翻页。 3. 会根据故事内容模仿简单的动作或声音,如模仿小鸭摇摆身体并发出"嘎嘎"的叫声。 4. 看到熟悉的简单故事内容时,会边看边用手指着相应的画面。	1. 每天在固定时间给婴幼儿念儿歌、讲故事、看图书。 2. 选择游戏性和互动性强、促进语言发展的书籍。	如《亲子游戏动动儿歌——打开伞》、五味太郎的低幼图画书等。
18—24个月	1. 能安静地听完养育者讲述的简短故事。 2. 主动要求与养育者一起看书。 3. 喜欢反复看同一本书或听同一个故事,如每天睡前要妈妈讲同一本故事书。 4. 把书拿反了,会自己调整,把书拿正。 5. 能说出熟悉的画面上的人和物,如养育者问:"上面有谁?"婴幼儿会说出画面内容。	1. 提供以婴幼儿熟悉的事物为主的图书。 2. 共读时,可以就画面内容提出一些简单的问题,鼓励婴幼儿作答。 3. 鼓励婴幼儿自主翻页。 4. 鼓励婴幼儿念诵儿歌,逐步培养其阅读兴趣和习惯。	如动物宝宝和妈妈(全7册,小森厚著)、萧袤的《小鸡叽叽叽》等。
24—36个月	1. 能记住一些主要的故事情节,听到熟悉的故事,会问一些与画面有关的问题。 2. 喜欢模仿故事中反复出现的词或短句。 3. 能背诵熟悉的、简单的儿歌。 4. 喜欢自己看一会儿书。 5. 能逐页翻书,理解简单的故事情节。 6. 有初步的阅读习惯,看完后将书合拢,并放回原处。	培养喜欢阅读和爱护书籍的好习惯: 1. 提供适宜的阅读环境,多多给予幼儿表现的机会,并及时肯定。 2. 根据幼儿要求,重复讲述其感兴趣的词、句、对话、故事等。 3. 鼓励幼儿将故事讲给成人听。 4. 可借助玩偶或小道具,与幼儿一起进行简单的情节扮演。	如《百年百部中国儿童图画书经典书系:宝宝唱》(王志庚改写,张乐平绘)、米菲绘本系列(全10册)等。

二、3—6岁幼儿的文学教学应用

对于3—6岁的幼儿,我们主要参考教育部《3-6岁儿童学习与发展指南》(以下简称《指南》)的有关要求,从五大领域着手,讨论幼儿文学的教学应用。

(一)幼儿文学作品在健康领域的应用

《指南》指出,健康是指人在身体、心理和社会适应方面的良好状态。幼儿阶段是儿童身体发育和机能发展极为迅速的时期,也是形成安全感和乐观态度的重要阶段。发育良好的身体、愉快的情绪、强健的体质、协调的动作、良好的生活习惯和基本生活能力是幼儿身心健康的重要标志,也是其他领域学习与发展的基础。

幼儿文学的各类文体都有很多适合应用于健康领域，促进幼儿身心健康发展的作品。儿歌通俗易懂、好记易背，深受幼儿的喜欢。儿歌作家利用儿歌的特点，为幼儿编写了很多倡导讲卫生、爱运动等与保持健康有关的儿歌。如杜虹的儿歌《吃得小脸红冬冬》。

吃得小脸红冬冬

菠菜绿油油，
萝卜白生生。
冬瓜是个胖娃娃，
番茄像只小灯笼。
样样蔬菜我都爱，
吃得小脸红冬冬。

摇篮曲、游戏歌、颠倒歌等文学作品都能让幼儿保持愉快的心情。朗诵儿童诗使幼儿身心愉悦，情感升华。试朗诵幼儿诗《妈妈的吻》：

妈妈的吻

妈妈的吻
是一罐蜜糖
轻轻地
撒在我的脸上

妈妈的吻
是一腔欢畅
轻轻地
印在我的额上

妈妈的吻
是一束阳光
轻轻地
照在我的心上

妈妈的吻
是一声呼喊
轻轻地
叫我快快长大

很多优秀的图画书也关注儿童的身心成长。如《好脏的哈利》[①]，其文字故事如下：

---

① 吉恩·蔡恩,玛格丽特·布罗伊·格雷厄姆. 好脏的哈利[M]. 任溶溶,译. 兰州:读者出版社,2019.

哈利是一只有黑点的白狗。他什么都喜欢,就是不喜欢一件事——洗澡。有一天,他听到浴缸放水的声音,马上叼起了刷子就跑下楼……他把刷子埋在后院里,接着就跑了出去。他到修路的地方去玩,把身上弄脏了。他又到铁路那里去玩,把身上弄得更脏。他又去跟许多狗玩捉迷藏,于是身上更脏了。他像滑滑梯那样从运煤车的传送带上滑下来,弄得身上脏得不能再脏。这下,他从一只有黑点的白狗变成了一只有白点的黑狗。

虽然还有很多东西好玩,可哈利开始担心,家里人是不是以为他当真离家跑掉了。而且他累了,肚子也饿了,于是他打算往家跑。哈利到了家,钻过栅栏朝后门看。家里人正好有人在朝外看,见到哈利后说道:"后院有一只没见过的狗……对了,你们谁看见哈利了?"哈利听到这话,便想尽办法要让大家知道他就是哈利。他开始表演起他最拿手的那些绝活。他向后翻跟头,又向前翻跟头。他在地上打滚,还装死。他又跳舞又唱歌。他一遍又一遍地表演这些绝活,可大家还是摇头说:"不,这不可能是哈利。"

哈利没有办法,只好伤心地朝外走。快到院子门口的时候,他忽然停了下来。他跑到院子的角落里,拼命地刨起坑来。很快,他就从坑里跳上来,快活地汪汪叫了几声。他找到了那把刷子!他把刷子叼在嘴里,赶紧跑进屋。他冲上楼,一家紧跟在后面。他跳进浴缸,叼着刷子蹲在里面,做出请求的样子。这绝活他过去从没表演过。"这小狗想洗澡!"姐姐叫道。爸爸说:"那你和弟弟干吗不给他洗个澡呢?"哈利这一次洗澡用的肥皂比过去多得多。神奇的事情出现了! 两个孩子一边刷一边大声叫:"妈妈! 爸爸! 瞧! 瞧! 快来瞧!""哈利,哈利! 这是哈利!"他们叫道。哈利摇着尾巴,高兴极了。一家人温柔地给他梳理身上的毛。他又变回了那只有黑点的白狗。回到家里可真好。吃饱以后,哈利在他最喜欢的地方睡着了。他快活地梦见了玩耍时的情景,虽然把身上弄得很脏。他睡得可香了,一点都没觉得他偷偷藏在垫子下的刷子碍事。

读完《好脏的哈利》,幼儿除了莞尔一笑,也会潜意识地关注自己的卫生习惯。图画书《小威向前冲》是一本可爱的性教育读本。《不要随便摸我》是教会幼儿自我保护类的图画书。

各类文体的健康领域的幼儿文学作品数不胜数。幼儿教师需要扩大阅读量,根据教学目的,为教学选择恰当的文学资源。

(二) 幼儿文学作品在语言领域的应用

语言是人际交流和思维表达的最重要工具。幼儿期是语言发展,特别是口语发展的关键时期。文学是语言的艺术,幼儿文学也不例外。通过阅读文学作品,幼儿的语言能力得到增强,思维品质得到提升。教师要善于运用幼儿文学作品,发展幼儿的各项语言能力。可以通过绕口令,培养幼儿发音清晰、准确的能力,同时让幼儿的思维做"体操"。可以通过朗诵幼儿诗,让幼儿感悟语言表达思维的奥妙。如吴王成的幼儿诗《蒲公英》:

蒲公英

草地上,

风儿轻轻吹;

蒲公英，
正在打瞌睡。
忽悠，忽悠，
做的梦多么美！
梦见——
怀里小宝贝，
变成伞兵，
正在天上飞……

因为语言，这种看到蒲公英以后所产生的情感、想象和联想才能表达出来。只有掌握了语言，才能说出自己的心声。从小读诗的孩子，他的语言是优美的，他的情感是丰富的，他的思维是精细的。

幼儿文学作品突出的三段式结构，也能促进幼儿对语言的理解和把握。以幼儿童话《迷路的小花猫》为例：

迷路的小花猫
（左　文）

一个冬天的夜里，刮着大风，下着大雪，天气很冷很冷。

家家屋里都生了火炉。孩子们都躺在暖和的被窝里睡着了。

这时候，有一只小花猫迷了路，找不着自己的家了。他在大风大雪里慢慢地走着，冻得喵呜喵呜地叫：

我嘴里渴，
我肚子饿，
要睡觉
没有被窝！

小花猫走着走着，抬起头来一看，啊，前面有一间小房子。

小花猫走到小房子那儿，爬上窗台往里看，看见一张方桌子上摆着一只花碗。小花猫心里想：这是一碗热粥吧？唉！就是一口热水也好啊！

小花猫这样想着，就用爪子去敲门。这房子里住着一只鸭子，他听见有人敲门，就"嘎嘎"地叫起来：

"这么冷，谁也不会起来给你开门！"

迷路的小花猫只好走开。他一边走，一边喵呜喵呜地叫：

我嘴里渴，
我肚子饿，
要睡觉
没有被窝！

小花猫走着走着，抬起头来一看，啊，前面又有一间小房子。

小花猫走到小房子那儿，爬上窗台往里看，看见一张方桌子上摆着两只花碗。小花猫心里想：咦，两只花碗！要是有一碗热粥，一口热水，该多么好啊！

小花猫这样想着，就用他的爪子去敲门。这房子里住着一只黄狗，他听见有人敲门，就汪汪地叫起来：

"这么冷，谁也不会起来给你开门！"

迷路的小花猫只好走开。他一边走一边喵呜喵呜地叫：

我嘴里渴，
我肚子饿，
要睡觉
没有被窝！

小花猫走着走着，抬起头来一看，看见前面又有一间小房子。

小花猫走到小房子那儿，爬上窗台往里看，看见一张方桌子上摆着三只花碗。

小花猫心里想：咦，三只花碗呢！要是有一碗热粥，一碗热水，一碗鱼儿，该多么好啊！

小花猫这样想着，就用他的爪子去敲门。这房子里住着鸡爸爸、鸡妈妈，还有他们的孩子——一只黄嘴黄毛的小鸡。

小鸡先听见有人敲门，就叫醒了鸡妈妈；鸡妈妈又叫醒了鸡爸爸。

"天这样晚了，外边刮着这么大的风，下着这么大的雪，是谁来敲门呢？"鸡妈妈起来，走到门口，轻轻地问："是谁敲门呀？"

小花猫站在门外回答说："是我，我是迷路的小花猫。我——

我嘴里渴，
我肚子饿，
要睡觉
没有被窝！"

鸡妈妈听了，赶紧把门打开，说：

"快进屋里来吧。我们这儿还有热粥，先喝碗热粥暖和暖和吧。"

小鸡给小花猫盛了满满的一碗粥。粥锅是炖在火炉上的，还冒着热腾腾的气呢。小花猫喝了热粥，身上暖和多了，肚子也不饿了。

鸡爸爸、鸡妈妈和小鸡一齐说："今天晚上就住在我们这儿吧。"

鸡妈妈分给小花猫一床被窝。

小花猫钻进被窝，一会儿就睡着了。

第二天，鸡爸爸、鸡妈妈和小鸡带着小花猫找到了他的家，找到了小花猫的妈妈。

作品通过多次重复"我嘴里渴，我肚子饿，要睡觉没有被窝！"表现小花猫的可怜处境，通过鸭子、黄狗和小鸡三家的表现，突出小鸡家人的善良。这样重复的三段式结构，除了能够让幼儿容易记住故事以外，也可以使幼儿领悟到语言重复所产生的魅力与效果。幼儿语言的习得是一个潜移默化的过程，阅读文学作品是条捷径。

（三）幼儿文学作品在社会领域的应用

《指南》指出：幼儿社会领域的学习与发展过程是其社会性不断完善并奠定健全人格

基础的过程。人际交往和社会适应是幼儿社会学习的主要内容，也是其社会性发展的基本途径。

幼儿生活的活动空间有限，主要是家庭、社区和幼儿园（早教机构）。让幼儿学会与自己、与他人、与社会和睦相处，是培养他们社会适应力的主要内容。幼儿诗歌、幼儿生活故事、图画书、幼儿戏剧等，都可以帮助幼儿了解自己、他人以及所处的环境。

以幼儿话剧《小猴脸红了》为例，来感受文学作品的社会教化功能。

小猴脸红了
（张继熙）

地　　点　　林中草地。

人　　物　　小猴、大象、小黑熊及小狗、小兔等。

幕　　启　　小狗、小兔等请求大象讲故事。幕后传来吵闹声，小猴扯着小熊推推搡搡上场。

小　　猴　　（强词夺理地）大象伯伯您管小黑熊不？

大　　象　　什么事呀？

小　　猴　　他把我打伤啦！

小　　熊　　（委屈地）我没打他，是他抢我的蜜糕……

小　　猴　　打得我胳膊都青啦，您瞧！（指给大象看）

小　　熊　　（冲小猴）那是你抢我蜜糕时，自己在墙上撞的。

小　　猴　　谁说的？疼得我这胳膊都抬不起来了。

众　　人　　（惊叹）啊，打这么重呀！

大　　象　　是真的吗？举胳膊我看看。

小　　猴　　您看！（小猴龇牙咧嘴举胳膊到肩膀）

大　　象　　看来你伤得不轻啊！

小　　熊　　您别信他。他装的！

众　　人　　（疑惑）装的？不会吧？

大　　象　　小猴啊，为了能证明你确实是被小熊打伤的，那请问你：被打之前，你的胳膊能举多高呀？

小　　猴　　（忘乎所以地）可高哩！（迅速举胳膊过头顶）您看，被他打之前我能举这么高呢！可是现在……

大　　象　　可是现在你不还是能举这么高吗？

小　　猴　　这……啊？我……我……

〔小黑熊和小狗等哈哈大笑。小猴什么话也答不上，脸歪向了一边。

小猴在与其他动物相处的过程中，行事霸道、强词夺理、装腔作势，大象用智慧揭穿了小猴的无理取闹，使得他受到众人的嘲笑。幼儿从小猴子的身上学到：与他人相处要诚实、友善，不可以欺凌朋友。幼儿通过欣赏文学作品来学习如何与他人相处，与自己和解，进而逐步学会在社会上生存的本领。

(四)幼儿文学作品在科学领域的应用

幼儿在对自然事物进行探究的过程中,不仅获得丰富的感性经验,充分发展形象思维,而且初步尝试运用判断、推理等数学能力,逐步发展逻辑思维能力。

我国晚清以来就重视少儿科学文艺的发展,出现了高士其等一批科学文艺工作者。国外的科普文艺作品也很充足。近年来科学图画故事书的创作也越来越多。

图画书《162只螳螂》①讲了一个这样的故事:

> 春天的早晨,空地上的草地里,小螳螂宝宝陆陆续续从挨过了严冬的卵鞘里出来了。孵出来了,一共是162只螳螂,可是每天这162只螳螂都在变少,面对那么多天敌,经历7次蜕皮,只有一只螳螂在冬天的时候留下了一个卵鞘。

通过图画中的小方格,幼儿能形象地感受到螳螂从"那么多"到"那么少"的变化过程,幼儿的数学思维能力得到发展,并且感叹于生命存活的不易,从而更加珍惜自然界的一切生命。

 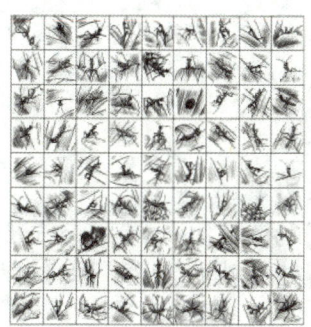 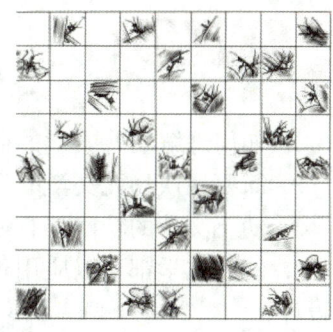

图 1-4-1 《162只螳螂》插图

(五)幼儿文学作品在艺术领域的应用

艺术是人类感受美、表现美和创造美的重要形式,也是表达对周围世界的认识和情绪态度的独特方式。幼儿天生就是艺术家,他们对美有着独特的感受和追求。幼儿艺术领域学习的关键在于充分创造条件和机会,萌发幼儿对美的感受和体验,丰富其想象力和创造力,引导他们用心灵去感受美、发现美、表现美和创造美。

图画书作为幼儿文学的一种特殊形式,给幼儿提供了欣赏艺术的契机,也可以传递艺术的相关知识,同时又作为一种特殊的艺术形式,表达着艺术本身。《格尔尼卡——毕加索对故国之爱》,既是一本介绍世界名画"格尔尼卡"的图画故事书,也被认为是画家毕加索的传记图画书。绘本通过大量照片和画作,让读者了解毕加索艺术生命的成长历程。除此之外,建筑、音乐方面的故事图画书也比较多。比如图画书《中国桥》,就是将中国桥的建筑艺术、建筑历史与图画书有效结合的优秀作品。

---

① 得田之久.162只螳螂[M].唐彦,译.北京:少年儿童出版社,2016.

图 1-4-2 《格尔尼卡》——毕加索对故国之爱

图 1-4-3 《中国桥》封面

　　幼儿文学作品的教学应用范围广泛，同样的作品可以用于不同的领域。作品所针对的年龄对象也不是绝对确定的，不同年龄阶段的儿童面对同一个作品，会读出他们想读的内容。不同的教师运用相同的作品，也有自己的取舍和偏好，但要注意把握幼儿文学的核心本质是文学，要让幼儿通过作品得到审美的提升，而不能仅把作品当成教育的工具。

练习与思考

1. 如何理解幼儿文学的概念？
2. 简要谈谈幼儿文学的发展历史。
3. 幼儿文学的功能都有哪些？试结合 1—2 个作品进行说明。
4. 幼儿文学都可以应用于哪些领域的教学活动，试以某一个领域为重点，写一份教学设计。

第二章 儿 歌

学习要点

1. 了解儿歌的基本概念、发展历史及其特点和传统艺术形式。
2. 知晓儿歌的朗诵要点,并能运用合适的态势语进行儿歌表演。
3. 掌握儿歌的鉴赏及创编方法,能较好地解读和欣赏儿歌。
4. 学习运用儿歌进行教学活动设计与组织。

本章重点

1. 了解并掌握儿歌的基本概念及其特点。
2. 能创编并表演儿歌。

本章难点

掌握儿歌的特点并能利用儿歌作品设计和组织幼儿园语言活动。

第一节 儿歌概说

儿歌是适合幼儿听赏念唱、形式短小的歌谣,又称"童谣",它是幼儿文学最古老也最基本的体裁形式之一。

儿歌起源于民间,合辙押韵,它是一种听觉感知的语言艺术,是活在孩子们口头上的文学,有明显的实用性和游戏性。优秀的儿歌至今都在代代相传,它们简洁的语言、新奇的比喻、鲜明的节奏,是幼儿学习语言、发展言语功能的最好资源和蓝本。同时,优秀的儿歌犹如天籁之音,滋润着孩子们稚嫩的心田,在他们心中播下至真、至善、至美的种子,伴随他们快乐地成长。

一、儿歌的历史发展

（一）中国儿歌的发生说

我国儿歌历史悠久，古代常常将其称之为"童谣""孺子歌""小儿语""婴儿谣"等，关于它的最早记载可追溯到两千多年前的作品，如《国语》《春秋左氏传》《战国策》等古籍。

我国童谣的收集最早见于春秋战国时期，《左传》《战国策》等古代典籍中都有关于童谣的零星记录。如《列子·仲尼》中所载的"立我蒸民，莫匪尔极。不识不知，顺帝不则"，相传为尧时的童谣。综观历史文献所记载的童谣，那些古老的童谣都与朝代的兴衰、重大的历史事件紧密相关。看似简单朴素的语句隐含着一种关于国运的玄机，有着浓厚的政治色彩。其原因在于，那些童谣是由当时的成人特意创作，然后再教给儿童，让他们在街头巷尾大声吟唱。这些由上古流传下来的童谣并未真正立足于儿童，为儿童书写，歌谣中也未真正体现儿童特有的童真童趣，它们更多的是作为政治服务的工具，为政治而吟诵，不是真正意义上的儿歌。

（二）明清时期的童谣观

1. 明代

公元 15 至 16 世纪，在一些历史典籍中，虽然记录的儿歌并不是很多，但儿歌的内容已经发生了某些变化。如明地方志《帝京景物略》中就有这样的儿歌：

图 2-1-1　儿歌中的童年生活场景

> 杨柳儿活，
> 抽陀螺。
> 杨柳儿青，
> 放空钟。
> 杨柳儿死，
> 踢毽子。
> 杨柳儿发芽，
> 打柭儿。

这里，我们终于在儿歌中看到了童年生活的活泼场景。也是从明代开始，一些文人开始专门搜集民间儿歌。如文学家杨慎就在他的《古今风谣》中辑录了大量童谣。

16 世纪末，明代学者吕坤所编辑的《演小儿语》问世了，这是中国最早的一部个人搜集的儿歌集，全书共收录了河南、河北、陕西、山西等地的儿歌 46 首。这些儿歌文字浅显，内容生动，便于口头传诵。编者在每首儿歌下面加上评语，在序言中提出了一些关于童谣的理论问题，它为后人的儿歌创作提供了借鉴。明代这种儿歌观的改变和思想家王阳明的教育理念有着密切的联系。王阳明认为：一般小孩的性情是喜欢嬉闹游戏而害怕拘束、责罚，就像草木才开始萌芽，让它舒畅生长，它的枝条就能粗壮，摧残阻挠它，它就会衰弱枯萎。（大抵童子之情，乐嬉游而惮拘检，如草木之始萌芽，舒畅之则条达，摧挠之则衰萎。）

2. 清代

儿歌的观念虽然逐渐多元化。但清前期和中期,由于清朝统治者采取文化禁锢政策,儿歌的搜集与整理工作也一度沉寂。到了后期,随着统治者的控制力和政策的变化,民间文化得以复兴,儿歌的研究也有了新的变化。康熙初年,郑旭旦编辑了儿歌集《天籁集》,他强调,儿歌是天真、活泼、自然的,是"天地之妙文",书中收录了吴越地区儿歌48首。悟痴生编的《广天籁集》、清末意大利驻中国使馆的传教士韦大利编的《北京儿歌》等集子也相继问世,这些作品为现代儿歌的发展奠定了良好的基础。

(三)"五四"时期的歌谣运动

"五四"时期,我国现代意义上的儿歌得以产生,"五四"新文化运动孕育了声势浩大的歌谣运动。当时,刘半农、蔡元培、周作人等"五四"文学先驱们收集民间歌谣,并出版了一些儿歌专辑,激发了大家对儿歌的认识,也推动了儿童文学的发展。

1918年,北京大学成立了歌谣征集处,把征集的歌谣中的儿童歌谣,冠以"儿歌"的名称在《歌谣》周刊上发表。从此"儿歌"作为儿童文学的体裁名称沿用至今。"五四"之后,儿歌一词广泛使用,一直沿用到今。

(四)新中国成立以后的儿歌发展

1949年新中国成立以后,我国儿童文学取得了长足的进展,儿歌创作也出现了欣欣向荣的景象。特别是1978年以后,儿歌创作百花齐放,涌现了一大批热心儿歌创作的作家,如黄庆云、谢武章、金波、望安、樊发稼、常瑞、高洪波、滕毓旭、张秋生、郑春华、薛卫民、徐焕云、张继楼、王宜振、谢采筏、李秀英,等等,他们给儿童奉献了不少脍炙人口的儿歌。除了新创作的儿歌,还出现了大量编辑整理的儿歌集以及层出不穷的研究儿歌的理论文章。

与此同时,《新儿童》《小朋友》《幼儿文学》《小葵花》等不少的少儿报刊大篇幅刊登儿歌作品,包括《人民日报》《人民文学》等成人报刊也刊登了很多儿歌。这些都显示出了儿歌在当代发展的巨大潜力,也在一定程度上显现出了儿歌创作发展的繁荣局面。

二、儿歌的特征

儿歌属于诗歌的范畴,具有诗歌的一般属性,同时因其接受对象的年龄特点,儿歌也具有其自身的独特性。儿歌以低幼儿童为主要接受对象,内容更贴近低幼儿童的生活,表达上符合这个年龄层次的儿童的语言特点和审美情趣,它采用口语化的韵语来叙事表意。具体说来,儿歌有如下特征。

(一)通俗易懂,篇幅短小

儿歌的欣赏对象主要是低幼儿童,他们的思维、语言都处于初步发展阶段,能够理解的词语多为表示具体事物的名词和表示行为的动词,深奥复杂的内容是不易于幼儿理解和接受的。因此,儿歌的篇幅是短小的,语言是通俗的、口语化的,使幼儿一听就懂、一学就会,便于他们记忆和传诵。

会叫的鞋子
（圣　野）

我的鞋子真好笑，
走起路来叽叽叫，
小猫把我当老虎，
跟在后面喵喵喵。

除此之外，儿歌的主题都单一而明确，一首儿歌只表达一个意思，如果内容复杂，儿童则难以把握中心。如《小蚂蚁真有趣》：

小蚂蚁真有趣
（刘溪杰）

小蚂蚁，真有趣，见面碰碰小胡须。
你碰我，我碰你，报告一个好消息。
排队走，一二一，大家去抬一粒米。

这首儿歌就抓住小蚂蚁寻食物这一个点进行描写，形象地让幼儿感知蚂蚁的习性。

(二) 节奏明快，音乐性强

儿歌主要是供低幼儿童吟唱，或者是成人吟唱给孩子听的，表现出很强的口头文学的特征，是一种听觉艺术，所以儿歌非常重视韵律和节奏，音乐性是儿歌的生命。现代心理学研究表明，婴幼儿对音乐的敏感几乎是本能的、先天的。儿歌的音乐性、和谐美，能带给幼儿美的熏陶，使他们获得愉悦的体验，也让儿歌富于朗读的魅力。

儿歌朗朗上口，具有强烈的节奏感和音韵美。

1. 押韵

押韵指儿歌把韵母相同或相近的字，有规律地放在句子末尾的位置上，使朗诵或咏唱时，产生铿锵和谐感。常见的押韵方式主要有：第一，连韵，也就是句句押韵，一韵到底；第二，隔行押韵，一般是首行及偶数行押韵；第三，几行一转韵，这种情况相对较少，一般用于篇幅较长的儿歌，转韵要自然和谐；第四，儿歌每句末尾的一个字相同，如字头歌，每句都用"子""儿""头"等字收尾。与此同时，在韵脚的选择上，一般以开口韵居多，因为开口韵声音响亮、饱满，易于幼儿吟唱，而且开口韵的韵脚较多，选择余地较大。如传统儿歌《宝石光光》：

宝石光光
（传统儿歌）

星星，月亮，
抬头望望，
摘来点灯，
宝石光光，
借来梳头，

照我模样。

这首儿歌隔行压"ang"韵,听感响亮,再加上叠印词语"望望""光光"的使用,产生了悦耳动听的乐感,读起来朗朗上口,便于幼儿口头传诵。

2. 节奏

节奏是儿歌的灵魂,没有节奏就无所谓儿歌。所谓节奏,就是在儿歌中有规律地出现一定数量的音节,形成一定数量的节拍,念唱起来,每句有极短暂的停顿,这种停顿就是儿歌的节奏。一般而言,三字句为两拍,五字句为三拍,七字句为四拍。例如圣野的《溜溜球》:

溜溜球,　　　　　××　×|
翻跟头,　　　　　××　×|
跟头翻了九十九,　××　××|××　×|
回到自己手里头。　××　××|××　×|

儿歌的节奏是欢快自然的,看似随意,然而又符合节律,丝毫不加雕饰。朗读时清亮悦耳,很有跳跃性,如"大珠小珠落玉盘"。再来看下面这首传统儿歌《蚕姑娘》:

蚕姑娘,
白又胖,
小桑叶,
做花床,
吐银丝,
做衣裳,
穿起来,
好漂亮。

这首儿歌句式十分工整,是明显的三言,每句三个音节,形成自然的两个音步,内在的音乐感便在有规律的停顿中产生了。

3. 句式的变化

儿歌句式的变化和每句的字数变化也是增强儿歌节奏感的有效手段。从句式上来看,三言、五言、七言儿歌居多,也可以是一言、二言、四言、六言以及三三七言等杂言。不过,尽管儿歌可以由杂言句式组成,但是必须要在统一中求变通,这样才能不影响儿歌的音乐美。例如任蓉蓉的儿歌《我给小鸡起名字》:

我给小鸡起名字

（任溶溶）

一、二、三、四、五、六、七,
妈妈买了七只鸡。
我给小鸡起名字:
　　　小一、
　　　　小二、

　　　　小三、
　　　　　小四、
　　　　　　小五、
　　　　　　　小六
　　　　　　　　小七。

小鸡一下都走散，
一只东来一只西。
于是再也认不出：
谁是小七、
　小六、
　　小五、
　　　小四、
　　　　小三、
　　　　　小二、
　　　　　　小一。

　　这首儿歌童趣盎然、清新活泼，运用均衡的楼梯式结构（对称反复），简洁明快地勾画出一个浑身充满稚气的幼儿，在点数小鸡时着急而可爱的形象。这种诗行的建筑，仿佛幼儿数小鸡的手指头和目光随着四散"鸡群"由近及远，增强了诗句的动感。总体来看，作者设计精细，构思巧妙。诗人运笔自如，写出了幼儿"稚"与"拙"的天性，展现的是一幅原始质朴、明净透彻的幼儿生活画卷，读来饶有隽永动人的幼儿情趣。

　　4. 叠词和摹声词

　　为了增强儿歌的节奏感，强化音乐美的效果，儿歌中还常常使用叠词和模拟声响的词以及反复的手法，字词的重叠和句子的反复，能造成一种回环复沓的声响，模拟声响能形成和谐绵长的音响质感。例如金波的《雨铃铛》：

雨铃铛
（金波）

沙沙响，沙沙响，
春雨洒在房檐上，
房檐上，挂水珠，
好像串串小铃铛！
丁零当啷……
丁零当啷……
它在招呼小燕子，
快快回来盖新房。

　　儿歌节奏鲜明，选择了发音开口大、响亮的 ang 韵母作为韵脚来取得音韵效果。除此之外，作者还大量运用叠字叠词——"串串""快快""沙沙响"，以及象声词"丁零当啷"反复模拟声响，使儿歌产生了奇妙的音乐效果，读起来和谐悠扬、优美动听，仿佛淅淅沥沥的春雨声、"丁零当啷"的铃铛声就在耳边一样，带给人一种美妙的听觉享受。

（三）稚气盎然、游戏性强

幼儿活泼好动，喜欢游戏，游戏是他们生活中最主要的活动形式。最早的儿歌产生并流传于"母与儿戏，歌以侑之"的游戏环境之中，在传统儿歌中，如摇篮歌，母亲给婴幼儿念唱摇篮曲，就是为了愉悦婴幼儿，哄其入睡，不带其他任何目的；在做游戏中诵读游戏歌，更是为了玩的乐趣；其他类型的儿歌如连锁调、颠倒歌、绕口令等，都是充满了浓厚的游戏精神。

儿歌的游戏性使它成为最适宜开展亲子活动的文体。在和幼儿玩游戏时，配合着动作一边玩一边念唱儿歌，可以锻炼幼儿的语言和思维能力。如邓英国的《洗脚》：

洗 脚
（邓英国）

小脚丫，胖脚丫，
脚盆里，划呀划，
扑哧扑哧打水花，
好像两只小白鸭。

这首儿歌童趣十足，游戏性极强，小朋友的活泼可爱，跃然纸上，幼儿读这首儿歌时往往是一边诵读，一边摆动小脚丫。很多时候，儿歌都是要配合一定的动作来增强它的游戏性和动感，如模仿小动物叫声的儿歌：

小宝宝学动物

我是小宝宝，我会学小猫，（妈妈有节奏地拍着手说儿歌）
喵，喵，喵。（双手五指张开在脸的两侧，模仿小猫的胡子）
我是小宝宝，我会学小狗，（妈妈有节奏地拍着手说儿歌）
汪，汪，汪。（双手并拢放在头两侧，模仿小狗的耳朵）
我是小宝宝，我会学小鸡，（有节奏地拍手）
叽，叽，叽。（双手握拳，伸出食指相碰，放在嘴边，模仿小鸡尖尖嘴）
我是小宝宝，我会学小鸭，（有节奏地拍手）
嘎，嘎，嘎。（双手上下重叠，放在嘴前，模仿小鸭子的扁扁嘴）

三、儿歌的分类

儿歌的分类目前尚无统一的标准。从儿歌的来源来看，可以分为民间流传的儿歌和作家创作的儿歌。从内容上分可以分为德育儿歌、知识儿歌、生活儿歌、游戏儿歌等。从形式上分，可以分为整齐的三言、四言、五言、六言、七言、三三七言以及杂言。我国的儿歌经过几千年的历史传承，形成了一些固定的格式，深受幼儿的喜爱，这些传统的艺术形式至今仍然为儿歌作家所借鉴。儿歌的传统艺术形式主要有以下几种：

（一）摇篮曲

摇篮曲又称摇篮歌、催眠曲、抚儿歌，指哄孩子睡着时由母亲或其他成人吟唱的儿歌形式。孩子出生不久就会听到母亲低声哼着摇篮曲这样具有朴素美的歌谣,这或许是孩子们最早接触的儿童文学形式。睡眠是婴幼儿重要的生活内容,母亲哄孩子入睡时吟唱的歌谣,可以使孩子在妈妈的歌声中感受到温柔的母爱,在恬静的氛围中安然入睡。摇篮曲情感温柔,韵律和谐,倾注着母亲满满的爱。

摇篮曲
（陈伯吹）

风不吹,浪不高,
小小船儿轻轻摇,
小宝宝啊要睡觉;
风不吹,树不摇,
小鸟不飞也不叫,
小宝宝啊快睡觉,
风不吹,云不飘,
蓝色的天空静悄悄;
小宝宝啊,
好好睡一觉。

这首儿歌用"风不吹"分出三个小节,渲染出一种静谧的氛围,但是也有着层次的变化,风越来越小,夜越来越静,小宝宝正渐渐地在妈妈的哼唱下安然入睡,歌谣中流淌着温柔的母爱,甜美而温馨。对即将入睡的孩子而言,摇篮曲的内容并不重要,重要的是舒缓温柔的节奏变化与和谐优美的韵律交织在一起所营造出来的静谧温馨的氛围。

再来看看黄庆云的这首著名的摇篮曲:

摇篮曲
（黄庆云）

蓝天是摇篮,
摇着星宝宝,
白云轻轻飘,
星宝宝睡着了。
大海是摇篮,
摇着鱼宝宝,
浪花轻轻翻,
鱼宝宝睡着了。
花园是摇篮,
摇着花宝宝,
风儿轻轻吹,
花宝宝睡着了。
妈妈的手是摇篮,

摇着小宝宝，

歌儿轻轻唱，

宝宝睡着了。

《摇篮曲》以自然界的元素和母爱为比喻，创造了一个充满爱与安宁的意象世界。诗中通过蓝天、大海、花园和妈妈的手四个不同的"摇篮"，及其轻柔的动作——"摇""飘""翻""吹""唱"，传达出一种温柔的抚育和保护。每一段的结构相似，形成了一种节奏感，使得整首儿歌既简单又易于记忆，同时传递出一种宁静和祥和的感觉，让人感受到宝宝在爱与关怀中安然入睡的温馨画面。

有的摇篮曲是妈妈在婴儿摇篮边的即兴之作。如《觉觉喽》："啊哦、啊哦，宝宝哟，觉觉哟，狗不咬哟，猫不叫哟，宝宝、宝宝睡觉觉喽。"这首摇篮歌并没有完整的含义，是生长于民间文学土壤的儿歌，以口耳相授的流传方式，代代相传。它以柔和的声音，连缀几个词语或短句，就可安抚婴儿悄然入睡。

（二）游戏歌

游戏歌是配合游戏动作吟唱的儿歌。游戏是幼儿最喜欢的活动方式，在游戏中朗诵儿歌，可以增强游戏的娱乐性和幼儿的愉悦感，同时也使得游戏轻松进行，如丢手绢、拍手歌等。游戏歌数量众多，种类多样；形式生动活泼，生活气息浓。婴幼儿边游戏，边唱和谐优美的歌谣，有益于身心健康，增长知识。比如《拍手歌》：

你拍一，我拍一，一个小孩坐飞机；

你拍二，我拍二，两个小孩打电话；

你拍三，我拍三，三个小孩爬高山；

你拍四，我拍四，四个小孩写大字；

你拍五，我拍五，五个小孩跳跳舞；

你拍六，我拍六，六个小孩吃石榴；

你拍七，我拍七，七个小孩刷油漆；

你拍八，我拍八，八个小孩吹喇叭；

你拍九，我拍九，九个小孩齐步走；

你拍十，我拍十，我们从一数到十。

这是一首亲子互动的儿歌。爸爸妈妈可以和孩子一起，一边听歌曲，一边做拍手的游戏，训练孩子的注意力及肢体动作协调能力，让亲子关系在游戏中得到提升。

手指谣也是一种游戏歌，是带有韵律的诗歌形式的童谣，以幼儿浅显易懂的形式把抽象的内容形象化，篇幅不长、朗朗上口，并以手指的动作辅助幼儿理解、记忆，达到启迪幼儿心智、寓教于乐的良好效果。同时，幼儿通过传唱韵律优美、节奏明快的手指谣，能获得美的享受和情感的熏陶，感受到诗化语言的魅力。

一个手指点点点（伸出一个手指点宝宝）

两个手指敲敲敲（伸出两只手指在宝宝身上轻敲）

三个手指捏捏捏（伸出三只手指在宝宝身上轻捏）

四个手指挠挠挠（伸出四只手指在宝宝身上轻挠）
五个手指拍拍拍（两个手对拍）
五个兄弟爬上山（从宝宝的下身做爬山状）
叽里咕噜滚下来（在宝宝身上从上往下挠）

　　有研究表明，婴幼儿的大脑发育水平与运动能力有很大关系，特别是在婴儿期，而手指谣不仅训练了婴幼儿双手的灵活和协调性，还可以发挥婴幼儿的创造力，使他们感受到快乐。所以，现在的手指谣不仅广泛用于幼儿园的教学活动，还成为家庭中亲子活动的基本内容。

（三）数数歌

　　数数歌是培养幼儿对数的初步认识的儿歌。这种儿歌将数字和形象结合，在儿歌中嵌入简单的数字、数序、数量词或者简单的计算，通过数数吟唱帮助幼儿掌握简单的数的概念，对促进幼儿思维的发展有着不可低估的作用。

　　有的数数歌把抽象的数字形象化，激发幼儿对数的兴趣，如郭明志的《数数歌》：

"1"像铅笔细长条，
"2"像鸭子水上漂，
"3"像耳朵听声音，
"4"像小旗随风飘，
"5"像秤钩来卖菜，
"6"像豆芽裂口笑，
"7"像镰刀割青草，
"8"像麻花拧一遭，
"9"像勺子能吃饭，
"0"像鸡蛋做蛋糕。

　　有的数数歌利用数序的变化来构建儿歌的结构，增加了儿歌的趣味性，如：

数字歌

（金　近）

一二三，
爬上山。
四五六，
翻跟头，
七八九，
拍皮球。
伸出两只手，
十个手指头。

　　有的数数歌把数字与量词结合起来，使数数更加活泼有趣。如：

数一数

（寒　枫）

一条虫，两条虫，
小虫喜欢钻洞洞。
三头猪，四头猪，
肥猪睡觉打呼噜。
五匹马，六匹马，
马儿一跑呱嗒嗒。
七只鸡，八只鸡，
公鸡打鸣喔喔啼。
九朵花，十朵花，
桃花树下是我家。

数数歌的内容主要是帮助幼儿认识百以内的序数、正整数及简单的加、减、乘、除四则运算，必须有数的排序，正序、倒序、横排、竖排都可以，数字的排列还必须符合数字的逻辑顺序。如传统儿歌《数蛤蟆》就是一首练习计数的儿歌：

一只蛤蟆一张嘴，
两只眼睛四条腿，
扑通一声跳下水；
两只蛤蟆两张嘴，
四只眼睛八条腿，
扑通扑通两声跳下水……

这首儿歌不仅教会幼儿数数，同时还训练了他们推算思考的能力，幼儿一边唱儿歌一边思考推算，这类儿歌有一定的难度，往往能激发年龄较大的幼儿的思维积极性，培养他们的思维能力。

还有的儿歌把数字与传统文化结合起来，使幼儿既获得数数的训练，又了解了我国的一些传统文化知识。如《北京忙年歌》：

小孩小孩你别馋，过了腊八就是年。
腊八粥，过几天，哩哩啦啦二十三。
二十三，糖瓜粘，二十四，扫房子，
二十五，做豆腐，二十六，炖猪肉，
二十七，宰年鸡，二十八，把面发，
二十九，蒸馒头，三十晚上熬一宿，
大年初一扭一扭，除夕饺子年年有。

忙年歌是流行于中国北方地区的传统民间儿童歌谣，又称过年谣。除了这首北京忙年歌，还有山东、陕西、河南、湖北等各地的忙年歌，它们通过童谣的方式，将临近过年的日期和相应的活动完美地结合起来，生动地描绘了民间传统的春节习俗，从中可以感受到辛勤劳作了一年的百姓对过年的期待和对未来幸福生活的美好展望。

（四）问答歌

问答歌又称对歌、盘歌、猜谜调，它是以设问作答的方式表现内容的一种儿歌形式。有一问一答的，也有多问多答的。幼儿通过诵读问答歌，能启发思考和想象，培养观察事物和比较事物的能力，在感受艺术中得到知识的启迪和智力的发展。如程宏明的《比尾巴》：

谁的尾巴长？
谁的尾巴短？
谁的尾巴像把伞？
猴子的尾巴长，
兔子的尾巴短，
松鼠的尾巴像把伞。
谁的尾巴弯？
谁的尾巴扁？
谁的尾巴最好看？
公鸡的尾巴弯，
鸭子的尾巴扁，
孔雀的尾巴最好看。

这首儿歌用两组自问自答的方式，把不同动物集中在一起进行比较，表现出他们尾巴各不相同的特点，不仅帮幼儿认识了动物的尾巴，同时也掌握了"长""短""弯""扁"的概念，进一步丰富了幼儿对大千世界的认识。

（五）连锁调

连锁调又称连珠体、连环体、连句、衔尾式。连锁调是用"顶真"的修辞手法去结构诗文，使前一句诗的末尾一词作为后一句诗的开头，且每个层次转换韵脚的传统儿歌形式。这种类型的儿歌上下句连锁相扣，连得有趣，深得幼儿喜爱。连锁调使得幼儿在获得音乐感的同时，又具有培养幼儿思维能力的功能。

孙悟空打妖怪
（樊家信）

唐僧骑马咚那个咚，
后面跟着个孙悟空，
孙悟空，跑得快，
后面跟着个猪八戒。
猪八戒，鼻子长，
后面跟着个沙和尚，
沙和尚，挑着箩，
后面来了个老妖婆。
老妖婆，真正坏，

骗过唐僧和八戒。
唐僧八戒真糊涂,
是人是妖分不出。
分不出,上了当,
多亏孙悟空眼睛亮。
眼睛亮,冒金光,
高高举起金箍棒。
金箍棒,有力量,
妖魔鬼怪消灭光。

这首儿歌虽然隔了一行才形成字词的首尾粘合,但这种粘合十分紧凑、自然,两句换一韵,铿锵有力,妙趣横生,成为全国各地幼儿非常喜爱的儿歌之一。

(六)颠倒歌

颠倒歌也称稀奇歌、滑稽歌、古怪歌、反唱歌,指使用夸张手法,故意颠倒地描述大自然和社会生活中某些事物和现象的情状,达到以表面的荒诞揭示事物本相和实质目的的传统儿歌形式。如北京儿歌《稀奇稀奇真稀奇》:

稀奇稀奇真稀奇,
麻雀踩死老母鸡,
蚂蚁身长三尺六,
八十岁的老头坐在摇篮里。

这类儿歌看似荒诞,把颠倒了的生活现象集中在一起,像漫画一样展现在幼儿眼前,让幼儿产生反常、奇特、滑稽的感觉,在引发好奇和好笑之后,又能让他们反向思考问题,加深对正常事理的认识,增强辨别事理的能力。

听我唱个颠倒歌

太阳从西往东落,
听我唱个颠倒歌。
天上打雷没有响,
地下石头滚上坡;
江里骆驼会下蛋,
山上鲤鱼搭成窝;
腊月酷热直淌汗,
六月寒冷打哆嗦;
姐在房中头梳手,
门外口袋把驴扶;
咸鱼下饭淡如水,
油煎豆腐骨头多;
黄河中心割韭菜,

龙门山上捉田螺；
捉到田螺比缸大，
抱了田螺看外婆；
外婆在摇篮里哇哇哭，
放下田螺抱外婆。

这一连串反常的奇情怪事,诙谐幽默,逗人发笑,不仅培养幼儿丰富的想象力,还能促使他们从这些反常的事物中去思考,从反面帮助幼儿建立和强化对事物的正确认识。

（七）绕口令

绕口令,也称急口令或拗口令,指用许多双声、叠韵词语和发音相近的字词来组成的具有简单意义和浓郁韵味的传统儿歌形式。

后门有个盆

后门有个盆,
盆里有个瓶,
忽听叮当一声响,
不知是盆碰瓶,
也不知是瓶碰盆。

绕口令是训练幼儿语言和思维的一种形式,顺畅朗读绕口令能带给幼儿极大的成就感和满足感,有利于培养他们的自信心和进取心。

（八）谜语歌

谜语歌是用儿歌形式表述谜面的谜语,主要特征是运用比喻、拟人、象征等手法,以诗歌的形式,集中描绘某一种事物的特征,让幼儿在猜测中接受教育、发展思维、锻炼智力。

谜语歌和一般的谜语一样,由谜面、谜目、谜底三部分组成。谜面就是儿歌本身,它是为揭示谜底所给出的条件或所提供的线索,必须在某一方面或某几个方面（如形象、动作、声音、性质、作用等）与谜底有共同或相通之处,使幼儿能从谜面的描述中寻找到通向谜底的暗示与启发,从而猜出答案。谜语歌从内容上可以分为以下三种：

1. 物谜

这类谜语的谜底是某一种事物,包括动物、植物、生活用品和人体器官等。如：

身材寸把长,
浑身亮晶晶。
头顶尖又尖,
尾巴生眼睛。（针）

2. 事谜

这类谜语往往借比喻的手法,说明某一种现象,如：

兄弟五六人,
各进一道门,

哪个进错了，
　　出来笑煞人。（扣纽扣）

3. 字谜

这类谜语是以某个字为谜底，可以用来加深幼儿对字音、字形、字义的认识，如：

　　一人一张口，
　　口下长只手。（拿）

谜语歌一般选取幼儿所熟悉了解的现象或事物，在特点描述上注重概括和形象、显或隐的合理处理，语言既要浅显、生动和准确，也要避免产生歧义，要达到知识性、文学性和趣味性相统一。

（九）字头歌

字头歌是指儿歌的每句末尾的字几乎完全相同，多以"子""头""儿"等结尾，也可用其他字。字头歌形式亲切、有趣，容易记忆，节奏感也更强，流传久远。如：

什么长

　　小毛驴，脸儿长；
　　笨大象，鼻子长；
　　长嘴鹤，嘴巴长；
　　长颈鹿，脖子长；
　　大蟒蛇，身子长；
　　长臂猿，胳膊长；
　　小松鼠，尾巴长；
　　鹭鸶鸟，腿儿长。

这首儿歌里有多种动物，作者把它们集中到一起，在"长"字上做文章，生动地展现出动物们的不同特征。幼儿在诵读儿歌时，还可以边读边演，他们不仅认识了更多的动物，还对动物们的特征有了更深入的了解。

第二节　儿歌选读与鉴赏

　　幼儿文学鉴赏是读者在阅读了幼儿文学作品后，在把握其艺术形象、意境的过程中，通过直觉、感知、想象、情感和理解等一系列心理形式的积极作用产生的一种认识、品味、玩赏和再创造、再评价的审美活动。儿歌鉴赏是指通过阅读，感受儿歌的内容和形式，判断儿歌的优劣，并由感性认识上升到理性认识的过程。在进行儿歌鉴赏时要关注以下两点：

　　第一，是否符合儿歌的文体特征。诗要有诗意，儿歌要有"儿歌味"。天然的音乐性是优秀儿歌的特质，儿歌味就是用儿童天真烂漫的眼光去观察事物，用儿童充满稚气的心灵去抒发感情。鉴赏时应着重反复诵读、品味，享受儿歌带给我们的独特美感，用心体会儿歌的押韵、反复、重叠的节拍和节奏。

第二，是否符合幼儿的喜好和需求。幼儿文学是快乐的文学，质朴、奇妙、瑰丽、富有幻想与童趣。我们成人固然不可能再回到童年，但要做好幼儿与文学的中介，当好幼儿与儿歌之间的"桥梁"，就必须怀着一颗永不泯灭的童心，以幼儿的眼光去观察，以幼儿的耳朵去聆听，以幼儿的心灵去用感受、体验，深入理解儿歌，让作品先感动自己，再经过自己的再创造去感动幼儿。好的儿歌要符合以下三方面：一是要生动有趣，符合幼儿的欣赏心理；二是要浅显易懂，符合幼儿的接受能力；三是要有一定价值，有利于幼儿身心健康。

一、儿歌鉴赏方法

阅读欣赏儿歌应从儿歌的特点出发，抓住儿歌最核心的特征，主要可以从以下几方面入手：

1. 诵读

儿歌的音乐性特点突出，无论是传统儿歌还是创作儿歌，也不论是哪一个民族的儿歌，都具备押韵、节奏明快、轻松活泼等特点，所以，鉴赏儿歌第一步就是要引导幼儿诵读儿歌，感受儿歌的节奏、韵律和语言，整体感受其韵律美。

2. 品味

一首好的儿歌必然在字里行间闪烁着天真活泼的幼儿情趣，是用孩子们的眼光写出他们对世间万事万物的独特感受，语言上也在追求口语化。所以，儿歌鉴赏的第二步就是要引导幼儿体会儿歌的童真美，注意拟人、摹声、比喻、夸张等手法的运用，充分感悟儿歌的神奇想象力。

3. 思考

儿歌的整体构思极为重要，引导幼儿欣赏时，要紧紧抓住儿歌构思方面的特点，仔细品味作者的审美情感、审美个性，领悟儿歌的意旨美。儿歌几乎没有硬性的说教，主要采用寓教于乐的方式让幼儿提高精神境界和人格修养。

【鉴赏示例】

小蚱蜢

（张继楼）

小蚱蜢，
学跳高，
一跳跳上狗尾草。
腿一弹，
脚一跷，
哪个有我跳得高。
草一摇，
摔一跤，
头上跌个大青包。

诵读:这首儿歌节奏活泼鲜明,音韵和谐。运用了三三七的句式,诵读时要注意句式特点选择合适的停顿。同时,划出押韵的字,将音读饱满,感受儿歌声音的响亮悠长。

品味:儿歌抓住蚱蜢的物性特征——喜欢跳跃的特点,采用拟人的表现手法将蚱蜢人格化,从幼儿视角展开奇妙的想象,描写蚱蜢跳高得意忘形摔破脑袋的过程,生动形象、幽默风趣。一系列夸张的动作——跳、弹、摇等不仅让儿歌充满了动感,也使得小蚱蜢骄傲顽皮的形象活灵活现,充满童真童趣。

思考:儿歌通篇没有说教,但是幼儿读后又明显感受到不能骄傲的道理,道理蕴含在生动的描写当中,这种生动的表达方式幼儿更容易接受,教育效果更好。

二、代表性作家及其作品选读

(一) 郑春华及其儿歌选读

郑春华(1959—),中国作协会员,1980年开始儿童文学创作,出版有儿童诗集《甜甜的托儿所》《小豆芽》《圆圆和圈圈》,中篇小说《紫罗兰幼儿园》,童话集《郑春华童话》等。其代表作《大头儿子和小头爸爸》已成为中国优秀原创儿童文学最典型的代表作之一,由它改编的同名动画片风靡全国,深受孩子们喜爱。2017年11月16日,她创作的《屋檐下的腊八粥》获得2017陈伯吹国际儿童文学奖评奖年度图书(绘本)奖。

听我话

小兔,小兔,
轻轻跳。
小狗,小狗,
慢慢跑。
要是踩疼小青草,
我就不跟你们好!

【赏析】 这首儿歌一共只有3句,共28个字,十分简洁。前两句成对偶句,后两句字数相等,结构整齐匀称;整体押韵,并且韵脚响亮;叠字、重复和拟人使儿歌轻松活泼,具有很强的趣味性。整首儿歌语言通俗,郑春华采用幼童口吻,用词生动形象,而且以词为句,简短精练。幼儿眼中的一切都是跟自己一样有生命、有知觉、有感情的。让小兔轻轻跳与小狗慢慢跑的目的,就是不要"踩疼小青草",不听话"我就不跟你们好",颇具儿童特色的惩罚措施,既顺理成章又非常严厉,读起来童趣满满。儿歌中出现的不许踩青草的教育对象是小兔和小狗,都是孩子们十分熟悉和喜爱的动物,但实际上读儿歌的幼儿也成为受教育的对象,幼儿在潜移默化中懂得要保护绿色环境、爱护花草。

(二) 谢武彰及其儿歌选读

谢武彰(1950—),台湾省著名儿童文学家,出版过儿童诗集《春》《动物的歌》《凤凰花开满街》,儿歌集代表作《矮矮的鸭子》等。

矮矮的鸭子

一排鸭子,个子矮矮。

走起路来,屁股歪歪。

翅膀拍拍,太阳晒晒。

伸长脖子,吃吃青菜。

一排鸭子,个子矮矮。

走起路来,屁股歪歪。

【赏析】 幼儿总是从直接观察中获得对事物的简单认识,这首儿歌抓住了这个特点,把小鸭子矮矮的个子、笨拙的形态、可爱的神情、吃青菜的样子直观形象地描述了出来。儿歌的音韵非常和谐,节奏感很强,读起来也是朗朗上口,文字和声音的回环往复给幼儿听觉带来了愉悦。此外,儿歌中的动作性也很强,捕捉到了童心童趣,能引起幼儿的共鸣。

(三)张秋生及其儿歌选读

张秋生(1939—2022),儿童文学家、上海少年报社原总编辑。主要作品有《"啄木鸟"小队》《校园里的蔷薇花》《燃烧吧,篝火》《三个胡大刚的故事》等。先后获陈伯吹儿童文学奖、中国作家协会全国优秀儿童文学奖、宋庆龄儿童文学奖等。

半半歌

有个小孩叫半半,

起床已经七点半,

鞋子穿一半,

脸儿洗一半,

早饭吃一半,

课本拿一半,

上学路上半半跑,

光着一只小脚板。

【赏析】 这首儿歌构思精巧,为我们描绘了一个丢三落四的小朋友的形象,幼儿读后会觉得这个"半半"小朋友非常好笑,做事总是做一半。转念一想,他们心里可能就会打鼓,"咦,这个小孩子怎么那么熟悉,怎么有点像我?"儿歌语言简单明了而又具有韵律感和节奏感,幼儿能从笑声中明白:早上起床要抓紧时间,行动要快,不要家长催促,要学会收拾检查自己的书包,自己的事情自己做。

(四)刘饶民及其儿歌选读

刘饶民(1922—1987),1951年出版第一本儿童诗集,有《海边的孩子爱唱歌》《儿歌一百首》等儿童诗集传世,其中《大海的歌》获第二次全国少儿文艺创作二等奖。此外,他还主编了《中国儿歌三千首》《胶东儿歌》《莱阳儿歌》等。

问大海

大海大海我问你,
你为什么这么蓝?
大海笑着来回答:
我的怀里抱蓝天。

大海大海我问你,
你为什么这样咸?
大海笑着来回答:
渔民叔叔流了汗。

【赏析】 这首儿歌采用传统问答歌的形式,按照幼儿的思维模式精心设计问的内容,从创作者的思想高度深入浅出地给出了答案,提升幼儿的思想境界,既把大海的浩渺与蔚蓝展示给了幼儿,使得他们感受到大海的美,又潜移默化地引导幼儿知道劳动者的辛劳。作品的语言浅显,充满口语化韵味,不但景美,情更深,是一首儿歌精品。

(五) 圣野及其儿歌选读

圣野(1922—),中国作家协会会员,原少年儿童出版社副编审、《小朋友》杂志主编。1947年出版第一部儿童诗集《小灯笼》,后转业到少年儿童出版社,长期主编《小朋友》并一直坚为儿童创作。出版有《春娃娃》《雷公公和啄木鸟》《圣野诗选》等60多种诗文集,其中《春娃娃》获第二次全国少年儿童读物评奖优秀奖。

扮老公公

老公公,
出来了,
白胡子,
白眉毛。

点点头,
弯弯腰,
脚一滑,
摔一跤,
一摸胡子掉下了,
乐得大家哈哈笑。

【赏析】 这首儿歌以幼儿的视角和模仿行为作为切入点,生动地展现了幼儿天真无邪、活泼可爱的性格特点。通过模仿爷爷的白胡子、白眉毛,以及点头、弯腰等动作,幼儿不仅体验到了模仿的乐趣,也展现了对爷爷形象的喜爱和尊重。同时,儿歌中的"滑一滑,摔一跤,一摸胡子掉下了"等情节,更是充满了生活的真实感和趣味性,让读者仿佛能看到那个活泼好动、天真烂漫的孩童形象。

(六) 张继楼及其儿歌选读

张继楼(1927—),著名儿歌与童诗创作者。他先后出版了《夏天到来虫虫飞》《写给孩子们的诗》《种子坐飞机》等 20 部作品,编选了《晚安故事 365》《中国当代儿童诗歌选》等 23 种单行本。

翻跟斗

小妞妞,
围兜兜。
兜兜里头装豆豆,
吃了豆豆翻跟斗。
左边翻个六,
漏了九颗豆;
右边翻个九,
漏了六颗豆。
问你翻了几个大跟斗?
再问漏了几颗小豆豆?

【赏析】 这是一首集游戏性、趣味性、知识性于一体的儿歌,浓郁的生活气息、自然真切的情意荡漾在整首儿歌中。作者以诙谐活泼的文笔、平实浅显的语言精心刻画了一个稚气顽皮、憨态可掬的幼儿形象,让幼儿在感受现实生活的童真乐趣与盎然的游戏兴味的同时,又学习辨识了容易混淆的两个数字 6 和 9。

(七) 樊发稼及其儿歌选读

樊发稼(1937—),诗人、文学评论家,中国社会科学院文学研究所研究员、研究生院文学系教授,中国作家协会第五届、第六届全国委员会委员,原儿童文学委员会副主任。

答算题

一二三四五六七,
七个孩子答算题。
七张白纸桌上摆,
七只小手握铅笔。
七双眼睛闪闪亮,
七颗心儿一样细。
七份答卷交老师,
七张小脸笑眯眯。
几个小孩答对了?
一二三四五六七。

【赏析】 这首儿歌在提高幼儿认识数的能力的同时,也对幼儿进行了语言训练,让幼儿对物量词与相关事物的合理搭配的用法有了初步认识。作者还为这首数数歌建构了一个小小的情节,有滋有味地描绘了以七个认真细致肯动脑筋的孩子为中心的答算题的活动场面,而在"一二三四五六七"的数数声中,我们似乎可以听出老师对孩子们欣赏喜爱的心情,感受到十足的美学韵味。

(八)常瑞及其儿歌选读

常瑞(1940—),从 20 世纪 50 年代末开始至 80 年代初一直任小学教员,1983 年调到《北京日报》,任该报儿童副刊《小苗》编辑。1976 年开始发表作品,有故事《小面人》、儿歌《两只小象》等传世。

踩高跷

正月里,
好热闹,
村子里,
踩高跷。
爷爷乐,
奶奶笑,
小娃娃,
追着跑。
叔叔扮个猪八戒,
腿儿长长个子高。
走一步,
摇一摇,
摇来扭去摔不倒。

【赏析】 这是一首生活气息浓郁的生活儿歌,把乡间欢度春节时踩高跷的热闹情景展现在人们眼前。儿歌的剪裁十分精当,通过爷爷乐、奶奶笑、小娃娃追着跑的动态描述,从整体上营造出一派喜庆的节日气氛,儿歌还重点描写了叔叔扮猪八戒的情景,给人更具体、强烈的印象。

第三节 儿歌朗诵

朗诵儿歌时要读正确、读流利、读出节奏,根据儿歌特点,结合幼儿审美情趣,运用恰当的态势语和儿歌游戏化的形式,生动活泼地朗读儿歌。需要注意以下三个技巧:

一、充分读出儿歌的音乐性

儿歌的音乐性表现在明快的节奏、流畅的韵律上,一般通过节拍和押韵来呈现。朗读儿歌时要把韵脚读得突出、舒展,将儿歌的韵律强调出来。同时,注意语言的快、慢、断、连,通过节奏的变化,形成情感和情节叙述的紧、急、舒、缓。

(1) 儿歌《花儿好看我不摘》每句都以"ai"韵母结尾,响亮有力。

　　公园里,花儿开,红的红,白的白,花儿好看我不摘,大家都说我真乖。

(2) 儿歌《宝石光光》逢双行押"ang"韵,听感响亮,再加上叠音词"望望、光光"的使用,产生了动听的乐感,读来十分上口,便于幼儿口头传诵。

　　星星,月亮,抬头望望,摘来点灯,宝石光光,借来梳头,照我模样。

(3) 儿歌《月亮弯弯弯上天》由四句组成,第一、二、四句分别以"ian"韵母结尾,读起来朗朗上口,富于节奏感。

　　月亮弯弯弯上天,牛角弯弯弯两边,镰刀弯弯好割草,犁头弯弯好种田。

(4) 儿歌《菊花开》前两句以双音节反复两次,形成简单而又鲜明的节奏感,"歪""开"两字押"ai"韵,显得响亮明快;第三句以"开"为起头,转为两个三字句,并换韵成"uo",连续四个"朵"字形成语音上的气势;最后一句为七言结构,和前两句构成常见的"三三七"句式,既和谐,又产生音节上的变化。

　　板凳,板凳,歪歪,菊花,菊花,开开! 开几朵? 开三朵。爹一朵,娘一朵,妹妹头上戴一朵。(剩下那朵给白鸽)

二、塑造富有情趣的儿歌形象

儿歌活泼稚拙的情趣往往通过富于动态的细节与情节描述来表现,诵读儿歌就要展现活跃在这些细节与情节中的儿歌形象,其基本方法是:感受形象,表现形象。

例如,前文所讲到的谢武彰的儿歌《矮矮的鸭子》中,"个子矮矮""屁股歪歪"是表现鸭子可爱形态的标志性细节,朗读对应将"矮矮""歪歪"这些细节、形象用重音凸现出来,谐趣应声而来。

小刺猬理发

（鲁　兵）

小刺猬,(两拍,中速,"刺猬"读重音)
去理发,(两拍,稍快,读出神秘感)
嚓嚓嚓,
嚓嚓嚓,(三拍,稍快,读出欢快活泼的情绪)
理完发,(两拍,中速)
瞧瞧他,(两拍,"瞧瞧"拖腔重读,"他"短而快)
不是小刺猬,(三拍,"不"拖腔重读,读出疑惑的语气)
是个小娃娃。(三拍,"是"拖腔重读,"娃娃"提高声势,读出惊喜的语气)

《小刺猬理发》朗诵示例

三、诵读与游戏相结合

1. 以体态语辅助儿歌诵读

这是朗诵儿歌的常见形式,是以有声诵读为主,表情、手势、身姿等体态语作为增强儿歌表现力、游戏性的辅助语言。要注意的是,体态语不要过多,以免喧宾夺主。体态语与儿歌所表现的情趣要和谐一致。

2. 结合儿歌内容边诵读边进行游戏活动

传统儿歌中的手指歌、拍手谣、跳绳歌、踢毽歌等本身具有游戏的作用,这些游戏儿歌在幼儿诵读熟练后都可以直接运用在游戏活动中。例如,柯岩的《坐火车》是一首描写幼儿坐火车游戏场景的儿歌,幼儿可一边朗诵儿歌,一边扮演其中的司机、乘务员、不同乘客等角色。

> 小板凳,摆一排,小朋友们坐上来,这是火车跑得快,我当司机把车开,(轰隆隆,轰隆隆,呜!呜!)抱洋娃娃的靠窗坐,牵小熊的往后挪,皮球、积木都摆好,大家坐稳就开车。(轰隆隆,轰隆隆,呜呜呜!呜呜呜!)穿大山,过大河,火车跑遍全中国,大站、小站我都停,注意车站别下错。(轰隆隆,轰隆隆,呜呜呜!呜呜呜!)哎呀呀,怎么啦,你们一个也不下?收票啦,下去吧,让别人上车坐会儿吧。(轰隆隆,轰隆隆,呜!呜!)

第四节 儿歌创编

儿歌创作在 20 世纪 80 年代出现过一个高潮,但是进入 21 世纪以来,真正优秀、能够被广泛传唱的儿歌并不多,所以现在我们迫切需要创作幼儿乐于口口相传的新儿歌,更呼唤学前教育专业的学生致力于新儿歌的创作。无论是出于幼儿园教学需要还是幼儿的精神发展需要,我们都应当为幼儿提供更多、更优秀的儿歌。

一、儿歌创编要领

创作注意事项:一首好的儿歌必须具备三个条件:一是内容贴近儿童的生活;二是语言必须浅近、口语化,做到朗朗上口;三是要有童趣。只有从生活出发,用童心感受并掌握创作儿歌的一些规律与技巧,才能写出具有新意与灵气的儿歌。

(一) 写出儿歌的样式

1. 注意句式工整,营造鲜明节奏

写出儿歌的样式,就是儿歌看上去形式排列整齐、规范,儿歌的每行的字数基本符合儿歌句式规律。儿歌的常见句式有整齐的三言、四言、五言、六言、七言、三三七言,只要做到句式工整,诵读起来就自然形成了一定的节奏,表现出稳定的节奏美。如果每行的字数参差不齐、没有规律,必然破坏儿歌的节奏美与形式美。

懒猪
（圣　野）

小白猪，
圆又胖，
吃饱了，
地上躺，
呼噜噜，
睡得香，
眼一睁，
大天亮。

鸟儿
（赵家瑶）

鸟儿鸟儿，
飞来做窝，
一边做窝，
一边唱歌：
小心碰落
树上果果。

秋风吹
（常　瑞）

秋风秋风吹吹，
树叶树叶飞飞。
就像一群蝴蝶，
张开翅膀追追。

摇篮
（王清秀）

藤摇篮，
竹摇篮，
宝宝坐的一条船。
妈的手，
是船桨，
把船摇到梦里边。

2. 注意押韵，形成和谐韵律

押韵是造成儿歌音韵和谐的最重要的手段，押韵使儿歌读起来朗朗上口，悦耳动听。要根据不同的押韵方式来寻找韵脚字，写出儿歌的"样式"。初学写儿歌，应该掌握以下押韵规律。

（1）句句押韵。句句押韵的儿歌音乐感特别强，很受幼儿的欢迎。例如家喻户晓的民间儿歌《外婆桥》：

摇摇摇，
一摇摇到外婆桥，
外婆叫我好宝宝，
糖一包，果一包，
还有饼儿还有糕，
吃了糕饼上学校。

这首儿歌每句都以"ao"韵母结尾，响亮有力。需要注意的是，如果采用句句押韵的方式写作儿歌，除了字头歌外，不要总是用相同的一两个字来押韵，要尽量避免单调的重复。

（2）第一、二、四句押韵。这种押韵方式在"绝句型"（即四句为一首）儿歌中用的较多，例如李少白的《小狗》：

> 小狗小狗,
> 尾巴当手,
> 一摇一摇,
> 欢迎朋友。

　　这首儿歌由四句组成,每句四言,第一、二、四句都以"ou"韵母结尾,读起来富有节奏感。

　　(3) 双行押韵。一首儿歌如果篇幅超过四句,一般要双行押韵(偶数行押韵),这样才会形成儿歌的音韵和谐。需要注意的是,这种押韵形式的儿歌,第一行可以押韵,我们叫"定韵",也可以不押韵;同时,如果儿歌是奇数行,在遵循双行押韵规律的同时,最后一句也要押韵。例如《狐狸做衣裳》:

> 狐狸做件花衣裳,
> 大家都说真漂亮。
> 小熊上街买来布,
> 照样裁剪忙啊忙。
> 一样领,一样袖,
> 尺寸大小全一样。
> 做完新衣试一试,
> 穿了半天穿不上。
> 量量身体才明白:
> 小熊要比狐狸胖。

　　(4) 第二、三行押韵。这种押韵方式通常用在"三三七"句型中,如在前面赏析部分讲过的张继楼的《小蚱蜢》,就是由三段三三七句式组成的,每段的二、三句都是以"ao"韵母结尾,一韵到底,节奏感强,富有童趣。在采用"三三七"句式时,可以像《小蚱蜢》那样一韵到底,给人一气呵成的感觉,也可以根据需要进行适当的"变体"调整,形成错落有致的变化美。例如丁曲的《葡萄》:

> 葡萄藤,
> 爬得高,
> 爬到架上吹泡泡;
> 吹了一串又一串,
> 串串都是甜葡萄。

　　这首儿歌由三三七和七言句式组成,巧妙地运用双行押韵和二、四句押韵的方式形成整体韵律的和谐。除此之外,还可以采用隔段换韵的方式来构建三三七句式,例如张光昌的《送苹果》:

> 苹果鲜,
> 鲜苹果,
> 捧在手里乐呵呵。

鲜苹果，

苹果鲜，

一送送到幼儿园。

苹果大，

大苹果，

不知送给哪一个。

大苹果，

苹果大，

老师老师请收下。

这首儿歌由四段三三七言构成，巧妙地运用词序的变化来造成韵脚的变化，节奏明快、韵律和谐、充满真挚美好的感情，充分体现了三三七言式儿歌丰富的表现力。

总之，只要做到句式和押韵两方面都符合儿歌的要求，就能够写出"像样"的儿歌了。

（二）写出儿歌的情趣

儿歌作家金黎说过："如果说思想是儿歌的灵魂，趣味就是儿歌的生命。"对于幼儿来说，有趣、好玩的儿歌他们才喜欢听，所以创作儿歌要在幼儿情趣上下功夫，写出童真童趣，给幼儿以快乐。

1. 抓住事物特征，从幼儿视角联想想象

努力走进幼儿的童心世界，才能写出幼儿奇特的幻想、孩子气的疑问、真诚稚气的言行、天真无邪的愿望。想象是使儿歌走向生动有趣、富有灵气神韵的有效途径。有无大胆独特的想象往往是检验一首儿歌优劣的试金石。

小萝卜
（范永昭）

小萝卜，

真可笑，

躲在地里藏猫猫，

绿头发，

没藏好，

小兔一找就找到。

在这首儿歌中，作家走进大自然，用生动、活泼、形象的语言描绘了萝卜的外部特征，并用了拟人的表现手法，使萝卜变成了具有童话色彩的小生命，如果没有细致的观察和儿童的原始思维，是很难写出如此美妙的儿歌的。

2. 巧用表现手法，表现幼儿情趣

儿歌常用的表现手法有对比、夸张、起兴、摹状、反复、设问等。无论何种表现手法，只要用得自然贴切，都会为作品增色。前两种在各类文体中都比较常见，以下主要对后四种手法在儿歌中的应用做详解。

(1) 起兴

起兴一般用于儿歌的开头,用以造成一种气氛。如传统儿歌《菊花开》:"板凳板凳歪歪,菊花菊花开开。开几朵?开三朵,爹一朵,娘一朵,还有一朵给白鸽。"开头一句是起兴句,看似和后文没有联系,仔细品味,却可以想见小主人公原先坐在板凳上摇着玩,突然见到旁边菊花开的情景,起到了营造环境气氛的作用。

(2) 摹状

摹状是用生动形象的语言把所要描述的事物的状态、颜色及声音模拟出来,包括摹形、摹色、摹声三个方面。儿歌中恰当地运用这种手法,会增加儿童的吟唱兴趣。如丁曲的《冬瓜》:"冬瓜,冬瓜,地上躺;呼噜,呼噜,睡得香;一个一个长得胖。"既有对形体的模拟,也有对声音的模拟,增添了作品的情趣。

(3) 反复

反复是儿歌的重要形式特征。如西藏儿歌《雪花白,雪花亮》中"雪花白,雪花亮"这两句,反复了三次,既便于儿童吟唱、记忆,也增强了表达效果。"小雨点,沙沙沙,落在花园里,花儿乐得张嘴巴;小雨点,沙沙沙,落在池塘里,鱼儿乐得摇尾巴;小雨点,沙沙沙,落在田野里,苗儿乐得向上拔。"这首儿歌中的"小雨点,沙沙沙"用的就是反复的表现手法。

(4) 设问

设问也是儿歌常用的手法,可以引人注意和深思,同时也能使儿歌的抒情状物有起有伏,生动别致。如杨子忱的《雨滴滴》:"天上落下雨滴滴,浇得红花开一地。多少雨滴在飘落?一滴两滴三滴四滴……天上落下雨滴滴,浇得草儿绿又绿。滴滴雨滴落在哪?落南落北落东西……"这首儿歌如果没有两个设问句式的穿插,就会显得平淡。

(三) 写出儿歌的浅白

"写得浅白"就是指儿歌的语言要浅显,简单易懂,语言要符合幼儿的理解水平,要用幼儿能听懂的口语词汇,尽量口语化、形象化。如:

逗蚂蚁

(童　昌)

蚂蚁来呀来,
快快来吃饭。
什么饭?
黄米饭。
什么菜?
炒青菜。
什么碗?
烂泥碗。
吃不了,
往回搬,
哼唷哼唷搬得欢。

这首儿歌的语言十分浅显和口语化,幼儿一听就能明白,非常适合吟唱。

另外，儿歌的浅白还表现在主题的定位上，一首儿歌只能生动地描述一件事物，明确表述一个意思或道理，让幼儿一听就能领悟儿歌的内涵。如：

小板凳

（蓝　迪）

小板凳，你莫歪，

让我爷爷坐下来。

我帮爷爷捶捶背，

爷爷夸我好乖乖。

这首儿歌的主题单一，整首儿歌只讲一个道理——尊老爱幼。

二、儿歌创编的内容选择

儿歌是儿童成长过程中的重要组成部分，它们以简洁的语言、欢快的节奏和生动的形象，传递着知识、情感和价值观。在创编儿歌内容时，需要考虑儿童的年龄特点、兴趣爱好以及教育意义。以下是一些建议的内容选择方向：

1. 生活常识

个人卫生：如洗手歌、刷牙歌，通过儿歌教会幼儿基本的卫生习惯。

交通安全：编写关于过马路、乘车安全的儿歌，提高幼儿的安全意识。

饮食习惯：介绍健康饮食的儿歌，鼓励幼儿多吃蔬果，少吃零食。

2. 自然与动物

季节变化：描绘四季变换的儿歌，让幼儿感受自然之美。

动物世界：通过儿歌介绍不同动物的特点和生活习性，激发幼儿对大自然的兴趣。

环境保护：编写关于垃圾分类、节约用水的儿歌，培养幼儿的环保意识。

3. 传统文化

节日习俗：如关于春节、中秋节等传统节日的儿歌，传承中华文化。

历史故事：以简洁的语言讲述历史故事，如根据《三字经》《百家姓》等改编的儿歌。

民间艺术：介绍剪纸、泥塑等传统艺术形式的儿歌，增进幼儿对传统文化的了解。

4. 情感与品德

亲情友情：表达家人间、朋友间情感的儿歌，培养幼儿的同理心和社交能力。

勇敢坚强：讲述勇敢面对困难、坚持不懈的故事，培养幼儿积极向上的态度。

诚实守信：强调诚实守信的重要性，通过儿歌传递正面价值观。

5. 认知发展

数字与颜色：通过儿歌学习数字、颜色等基本概念。

身体部位：介绍身体各部位名称的儿歌，帮助幼儿认识自己。

时间与空间：讲述简单的时间概念（如早晨、晚上）和空间概念（如上下左右）的儿歌。

6. 想象与创造

童话与幻想：基于童话故事或幼儿自己的想象创作的儿歌，激发幼儿的创造力。

科学探索：简单介绍科学原理或现象的儿歌，如太阳月亮、天气变化等，激发幼儿的好奇心。

在创编儿歌时,应确保内容积极向上、语言简洁易懂,同时注重节奏感和韵律美,使儿歌既具有教育意义,又易于幼儿接受和喜爱。此外,还可以考虑结合音乐、舞蹈等元素,使儿歌更加生动有趣。

三、儿歌创编的修改

文章不厌千回改。好作品是改出来的.儿歌的创作也一样,写好儿歌后,一定要进行反复的推敲、修改。例如《螳螂》:

修改前	修改后
一只螳螂,	一只螳螂,
举起两把大刀。	举起大刀,
走了三步路,	一跳一跳,
要去割青草。	去割青草。

修改后的儿歌使作品更加简练,突出了螳螂蹦跳行进的特点,准确生动地表现了螳螂活泼的模样;同时句式更工整,节奏感更鲜明。再如儿歌《红辣椒》:

修改前	修改后
屋檐下,	屋檐下,
挂着红辣椒,	红辣椒,
一串串,	一串串,
像火苗。	像火苗。
燕子太粗心,	燕子说,
急忙飞走了,	不得了,
它担心,	房子让火烧,
房子被火烧。	急忙飞走了。

修改后的儿歌句式更加整齐,节奏鲜明,小燕子的粗心大意和紧张的形象跃然纸上。

第五节 儿歌教学及案例

一、儿歌教学要点

儿歌历史悠久,作品丰富,其丰富的变体和包罗万象的内容充分展现了人类语言的神奇魅力和民间文学的强大生命力,是重要的儿童教育资源。在教学过程中,我们要充分了解幼儿的身心发展特点,选择合适的儿歌内容,采用符合年龄特征的教学方法,尽量避免形态呆板的教学,使教学过程更加自然和无形。

(一) 0—3岁婴幼儿儿歌教学

在为0—3岁婴幼儿开展儿歌教学时,重要的是选择适合他们年龄特点的儿歌,并采用有效的教学方法来促进他们的全面发展。以下是针对不同年龄段婴幼儿的儿歌教学策略:

1. 0—1岁婴儿儿歌教学

(1) 儿歌选择:① 旋律简单、柔和的儿歌,有助于安抚婴儿情绪;② 歌词和旋律具有高度重复性,便于婴儿识别和记忆;③ 慢节奏的儿歌有助于婴儿的听觉发展和语言感知。

(2) 教学策略:① 重复播放儿歌,利用儿歌的重复性帮助婴儿识别和记忆旋律和歌词。② 鼓励家长在播放儿歌时与婴儿进行肢体接触,如轻柔地拍打或抚摸,以增强亲子关系。

例如,儿歌《小星星》:"一闪一闪亮晶晶,满天都是小星星。挂在天空放光明,好像许多小眼睛。一闪一闪亮晶晶,满天都是小星星。"儿歌舒缓愉快,旋律简单,适合作为睡前儿歌,家长可以一边吟唱一边轻拍婴儿,陪伴他们入睡。

2. 1—2岁幼儿儿歌教学

(1) 儿歌选择:① 儿歌节奏更加明快,能够激发幼儿的活动兴趣;② 儿歌常伴有简单动作,促进幼儿的身体协调性;③ 内容涉及基本生活常识,帮助幼儿理解日常活动。

(2) 教学策略:① 引导幼儿模仿儿歌中的简单动作,增强幼儿兴趣;② 将儿歌与日常生活活动紧密结合,教授幼儿生活常识,帮助他们认识周围环境。

例如,儿歌《两只老虎》:"两只老虎,两只老虎,跑得快,跑得快,一只没有眼睛,一只没有尾巴,真奇怪,真奇怪。"儿歌节奏欢快,配合简单动作,适合幼儿模仿和学习。

3. 2—3岁幼儿儿歌教学

(1) 儿歌选择:① 儿歌内容开始包含简单的教育元素,如数字、颜色、形状等,帮助幼儿学习基本概念;② 儿歌设计上更注重互动性,鼓励幼儿参与和回应;③ 可以选择包含传统文化元素的儿歌,进行初步的文化启蒙,如《三字经》。

(2) 教学策略:将儿歌融入到具体的生活场景中,通过讲故事、唱歌、手势配合等方式,让幼儿感受到儿歌所表现的情境和情感;或结合动作、节奏和音乐,幼儿在听儿歌的同时,通过模仿老师的动作、跟随音乐的节奏来进行身体的活动,从而更好地理解和记忆儿歌的内容。

(二) 3—6岁幼儿儿歌教学

1. 3—4岁幼儿儿歌教学

3—4岁幼儿正处于语言和认知能力快速发展的时期,他们喜欢模仿和参与简单的互动活动。这个年龄段的幼儿对周围世界充满好奇,喜欢通过游戏和探索来学习新事物。教学应注重互动性和趣味性,以游戏化的方式促进幼儿的语言和认知发展。

① 互动式教学:通过提问和回答的形式,让幼儿参与到儿歌的学习中。例如,在学习儿歌《小白兔》时,教师可以问:"小兔子是怎么跳的?"引导幼儿模仿小兔子蹦蹦跳跳的动作。

② 视觉辅助:使用图片或简单的动画来帮助幼儿理解儿歌内容。例如,展示与儿歌《小白兔》相关的图片,帮助幼儿记忆歌词。

③ 节奏练习:通过拍手或简单的乐器演奏来感受儿歌的节奏。例如,用小鼓伴奏《小

星星》,让幼儿跟随节奏拍手。

④ 注意安全教育和品德教育:在儿歌教学中融入安全教育和品德教育的内容。例如,通过儿歌《孙悟空打妖怪》,教育幼儿不要跟陌生人走,增强他们的安全意识。

2. 4—5岁幼儿儿歌教学

4—5岁幼儿开始展现出更多的创造力和想象力,他们能够进行简单的创作和改编。该年龄段的幼儿的语言理解和表达能力增强,能够参与更复杂的活动和讨论。教学应鼓励创造性和情感表达,通过多样化的活动培养幼儿的语言能力和情感认知。

① 情感引导:通过讨论儿歌中的情感和主题,引导幼儿表达自己的感受。例如,在学习《我的好妈妈》时,讨论对妈妈的爱和感激。

② 跨学科整合:将儿歌教学与其他学科内容相结合。例如,通过儿歌《数鸭子》来教授数字和计数。

③ 小组合作:组织幼儿进行小组合作学习儿歌。例如,分组表演《小兔子乖乖》,培养团队合作能力。

④ 角色扮演:让幼儿扮演儿歌中的角色,通过角色扮演来体验儿歌情境。例如,在学习《拔萝卜》时,幼儿可以扮演拔萝卜的人或萝卜。

3. 5—6岁幼儿儿歌教学

5—6岁幼儿的语言能力和批判性思维能力更加成熟,能够理解更复杂的概念,喜欢挑战和探索新知识,对文化和社会现象表现出浓厚的兴趣。教学应注重挑战性和批判性思维的培养,通过多元化的学习体验准备幼儿进入小学的学习。

① 创作改编:鼓励幼儿对熟悉的儿歌进行简单的创作或改编。例如,让幼儿为《小燕子》创作新的内容或动作。

② 批判性思维培养:鼓励幼儿对儿歌内容进行批判性思考。例如,讨论《小蝌蚪找妈妈》中的家庭和亲情概念。

③ 多媒体应用:利用多媒体技术,如动画、互动软件等,创造丰富的儿歌学习体验。例如,使用互动白板教学《小兔子乖乖》,让幼儿通过拖拽动作来完成儿歌的互动环节。

二、儿歌教学案例

(一) 小班儿歌教学活动:猴子荡秋千

猴子荡秋千

(袋鼠妈妈)

五只猴子荡秋千,嘲笑鳄鱼被水淹,
鳄鱼来了,鳄鱼来了。啊呜! 啊呜! 啊呜!
四只猴子荡秋千,嘲笑鳄鱼被水淹,
鳄鱼来了,鳄鱼来了。啊呜! 啊呜! 啊呜!
三只猴子荡秋千,嘲笑鳄鱼被水淹,
鳄鱼来了,鳄鱼来了。啊呜! 啊呜! 啊呜!
两只猴子荡秋千,嘲笑鳄鱼被水淹,

鳄鱼来了,鳄鱼来了。啊呜!啊呜!啊呜!
一只猴子荡秋千,嘲笑鳄鱼被水淹,
鳄鱼来了,鳄鱼来了。啊呜!啊呜!啊呜!
没有猴子荡秋千,鳄鱼高兴地游走啦!

【活动意图】

《幼儿园教育指导纲要》中明确提出:游戏是幼儿学习的主要形式。依据这一指导思想,根据小班幼儿的认知特点和发展水平,有情景的手指游戏《猴子荡秋千》是很好的低年龄段幼儿学习的素材。手指游戏是幼儿非常喜欢的一种活动形式,可以发展幼儿的想象力和语言表达能力,幼儿的点数能力也在儿歌活动情境中得到锻炼。

【活动目标】

1. 理解儿歌内容,能配合手指动作表演儿歌。
2. 通过富有情节的手指游戏的学习,发展想象力和语言表达能力。
3. 积极参加活动,体验手指游戏和朗诵儿歌的乐趣。

【活动准备】

材料准备:鳄鱼图片一张、猴子图片五张;
经验准备:幼儿能点数五以内的数量。

【活动过程】

1. 活动导入

(1) 教师出示五个猴子和一只鳄鱼图片导入活动。

教师:你们看看今天老师带来了什么?(出示猴子图片,幼儿点数),这五只猴子在荡秋千时看到了谁?(教师边讲边拿出鳄鱼图片)鳄鱼生活在哪里?这五只猴子和鳄鱼会发生什么故事呢?

(2) 教师朗诵儿歌,幼儿初步感知。

教师:猴子们在干什么呢?请小朋友听一听。

2. 学习儿歌内容和手指动作

(1) 教师就儿歌内容提问。

教师:儿歌里唱了什么?猴子们看到谁了?

(2) 教师配合儿歌做手指动作,引导幼儿观察学习。

五只猴子荡秋千,嘲笑鳄鱼被水淹,(伸出五只手指随节奏晃动)

鳄鱼来了鳄鱼来了,啊呜!啊呜!啊呜!(一只手不动,另一只手四指合拢做鳄鱼的小嘴巴去咬另一只手)

教师:现在还有几只猴子了?那现在四只猴子又开始荡秋千了。(做相应的手指动作)

(3) 教师引导幼儿说出下一段儿歌歌词并做相应的手指动作。

3. 配合手指动作朗诵儿歌

(1) 幼儿跟随完整儿歌做手指动作。

教师:接下来我想让小朋友听听这首儿歌,跟着儿歌完整地做一做手指动作。

(2) 幼儿完整朗诵儿歌。

教师:我们的小手真灵活,可是它有点累了,我们让它休息一会儿吧,你愿意跟着老师唱一唱这首儿歌吗?

(3)幼儿边朗诵儿歌边做手指动作。

教师:我们学会了这首儿歌,也学会了手指游戏,你们能不能边唱儿歌边做手指动作呢?

教师带领幼儿一边朗诵儿歌一边做手指动作。

【活动延伸】

在一日生活其他环节或区域游戏时一边念儿歌一边玩手指游戏。

【活动补充】 手指操游戏

手指游戏是游戏活动的重要内容,不仅能激发幼儿活动的兴趣,还能锻炼手指的灵活性,对幼儿大脑的发育也十分有利。

1. 秋风来

秋风秋风吹吹,(双手手心相对手指向上,右手在上左手在下,随节奏弯曲手指)

树叶树叶飞飞。(双手在身体右斜上方,手心手背"手腕花")

好像一只蝴蝶,(双手食指与拇指相对,其余三个手指竖起,双手拇指相碰)

飞到空中追追。(其余四指分开扇动)

2. 包子卷子

包子这么大,(双手握拳中间有一掌的距离平行,伸出于身体前)

卷子这么长,(双手手心相对中间有一掌的距离,伸出于身体前)

打开一看,里面包着糖,(手腕相靠做"小云手"的动作)

左看看,(左手握拳手心向上,右手五指并拢手心向上,指尖对着左拳)

右看看,(右手握拳手心向上,左手五指并拢手心向上,指尖对着右拳)

宝宝尝一尝。(最后双手在脸颊两旁做扇风的动作)

3. 身体动一动

张张嘴,河马要喝水,(四指并拢和大拇指张开、合上三次)

抓抓脸,猫儿在洗脸,(双手五指分开放脸边抓两下,洗洗脸)

弯弯腰,猴子捡香蕉,(左手手心向上,右手做捡东西状放到左手手心)

动动脚,袋鼠爱跳高。(双脚脚尖左右摆动一次,双脚跳三下)

4. 五指歌

一个手指点一点(大拇指弯一弯)

两个手指剪一剪(中指和食指做剪刀状,横剪一下竖剪一下)

三个手指弯一弯(食指,中指和无名指屈伸)

四个手指翻一翻(四个手指交叉向内和向外各一次)

五个手指拍一拍(拍手)

双手合十我最乖(双手合十后竖起大拇指)

5. 苍蝇蚊子飞走了

小蚊子,飞飞飞(一幼儿右手指尖合拢,放在另一幼儿右手手背上,另一幼儿同样左手指尖合拢放在一幼儿的右手手背上,同样动作反复)

飞到这里咬一口(动作同上)
噗(两幼儿同时用嘴吹)
蚊子飞走了(两幼儿互拍手3次)
小苍蝇,飞飞飞(动作同小蚊子一样)
飞到这里叮一口(动作同小蚊子一样)
噗(两幼儿同时用嘴吹)
苍蝇飞走了(两幼儿互拍手3次)

6. 吹泡泡

吹泡泡,吹泡泡,(左右手分别捏起五指,再打开)
吹出一个大泡泡,(在嘴巴前比一个圆)
大泡泡飞得高,(左右手握成空拳,分别交替向上)
小泡泡飞得低,(左右手分别弹指,随后交替向下)
泡泡泡泡转一转,(双手握拳,食指伸出螺旋画圆)
噼里啪啦,噗——(拍手一下,嘴里发出"噗"声)

7. 小手拍拍

小手拍拍,小手拍拍,(拍拍双手)
手指伸出来,(伸出食指)
眼睛在哪里?(用一种夸张的语气问)
眼睛在这里,(指眼睛)
用手指出来。(一边指着眼睛一边用眼神鼓励幼儿)
灵活变化:可以把眼睛改成其他任何一个身体部位,比如鼻子嘴巴等等。这个游戏教会幼儿认识五官和身体的部位,让他增强自己的身体意识。

8. 土豆

土豆土豆土豆丝儿,(双手握拳对击两下,拍手一下)
土豆土豆皮儿,(双手握拳对击两下,手背相拍一下)
土豆丝儿土豆皮儿,(双手握拳对击一下,拍手一下)
土豆皮儿土豆丝儿。(双手握拳对击一下,手背相拍一下)

(二)中班儿歌教学活动:小熊过桥

小熊过桥
(蒋应武)

小竹桥,摇摇摇,
有个小熊来过桥。
走不稳,站不牢,
走到桥上心乱跳。
头上乌鸦哇哇叫,
桥下流水哗哗笑。
"妈妈,妈妈你来呀,

快把小熊抱过桥!"
河里鲤鱼跳出水,
对着小熊大声叫:
"小熊,小熊不要怕,
眼睛向着前面瞧!"
一二三,
向前跑,
小熊过桥回头笑,
鲤鱼乐得尾巴摇。

《小熊过桥》朗诵示例

【活动意图】
《小熊过桥》塑造了主人公小熊幽默、憨厚这一幼儿喜欢的动物形象,通过小熊从害怕过桥到凭借自己的努力勇敢过桥前后不同的心理活动对比,旨在培养幼儿坚强、勇敢的个性。中班幼儿克服困难和关心同伴的能力虽有发展,但水平较低。小熊过桥内容生动有趣,教师可以通过儿歌对幼儿进行勇敢教育,并让幼儿学会关心、帮助困境中的同伴。

【活动目标】
1. 理解儿歌内容,能按一定的节奏朗诵儿歌。
2. 尝试用语言、表情或动作表达出小熊过桥时的心情。
3. 懂得遇到困难要大胆面对,知道在同伴遇到困难时要关心、帮助同伴。

【活动准备】
物质准备:根据诗歌内容制作课件一套;小熊、鲤鱼、乌鸦、流水头饰各一个,小熊玩具一个,自制小竹桥、小熊、乌鸦、流水、鲤鱼等图片各一张;音乐《小熊过桥》。
经验准备:幼儿已有走独木桥的游戏经验。

【活动过程】
1. 初步感知儿歌
(1) 谈话激趣
教师:刚才我们在楼下玩了走独木桥的游戏,你还走过一些什么样的小桥呢?
教师出示小竹桥的图片,引导幼儿用语言描述小竹桥的特征。
(2) 欣赏儿歌第一段
① 教师出示小熊玩具,模仿角色,有表情地导入活动。
教师:我是小熊,我要过小桥,会发生什么事呢?下面请听儿歌《小熊过桥》。
② 教师念儿歌时,注意两句一组地念,念出儿歌的节奏和韵律。
2. 理解体验作品
(1) 借助课件学习儿歌第一段
① 你听到了什么?教师根据幼儿的讲述展示相应的课件。
② 教师:小熊过桥时发生了什么事?小熊过的是什么样子的桥?它为什么"心乱跳"?是谁在笑话小熊呢?它们为什么要笑话小熊呢?谁能来表演一下小熊过桥时紧张、害怕的样子呢?
教师通过图片以及表情、语气、动作启发幼儿体会小熊过桥时的心情,然后朗读儿歌

第一段,模仿小熊的声音说:"妈妈妈妈你来呀,快把小熊抱过桥!"

(2)欣赏、理解儿歌第二段

①教师边展示课件边有表情地朗诵儿歌。

②教师:鲤鱼对小熊说了什么?哪位小朋友能来模仿一下鲤鱼说话的样子呢?

幼儿学习朗诵:"小熊,小熊不要怕,眼睛向着前面瞧!"

③教师:小熊走过桥了吗?它是怎么走过来的呢?

幼儿学习朗诵:一二三,向前跑。小熊过桥回头笑,鲤鱼乐得尾巴摇。

④教师:小熊过桥时心情怎么样?鲤鱼为什么会乐得摇尾巴呢?如果你遇到困难,你会怎么做?

鼓励幼儿做一个遇到困难不紧张、能大胆面对的人。

(3)播放音乐,完整欣赏、学念儿歌。

3. 表演儿歌作品

(1)教师出示头饰,请四位幼儿分别扮演小熊、鲤鱼、乌鸦、流水,其他幼儿一起有节奏地念儿歌,也可让幼儿跟随音乐表演。

(2)幼儿边念儿歌边完整地表演。

【活动延伸】

亲子共读:家长和幼儿共读与勇敢、克服困难相关的绘本或故事书,如《勇敢的小裁缝》等,引导幼儿进一步理解勇敢的内涵,鼓励幼儿在生活中遇到困难时也要勇敢面对。

(三)大班儿歌教学活动:好孩子

好孩子

(圣 野)

张家有个小胖子,自己穿衣穿袜子,还给妹妹梳辫子。

李家有个小柱子,天天起来叠被子,打水扫地擦桌子。

王家有个小妮子,找个钉子小锤子,修好课桌小椅子。

周家有个小豆子,捡到一个皮夹子,还给后院大婶子。

小胖子,小柱子,小妮子,小豆子,他们都是好孩子。

【活动意图】

《好孩子》是一首"子"字歌,它突出的特点是每句最后一个字都相同,一韵到底,韵律感强。作者以极其浅白的语言,描绘了四位好孩子的形象,在行为规范上给幼儿树立了良好的学习典范。本活动就围绕这一具体的文学作品,展开一系列相关的主题活动,重点在于引导幼儿在充分感受歌谣的主题思想、语言内容、文体特点的基础上,学习朗诵和创编,并从和谐顺口的节奏和生动有趣的内容中获得心理满足。

【活动目标】

1. 知道它是一首"子字歌",突出特点是每句最后一个字(几乎)相同。

2. 学会有节奏、有韵律地朗诵全文,体会做"好孩子"的意义。

3. 喜欢这首亲切而有趣的传统歌谣,乐意参与朗诵和仿编词段的活动。

【活动准备】

经验准备:幼儿具有自理个人生活的经验,如会自己穿袜子、叠被子、梳头发、擦桌子等。

物质准备:儿歌中四位好孩子的图像(图像注"张、李、王、周"的字样);人手一件木竹类的打击乐器。

【活动过程】

1. 初步感知儿歌

引导语:在小朋友生活的周边,有很多好孩子,谁能告诉老师,好孩子是什么样的?

过渡语:下面,老师想请小朋友欣赏一首与好孩子有关的、很有趣的歌谣。

(1) 教师首次朗诵儿歌,幼儿初步感知儿歌的生动有趣。

启发提问:猜猜歌谣叫什么名字?听起来感觉怎么样?

教师小结:这首歌谣叫《好孩子》,讲的是好孩子做好事的故事。读起来很有节奏、很顺口,听起来很生动、很有趣。接下来再欣赏一遍,找找哪儿很有趣。

(2) 教师再次朗诵儿歌,幼儿初步感知"子字歌"的突出特点。

启发提问:谁能发现这首歌谣里有一个很有趣、很特别的地方?

教师小结:这首歌谣最特别的地方就是每句最后一个字都是"子"字,所以也可以说它是一首"子字歌"。

(3) 教师第三次边演示教具边朗诵儿歌,幼儿初步感知儿歌中的角色和内容。

启发提问:儿歌说到的四位好孩子分别是哪家的孩子?叫什么名字?做了什么好事?

引导思考:为什么说他们是好孩子?

2. 理解体验作品

(1) 幼儿朗诵儿歌。

① 借助教具,幼儿分段跟念儿歌,并练习发准翘舌音。

② 幼儿完整跟念儿歌,可从不出声到轻声再到用稍微响亮的声音反复完整跟念。

(2) 幼儿表演儿歌。

① 加入打击乐器,幼儿学习有节奏、有韵律、有表情地表演朗诵。

② 幼儿分成四组,分角色表演朗诵。

3. 创造性表达

(1) 讨论与示范

① 组织讨论:儿歌里的好孩子,除了可以自己穿衣、穿袜、叠被子,还可以为自己做什么?儿歌里的好孩子,除了可以帮助小妹妹梳辫子、帮爸爸妈妈扫地擦桌子、帮小伙伴修课桌椅,还可以帮别人做什么?

② 教师示范:根据幼儿讨论结果,选择1—2个内容示范仿编1—2段,帮助幼儿将自己的想象纳入一定的语言框架之中。

(2) 想象与仿编

① 教师出示素材图片,引导幼儿根据图片仿编一个段落;

② 不出示绘画素材,要求幼儿脱离教具去想象与仿编一个段落。

(3) 串联与总结

① 在幼儿编出自己的儿歌段落后,教师帮助幼儿选择四个具有代表性的段落,并加

上原文的总结句,形成一篇完整的歌谣。

②组织幼儿有表情地朗诵自编的儿歌,鼓励幼儿即兴加入打击乐器或动作,使幼儿从和谐顺口的节奏朗诵和生动有趣的仿编活动中获得身心满足。

【活动延伸】

1. 专题讨论:我要怎样做才能是个好孩子?
2. 观察生活:寻找生活中好孩子的事迹。
3. 积累素材:把观察收集到的素材画下来。

练习与思考

1. 举例说明儿歌的几种主要类型。
2. 写出你幼年时听到的两首儿歌,想想它们为什么能让你铭记在心?
3. 试选择一个年龄班,针对设计一个儿歌教学活动。

附:儿歌选读

1. 太阳公公起得早
　　(鲁　兵)

太阳公公起得早,
他怕宝宝睡懒觉。
爬上窗口瞧一瞧,
咦?宝宝不见了,
宝宝正在院子里,
一二一二做早操。

2. 搭积木
　　(程宏明)

布娃娃,你别哭,
我用积木搭小屋。
小屋真漂亮,
红门绿窗户,
来吧,来吧,
我们一起住。

3. 吃饼干
　　(郑春华)

饼干圆圆,圆圆饼干,
用手掰开,变成小船。
你吃一半,我吃一半,
啊呜一口,小船真甜。

4. 做习题
　　(邓德明)

小调皮,做习题,
习题难,画小雁。
小雁飞,画乌龟,
乌龟爬,画小马。
小马跑,画小猫,
小猫叫,吓一跳。
学文化,怕动脑,
看你怎么学得好?

5. 野牵牛
　　（金　波）

野牵牛,爬高楼;
高楼高,爬树梢;
树梢长,爬东墙;
东墙滑,爬篱笆;
篱笆细,不敢爬;
躺在地上吹喇叭:
嘀嘀嗒,嘀嘀嗒!

6. 红孩子
　　（黎　中）

红鞋子,红袜子,
红裤子,红褂子,
红色头绳扎辫子,
再戴一顶红帽子,
哎哟哟,哪里来的红孩子?

7. 穿靴子的老鼠
　　（张秋生）

小老鼠,爱打扮,
穿双靴子光闪闪,
走来走去真神气,
好像一位大演员。
小老鼠,挺着胸,
一走走到猫跟前,
穿着靴子跑不快,
吱的一声完了蛋。

8. 风儿累了
　　（薛卫民）

风儿累了,
不吹了。
小树玩累了,
不摇了。
小狗玩累了,
不跳了。

娃娃玩累了,
睡觉了。

9. 小猫照镜子
　　（冯幽君）

小花猫,不害臊,
不洗脸,把镜照,
左边照,右边照,
埋怨镜子脏,
气得胡子翘。

10. 好朋友
　　（樊发稼）

金钩钩,银钩钩,
请你伸出小指头,
结结实实钩一钩。
钩一钩,点点头,
一起唱歌又跳舞,
我们都是好朋友。

11. 睡午觉
　　（圣　野）

小朋友,睡午觉,
幼儿园里静悄悄。
小花猫,懂礼貌,
不吵不叫也不闹,
走起路来轻又轻,
进屋谁也不知道。

12. 小蟋蟀
　　（谢采筏）

天不怕,地不怕,
就怕回家爸爸骂。
爸爸骂,为的啥?
不爱学习爱打架。

13. 西　瓜
　　　（谢武彰）

西瓜大，西瓜圆，
西瓜香，西瓜甜，
西瓜汁，西瓜片，

14. 十个手指头
　　　（袁秀兰）

一双小小手，
十个手指头，
有高有低，
有胖有瘦，
你帮我穿衣，
我帮你扣扣。
十个手指头，
都是好朋友。

15. 粗心的小画家
　　　（许　浪）

丁丁是个小画家，
红蓝铅笔一大把。
画只螃蟹四条腿，
画只鸭子尖嘴巴，
画只小兔圆耳朵，
画匹大马没尾巴。
哈哈哈，哈哈哈，
真是个粗心的小画家！

第三章 幼儿诗

1. 能结合作品阐明幼儿诗的内涵和艺术特点。
2. 能判断幼儿诗的类型,了解各类幼儿诗的特点。
3. 懂得鉴赏和创编幼儿诗的方法,学会创编幼儿诗。
4. 学习运用幼儿诗进行教学活动设计与组织。

本章重点

1. 了解并掌握幼儿诗的基本概念及其特点。
2. 能够欣赏、诵读幼儿诗,感受作品的艺术魅力。

掌握幼儿诗的特点并能利用幼儿诗作品设计和组织幼儿园语言教育活动。

第一节 幼儿诗概说

幼儿诗是以幼儿为主体接受对象,以优美的旋律和凝练的语言抒发幼儿情趣的自由体诗歌。首先,幼儿诗是诗,具有诗歌的共同特点,同时又具有自身的特殊性,它必须契合幼儿的心理特点和审美特点,抒写幼儿的情趣和心声。其次,幼儿诗充满美感,情趣盎然,是自由体短诗,语言浅白,韵律自由,体现出口语化和音乐美。

一、幼儿诗的历史发展

中国是一个诗歌古国,也是一个诗歌大国,但是在历史长河中,适合幼儿诵读的诗并不多,历代文人有意识地为幼儿写的诗,更是少有。虽然在一些文人的诗集中偶尔会出现一些适合幼儿诵读的诗,如孟浩然的《春晓》、李绅的《悯农》、杜牧的《清明》、李白的《静夜思》等,但是这些诗只是适合幼儿诵读,并不是自觉意义上的幼儿诗。

中国幼儿诗的历史不长,我国诗人最早有意识地为幼儿创作诗歌,是在辛亥革命前夕。当时,维新派黄遵宪、梁启超等人发起"诗界革命",他们倡导写诗要用通俗的语言,要应时而作,因此,出现了为儿童创作的诗歌,如梁启超的《新少年歌》、李叔同的《送别》等,黄遵宪的《幼稚园上学歌》则开创了幼儿诗先河:

幼稚园上学歌

春风来,花满枝,儿手牵娘衣。儿今断乳儿不啼,娘去买枣梨。待儿读书归。上学去,莫迟迟!

上学去,莫停留。明日联袂同嬉游。姊骑羊,弟跨牛;此拍板,彼藏钩。邻儿昨懒受师罚,不许同队羞羞羞!上学去,莫停留。

五四运动迎来了我国第一个幼儿诗歌创作的繁荣期,现代意义上的幼儿诗从当时的新诗中萌发出来,胡适、刘半农、冰心、鲁迅、朱自清、李大钊、周作人等众多名家都写过儿童诗歌。20世纪30年代,教育家叶圣陶坚持"为大众写!为小孩写!"的创作主张,在他的诸多儿童诗中,也有一些幼儿诗。

"五四"后,一大批现代意义上的儿童诗产生了。刘半农先生与刘大白先生是中国现代童诗的开创者。之后,一篇篇跳跃着童心的童诗问世了,如叶圣陶的《小小的船》、朱自清的《小草》、冰心的《繁星》与《春水》诗集、陈伯吹的诗集《牧童》、郭风的童话诗集《木偶戏》、圣野的《欢迎小雨点》、刘饶民的《海边的儿歌》、金波的《回声》等。与此同时,台湾省也涌现了一大批优秀的童诗诗人,如林焕章、方素珍、林良、谢武彰等。

20世纪50年代是幼儿诗的第二个繁荣期,出现了一批热心幼儿诗创作的作家,如圣野、柯岩、鲁冰、刘饶民、张继楼、任溶溶、金波等。不仅幼儿诗的创作硕果累累,评论和理论研究也空前活跃。20世纪90年代至今,儿童诗经历了一个重要的发展期,在这个时期中国步入了经济转型期,文化的转型也随之而来,儿童诗也蓬勃发展起来。

二、幼儿诗和儿歌的区别

幼儿诗和儿歌都属于诗歌艺术,形象性强,语言简练,音韵和谐。但是在我国的儿童文学中,它们属于两种不同的文体,区别主要体现在以下几个方面:

第一,在目标读者上:儿歌主要面向婴幼儿,尤其是小班和中班的幼儿,强调趣味性和听觉效果;而幼儿诗则主要针对中大班的幼儿,旨在培养他们的情感、气质和性情。

第二,在题材篇幅上:幼儿诗的题材广阔,内容丰富,篇幅可长可短,不受限制,部分叙事诗、童话诗的篇幅较长;儿歌则多取材于幼儿的日常生活,具有口语化的特征,篇幅短小、结构简单。

第三,在形式上:儿歌句式整齐,音韵要求严格,篇幅短;而幼儿诗句式不一定齐整,韵律要求不严格,篇幅较长,接近自由诗。

第四,在审美风格上:儿歌在语言运用上讲究顺口自然,有"俗"味,幼儿诗的遣词造句在晓畅明白中讲究"雅趣"。例:

萤火虫(儿歌)

萤火虫,点点红,
好像盏盏小灯笼。
萤火虫,亮晶晶,
好像天上小星星。

萤火虫(幼儿诗)

夜里,
静静的原野,
萤火虫在草丛,
提着灯笼捉迷藏。
天上的星星低头一看,
诧异地说:
"我们的小伙伴什么时候掉下去了?"

分析以上两首作品的区别:

(1) 表现形式:儿歌《萤火虫》遵循较为固定的结构和韵律,形式规范,易于幼儿记忆和吟唱;而幼儿诗《萤火虫》则更为自由流畅,不受传统诗歌形式的约束,更接近现代诗歌的风格。

(2) 语言表达:儿歌《萤火虫》的语言简洁明了,通俗易懂,相比之下幼儿诗《萤火虫》则更加注重语言的美感和深度,用词更为雅致和精炼,留给读者更多的想象空间。

(3) 内涵表现:儿歌《萤火虫》通过比喻,直观地传达了萤火虫发光的特性,并以游戏的形式带给幼儿快乐;幼儿诗《萤火虫》运用拟人和比喻的修辞手法,从幼儿的视角出发,以幼儿的口吻叙述,表现出幼儿发现萤火虫像星星时的惊喜之情,并且诗歌营造出的夜晚静谧优美、星光闪耀、火萤飞舞的美妙意境,也带给幼儿审美的愉悦。

(4) 主题表现:儿歌《萤火虫》的主题直接明了,主要是描述萤火虫的外在特征和游戏的快乐;幼儿诗《萤火虫》的主题则更为含蓄,通过描绘萤火虫与星星的互动,引发幼儿对自然和宇宙的思考,以及对美好事物的感受。

三、幼儿诗的特征

幼儿诗是"诗",它具有诗歌类作品共有的特点,即诗的情感、诗的韵味、诗的意象等。同时,幼儿诗又是"幼儿的"诗,要考虑接受对象的特征,要站在幼儿的角度去看待世界,要抒写幼儿的情感,彰显幼儿的情趣,为幼儿所认可、喜爱。具体来说,幼儿诗主要有如下几个特征。

(一) 率真自然的情感

幼儿诗抒发的是幼儿稚嫩率真的情思,正如诗人河白所说:"童诗是儿童心灵自然流露的结晶"。幼儿的情感是质朴、真挚,不矫揉造作的,是自然而真实的。幼儿诗都是从幼儿的视角去表现他们对世界的直觉认识,往往洋溢着盎然的儿童情趣,使儿童从中获得关照和愉悦,也能把成人读者带回那童心萌动的情景中。如林焕章的《拖地板》:

帮妈妈洗地板,是我们最高兴的时候;
姐姐洒水,我在洒过水的地板上玩儿,
像在沙滩上走过来走过去,留下很多脚印,
像留下很多鱼。
然后,我很起劲的拖地板;
从头到尾,像捕鱼一样,
一网打尽。

拖地板本来是件很平凡很普通的事情,但在幼儿的眼中却是如此有趣!顽皮的孩子在姐姐洒过水的地板上玩,地板上留下的脚印就像鱼一样,这是个很有意思的比喻,但更有意思的是诗歌的结尾,林焕彰把这个比喻蔓延开去,加以丰富,使其成为具有幻想性的情节,收到了奇特的效果。这首诗的语言平白浅显,但内容却不简单,其中孕育着对生活的热爱与思考。这样的诗幼儿怎么会不喜欢呢?这才是有生命力的诗。

(二)丰富奇特的想象

"没有翅膀,没有鸟;没有想象,没有诗。没有美丽的想象,诗就飞翔不出来。"诗人圣野用诗的语言,一语点破了想象在诗中的重要意义。诗歌需要想象,幼儿诗更是如此。幼儿诗的想象有着自己的特色,它的想象是孩子式的。因为幼儿是最富于想象和联想的,他们总是用自己创造性的想象来认识并阐释世界上的一切事物。在他们通过想象而诗化的世界里,花儿会笑、鸟儿会唱、草儿会舞、鱼儿会说……因此,幼儿诗必须以符合幼儿心理的丰富想象创造优美的意境,抒发幼儿的童真童趣,让幼儿在奇妙多姿的世界里,展开想象的翅膀,感悟诗的主旨。这要求幼儿诗要在想象的世界中用心灵和幼儿对话,如:

蘑 菇
(林 良)

蘑菇是
寂寞的小亭子。
只有雨天
青蛙才来躲雨。
晴天青蛙走了
亭子里冷冷清清。

诗人把蘑菇想象成是"寂寞的小亭子",多么奇特的比喻!整首诗就是一篇小童话:晴天,蜻蜓在林间飞舞,青蛙在绿色的歌台唱歌,而小亭子里却冷冷清清。雨天是恼人的,但寂寞的小蘑菇在盼望着雨天,因为那是快乐的日子。孤单的小亭子渴望朋友,渴望友谊。读着小诗,每个幼儿的心中会生起一个美好的心愿:让我也变成一只躲雨的青蛙吧!

诗人创作幼儿诗,要用幼儿的眼光去观察生活,捕捉那些富有诗意的事物,然后生动有趣地描绘出幼儿心目中那个五光十色的世界,通过运用想象为幼儿感到有趣的事物再抹上一层新奇的色彩。符合幼儿心理状态的丰富想象可以使诗的幼儿情趣更加浓郁。再来看看英国诗人斯蒂文森《冬天》中的几个句子:

冬 天
（英国　斯蒂文森）

冬天的太阳，冰冷的火球，
爱睡懒觉，迟迟不起来，
只照耀一两个钟头，然后，
像血红的橘子，沉入西方。
……
冷风火辣辣刺我的脸儿，
撒我一鼻子冰冻胡椒粉。
……
全冻成生日蛋糕一整块。

在一个体弱多病的小朋友眼中，冬天究竟是什么样的呢？诗人用比喻和拟人的手法表现出孩子对冬天的感受。冬天，户外的一切都变了，成了一块生日蛋糕，还是奶油的！这是多么奇妙的想象呀！怪不得人们把斯蒂文森的童诗集喻为幻想家的诗园。

（三）新颖、巧妙的构思

幼儿诗和成人诗一样，也需要新颖、巧妙的艺术构思，但是幼儿诗所抒发的情感不论在其深刻性上还是在丰富性上，都远不如成人诗歌，这是幼儿的情感特点所决定的。如何才能在不太宽阔的情感层面上表达情趣并创造出独特的表达效果呢？这主要依赖于构思的新颖和巧妙，幼儿诗的艺术水平很大程度上依赖于生活积累和幼儿式的想象的构思。幼儿诗中清晰而独特的构思，能创造出一种令小读者神往的意境来，给幼儿以美的享受和无穷的乐趣。如舒兰的《虫和鸟》：

我把妈妈洗好的袜子，
一只一只夹在绳子上，
绳子就变成了一只多足虫，
在阳光中爬来爬去。
我把姐姐洗好的小手帕，
一条一条夹在绳子上，
绳子就变成一群白鹭鸶，
在微风中飞舞，飞舞。

在生活基础上的大胆想象，依赖这种巧妙的构思，使平凡的生活现象变成一种儿童式的神奇和余味无穷的美丽。又如谢武彰的儿童诗《着急的锅子》：

吃午饭的时候到了，
菜却还没煮好，
弟弟等得好急了，
妹妹等得好急了，
小猫等得好急了。

> 只有妈妈最辛苦了，
> 还不停地忙着，
> 急得脸上都是汗。
> 我赶快来帮忙，
> 打开锅子一看，
> 呀！锅子也急坏了，
> 它也满头大汗呢！

在幼儿的眼中，一草一木、一虫一鸟都有喜怒哀乐。这首诗歌构思新颖，把日常生活里最熟悉的画面进行特写，为我们勾画了一幅最温馨的画面：妈妈在厨房忙碌着，早已饥肠辘辘的弟弟、妹妹和小猫围在妈妈身边。"呀！锅子也急坏了，它也满头大汗呢！"读到这儿我们不由得会心一笑。富有童心的诗人把锅在煮饭时冒热气的现象，用拟人化的手法写成汗，想象幽默而又大胆。

（四）凝练形象的语言

诗是语言的艺术。深刻的思想、鲜明的形象只有用凝练、具有表现力的语言来表达，才能成为诗。幼儿诗同样需要运用凝练的语言高度概括地反映生活，所不同的是它运用的语言要洋溢着天真和稚气。这种天真和稚气的语言，并不是幼儿口语的原始记录，而是经过诗人提炼加工的富有诗意的语言。幼儿诗为幼儿学习驾驭语言提供了优良的条件，让幼儿在优美的语言环境中学习语言、丰富词汇，提高他们鉴赏语言、驾驭语言的能力，同时得到美的享受。如刘饶民的《大海睡着了》：

> 风儿不闹了，
> 浪儿不笑了。
> 深夜里，
> 大海睡觉了。
> 她抱着明月，
> 她背着星星。
> 那轻轻的潮声啊，
> 是它睡熟的鼾声。

寥寥数语就把静谧安详的大海展现在读者面前，而且用拟人的手法，以极其准确的措辞"抱着""背着""鼾声"，形象地描绘出大海这位"母亲"熟睡时的优美形态。

幼儿诗语言要优美，除了词语的锤炼要准确、恰当外，诗的声音和节奏更应具有音乐性，即诗的音韵要有美感效应。美学专家朱光潜先生说："情感的最直接的表现是声音节奏，而文学意义反在其次。文学意义所不能表现的情调常可以用声音节奏表现出来。"如林焕彰的儿童诗《夏天》：

> 妈妈，冰激凌在正午的巷口叫我
> 妈妈，冰激凌在正午的巷口叫我

他们说:夏天是炎热的季节
他们说:夏天是炎热的季节

妈妈,冰激凌在我肚子里唱着
妈妈,冰激凌在我肚子里唱着

他们唱着:夏天是冰凉的季节
他们唱着:夏天是冰凉的季节

这是一首幽默有趣的小诗,完全是孩童的思维和语言,让冰激凌说出孩子的想法,换一个角度表达,语言就变得这么有趣、可爱。拟人和反复是这首诗歌的亮点,诗歌形式整齐,有节奏感,诗歌充满了韵律的美感。

幼儿诗注意节奏的明朗、音韵的自然和谐,力求诗中内在的感情起伏和外在的音响节奏"声情相应",表现出"语言的音乐"。儿童文学作家金波曾说:"幼儿诗歌是一种听觉艺术,它虽然也和其他文学作品一样印在纸面上,但这些书的服务对象常常并非读者而是听众,他们对于声音不但敏感,而且要求悦耳,这就是诗的音乐性。"

春天来了
(佟希仁)

屋檐的流水,
嘀嗒,嘀嗒,
解冻的小河,
哗啦,哗啦,
水塘的小鸭,
呷呷,呷呷,
南来的大雁,
哏儿嘎,哏儿嘎,
他们都在说:
"春天来啦!"

这首幼儿诗自然明快、韵律明朗,以其独特的艺术特点展现了春天的生机与活力。通过重叠的字句和简单的句式,反复使用自然音响,如"嘀嗒、哗啦、呷呷、哏儿嘎",模拟春天的声音,不仅读起来顺畅,听起来悦耳,也让读者仿佛置身于春天的场景之中,感受到了春天的活力和生命的律动。此外,这首诗还充满了浓厚的生活气息,从简单平凡的生活中取材,喜爱春天的心情跃然纸上。全诗洋溢着一种轻松、温馨的情感基调,幼儿在欣赏学习的过程中不仅能了解春天的变化,更能体验作品的语言美,并且在此基础上产生自我创作的欲望,尝试仿编诗歌中的部分句子。

(五) 饱含幼儿情趣的意境

感情与形象的结合构成了诗的意境。意境同样是幼儿诗应该刻意创造的,而且应以营造童稚而优美的意境为目标。通过新颖独特的想象，创造出饱含幼儿情趣的优美意境是幼儿诗突出的特点。

没有意境的诗不是好诗，幼儿诗也如此。所谓意境是指作品中所描绘的生活图景与所表达的主观情意融合一致而形成的一种艺术境界。通俗地讲，就是情景交融使人得到一种画面形象之外的更丰富的艺术震撼。美学家朱光潜说："在心领神会一首好诗时都必有一幅画境或是一幕戏景，很新鲜生动地突现于眼前，使他神魂为之钩摄，若惊者喜……"值得强调的是，幼儿诗意境的营造是离不开幼儿情趣的，在所描绘的画面中，或有幼儿奇特的想象，或有幼儿孩子气的疑问，或有真诚而稚气的行为，或有幼儿心想与所为之间的矛盾。总之，这些因素使原本平凡的生活图景变得生机勃勃、温馨动人。例如金波的《树叶儿飘》：

秋天来了，
树枝儿摇摇，
树叶儿飘飘。
红叶子飘，
黄叶子飘，
好像花瓣儿往下掉。
拾一片黄叶子，
给布娃娃缝件袄；
拾两片黄叶子，
给布娃娃缝手套；
再拾三片红叶子，
给布娃娃缝顶小红帽。

诗的前一节紧紧抓住"飘"字，用绚丽的色彩烘托，再用一个漂亮的比喻，描绘出一幅自然的图画，使天性热爱自然、热爱美的孩子沉浸其间，产生共鸣的欢娱。诗的后一节，作者俨然是一个高明的导游，把孩子带进这幅美丽的图画中，通过孩子拾捡黄叶的动作，引发充满幼儿情趣的想象，使这幅原本就很美的风景图画，顿时灵气四溢、温馨感人。自然美与情感美的交相辉映，升华为诗的意境美，在这优美的意境中，自然而然地唤起孩子对美好事物的热爱。再如《春妈妈》这首诗：

春，是花的妈妈。
红的花，蓝的花，
张开小小的嘴巴。
春妈妈用雨点
喂她……

在这首诗中，春雨点点滴滴，春花遍地开放，童趣盎然，意境清雅醇厚。诗人妙不可言地把抽象的时令，拟人化为慈祥温柔的妈妈，并且诗歌中的这种联想是从幼儿已经具有的生活经验中来的——在幼儿的心目中，他自己吮吸母亲的乳汁一天天长大了，那红的花、蓝的花也同样是吃了春妈妈的"乳汁"才长大的。诗人正是熟悉幼儿富有想象的心理特征,才给他的作品带来迷人的、童话般的瑰丽色彩。

四、幼儿诗的分类

在类别的划分上,幼儿诗和一般诗歌大体相同,可以从不同的角度进行分类。以表现手法为标准,可以分为抒情诗和叙事诗两大类;以押韵、分行等语言形式为标准,可以分为韵体诗和散文诗;以文本的形式标准,可以划分为题画诗和一般形式诗歌。综合来看,幼儿诗一般有以下几种分类:

(一) 幼儿叙事诗

幼儿叙事诗是通过写人记事以抒发情感的诗歌样式。叙事诗大多依靠情节或人物串缀展开诗序,但不一定要求故事情节完整,情节结构允许有较大的跳动。著名诗人郭小川曾经说过,"奇、美、情"三个要素,都是好的叙事诗所需要的,因为幼儿喜欢读那些有人物和情节的小叙事诗。"奇"是指叙事诗中要有巧妙的情节安排;"美"是指诗歌要用精粹的语言、生动的形象构成优美的意境;"情"是指诗歌抒发饱满的情感,具有盎然的情趣。幼儿叙事诗一般分为写实类叙事诗和非写实类的童话诗。

1. 写实类叙事诗

写实类叙事诗以诗的形式讲述取材于现实生活的故事,有较完整的情节,对其中的人物形象也做一些刻画。如任溶溶的《爸爸的老师》,柯岩的《"小兵"的故事》《姐姐的本子》《妈妈下班回家了》《帽子的秘密》等和金近的《天目山上好猎手》等都是叙事诗中的代表作。如:

小弟和小猫

(柯 岩)

我家有个小弟弟,
聪明又淘气,
每天爬高又爬低,
满头满脸都是泥。
妈妈叫他来洗脸,
装没听见他就跑;
爸爸拿镜子把他照,
他闭上眼睛格格地笑。
姐姐抱来个小花猫,
拍拍爪子舔舔毛,
两眼一眯"妙,妙,妙,
谁跟我玩,谁把我抱?"
弟弟伸出小黑手,
小猫连忙往后跳,
胡子一撅头一摇,
"不妙不妙!太脏太脏我不要!"

姐姐听见哈哈笑,
爸爸妈妈皱眉毛,
小弟听了真害臊:
"妈!妈!快给我洗个澡!"

这首幼儿叙事诗讲述了小弟弟不讲卫生,大人不喜欢,连小猫都不和他玩的故事,形象生动地表现了要爱干净讲卫生的主题。诗歌里的小弟弟和小猫的形象生动活泼,顽皮可爱。尤其是最后两节,生活中寻常的场景,经过柯岩充满童心的想象加工,变得富有趣味!人格化的小猫不爱和脏孩子玩耍,这奇妙的一笔,使要孩子讲卫生的规劝显出幽默、温婉,让幼小的心灵乐于接受。

2. 童话诗

童话诗是以诗的形式叙说富于幻想夸张色彩的童话故事的作品,是童话与诗歌的巧妙结合,既有诗歌语言的凝练与音乐美,又有童话故事的有趣和幻想。童话诗的故事情节相对完整,有的取材于传统童话或民间传说,如阮章竞的《金色的海螺》、熊塞声的《马莲花》等;有的则是在现实生活的基础上展开想象,如泰戈尔的《在黄昏的时候》、圣野的《竹林奇遇》和腾毓旭的《森林童话》等。用诗来讲童话,既能让幼儿感受到童话虚幻、无奇不有的美妙,又体会到语言的精炼、节奏的铿锵和韵味的悠长。马尔夏克的《笨耗子的故事》,郭风的《童话》,鲁兵的《老虎外婆》《小猪奴尼》等都是幼儿童话诗中的佳作。

小猪奴尼

（鲁　兵）

有只小猪,/叫作奴尼。/妈妈说:"奴尼,奴尼,/你多脏呀!快来洗一洗。"/奴尼说:"妈妈,妈妈,/我不洗,我不要洗。"/妈妈挺生气,/来追奴尼。/奴尼真顽皮,/逃东逃西,/扑通一声掉进泥坑里。/泥坑里面,/尽是烂泥,/奴尼又翻跟头又打滚,/玩了半天才爬起。/一摇一摆回家去,/吓得妈妈打了个大喷嚏。/"啊——欠,你是谁,/我不认得你。"/"妈妈,妈妈,/我是奴尼,我是奴尼。"/"不是,不是,/你不是奴尼。"/"是的,是的。/我真的是奴尼。"/"出去,出去!"/妈妈发了脾气。/"你再不出去,/我可不饶你。/扫把扫你,畚箕畚你,/当作垃圾倒了你。"/奴尼逃呀,逃呀,/逃出两里地。/路上碰见羊姐姐,/织的毛衣真美丽。/"走开,走开!/别碰脏我的新毛衣。"/路上碰见猫阿姨,/带着孩子在游戏。/"走开,走开!/别吓坏我的小猫咪。"/最后碰见牛婶婶,/在吊井水洗大衣。/"哎呀,哎呀!哪来这么个脏东西?/快来,快来!/给你冲一冲,洗一洗。"/冲呀冲,/洗呀洗……/井水用了一百桶。/肥皂泡泡满天飞。/洗掉烂泥,/是个奴尼。/奴尼回家去,/妈妈真喜欢。/"奴尼,奴尼,/你几时学会了自己洗?"/奴尼,奴尼,/鼻子翘翘,眼睛挤挤。/"妈妈,妈妈,/明天我要学会自己洗。"

（二）幼儿抒情诗

幼儿抒情诗是相对于幼儿叙事类诗而言,侧重于直接抒发内心情感的诗。相较叙事诗,抒情诗不注重情节的完整,而侧重于对生活现象的感受、对自然景物的情感和联想。

如乔羽的《让我们荡起双桨》、柯岩的《我的爷爷》、金波的《春的消息》、高帆的《我看见了风》等，都是幼儿喜爱的抒情诗。幼儿抒情诗一般表现为以下三种类型：

1. 叙事抒情类

叙事抒情类即借叙事来抒情的幼儿诗。这类幼儿诗以抒情为主，叙事为辅，叙事情节有时也不够完整，如《妈妈的话》《妹妹的红雨鞋》《妈妈的心》等。以下是林焕彰的《妹妹的红雨鞋》：

> 妹妹的红雨鞋，
> 是新买的。
> 下雨天，
> 她最喜欢穿着，到屋外去游戏。
> 我喜欢躲在屋子里，
> 隔着玻璃窗看他们，
> 游来游去，
> 像鱼缸里的一对
> 红金鱼。

这首诗的着眼点在于妹妹的红雨鞋，基于这一细节，诗人巧妙地描绘出了一幅妹妹雨中嬉戏的生动的生活场景。红雨鞋作为幼儿常见的雨具，具有鲜明的色彩和独特的形状，容易唤醒幼儿生活经验，引发幼儿想象。诗人通过对红雨鞋的描绘，成功地营造出了童真、欢快的氛围，使得读者仿佛置身于那个下雨的日子，和妹妹一同嬉戏玩耍。

2. 借景抒情类

借景抒情类幼儿诗中的情感和联想一般由自然景物引发。如谢武彰的《春天》、丁云的《夏夜的池塘》、洪藜的《秋风中的树》、薛为民的《顽皮的冬天》等。

春 天
（谢武彰）

> 风跑得直喘气，
> 向大家报告好消息：
> 春天来了，春天来了！
> 花朵站在枝头，
> 看不见春天，
> 就踮起脚尖，急着找：
> 春天，在哪里？
> 春天在哪里？
> 花，不知道自己就是
> 春天。

这首幼儿诗通过对"风"和"花"这两个意象的描述，向我们传达了春天到来的喜悦。诗人借助"跑""站""找"等一连串的动词，向我们展示春风拂面、百花齐放的画面。诗的第一小节刻画了"风"的形象,其中"跑""喘"两个动词,形象表现出春风那种急切而又欣喜的心情。诗的第二小节"踮"这个动词用得传神精妙,花朵的站立姿态、等候春天的强烈心情一览无遗。

3. 直接抒情类

直接抒情类幼儿诗诗人在作品中直接吐露自己的某种情绪、愿望的诗。最典型的如高洪波的《我喜欢你,狐狸》、金波的《如果我是一片雪花》等。以下是高洪波的《我喜欢你,狐狸》:

> 你是一只小狐狸,
> 聪明有心计。
> 从乌鸦嘴里骗肉吃,
> 多么可爱的主意!
> 活该,谁叫乌鸦爱唱歌。
> 呱呱呱自我吹嘘。
> 再说肉是它偷的,
> 你吃它吃都可以。
> 也许,你吃了这块肉。
> 会变得漂亮无比!
> 尾巴像红红的火苗,
> 风一样掠过绿草地,
> 我喜欢你,狐狸。
> 你的狡猾是机智。
> 你的聪明是有趣。
> 不管大人怎么说。
> 我喜欢你,狐狸。

这首诗以"我喜欢你,狐狸"开头,表达了作者对狐狸的喜爱与赞扬。在诗中,作者通过描写狐狸的聪明、可爱、善良等特点,以及狐狸所做的事情,表达了对狐狸的喜爱之情。这首诗语言生动、形象,富有童趣和幽默感。通过诗人的描写,读者可以感受到狐狸的聪明、可爱和善良,也可以感受到作者对狐狸的喜爱和关注。同时,诗中的语言也富有童趣和幽默感,读起来轻松愉悦,让人感到愉悦和快乐。

(三) 幼儿散文诗

幼儿散文诗是诗与散文的有机结合,它介于诗与散文之间,既有诗的抒情性与内在韵律、优美意境,在语言形式上又有散文分段不分行的更自由的表达形式,对发展儿童的语言、提升儿童的审美能力具有不可忽视的作用。如冯幽君的《春雨沙沙》:

> 春雨沙沙,春雨沙沙……
> 沙沙的春雨,像千万条丝线飘下……
> 穿梭的燕子衔着雨丝,织出一幅美丽的春天图画:绿的,是柳叶;红的,是桃花。还织出一条清亮的小河,河里的鱼儿欢快地摇动着尾巴。河的对岸,一座小

山。山坡下,有播种的农民;山坡上,有植树的娃娃……

啊,多美的图画!

这首散文诗以简练生动的语言描绘了春天的景致:春雨沙沙响,燕子翻飞,农民播种,万物复苏,使读者看到一幅美丽的春天图画。而山坡下播种的农民和山坡上植树的娃娃更能激起人们对美好的春天的喜爱之情和对勤劳的农民的赞美之情。作品既写景,又抒情,营造出优美的意境;节奏明快,韵律和谐,朗朗上口。

(四)其他幼儿诗

幼儿题画诗是一种根据画面题写的抒情诗,它是诗情与画景的有机融合。这种诗体通常是在一幅画的基础上创作一首诗,这些诗具有简单、生动、有趣的特点,适合幼儿阅读和学习。幼儿题画诗也可以脱离画面,作为一首独立的诗歌而存在。

幼儿讽刺诗是用比喻和夸张等手法对幼儿生活中某些不良现象进行提示和批评,引导幼儿对照自省的幽默诙谐的幼儿诗。讽刺诗使幼儿在阅读欢笑之余,从诗中看到自己,受到启发,引起警觉。幼儿讽刺诗和一般讽刺诗有明显区别。诗中讽刺对象是幼儿,所以大都是善意的、委婉温和的讽刺。如任溶溶的讽刺诗《强强穿衣服》,以极度的夸张,描绘强强穿衣服动作之慢——早上起床穿衣服,一直穿到晚上,指出了某些幼儿边做事边玩耍的坏习惯。

幼儿荒诞诗是将先锋荒诞诗与传统的幼儿诗相结合的诗歌作品,意在激发幼儿无限的想象力与创造力。其作品集荒诞、童话、趣味、夸张等于一身,它使幼儿诗在原有的写作领域中,开辟了一条新的写作途径。儿童荒诞诗创始人是荒诞诗人尤云先生,其代表作有短诗《空难》及长诗《月下老人》等。

幼儿科学诗是指用诗歌样式所写的科学文艺作品,以表现科学精神、科学现象、科学规律等为主要特征。如高士其的《太阳的工作》、李松波的《为黄鼠狼辩》、范建国的《太阳光的妹妹》等,都是其中的佳作。

幼儿寓言诗又称诗体寓言,它以蕴含发人深省的鲜明寓意(哲理或教训)为主要特征,是以语言的形式来叙事的诗。如高洪波的《列车上的苍蝇》、张秋生的《会拉关系的蜗牛》等。

第二节 幼儿诗选读与鉴赏

一、幼儿诗鉴赏方法

优秀的幼儿诗在形象、意蕴、结构和语言等很多方面都表现出很高的审美价值,成为幼儿理想的诵读、鉴赏对象。在阅读欣赏幼儿诗时,教师可以通过反复诵读、把握形象、欣赏意境、揣摩诗眼以及品味语言和表现手法等方法,引导幼儿受到感染和熏陶,产生情感共鸣,进而达到陶冶性灵,提高审美情趣的目的。

1. 反复诵读

诗歌与其他文学艺术形式有所不同,就其抒发情感的外在表现而言,它接近音乐和舞蹈,韵律和节奏是它表达情感的外在形式,而体会韵律和节奏的最好办法就是诵读。与儿歌一样,诵读也是幼儿诗鉴赏与教学中的一个重要环节。

如刘饶民的《春雨》:

> 滴答滴答,下小雨啦。
> 种子说:下吧下吧,我要发芽。
> 滴答滴答,下小雨啦。
> 梨树说:下吧下吧,我要发芽。
> 滴答滴答,下小雨啦。
> 麦苗说:下吧下吧,我要长大。
> 滴答滴答,下小雨啦。
> 孩子说:下吧下吧,我要种瓜。
> 滴答滴答,下小雨啦。

【赏析】 这是一首充满生机与希望的儿童诗,通过描绘春雨滋润大地、万物生长的景象,传达了作者对生命的热爱和对自然美的赞颂。诗的开篇"滴答滴答,下小雨啦"以模拟雨声的方式,为读者营造出一种身临其境的氛围。这种拟声词的运用,不仅使得诗歌的节奏感鲜明,而且增强了诗歌的韵律感,使读者仿佛真的听到了春雨滴答的声音,感受到了春雨的细腻和温柔。

接下来,诗中通过种子、梨树、麦苗和小朋友的形象,生动地展示了春雨对万物的滋润和生长的影响。不仅描绘出了春天的生机勃勃,而且展现了孩子们对春雨的企盼和渴望,透露出孩子们纯真的天性和对美好生活的向往。结尾部分,"滴答滴答,下小雨啦"与开篇相呼应,形成了一种循环往复的结构,使得整首诗在结构上更加完整和和谐。同时,这种循环也给人一种无尽的遐想空间,仿佛春雨的滋润和生命的生长将一直持续下去,永不停歇。

2. 把握形象

幼儿的形象性思维特点决定了幼儿诗也需要塑造生动可感的形象来吸引读者,感染读者。因此,在鉴赏幼儿诗时,我们需要首先看一下诗歌塑造了什么样的形象,人类、动物、植物、自然现象等都可以是幼儿诗中塑造的形象。诗歌抓住了这些形象的哪些特点?他们有何生动有趣的特征?诗歌采用了什么样的语言、构思、手法来表现形象?通过形象,读者可以体会诗歌如何体现审美作用和儿童情趣。

如张继楼的《灯塔妈妈》:

> 天黑了,
> 浪睡了,
> 大海静悄悄,
> 只有灯塔妈妈睡不着,
> 睁着眼,

到处瞧，

　　看看有没有，

　　还没回来的船宝宝。

【赏析】 灯塔是大海的眼睛，是轮船的守护神，不管刮风下雨，都守望着轮船平安归来。诗歌把灯塔比作等待孩子归来的母亲，通过"睁着眼，到处瞧，看看有没有，还没回来的船宝宝"的描写，张继楼将灯塔妈妈的担忧和期盼表现得淋漓尽致。诗歌以类比描写，不仅能让幼儿感受到母亲的伟大和无私，也会使幼儿更加珍惜和感恩母亲的付出。

3. 欣赏意境

　　幼儿诗的语言精练、思维跳跃，因此有时意象之间的跨度会很大，这就要求我们阅读欣赏时，要通过意象的分析和理解去再现意境，充分发挥自己的联想和想象，构建出意象间或意象后面略去、隐去的内容，而建构的过程也就是我们感受、领悟诗意的过程。

　　如张秋生的《蝴蝶花》：

　　一只小小的花蝴蝶，

　　自由自在地飞翔。

　　她飞过花园，

　　有一棵小草哭得很悲伤。

　　小草说："我没有花朵，

　　日子过得很孤单！"

　　说着，眼泪掉在了泥土上。

　　花蝴蝶往草尖上一站，说：

　　"让我来陪伴你，日夜留在你的身旁！"

　　人们经过花园，惊奇地说：

　　"啊，多么美丽的蝴蝶花！"

　　阳光下，

　　小草乐得轻轻地歌唱……

【赏析】 这首幼儿诗运用拟人化的手法创造了一个富于浪漫气息的情景，小草因为没有花朵而哭泣悲伤，小蝴蝶的陪伴给它带来了快乐的歌声。整首诗意境优美，内涵深刻，从对蝴蝶花的描述，到对孩子们的想象和感受的描绘，再到对自然和生命的赞美，诗歌的各部分相互呼应，形成了一个和谐统一的整体。这种结构的安排，使得诗歌的主题更加突出，也使得诗歌的艺术效果更加显著。

4. 揣摩诗眼

　　诗人在创作中，常在字词的锤炼上见功力，那些用得灵动、贴切、有张力的关键性词语，我们称为"诗眼"。咀嚼这些点睛之笔，品味诗歌的言外之意，可使我们加深理解，获得诗歌独有的美感。如吴少山的《绿的西湖》：

　　　　山绿了，

　　　　水绿了，

　　　　堤绿了，

>　　塔绿了，
>　　燕子一飞过，
>　　西湖全绿了。

　　【赏析】　"绿"是贯穿全诗的诗眼。最后一句，称得上是这首诗的一座"飞来峰"，前面的诗就是为后面做铺垫。燕子象征着春天来了，诗中飞过的燕子就是春姑娘美妙的化身，它来了，西湖的春天，西湖的绿就来了。这首诗只有短短 6 行，却用了 5 个绿字，读来让人有一种赏心悦目的感觉。为什么用五个绿？从山绿、水绿、堤绿、塔绿到西湖全绿了，原来春天是悄悄来的，是逐渐来的，这与诗中意境美是完全一致的，是作者一种非常美妙的联想，很自然地体现了春意盎然的美妙的意境。

5. 品味语言和修辞、表现手法

　　诗是语言的艺术。诗歌作者为了创造意境，往往采用适宜的艺术修辞手法和表现手法包括比喻、夸张、拟人、排比、疑问等。所以引导幼儿分析诗歌修辞、表现手法，一方面有助于幼儿理解诗歌内容情感，另一方面也能使幼儿感受诗的形式之美。

　　例如，张晓风的《打翻了》：

>　　太阳打翻了，
>　　金红霞流满西天。
>　　月亮打翻了，
>　　白水银一直淌到我床前。
>　　春天打翻了，
>　　滚得漫山遍野的花。
>　　花儿打翻了，
>　　滴得到处都是清香。
>　　清香打翻了，
>　　散成一队队的风。
>　　风儿打翻了，
>　　飘入我小小沉沉的梦。

　　【赏析】　这是一首富有诗意和想象力的幼儿诗，以其独特的语言魅力和深邃的哲思赢得了广大读者的喜爱。这首诗利用幼儿生活中常会碰到的一个"打翻了"的极平常的"事件"，用妙不可言的想象与联想串起了一连串耐琢磨的"意"，营造了一连串有趣味的"境"。它运用了丰富的修辞手法，如拟人、比喻、排比等，借助通感的手法，达到各种感觉的互补流通，使得诗歌的语言更加生动、形象。这些修辞手法的运用不仅增强了诗歌的艺术表现力，也进一步加深了读者对诗歌主题的理解和感受。

二、代表性作家及其作品选读

（一）圣野及其幼儿诗选读

小妹妹醒来

太阳最先醒来，
太阳叫醒云，
云叫醒风，
风叫醒树木，
树木叫醒鸟，
鸟叫起了妈妈，
妈妈起来磨豆腐。
叽咕噜！叽咕噜！
小磨唱的歌，
叫醒了小妹妹。
小妹妹跳下床
打开了窗子，
欢迎起早的太阳。

【赏析】 这首诗充满着浓郁的乡土气息。太阳、云和风；树木和小鸟；妈妈、小磨和小妹妹，形成了一幅生趣盎然的农家生活小景。这幅画里声音婉转，有吹过树林的风声，有小鸟的啾啾声，有小磨"叽咕噜！叽咕噜"的歌声；想象一下，还有小妹妹的热情的欢迎声。这幅画里色彩斑斓，有金色的大阳，有蓝天下的白云，有绿色的树木，有原木色的窗子，有青石色的石磨，还有穿着花衣服的小妹妹。

（二）林武宪及其幼儿诗选读

林武宪（1944— ），台湾省儿童文学作家，从事语文研究，笔名黄山、包文正、童心在等。长期从事教师工作并致力于儿童诗创作，其作品多次获奖。

阳 光

阳光，在窗上爬着，
阳光，在花上笑着，
阳光，在溪上流着，
阳光，在妈妈的眼里亮着。

【赏析】 这首诗用了四个形式相同的句子，从四个角度写阳光的形态。"爬""笑""流""亮"这四个字用得很恰当、传神。窗上的阳光最明显的特点是会随时间的变化而改变位置，所以用"爬"字来描写。花开得很灿烂，花瓣迎着阳光，像人的"笑"脸。阳光照在水上，溪水闪烁金光，金光随溪水流动，所以阳光是会"流"的。妈妈是最有爱、最美的人，阳光照在妈妈身上，妈妈是明亮的，而阳光会在妈妈的眼睛里"亮"着，这是爱的光芒。这首小诗，形式简单，语言朴素、生动，情感真挚、纯美，是一首动人的儿童诗。

（三）金子美玲及其幼儿诗选读

金子美玲（1903—1930），日本大正时期童谣界的一颗璀璨明珠。金子美玲的作品经历了五十多年的沉寂，1984 年她生前留下的三本手抄童谣诗集共 512 首作品《金子美铃童谣全集》出版，震撼了日本文学界。她在诗中用儿童最自然的状态来体验、感受这个世界。

露　珠

谁都不要告诉

好吗？

清晨

庭院角落里，

花儿

悄悄掉眼泪的事。

万一这事

说出去了，

传到蜜蜂耳朵里，

它会像

做了亏心事一样，

飞回去

还蜂蜜的。

【赏析】　这首诗通过儿童独特的视角，将花上的露珠视为花儿的眼泪，从而引发了一系列的温馨联想，诗句语言清新、简洁，想象力丰富。诗中通过想象蜜蜂因得知花儿"掉眼泪"而感到愧疚的情节，展现了儿童天真无邪的思维方式和对自然的细腻观察。金子美玲的诗歌语言干净、澄澈，生动灵秀，她的想象力和创造力使她的作品充满了生命力和感染力。

（四）汤锐及其幼儿诗选读

汤锐（1958—2022），1980 年开始发表作品，历任中国少年儿童出版社编辑、北京师范大学中文系副教授、朝花少儿出版社副总编辑、连环画出版社总编辑。

等我也长了胡子

等我也长了胡子，

我就是一个爸爸，

我会有一个小小的儿子，

他就像我现在这么大。

我要跟他一起去探险，

看小蜘蛛怎样织网，

看小蚂蚁怎样搬家。

我一定不打着他的屁股喊：

"喂，别往地上爬！"

我要给他讲最有趣的故事，
告诉他大公鸡为什么不会下蛋，
告诉他小蝌蚪为什么不像妈妈。
我一定不对他吹胡子瞪眼：
"去去！我忙着哪！"
我要带他去动物园，
先教大狗熊敬个礼，
再教小八哥说句话。
我一定不老是骗他说：
"等等，下次再去吧！"
哎呀，我真想真想，
快点长出胡子，
到时候，不骗你，
一定做个这样的爸爸。

【赏析】 这首诗借助成年男子长胡子的这一表象特征，巧妙地描绘了一个孩子天真无邪的愿望——成为一个爸爸，以及他对一个好爸爸形象的内心期盼。这首诗的构思新颖独特，从孩子的视角出发，表达了他们对父爱的渴望和对父亲角色的理解。通过想象自己成为爸爸，孩子描绘了一个理想化的父亲形象，既亲切又有趣。诗人运用简洁明快的语言，通过描绘孩子与父亲之间的互动场景，展现了孩子天真活泼的性格和对父亲的崇拜之情。同时，诗中的韵律感也十分强烈，读起来朗朗上口，易于记忆，更能够吸引儿童读者的注意力。

这首诗所表达的情感真挚动人，让人感受到孩子对父爱的深深渴望。在诗中，孩子希望自己能够成为一个好爸爸，给予自己的孩子关爱和陪伴，同时也表达了对现实中父亲角色的期待和反思。这种真挚和深沉的情感，让人不禁为之动容，也让我们更加珍惜身边的亲情和父爱。这首诗不仅适合儿童阅读，也值得成年人们细细品味和感悟。

(五) 金波及其幼儿诗选读

金波（1935— ），历任北京师范大学教授，中国作家协会儿童文学委员会委员，北京市作家协会理事，儿童文学创作委员会主任。著有诗集《回声》《我的雪人》，童话集《小树叶童话》《苹果小人儿的奇遇》《眼睛树》，散文集《等你敲门》《感谢往事》，评论集《追寻小精灵》，歌词集《林中的鸟声》《金波诗词歌曲集》，选集《金波儿童诗选》《金波作品精选》等。其作品曾获国家图书奖及"五个一工程"奖、中国作协全国优秀儿童文学奖、宋庆龄儿童文学奖及1992年国际安徒生奖提名等。

如果我是一片雪花

如果我是一片雪花，
你猜，
我会飘落到什么地方去呢？

我不愿飘到小河里,
变成一滴水,
和小鱼小虾游戏。
我不愿飘到广场上,
堆个胖雪人,
望着你笑眯眯。
我愿飘落在妈妈的脸上,
亲亲她,亲亲她,
然后就快乐地融化。

【赏析】 这是一首充满童真与想象力的儿童诗,诗歌的意境深远,金波通过对雪花的描绘,传达出对自然、生命和人性的深刻思考。他让我们看到,雪花虽然短暂,却拥有着无限的可能与美好。它们在飘落的过程中,与河流、广场、妈妈的脸庞等场景产生互动,创造出了一个个温馨而动人的画面。这些画面不仅展示了人与自然的和谐共处,也反映了人性中的善良与美好。诗歌的构思新颖独特,诗人以"如果我是一片雪花"为引子,带领我们进入一个充满奇幻与想象的世界。诗歌的语言优美流畅,金波善于运用各种修辞手法,使诗歌呈现出一种音乐般的韵律感。他通过对雪花的飘飞、融化等细节的描绘,展现出了雪花的轻盈与灵动。同时,他还巧妙地运用了拟人手法,将雪花赋予了人的情感与行动,使得诗歌更加生动有趣。这首诗歌不仅适合儿童阅读,也能引发成年人对生命、自然和人性的深刻思考。

第三节 幼儿诗朗诵

诗歌朗诵,是指朗诵者用清晰的语言、响亮的声音、优美的体态、得体的动作,把原诗歌作品的思想内容有感情地向听众表达出来,以引起听众的共鸣。诗朗诵是一种艺术,要有感情,要通过掌握诗的语言的韵律、节奏、音调高低、读音轻重、语速急缓去表达感情。

幼儿诗比较自由,不像儿歌那样要求节奏对称,也不要求严格的押韵。幼儿诗在形式上也比较开放,每一句的字数没有要求,每一节也没有固定的行数。在朗诵时,要在自然的语言律动中显示出内在的节奏感和音乐美。

一、读出节奏韵律

幼儿诗通常会用比喻、拟人、排比等修辞手法和押韵、摹声等表现事物、刻画形象。朗诵时要通过对形象的把握,体会其中的情感,把握好基调,划分好节拍,表现出诗歌节奏和韵律的美。如《春天是一本书》,全诗的感情基调是欢快的,把春天比喻成书,还会笑、会唱,新颖的比喻,奇特的拟人化描述,加上排比对情感的渲染,要通过重音、停顿和夸张的表达,来展现出春天的生机勃勃景象。全诗韵律感强,朗诵要通过音色、长短、轻重、抑扬和节奏、停顿,展现诗歌特点。

春天是一本书
（常福生）

春天是一本彩色的书——黄的迎春花,红的桃花,绿的柳叶,白的梨花……

春天是一本会笑的书——小池塘笑了,酒窝圆又大;小朋友笑了,咧开小嘴巴……

春天是一本会唱的书——春雷轰隆隆,春雨滴滴答,燕子唧唧唧,青蛙呱呱呱……

二、读出童心童趣

用幼儿的视角观察世界,用幼儿的感受来朗读作品;在表达时展开丰富的想象,把文字转换成内心视像。有些幼儿诗歌是修辞性地描摹现实,通过意象呈现富有童趣的意境,如《植物妈妈有办法》,用拟人手法,讲述了蒲公英、苍耳和豌豆妈妈传播种子的方法。朗诵时要以轻松活泼、充满童真的朗诵基调和虚实相间的声音造型展现意境美。

植物妈妈有办法
（戴巴棣）

孩子如果已经长大,
就得告别妈妈,四海为家。
牛马有脚,鸟有翅膀,
植物要旅行靠的什么办法?
蒲公英妈妈准备了降落伞,
把它送给自己的娃娃。
只要有风轻轻吹过,
孩子们就乘着风纷纷出发。
苍耳妈妈有个好办法,
她给孩子穿上带刺的铠甲。
只要挂住动物的皮毛,
孩子们就能去田野、山洼。
豌豆妈妈更有办法,
她让豆荚晒在太阳底下,
啪的一声,豆荚炸开,
孩子们就蹦着跳着离开妈妈。
植物妈妈的办法很多很多,
不信你就仔细观察。
那里有许许多多的知识,
粗心的小朋友却得不到它。

《植物妈妈有办法》
朗诵示例

三、读出角色代入感

在表达时，还应注意自己所扮演的角色。通过对作品的分析，找准自己表达时的定位并随着作品里的具体叙述及人物的变化而变化。比如幼儿诗《我要自己走》用第一人称口吻来叙述，朗读时要热情、活泼，注意诗歌的情感性和审美性。

  妈妈，妈妈你快撒手，　　（急切地）
  我要自己走。　　　　　（抬头、挺胸、作走路状）
  你看，小燕儿能飞，　　（手指天空）
  小兔儿能跳，
  小狗儿能跑，　　　　　（做跳、跑、游的动作）
  小鱼儿能游……
  我为什么不能自己走？　（急切）
  妈妈，妈妈，你快撒手。（做呼喊状）

第四节　幼儿诗创作

  幼儿诗以其浓烈的情感、丰富的想象、明快的韵律、巧妙的构思、优美的意境颂扬了生活之美、自然之美、童心之美，因而深受孩子们的喜爱。著名儿童文学家金波先生说过："童真与童诗有着天然的机缘。"幼儿诗的本质应该是抒幼儿之情，幼儿的心理是与成人完全不同的，他们的情感世界更加接近天然，是纯真的，几乎不沾一点灰尘的洁净的世界。上海作家协会副主席、儿童文学作家秦文君说："我对儿童诗的判别，仿佛格外的浅，就是要一个纯，一个顺。这个纯，便是纯正，有真切的感情，真诚的心灵作为诗魂，这个顺，既是一种朗朗上口的诗意，也是一种无雕琢的自然的气质和天真的趣味。"

  幼儿诗是孩子重要的精神食粮之一，作为未来的幼教工作者，不但要善于利用作家们的诗对孩子进行"诗教"，还有责任为孩子们创作出有益于他们身心发展的幼儿诗作品。

一、幼儿诗创作的原则

（一）主题要健康积极

  首先，健康的主题能够培养幼儿积极向上的情感态度。幼儿正处于情感发展的关键时期，他们对世界充满好奇，对生活充满期待。选择那些描绘自然美好、亲情友爱、团结互助等主题的幼儿诗，有助于塑造幼儿阳光、乐观的性格，培养他们善良、正直的品质。

  其次，积极的主题能够激发幼儿的想象力和创造力。幼儿诗往往通过丰富的想象和生动的描绘来展现一个充满奇幻色彩的世界。选择那些具有创新性、探索性的主题，能够引导幼儿展开想象的翅膀，激发他们的创造潜能，为未来的学习和成长打下良好的基础。

  最后，健康的主题还能够帮助幼儿树立正确的价值观。幼儿期是价值观形成的关键时期,幼儿诗作为幼儿文学的重要组成部分,承载着传递正确价值观的重任。选择那些弘扬爱国主义、集体主义、诚实守信等主题的幼儿诗,有助于引导幼儿形成正确的道德观念和行为准则。

因此,在创作幼儿诗时,我们应着重关注诗歌的主题是否健康积极,是否能够给幼儿带来正面的影响和教育意义。爱的母题、自然的母题、成长的母题或者是知识性主题、道德性主题和趣味性主题都是好的选择。

(二) 题材要多种多样

幼儿诗的题材多种多样,对于幼儿的全面发展至关重要。多样化的题材不仅能够满足幼儿的好奇心,还能帮助他们更全面地认识和理解世界。

首先,多样化的题材能够激发幼儿的兴趣。幼儿天生对周围的事物充满好奇,他们渴望了解世界的每一个角落。幼儿诗通过描绘不同的场景、人物和事件,能够吸引幼儿的注意力,激发他们的探索欲望。例如,以动物为主题的幼儿诗可以带领幼儿走进奇妙的动物世界,了解动物的习性和特点;以自然为主题的幼儿诗则可以引导幼儿感受大自然的美丽和神奇。

其次,多样化的题材有助于拓宽幼儿的知识面。幼儿诗可以通过简单的语言和生动的描绘,向幼儿介绍各种知识和概念。比如,通过诗歌描述交通工具的运行原理、季节变化的特点、植物生长的过程等,幼儿在欣赏诗歌的同时,也能够学到一些基础知识。这种寓教于乐的方式不仅让学习变得更加有趣,还能够加深幼儿对知识的理解和记忆。

最后,多样化的题材还能培养幼儿的情感和价值观。幼儿诗可以通过讲述亲情、友情、勇气、坚持等主题的故事,引导幼儿形成正确的情感态度和价值观。这些故事往往具有深刻的内涵和寓意,能够帮助幼儿更好地理解人生的意义和价值,从而培养他们积极向上的情感品质和道德观念。

总之,幼儿诗题材的多样性对于幼儿的成长和发展具有重要意义。我们要注重题材的多样选择,包含幼儿园的、学校生活的、社会的、家庭的等,为幼儿的全面发展提供有力的支持。

(三) 内容要充满童趣

幼儿诗作为专为幼儿创作的诗歌形式,其最鲜明的特点就是要充满童趣。

首先,童趣体现在幼儿诗的语言表达上。幼儿诗通常运用简单明了、生动活泼的语言,以及贴近幼儿生活经验的表达方式,来描绘世界和表达情感。这样的语言风格既易于幼儿理解,又能引起他们的兴趣,让他们在阅读中感受到乐趣。

其次,童趣还体现在幼儿诗的内容选择上。幼儿诗往往以幼儿的生活、游戏、梦想等为主题,通过描绘这些场景来展现幼儿的内心世界。这些主题贴近幼儿的实际生活,能够激发他们的共鸣,让他们在阅读中感受到自己的存在和价值。

此外,童趣也体现在幼儿诗的想象力和创造力上。幼儿诗常常运用夸张、拟人等修辞手法,以及丰富的想象力和创造力,来构造一个充满奇幻色彩的世界。这样的世界既能够满足幼儿的好奇心和探索欲望,又能够激发他们的想象力和创造力,促进他们的智力发展。通过充满童趣的幼儿诗,我们可以引导幼儿走进一个充满乐趣和想象力的世界,让他

们在阅读中感受到快乐。

（四）形象要鲜明生动

幼儿诗的形象鲜明生动是其重要的艺术特色，对于幼儿的认知和情感发展具有积极的促进作用。

首先，鲜明的形象能够直观地展现事物的特征，帮助幼儿形成对世界的初步认知。幼儿正处于形象思维发展的关键时期，他们往往通过直观感知来理解事物。因此，幼儿诗中的形象应该具有鲜明的特点，能够让幼儿一目了然地感受到事物的形态、颜色、动作等特征。例如，通过描绘"红彤彤的苹果""蹦蹦跳跳的小兔子"等形象，幼儿可以更加直观地理解这些事物的特点，进而丰富他们的认知经验。

其次，生动的形象能够激发幼儿的想象力和情感共鸣。幼儿诗中的形象描绘往往使用夸张、拟人等艺术手法，从而使形象更加生动有趣。这样的形象不仅能够吸引幼儿的注意力，还能引发他们的联想和想象，让他们在脑海中形成丰富多彩的画面。同时，生动的形象也能够触动幼儿的情感，让他们在诗歌中找到共鸣，体验到快乐和悲伤、喜悦和愤怒等情绪情感。

最后，鲜明的形象还能够提升幼儿的语言表达能力。幼儿诗中的形象往往通过精练的语言进行描绘，这要求幼儿在阅读过程中仔细品味、理解并模仿。通过反复阅读和学习，幼儿可以逐渐掌握如何运用语言来描绘形象，从而提升他们的语言表达能力。

通过运用具体、生动的描绘手法，以及富有想象力和创造力的艺术表现方式，我们可以塑造出一个个鲜活、有趣的形象，让幼儿在诗歌的世界中畅游，感受到诗歌的魅力和力量。

（五）语言要优美流畅

首先，幼儿诗的语言应该具有音乐性，读起来要朗朗上口。这意味着诗句应该节奏明快，音韵和谐，让幼儿在阅读过程中能够感受到诗歌的韵律美。同时，通过押韵、对仗等修辞手法的运用，可以使诗歌更加富有音乐感，增强幼儿的阅读兴趣。

其次，幼儿诗的语言应该简洁明了，易于理解。幼儿的认知能力和语言表达能力有限，因此幼儿诗的语言应该尽量简单明了，避免使用过于复杂或生僻的词汇。同时，要运用生动形象的描绘手法，通过具体可感的事物来表达抽象的概念，帮助幼儿更好地理解诗歌内容。

最后，幼儿诗的语言还应该富有情感和想象力。情感是诗歌的灵魂，通过富有情感的语言描述，可以引发幼儿的情感共鸣，让他们在诗歌中找到自己的影子。同时，想象力是诗歌的翅膀，通过丰富的想象和联想，可以创造出一个个奇幻的世界，激发幼儿的好奇心和探索欲望。

二、幼儿诗创作的注意事项

（一）写幼儿诗，要用幼儿的眼睛看世界

幼儿眼中的世界和我们大人眼中的世界是不相同的，许多成年人熟视无睹的事在幼儿的眼里却是充满灵性的。比如，一位母亲带着孩子跑步锻炼，当风把他们额上的汗吹干

后,孩子情不自禁地说:"风把我身上的汗打打干净。"又如,看到夕阳,孩子会想到那是太阳公公喝醉了,满脸通红。看到下雨天的红雨鞋,会说那是红色的小鱼。因此,在创作幼儿诗时,一定要把握幼儿的年龄特点,从幼儿的心理特征出发,用幼儿的眼睛观察世界、感知世界,以一颗童心与万事万物对话、交流。例如陈尚信的《鼻子吃蛋糕》:

> 这块蛋糕,
> 我舍不得吃它,
> 要等爸爸妈妈一起尝。
> 我让鼻子先尝一点儿,
> 反正小鼻子只会闻闻,
> 不会吃下。

孩子舍不得一个人先吃蛋糕,一心要等着爸爸妈妈回来一起吃,这是他的可爱之处;更可爱的是,他还是有点儿忍不住,就"让鼻子先尝一点儿"。鼻子怎么"尝"呢?孩子的解释是:"反正小鼻子只会闻闻,不会吃下。"这样的举动、这样的想法完全符合幼儿的年龄特点,从幼儿的角度看,这些都是合情合理的。如果作者不能准确把握幼儿的心理,没有细致地观察幼儿的言行,不是用幼儿的眼睛看世界,是写不出这样鲜活有趣的作品的。

成人作者在创作时要换位思考,用心体会幼儿的内心情感,从幼儿独特的视角出发,表达幼儿对自然、对生活的理解与感受,抒发幼儿的感情,幼儿才是诗歌的主体。不能怀着成人的怀旧心态来看待万事万物,单纯地表达个人的审美情感,更不能对幼儿的世界作居高临下式的欣赏、赞美。例如陈太顺的幼儿诗《秋千》:

> 大树下,荡着一个秋千,
> 小村的孩子,
> 架起一叶自由的风帆。
> 姐姐猛力一推,
> 把弟弟送上蓝天,
> 让夕阳——
> 把飘起的身影
> 印在五彩缤纷的天空中。

(二)写幼儿诗,要展开想象的翅膀

创作幼儿诗时,需要展开想象的翅膀,营造一个充满童稚趣味的优美意境,才能感动幼儿。如圣野的《神奇的窗子》:

> 白天
> 我画了一扇
> 很大的窗子
> 大窗子一开呀
> 歌声进来了
> 阳光进来了

> 凉风进来了
> 花和树木的香气
> 也都进来了。

《神奇的窗子》是著名诗人圣野在耄耋之年创作的一首儿童诗歌,它洋溢着童趣与无限的想象。圣野以儿童的视角为出发点,用一颗纯真的童心去触摸和感知生活的五彩斑斓。在这首诗中,现实与幻想的巧妙融合,展现了儿童诗歌特有的梦幻与纯净特质,构建了一个既唯美又充满爱意的美学空间。它让儿童在阅读后能够感受到一种难以言喻的奇妙,同时获得深刻的美学体验。

(三)写幼儿诗,要有"爱"

诗是情感的抒发,尤其是幼儿诗,它特别注重将内心的情感"描绘"出来,将抽象的概念转化为幼儿能够理解的形象。这样,幼儿不仅能够听懂,还能在心中描绘出一幅幅生动的画面,从而更深刻地感受和理解诗歌所传达的情感和意境。如这首《梦中》:

梦 中
(王心远)

> 梦中,我把小手伸出来,让它透透气。
> 梦中,我把小脚踢出来,让它散散步。
> 梦中,我把小屁股钻出来,让它乘乘凉。
> 梦中,我一个喷嚏,吓得妈妈跳了起来,惊醒了。
> 看着我的睡相,妈妈心疼得
> 把我的小手、小脚、小屁股
> 一个一个藏进暖融融的被窝,
> 于是,香甜的梦又开始了……

这首诗饱含着浓厚的亲情,仿佛一条恒温暖和的爱的棉被,轻柔地覆盖着孩子们的童年,乃至他们的一生。每个沉浸在诗中的孩子都愿意在这温暖的怀抱中,做一个甜美的梦。诗歌是情感的滋养,它能够触动儿童的心灵,让他们在感动的同时,潜移默化地接受教育。诗歌也是美的升华,它在阅读的过程中传递美的感染力和熏陶力。幼儿诗歌让儿童的情感世界充满了春日的温暖。

在众多颂扬母爱的诗歌中,这首诗以其独特的儿童视角,细腻地展现了母爱的伟大,从生活的点滴中触动人心,温暖人心。这首诗出自宁波市北仑区实验小学的一年级学生王心远之手。尽管作者年纪尚小,但诗中的情感却深沉而浓烈,展现了他对母爱的深刻理解和真挚表达。

三、幼儿诗创作的基本方法

(一)拟人法

在幼儿诗的创作中,拟人法是一种广受欢迎且极具效果的修辞技巧。通过将非人类的事物、动物、植物或抽象概念赋予人类的特征、情感和行为,拟人法让这些元素变得生动而亲切,仿佛它们拥有了人类的灵魂和情感。这种手法不仅帮助幼儿以更直观、更感性的方式去理解和感知周围的世界,而且还能极大地激发他们的想象力和创造力。拟人法让幼儿在阅读时能够产生共鸣,因为它将抽象或难以理解的概念转化为幼儿熟悉的人类体验。例如,将太阳描述为"微笑的太阳",或者将风描述为"调皮的风",这样的描述不仅让诗歌更加生动有趣,也让幼儿能够更容易地与诗歌中的内容建立联系,从而加深他们对诗歌主题和情感的理解。例如林曦的《四季的脚步》:

春天的脚步悄悄,
悄悄地,她笑着走来。
溪水唱起了歌儿,
叮咚,叮咚,
绿草和鲜花赶来报到。
夏天的脚步悄悄,
悄悄地,她笑着走来。
金蝉唱起了歌儿,
知了,知了,
给世界带来欢笑。
秋天的脚步悄悄,
悄悄地,她笑着走来。
落叶唱起了歌儿,
唰唰,唰唰,
铺下一条条金色的小道。
冬天的脚步悄悄,
悄悄地,她笑着走来。
北风唱起了歌儿,
呼呼,呼呼,
雪花在空中欢快地舞蹈。

作品精心挑选了最能代表四季特色的典型物象——潺潺的溪水、嫩绿的小草、绚烂的鲜花、鸣叫的知了、飘落的黄叶、凛冽的北风以及洁白的雪花。通过赋予这些自然元素以人的情感,让它们仿佛拥有了生命,能够开口表达,从而勾勒出四幅风格迥异、色彩鲜明的四季画卷。这些生动的描绘不仅流淌出对四季变换的热爱之情,还营造出一种情趣盎然的艺术效果。

在创作运用拟人法的幼儿诗时,以下几点建议值得注意:

(1)选择适宜的拟人对象:并非所有事物都适合拟人化。应挑选那些与幼儿日常生活紧密相关、能够激发他们好奇心的事物进行拟人化。

(2)赋予人性化特征:在拟人化的过程中,要赋予事物以人的情感、特性和行为,使其形象更加贴近人性。这些特征、情感和行为应与幼儿的认知水平和情感需求相匹配。

(3)保持语言的简洁性:幼儿诗的语言应当简洁明了,易于理解。在使用拟人法时,应特别注意语言的简洁性,避免使用过于复杂或晦涩的词汇和句式。

通过这样的创作方法,幼儿诗不仅能够吸引幼儿的注意力,还能在他们的心中播下美的种子,培养他们对自然和生活的热爱。

以"春"为题,运用拟人法试写一首幼儿诗或续写下诗:

沙沙沙

窗外,细雨蒙蒙地下着

这是春姑娘在写诗歌呢

……

(二)比喻法

比喻法是幼儿诗创作中一种非常基础且有效的技巧,它通过将两种不同的事物联系起来,帮助幼儿更好地理解和感受诗歌中的意象。在幼儿诗中,明喻法和暗喻法是最常用的两种比喻手法。

1. 明喻法

明喻法通常采用"甲像乙"或"甲如同乙"的结构,直接将两个事物进行比较,形象地展现事物的特点。明喻法适合用来描绘具体的物体和自然景观,它通过独特的想象力,将日常的事物转化为新奇有趣的形象,容易引起小读者的共鸣和兴趣。例如任海蓓小朋友的《天空》:

太阳,多像一个调皮的小男孩,

老是跟着我捉迷藏。

月亮,多像一个可亲的小姐姐,

笑着看我进入梦乡。

云朵,多像一群活泼的小金鱼,

把天空当成一个大鱼缸。

银河,你为什么不往下淌?

噢,原来你是星星们的床。

在这首诗中,小作者巧妙地使用了明喻法,将太阳比作"调皮的小男孩",这个比喻不仅捕捉了太阳的活力和温暖,还传达了太阳与孩子们玩耍时的欢乐气氛。月亮则被描绘成"可亲的小姐姐",这个形象温馨而宁静,仿佛月亮在夜晚守护着孩子们安然入睡。云朵被想象成"活泼的小金鱼",这个比喻让天空变得生动起来,仿佛是一个充满生机的海底世界。最后,银河被问及为什么不往下流淌,原来是因为它们是"星星们的床",这个比喻既神秘又温馨,让人联想到一个宁静而美丽的夜晚。通过这样的比喻,任海蓓小朋友的《天空》不仅展现了她对自然景象的细腻观察,也表达了她对天空的无限想象和热爱。这首诗以其独特的视角和丰富的想象力,为幼儿打开了一扇探索自然奥秘的窗口,同时也激发了他们对诗歌和文学的兴趣。

2. 暗喻法

与明喻法不同,暗喻法不使用"像"或"如同"这样的比较词,而是直接将两个事物等同起来,如"甲是乙"。这种比喻更加隐晦,需要读者自己去发现两者之间的联系,适合用来表达更深层次的情感和意象。如江全章的《阴·雨·晴》:

> 爸爸的脸
> 是阴天,
> 妈妈的脸
> 是雨天,
> 我是快活的风,
> 吹散了
> 爸爸脸上的乌云,
> 吹干了
> 妈妈脸上的雨点,
> 太阳出来了,
> 家里出现
> 大晴天!

在这首诗中,诗人用"阴天"来比喻爸爸生气时的阴沉表情,用"雨天"来形容妈妈生气时的忧郁情绪。这两种天气现象都是幼儿在生活中经常遇到的自然现象,通过这样的比喻,幼儿能够直观地理解父母的情绪变化。

而"我"被比作"快活的风",这个形象既活泼又充满正能量。风能够吹散乌云,带来晴朗,象征着孩子用自己的快乐和活力去影响和改变家庭的氛围。最终,"太阳出来了",家里的气氛由阴郁转为明朗,变成了"大晴天",这个转变不仅象征着家庭矛盾的化解,也预示着家庭和睦与温馨氛围的恢复。这首诗以其生动的比喻和深刻的情感,展现了孩子在家庭中的角色和影响力,以及他们对家庭和谐所做出的贡献。它不仅让读者感受到了家庭生活的温馨和真实,也传达了一种积极向上的生活态度,即通过乐观和爱来化解矛盾,带来家庭的和谐与幸福。

在创作使用比喻法的幼儿诗时,需要注意以下几点:

(1)喻体要贴近幼儿生活。应选择幼儿熟悉的事物作为喻体,可以是他们日常生活中常见的物品、动物或自然现象。这样的喻体能够激发幼儿的好奇心和想象力,帮助他们更好地理解和感受诗歌的内涵。例如,将天空比喻为"大海",将星星比喻为"钻石",这些喻体都是幼儿能够直观感受和想象的,能够增强诗的亲和力和吸引力。

(2)比喻要恰当且生动。比喻的恰当性意味着喻体和本体之间要有合理的联系,这样的联系能够自然地传达诗人想要表达的意境和情感。生动的比喻能够创造出强烈的视觉或感官效果,使诗歌更加引人入胜。例如,将孩子的笑声比喻为"银铃般清脆",这样的比喻既形象又富有音乐感,能够激发幼儿的感官体验。

(3)注重情感表达。比喻不仅是对事物的描述,更是情感的传递。在创作幼儿诗时,要通过比喻来表达诗人对事物的情感态度,让幼儿在阅读诗歌的过程中,能够感受到诗人的情感波动。例如,将母亲的爱比喻为"温暖的阳光",这样的比喻不仅描绘了母爱的温柔和包容,也传达了诗人对母爱的感激和依赖。

以"妈妈的爱"为题,用比喻法试写一首幼儿诗或续写下诗:

妈妈的爱是一支雪糕,
从嘴里,甜到心里。
妈妈的爱是……

(三)假设法

在幼儿诗的创作中,假设法是一种富有想象力和创造力的表现手法。这种方法通过设定特定的情境或条件,带领幼儿进入一个充满奇幻和无限可能的世界,通常以"假如……"或"如果……"作为引子,从而点燃他们的好奇心和探索欲望。如英国的罗·路·斯蒂文森的诗《将来》:

将来
等我长大成人,
我一定非常神气、伟大,
我告诉男孩儿女孩儿们,
别瞎弄我的布娃娃。

这首诗的标题《将来》本身就营造了一种悬念。诗歌以一种孩子气的、幻想式的假设开篇,"将来等我长大成人"之后会发生什么呢?这样的开头立刻吸引了幼儿的注意,并激发了他们跃跃欲试的想象力。当幼儿的心理期待被激发后,诗人给出了一个让人忍俊不禁的答案:原来他只是不想让其他小朋友瞎弄他的布娃娃。一个可爱、单纯的孩子形象就这样生动地呈现在我们面前,既令人发笑,又让人喜爱。

在创作使用假设法的幼儿诗时,需要注意以下几点:

(1)假设要合理且有趣。假设的情境或条件应该既合理又有趣,能够吸引幼儿的注意力并激发他们的想象力。避免过于复杂或离奇的假设,以免让幼儿感到困惑或失去兴趣。

(2)注重情感表达。在描述假设情境时,要注重情感表达,让幼儿能够感受到诗人的情感和态度。通过生动的语言和形象的描绘,让幼儿产生共鸣和情感上的投入。

(3)保持语言简洁明了。幼儿诗的语言应该简洁明了,易于理解。在使用假设法时,也要注意避免使用过于复杂或抽象的词汇和句子结构,以确保幼儿能够轻松理解并欣赏诗歌。

将以下这首幼儿诗补充完整：

我想有一朵七色花，
摘一片送给失学的孩子们，让他们走进校园。
第二片送给世界上的残疾人，使他们健康快乐。
第三片……
第四片……
第五片……
第六片……
第七片……

（四）摹声法

在幼儿诗歌创作中，摹声法是一种极具生动性和趣味性的艺术手法。通过模仿自然界或日常生活中的声音来描绘事物，这种方法能够使诗歌更加形象化，增强其感染力。例如，儿童文学作家林焕彰的《青蛙》就是一首巧妙运用摹声词的典范之作：

青蛙只会唱一首歌，
从头到尾都是：
呱呱呱！呱呱呱……
呱呱呱！呱呱呱……
整个夏天晚上的田野，
都是它们的歌声，
呱呱呱！呱呱呱……

呱呱呱！呱呱呱……
像很多孩子在教室里
大声讲话，大声讲话……

这首诗通过重复"呱呱呱"的声音，生动地模拟了青蛙的叫声，让读者仿佛置身于一个充满生机的池塘边。简单的语言和节奏感强烈的摹声词，不仅让诗歌朗朗上口，也让幼儿在阅读时能够轻松地模仿和记忆。

在运用摹声法创作幼儿诗时，需要注意以下几点：

（1）选择具有代表性的摹声词。要根据诗歌的内容和主题，选择那些能够准确反映事物特征的声音，这样的摹声词更容易被幼儿接受和理解。

（2）注重音韵美。使用摹声法时不仅要模仿声音，还要注重音韵的搭配和节奏的把握。通过合理的音韵安排，可以使诗歌更加悦耳动听，丰富幼儿的阅读体验。

（3）加入视觉元素。在描述声音的同时，可以加入一些视觉元素，如颜色、形状等，以增强诗歌的立体感和吸引力。

（4）结合其他修辞手法。摹声法可以与其他修辞手法如拟人、夸张等结合使用，以丰富诗歌的表现力。例如，可以将摹声法与拟人手法相结合，赋予事物以人的情感和行为，使诗歌更具趣味性。

以"雨"为题，用摹声法试写一首幼儿诗。

（五）反复法

反复法能够增强诗歌的节奏感，使描绘的画面更有层次，同时让所要表达的感情更加强烈。反复法主要有两种形式：一是每行的句式相同，二是诗的结构上的反复，通常以一句话作为各节的起句，反复运用。朱效文的《望远镜里的小鸟》就是成功运用反复法的一个例子。

> 望远镜里的小鸟
> 胆子最大，
> 敢在我鼻子底下玩，
> 一点儿不害怕。
>
> 望远镜里的小鸟
> 最爱说话，
> 嘴巴动个没完，
> 却听不清它说啥。
>
> 望远镜里的小鸟
> 比别的小鸟都大，
> 眼睛大头大翅膀大，
> 有时候比我的望远镜还大！
>
> 望远镜里的小鸟
> 它看我，我也看它；
> 望远镜里的小鸟
> 它喜欢我，我也喜欢它！

这首诗巧妙地运用了反复法，通过重复"望远镜里的小鸟"这一起始句式，不仅增强了诗歌的节奏感，还使得诗歌的画面层次更加丰富，情感表达更加强烈。这种结构上的反复,使得每一节都以相同的起始句开始,形成了一种韵律和模式,让读者能够迅速识别和跟随诗歌的节奏。

在创作使用反复法的幼儿诗时,需要注意以下几点:

(1) 重复要有意义。不要简单地重复相同的词句,而是要根据诗歌的主题和情感需要,选择适当的词句进行重复,以达到强调和加深印象的效果。

(2) 保持节奏和韵律。反复法通常与节奏和韵律相结合,因此在创作时要注意保持诗歌的节奏感和韵律美,让幼儿在朗读时能够感受到诗歌的音乐性。

(3) 内容要贴近幼儿生活。幼儿诗的内容应该贴近幼儿的生活和经验,选择他们熟悉和感兴趣的事物作为诗歌的主题,这样更容易引起他们的共鸣和兴趣。

以"树"为题,试着用反复法写一首幼儿诗或续写下诗:

　　　　春天的树,是花儿们选美的舞台。
　　　　夏天的树,是……

(六) 夸张法

夸张手法是一种极具吸引力的修辞技巧,能够巧妙地捕捉幼儿的目光,让诗歌变得更加引人入胜和生动活泼。夸张法通过有意地放大或缩小事物的某些特征,使其超出现实范畴,从而强调或凸显特定的效果。例如,幼儿诗《交通警察》:

　　　　世界上力气最大的人,
　　　　就是交通警察。
　　　　因为他有气功,
　　　　只要单手轻轻一推,
　　　　几十辆车子就一动也不动了。

在运用夸张法创作幼儿诗时需要注意以下几点:

(1) 夸张要适度。夸张是为了让诗歌更加生动有趣,但如果夸张过度,可能会让幼儿感到不真实或难以理解。适度的夸张能够让幼儿在保持现实感的同时,享受想象力的飞跃。

(2) 要符合幼儿认知。幼儿的认知能力和理解力有限,因此夸张的内容需要与他们的生活经验和认知水平相匹配。例如,可以夸张动物的特征或者日常物品的功能,这些都是幼儿熟悉的元素。

(3) 强调正面情感。幼儿诗歌应该传递积极的情感和价值观。通过夸张法表达快乐、惊奇等正面情绪,可以鼓励幼儿保持乐观和好奇心,同时也有助于培养他们的情感认同。

(4) 注重趣味性。趣味性是吸引幼儿注意力的关键。通过夸张法,可以将平凡的事物变得有趣和不寻常,让幼儿在阅读诗歌的过程中产生共鸣,享受学习的乐趣。

以"苹果"为题,试用夸张法写一首幼儿诗或续写下诗:

苹果园里苹果大,比过小河和山崖。
咬上一口香又甜,甜到心里笑哈哈。
……

(七)疑问法

在幼儿诗创作中,疑问法是一种能激发幼儿好奇心和探索欲望的有效方式。通过提问,可以引导幼儿思考,增加诗歌的互动性,让诗歌更具吸引力。

如幼儿诗《螃蟹》:

螃蟹!螃蟹!
你为什么嘴巴吐白沫?
是不是刚刚吃过午餐,
正在刷牙漱口?
是不是在流口水,
想吃我手里的大苹果?

再如幼儿诗《皱纹》:

老人的脸上,
有一条一条的皱纹;
大海的脸上,
也有一波一波的皱纹;
大海是不是也老了呢?

在创作使用疑问法的幼儿诗时,需要注意以下几点:

(1)问题要简单明了。提出的问题应该简单易懂,便于幼儿理解和回答。避免使用过于复杂或抽象的词汇和概念,确保符合幼儿的认知水平。

(2)引导想象和思考。通过提问,引导幼儿展开想象和思考,激发他们的探索欲望和创造力。诗歌中这样的互动不仅能够增加诗歌的趣味性,还能促进幼儿思维能力的发展。

(3)答案要积极向上。对于问题的回答,应该选择积极、向上的内容,传递正能量和正确的价值观,引导幼儿形成积极的人生态度和世界观、价值观。

(4)保持趣味性。疑问法本身可以增加诗歌的互动性,但在创作过程中仍要保持诗歌的趣味性和韵律感,以吸引幼儿的兴趣。

除以上方法外,创作儿童诗还可以运用对比法、悬念法等。然而,仅仅掌握写作方法

是不够的,创作优秀的儿童诗歌还需要:

细心观察生活,用心灵去拥抱生活,不断从生活中挖掘有意义的素材。

成为孩子们的好朋友,满怀爱心和幼儿一起展开想象的翅膀,理解他们的内心世界。

虚心好学、勤于动笔:在炼字、炼句、炼意方面下功夫,不断提高自己的创作水平。

诗人黄基博在《怎样指导儿童写诗》中提出了一些宝贵的建议,非常值得参考。他指出:儿童诗有韵没韵没关系,念起来很顺口,音调优美,文字有节奏感就好了。诗不是散文,文句要精短,内容要浓缩。诗不是叙事、说明,而是表现的。要写出美丽的想象,使诗中有画,意象鲜明;要写出动人的情意,因为诗是主情的。诗要分行写,文句排起来会有一种美感。美的事物都是写诗应该追求的。表现情意的方法,要有个性,有自己想到的,不要模仿人家的;因为文学,贵在创造。

第五节 幼儿诗教学及案例

一、幼儿诗教学要点

幼儿诗以其纯真和丰富的想象力,散发着真、善、美,蕴含着未经雕琢的童真情趣。因此,幼儿诗的教学也应灵活多变、活泼有趣。若将其局限于固定程序或形式,幼儿诗教学便会失去其生命力。幼儿园诗歌教学的方法和技巧主要包括以下:

1. 良好的诗歌学习环境创设

教室装饰:在幼儿园教室中布置与诗歌相关的装饰品,如挂图、拼贴作品或手工制作的韵律乐器,以激发幼儿的兴趣和好奇心。

宽松自由的氛围:在诗歌学习过程中,教师应给予幼儿充足的自由空间和表达机会,鼓励他们自由而愉快地朗读诗歌,并分享自己的感受和想法。

2. 多样的情境创设

户外活动:在户外活动中,教师可引导幼儿观察大自然的美景,帮助他感受自然的魅力,并鼓励他们用诗歌表达自己的情感。

游戏化教学:将诗歌教学与游戏结合,通过游戏化的方式培养幼儿对诗歌的兴趣。例如,进行韵律乐器合奏或角色扮演游戏,鼓励幼儿通过角色扮演表达自己的感受。

3. 灵活多样的教学方法

整体赏析法:带领幼儿欣赏优秀诗歌作品,让他们感受诗歌的韵律和美感。教师可以配合声音、表情和动作,帮助幼儿更好地理解诗歌内涵。

听诗绘画法:选择一首感人的诗歌,让幼儿仔细倾听并表达其中的情感和意象,然后引导他们进行绘画。通过绘画,幼儿可以将自己对诗歌的理解和感受表达出来。

多媒体与互联网资源利用:利用多媒体设备和互联网资源,提供更丰富的诗歌学习材料。例如,播放诗歌的声音和视频,帮助幼儿感受不同的节奏和韵律。

4. 家园合作

家庭共读:鼓励家长和幼儿一起进行诗歌共读活动,通过共读加强幼儿对诗歌的理解和记忆。

二、幼儿诗教学案例

(一)小班幼儿诗教学活动:《小雨点》

小雨点

(唐邑丰)

小雨点,沙沙沙,落在花园里,花儿乐得张嘴巴。
小雨点,沙沙沙,落在池塘里,鱼儿乐得摇尾巴。
小雨点,沙沙沙,落在田野里,苗儿乐得向上拔。

【活动意图】

幼儿诗《小雨点》语言优美、节奏明快,巧妙使用拟人手法,活泼有趣,本次活动通过学习此诗,引导幼儿在欣赏诗的过程中,感受春雨给大自然带来的生机与活力。活动中,教师引导幼儿在学习诗的基础上尝试仿编,锻炼其创造性思维和语言组织能力。

【活动目标】

1. 在理解儿歌内容的基础上,学习诗歌里的动词:"张""摇""拔"。
2. 能吐字清楚、有感情地朗诵儿歌,初步尝试仿编。
3. 感受诗歌的语言美,萌发热爱大自然的情感。

【活动准备】

物质准备:课件、幼儿诗《小雨点》相关图片。

经验准备:幼儿知道四季。

【活动过程】

1. 活动导入

教师播放下雨的音频,请幼儿猜声音,激发幼儿兴趣。

教师:这是什么声音呢?你能猜一猜吗?

2. 幼儿欣赏诗《小雨点》

(1)教师朗诵,幼儿初步欣赏。

教师提问:诗的名称是什么?小雨点落下来是什么声音呀?它们都落到哪里了?

(2)教师出示图片,请幼儿再次欣赏诗。

教师提问:

花园里有谁?花儿在做什么?(理解动词:张)

池塘里有谁?鱼儿在做什么?(理解动词:摇)

田野里有谁?苗儿在做什么?(理解动词:拔)

教师:你能不能做一下这个动作呢?

(3)幼儿学习朗诵诗。

教师引导幼儿完整跟读诗,提示幼儿吐字清楚、有感情地朗诵。

3. 幼儿仿编诗句

教师：小雨点除了会落在花园、鱼池和田野里，它们还会落在哪里呢？让我们一起来看看。

（1）揭开公园图片，提问：小雨点，沙沙沙，落在哪里呀？谁会做什么呢？

（2）揭开森林图片，提问：小雨点，沙沙沙，落在哪里呀？谁会做什么呢？

教师引导幼儿用儿歌里的句式说一说。

（3）教师引导幼儿大胆、合乎逻辑地想象。

教师：请想想小雨点还会落在哪里呢？谁会做什么呢？

请幼儿自由说一说，个别幼儿代表发言，教师可将幼儿仿编诗句串联起来形成一首新诗。

【活动延伸】

自然观察活动：组织幼儿在雨后到户外观察自然环境的变化，教师可以带领幼儿去花园看看花朵是否更加鲜艳，去池塘边观察鱼儿是否更加活跃，或者去田野感受庄稼的生长情况。让幼儿用画笔记录下他们观察到的景象，并与同伴分享自己的发现，进一步加深对诗歌内容的理解和对大自然的感受。

（二）中班幼儿诗教学活动：诗歌仿编《梳子》

梳 子

（谢武彰）

妈妈用梳子，梳着我的头发。
我也用梳子，梳着妈妈的头发。
风是树的梳子，梳着树的头发。
船是海的梳子，梳着海的头发。

【活动意图】

《梳子》是一首短小精悍、想象新颖奇特的诗歌。诗歌从妈妈和孩子互相梳头谈起，将风比作树的梳子，把船比作海的梳子，在幼儿面前展现了一幅生动、美丽的画面。这首诗歌在结构上采用了重复的方式，给幼儿仿编诗歌提供了模仿的句式，因此比较适合进行仿编活动。在幼儿中开展诗歌的仿编活动，可以循序渐进地培养幼儿对语言艺术的敏感性，锻炼幼儿的想象力，培养幼儿的创造力，增长幼儿的艺术思维能力，同时使幼儿的语言表达能力得到发展。这首诗歌以诗的形式来揭示事物之间的相互联系，因此通过仿编活动还可以增进幼儿对事物之间联系的了解。

【活动目标】

1. 理解诗歌内容，感受作品的表现手法。
2. 基于对各种事物之间的相互关系的了解，学习仿编诗歌。
3. 喜欢朗诵幼儿诗，对仿编幼儿诗产生兴趣。

【活动准备】

物质准备：教学课件一套，录音机一台，空白磁带一盒；幼儿操作卡片及背景图；教室布置成影剧院形式。

经验准备：幼儿已经初步学习过诗歌《梳子》；已有一定的各种事物之间联系的直接或间接经验；室外布置成美术图片展览馆，在课前带幼儿进行参观。

【活动过程】

1. 复习诗歌《梳子》

（1）幼儿复述诗歌。

教师引导幼儿进入教室。

教师：小朋友，老师今天带你们到电影院去看电影。现在老师给每个小朋友发一张电影票，进入电影院后请小朋友对号入座。教师提问：小朋友，电影里演了些什么？我们可以为它匹配学过的哪首诗？现在请小朋友跟着电影一起有感情地朗诵一遍这首诗歌。

教师出示根据诗歌内容制作的电脑课件，幼儿随画面集体有表情地背诵诗歌《梳子》，巩固对诗歌内容的理解。

（2）教师引导幼儿深入分析诗歌。

教师根据诗歌内容提问，通过对有关问题的讨论，帮助幼儿感受诗歌的表现手法，了解各种事物之间的联系，提高幼儿对学习诗歌的兴趣；同时也为幼儿的仿编活动打下了一定的基础。

教师提问：风和船真的是树和海的梳子吗？为什么说风和船是梳子？它们是怎样梳着树和海的头发的？

2. 学习仿编诗歌《梳子》

（1）教师引导幼儿观察画面，并作仿编诗歌的示范。

① 教师出示电子课件"小鸟在蓝天上飞翔""小鱼在水里游"。

教师：现在电影里出现了什么动物？它们在干什么？

教师帮助幼儿理解画面与诗歌之间的内在联系，提问："风吹拂着小树，使树枝、树叶不停地摆动，我们可以形象地说风是树的梳子；船在海上航行，我们可以把船比作海的梳子。那么，在这幅画中我们可以把什么比作梳子？它们又梳着谁的头发？"

教师引导幼儿用诗歌中的语言来讲述画面，提问：现在哪一位小朋友能模仿诗歌《梳子》里的话，用完整的语言来描述这幅美丽的画面？（尽量让幼儿自己学习模仿，如果不能较好地说出来，教师可以给予一定的提示）

② 教师根据画面内容进行仿编诗歌《梳子》的示范。

教师：《梳子》是一首非常优美、动听的诗歌。今天老师想请小朋友也学着编几首题目是"梳子"的诗歌。现在，老师先用这幅图作一个示范，请小朋友看看老师是怎样仿编的。

（2）教师引导幼儿观看其他课件，并请个别幼儿尝试仿编诗歌。

① 教师展示其他课件。

教师：小朋友，现在电影里出现了什么？其中哪些可以被比作梳子？它们分别可以梳谁的头发？

教师请幼儿学着用诗歌中的语言来描述所见到的画面。

② 幼儿根据画面和前面教师所作的示范，模仿进行初步的仿编活动。教师将幼儿仿编的诗歌录下来备用。

(3) 卡片配对,练习仿编

① 教师和幼儿做卡片配对游戏。

教师:小朋友们,老师准备了几幅画和许多卡片。现在,我们做一个匹配卡片的游戏,请你想想,哪些卡片上的事物可以作梳子,它可以梳谁的头发?(教师做一次示范)

幼儿根据自己的想象进行操作活动,教师不断巡视并作个别指导。

教师指导幼儿根据自己匹配的卡片进行诗歌仿编活动,并将幼儿仿编的诗录下来。

② 拓展活动:幼儿根据自己的生活经验进行大胆想象,并进行诗歌仿编。

教师:现在请小朋友再大胆地想一想,还有什么东西可以作梳子? 能作什么的梳子?

教师引导幼儿根据自己的生活经验进行拓展性的仿编活动。

教师:现在请小朋友动动脑筋,把你见到过的事物变成诗歌《梳子》。

教师将幼儿仿编的诗录下来。

3. 欣赏和评价幼儿仿编诗

幼儿欣赏自己仿编的诗歌,教师对幼儿的仿编活动进行评价。

教师播放几段幼儿仿编的诗歌供幼儿进行欣赏,激发幼儿的创作成就感,同时对幼儿的仿编活动进行总结,对幼儿大胆发言、积极思考的行为给予鼓励,提高幼儿对仿编活动的兴趣。

幼儿请小班弟弟、妹妹朗诵自己仿编的诗歌《梳子》,结束活动。

【活动延伸】

在语言角为幼儿提供录有仿编诗歌的录音带,以便幼儿可以随时欣赏自己的仿编作品。

将幼儿仿编、创编的诗歌用较大的纸写下来,请幼儿配上相应的画面,并张贴于教室的语言角内,以进一步提高幼儿仿编、创编诗歌的兴趣,同时也为在幼儿中开展识字阅读活动提供有利条件和机会。

(三) 大班幼儿诗教学活动:《春天是一本书》

春天是一本书

(常福生)

春天是一本彩色的书,红的桃花,绿的柳叶,白的梨花,黄的迎春花。

春天是一本会唱歌的书,春雷轰隆隆,春雨滴滴答,燕子叽叽叽,青蛙呱呱呱。

春天是一本会笑的书,小池塘笑了,酒窝圆又大,小朋友笑了,咧开小嘴巴。

【活动意图】

这首散文诗用丰富生动的语言、五彩缤纷的颜色、生动形象的拟声勾勒了充满生机的春天图景。本诗不仅文字优美,还有机地整合了科学领域的教育内容,能给予幼儿关于季节的正确认知,使幼儿在倾听、想象、欣赏、移情、入境的过程中获得美的享受,进而将这种感受迁移为对大千世界的美好赞叹,萌发对自然和人类生活的关注、向往之情,有助于启迪、培养他们的创造力和想象力。

【活动目标】
1. 能够在图谱提示下有感情地朗诵《春天是一本书》。
2. 结合春天的美景,大胆想象,进行自主续编。
3. 感受春天的美好,乐意参加散文诗欣赏活动,感受作品的优美意境。

【活动准备】
物质准备:背景轻音乐《晨光》,图谱(桃花、柳叶、梨花、迎春花、雷电、水滴、燕子、青蛙、小池塘、小朋友)1份,活动课件。

经验准备:幼儿了解春天的季节特征及相应的自然环境变化。

【活动过程】
1. 自由发言,激发兴趣

教师请幼儿发挥想象:春天是什么样子的,有哪些你喜欢的动物或者植物呢?请你用最喜欢的、最好听的话来说一说。

2. 整体感知、欣赏诗歌

教师播放课件,配乐朗诵幼儿诗《春天是一本书》。

教师提问:老师刚才朗读的诗歌中说春天是一本书,请你告诉我春天是一本什么样的书呢?

教师引导幼儿抓住诗中的主要句型,注意描写色彩和摹声的词语,并根据幼儿的回答出示的相应图谱。

3. 分段学习诗歌,理解诗歌内容

(1)教师:春天是本彩色的书,那这本彩色的书中有哪些美丽的景色呢?

教师根据幼儿的回答出示图片,让幼儿有直观的感受,并重复强调"红的桃花,绿的柳叶,白的梨花,黄的迎春花"。反复诵读,让幼儿掌握诗的内容。

(2)师幼共读第一句,可以分成男女两组分组诵读和集体诵读。

(3)师幼共读第二句,注意拟声词的模仿,让幼儿在模仿中获得快乐。

教师:春天还是一本会唱歌的书呢,这本书中唱了什么歌呢?

此处要引导幼儿说出:是谁在唱歌,唱的什么歌,引出"春雷轰隆隆,春雨滴滴答,燕子叽叽叽,青蛙呱呱呱"。

教师:为什么"燕子叽叽叽,青蛙呱呱呱"地唱歌呢?

此处扩展知识:春天来了,燕子从南方飞回来了,青蛙从冬眠中醒来了,可以和好朋友一起玩了。

(4)师幼互动共读第三句。

教师:请小朋友思考后告诉大家,小池塘的酒窝是怎么来的呢?

此处重在培养幼儿的想象力。比如:风吹来的时候,就会有小酒窝了;春雨滴到小池塘里,就会有小酒窝了;把小石头丢进去就会有小酒窝了。

4. 完整朗诵,大胆表达

(1)让幼儿表达最喜欢诗中春天这本书的哪些内容。

(2)播放课件和背景音乐,幼儿在图谱提示下有感情地诵读《春天是一本书》。

5. 对照模仿，尝试续编

教师引导幼儿展开想象：春天还有哪些美丽的景色？春天还是一本什么样的书？

教师可帮助幼儿基于自己的想象，续写《春天是一本书》。

教师请幼儿分享续编的诗，并做点评。

【活动延伸】

1. 将图片放在语言区供幼儿自己练习朗诵诗歌。
2. 亲子共读幼儿诗《秋天的雨》。

练习与思考

1. 幼儿诗有哪些主要特点？请结合一首具体的幼儿诗来谈谈你的理解。
2. 幼儿诗有哪几类？按种类分别摘抄你最喜欢的幼儿诗各两首，并仔细品味其各自的特点。
3. 赏析与朗诵一首幼儿诗。

要求：以小组为单位，集体对作品进行分析理解，在此基础上演绎作品。

4. 自选一幅儿童画，写一首幼儿题画诗。

附：幼儿诗选读

1. 螃蟹和鱼

（林焕彰）

螃蟹喜欢横着走路，
螃蟹对鱼说：
我这样走，大家都会怕我。
鱼喜欢游来游去，
鱼对螃蟹说：
这样不好，你会没有朋友。

2. 捉迷藏

（圣　野）

小妹妹跟风
捉迷藏
小妹妹问风：
藏好了没有

待了好一会
没有听风说话儿
小妹妹就从墙角后
跳出来找风
找来找去找不到
忽然"嘻"的一声
风在一棵树上笑起来了
有一张树叶子没站稳
给风一笑
掉下来了
小妹妹连忙跳过去
把叶子捉住，问它：
风呢？
叶子红起脸孔说：
我也不知道！

3. 蜗　牛
　　（林　良）

不要再说我慢，
这种话
我已经听过几万遍。
我最后再说一次：
这是为了交通安全。

4. 雪　花
　　（田　地）

叮叮叮，
叮叮叮……
谁在敲我的窗？
敲呀敲呀敲个不停，
使我心神不能安宁！
叮叮叮，
叮叮叮……
谁在窗外喊我？
好像是喊我去堆雪人，
好像是喊我去溜冰……
叮叮叮，
叮叮叮……
那么，到底是谁？
我打开窗来看个究竟，
可根本没有一个人影！
叮叮叮，
叮叮叮……
我刚把窗关好，
敲呀敲呀又敲个不停，
难道，这只是我心里的声音……

5. 如果我是一片雪花
　　（金　波）

如果我是一片雪花，
我飘落到什么地方去呢？
飘到小河里，
变成一滴水，
和小鱼小虾游戏？
飘到广场上，
去堆胖雪人，
望着你笑眯眯？
我飘落在妈妈的脸上，
亲亲她，
然后就快乐地融化。

6. 小蘑菇
　　（樊发稼）

小蘑菇，
你真傻！
太阳，
没晒；
大雨，
没下。
你老撑着小伞，
干啥？

7. 问银河
　　（樊发稼）

银河，银河，
请你告诉我：
为什么大伙
都管你叫"河"？
一阵风吹过，
你可起浪？你可生波？
那里，
可有长胡子的小虾？
可有爱钻洞的泥鳅？
可有摇头摆尾的小鲤鱼？
可有穿硬壳衣服的田螺？
你那里，能不能
一边划船，一边唱歌？
——银河，银河，
请你告诉我！

8. 我看见了风
（高　帆）

我在楼上看见了风，
请你一定相信——
我看见风从草地上走过，
踩出一溜清晰的脚印。
风是一个胖子，
钻进了对面的树林，
挤得小树摇摇晃晃，
树缝冒出它气喘的声音……
可是当我下楼去找，
却不见了它的踪影，
草地平平，树林静静，
不知风在哪里藏身……

9. 青蛙写诗
（张秋生）

下雨天，
雨点儿淅啦啦，淅啦啦！
青蛙说：
"我来写一首诗！"
小蝌蚪游过来说：
"我来给你当个小逗号！"
池塘里的水泡泡说：
"我来给你当个小句号。"
荷叶上的一串水珠说：
"我们可以当省略号。"
青蛙的诗写成了：
"咯咯，咯咯，
咯咯咯。
咯咯，咯咯，
咯咯咯咯……"

10. 春天怎么来
（林焕彰）

春天怎么来？
花开了，春天就从花朵里
跑出来。
春天怎么来？
草绿了，春天就从绿色里
跳出来。
春天怎么来？
我高兴了，春天就从我的心里
飞出来。

11. 雨　娃
（徐焕云）

雨娃，雨娃，
抱住细长的竿儿，
直往下滑。
雨娃，雨娃，
天上那么好玩，
到地上来做啥？
沙沙，沙沙，
妈妈叫我下来，
看看绿草红花，
等太阳爷爷出来，
我就回家。

12. 秋天的信
（林武宪）

秋天，要给大家写信，
用叶子做信纸，
请风当邮差。
偷懒的邮差，
每到一个地方，
就把信一抛。
有的信，落在松鼠头上；
有的信，掉在青蛙身旁；
赶路的雁，也衔了一页回家。
池塘里，草丛中，
到处都有秋天的信。
动物们急忙准备过冬。

13. 鞋

（林武宪）

我回家,把鞋脱下,
姐姐回家,把鞋脱下,
哥哥、爸爸回家,
也都把鞋脱下。
大大小小的鞋,
是一家人,
依偎在一起,
说着一天的见闻。
大大小小的鞋,
就像大大小小的船,
回到安静的港湾,
享受家的温暖。

14. 钓　鱼

（林武宪）

鱼,很快乐。
在水里。唱歌。
在水里。捉迷藏。
在水里。吹泡泡儿。
○○○○○○○○○
把鱼钓起来
钓鱼的人很快乐
他不知道
水里有鱼的眼泪……

15. 早·晚

（谢武彰）

早上,我醒了。
妈妈,早安。
爸爸,早安。
太阳,早安。
晚上,我要睡了。
爸爸,晚安。
妈妈,晚安。
星星月亮,晚安。

第四章 幼儿散文

1. 了解幼儿散文的产生与发展,特点及分类。
2. 掌握讲述幼儿散文时的要点。
3. 理解幼儿散文与成人散文的区别,掌握成人散文向幼儿散文改编时的注意点,学会创作简单的幼儿散文。
4. 学会对幼儿散文作品进行教学设计与应用。

掌握幼儿散文的特点。

对幼儿散文作品进行初步的改编与创作。

第一节 幼儿散文概说

幼儿散文通过生动、凝练且富有生活气息的语言,描绘幼儿的日常生活和心灵感受。这种散文内容通常包括幼儿的游戏、梦想、自然观察以及与家人朋友的互动,易于幼儿理解和欣赏。通过这些贴近生活的主题,幼儿散文满足了儿童对美的追求和艺术的欣赏需求。

一、幼儿散文的产生与发展

虽然我国有着悠久的散文传统,但是在古代并没有真正意义上为幼儿所创作的散文。

直到"五四"新文化运动爆发,人们的儿童观发生了变革,开始关注幼儿的精神需求和审美特点,于是,幼儿散文作为一种适合幼儿审美感受和审美能力的文学体裁便应运而生。这种散文善于抒发真情、表现个性,自由奔放而形式多样。幼儿散文主要记叙真人真事、真情实景,抒发作者的真实感受,其篇幅短小,意境清新自然,语言清纯优美;内容广泛,题材丰富,可以增长幼儿知识,开阔幼儿视野;表现手法灵活,语言精练规范,对培养幼儿的观察能力、表达能力具有重要的示范作用。

国内幼儿散文的发展,主要经历了两个大的阶段:一是从"五四"时期至改革开放前,二是从改革开放至今。"五四"新文化运动的爆发,为幼儿散文的创作带来了思想的土壤,诞生了一批具有代表性的幼儿散文作家及经典作品,如冰心的《一只小鸟》《寄小读者》,刘半农的《雨》,郑振铎的《纸船》,周作人的《歌谣》,陆衣言的《太阳出来了》等。到了二十世纪三四十年代,由于战争影响,我国经济和文化发展都受到很大影响,幼儿散文的创作发展缓慢,但是这一时期,陈伯吹、严文井、郭风、鲁兵、圣野、金波、贺宜等一批儿童文学作家也创作了很多幼儿散文的经典篇章。新中国成立后,受到"文化大革命"等的影响,幼儿散文虽有成就,但整体来说,发展仍然缓慢。

改革开放以后,经济、文化迅速发展,国外优秀的幼儿散文也不断译介并流入国内。老一辈幼儿散文作家再次迸发了创作的热情,如严文井、郭风、圣野、鲁兵、金波、望安、张继楼、胡木仁等,新一代的幼儿散文作家也不断涌现,如薛为民、楼飞甫、夏辇生、安武林、班马、冯幽君、方轶群、孙卫卫等。从1978年改革开放至今的四十多年间,幼儿散文发展迅速,题材广泛,数量众多,全国还陆续出版了一批幼儿散文专集,如《中国当代幼儿散文精品》(1997)、《中国新时期幼儿散文大系·散文卷》(1998)、《中国幼儿文学作家散文丛书》(2000)等。也有《少年文艺》《东方少年》《东方娃娃》《早期教育》《小朋友》《儿童时代》《十月·少年文学》等儿童期刊或报纸的副刊刊登幼儿散文,激励了幼儿散文的创作。儿童文学作家摒弃了以往样式化的散文模式,重新回归生活,从生命的感觉和心灵的震颤中去寻求美,表达内心的真切感受和个性化思考,其作品流露出浓浓的文化气息和个性意识。

二、幼儿散文的特点

幼儿散文是现代散文的一部分,它除了具有现代散文的特点外,还必须适合幼儿的审美需求和欣赏水平。幼儿散文用幼儿的眼光来观察世界、感知世界、反映世界,将幼儿的观察、感知和反映流露于笔端,可叙事、写景、写人、抒情,来形成一种适合幼儿的优美意境。

(一)语言优美,情趣结合

散文是一种美文,语言应具有一种美的意境,这种美的意境可以是朴实的,也可以是华丽的,但对幼儿散文来说,这种美的意境又要建立在语言浅显易懂的基础上。幼儿散文的语言美是一种浅显易懂之美,否则,超出幼儿的欣赏水平,就会让幼儿阅读或听读时产生抵触情绪。请看张绍军的幼儿散文《海浪扑上来》:

瞧!海上的浪,急匆匆往海滩上跑,往海滩上跳。哗——一个大浪扑上来了,跳得真远。沙啦——又一个浪扑上来了,用力地撞,撞在岸边的山崖上,碎了。呼呼——嗯,这个浪小一点,只在滩头张一张,望一望,就悄悄退下了……

忽然,有个浪娃娃爬到我身边,用舌头把我的脚儿舔舔,还咕咕咕说着什么。哈,我听懂了,他说浪花们要比跳远,叫我当裁判哩!

当裁判就当裁判。好,1号浪花起跳!呼啦,跳到这儿,我连忙在沙滩上划一道杠杠。哎呀,杠杠没划好呢,2号浪花就跳过来了——2号2号,你急什么呀!不对不对,2号浪花还没退回去,3号、4号、5号……都一个劲儿向前跑,向前跑,往上跳,拦也拦不住!

唉,浪花,一群调皮的浪花呀!

这篇幼儿散文写幼儿到海边看到浪花的情景,用"哗——""沙啦——""呼呼——"描写海浪声音,语言形象生动,使读者如身临其境。又运用了拟人的手法,把海浪写成"浪娃娃",海浪冲到脚上写成"舔我的脚儿",海浪翻滚的声音写成"咕咕咕说着什么",语言形象可感。最后写浪花"向前跑,往上跳","一群调皮的浪花呀!"结束全文。整篇散文浅显易懂,明丽轻快,意境优美。

(二) 感情真挚,贴近生活

幼儿散文要传达幼儿的真情实感,表现幼儿的兴趣、爱好、心理、感情,要以"真"为根本,做到感情真、内容真、文字真,真切地贴近幼儿生活,反映幼儿生活,这样的散文幼儿才能够发自内心地喜欢。如班马的散文《大皮靴》:

我埋怨我那双小皮鞋,为什么就发不出那种一走路,就嘎吱、嘎吱的响声?我多想有一双真正的大皮靴!嘎吱、嘎吱的——踩在荒原的白雪上,踩在林中小屋的木头地板上,踩在花的草原上……我常偷偷套上爸爸的那双长筒雨靴,在太阳底下走来走去。可惜,它不是嘎吱、嘎吱的,而是扑通、扑通的。

这段文字以一个孩子的视角,讲述了他对一双能发出"嘎吱嘎吱"响声的大皮靴的渴望。孩子埋怨自己的小皮鞋太过安静,羡慕爸爸的大皮靴,这种对比不仅描绘了孩子对成长和冒险的向往,也反映了他们对新奇事物的好奇心。孩子偷偷穿上爸爸的长筒雨靴,却发现只能发出"扑通扑通"的声音,这种幽默的描写展现了孩子天真无邪的情趣,以及他们爱模仿大人的天性。这个场景既幽默又温馨,让人不禁回想起自己童年时的类似经历。

又如金波的散文《夏夜》:

夏天,炎热的夜晚。知了渴得叫哑了嗓子,星星跳进了水塘。没有一丝风,柳条儿一动也不动。我躺着,热得睡不着。妈妈又拿起那把圆圆的大蒲扇,一下,又一下,不停地为我扇着、扇着。

我感到了凉爽的风,我闭上了眼睛。知了的叫声渐渐远去,星星又回到了夜空;我似乎还看见微风吹的柳条荡来荡去。忽然,我被惊醒了,扇子从妈妈的手中落下来,她困得睡着了。我叫嚷着:"热、热!"妈妈立刻醒来,抱歉地向我一笑,又拾起扇子,为我一下、又一下地扇着、扇着。

那凉爽的风却赶走了我的睡意,我再也睡不着了。我一动不动地躺着,装作睡得很香很甜的样子。妈妈的扇子又一次从她的手中掉了下来。但这次我不想惊动他。直到我听到她轻匀的呼吸声，我才渐渐入睡。我睡在妈妈的睡梦中，那里是一片恬静而凉爽的天地。

散文描绘了一个炎热夏夜中母子情深的温馨画面。在没有一丝风的夜晚，知了的叫声和静止的柳条营造出一种闷热的氛围。妈妈用大蒲扇为孩子扇风，让孩子在凉爽中渐渐入睡。然而，当妈妈因疲惫而睡着，扇子滑落，孩子被惊醒后的反应，展现了孩子对母爱的感知和体贴——孩子装作睡着，让妈妈也能休息，直到妈妈真的入睡，孩子才安心入睡。散文通过细腻的描写，表现出母爱的伟大和家庭的温馨，让人感受到亲情的力量和生活的美好。

（三）篇幅短小，构思精巧

幼儿散文一般篇幅短小，少的二三百字，多的也很少有超过一千字的。它或抒情或叙事或写景，或传达一种新奇有趣的知识，这种书写可以是一个片段，一个场景，不必对整个事件进行详细的描述。幼儿散文篇幅虽小，但要求精心设计构思，短小精悍，如冰波的散文《萤火虫和星星》：

  月光是一条温柔的河。萤火虫开始飞舞，飞着飞着，它们竟然在天空里迷路了，只好和星星们待在一起，变成了星星。萤火虫变的星星和别的星星一样，忽闪着淡淡的光。

  但是，要是它一不小心掉下来，掉到草丛里，它们又会变成萤火虫。所以，有一些星星是萤火虫变的。有一些萤火虫是星星变的。

这篇散文以简洁而富有诗意的语言，描绘了夜幕下萤火虫与星星的奇妙相遇。全文仅132字，却巧妙地捕捉了夜晚的宁静与神秘，以及萤火虫的灵动与星星的闪烁。冰波通过孩子们的想象力，将萤火虫与星星之间的界限模糊，创造了一个既真实又梦幻的世界。在这个世界里，萤火虫和星星可以相互转化，这种想象不仅丰富了孩子们的幻想，也体现了自然界中生命与星辰之间的微妙联系。散文中的这种构思精巧，展现了作者对自然和幼儿心理的深刻理解，以及对语言的精炼运用。

三、幼儿散文的分类

（一）幼儿抒情散文

幼儿抒情散文是抒发幼儿纯真美好感情的散文，它可以通过写景来抒情，也可以情景交融，以简单易懂的表达方式将大自然的美或生活中的美抒发出来，让幼儿受到美的熏陶。如潘仲龄的《我看见春天长大了》：

  满天的春雨，密密麻麻地下在田里，下在山中，下在河里……随风飘飘洒洒，停停下下，钻进山里去了，钻进田里去了，钻进了野地里……

  早晨，我和妈妈站在清亮亮的小河边上，看着红彤彤的太阳升起来了，我忽然看见：昨天落下来的满天春雨，只过了一夜功夫，就在土里发芽啦！——

  你看、你看：这里花开了，那里田绿了；这里草青了，那里蛙鸣了……啊啊，我对妈妈说:"妈!我看见春天长大了哩!"

作者用"满天的春雨,密密麻麻地下在田里,下在山中,下在河里"的描述,生动地勾勒出春雨的景象。"下"字简洁而形象地表现了春雨的密集和广泛;"钻"字则赋予春雨以生命力和动感,仿佛春雨是有意识地寻找着大地的每一个角落。散文中"啊啊,我对妈妈说:'妈!我看见春天长大了哩!'"的直接抒发,用"啊"和"哩"的语气词,传达了孩子对春天变化的惊喜和对自然美的纯真感受。整篇散文情景交融,春天的景色与孩子的童真相互映衬,使得春天的美景更加生动,孩子的童真更加可爱。这种情景交融的手法,不仅增强了散文的艺术感染力,也让幼儿在阅读中感受到美的熏陶。

(二)幼儿叙事散文

幼儿叙事散文以其简洁的情节和生动的语言,为幼儿描绘了一个易于理解和接受的世界。这种散文可以写人,也可以叙事,通常聚焦于一个简单的事件或片段,以适应幼儿的理解能力。如佚名作者的《手影》:

晚霞熄灭,降下夜幕。我家点亮一根红蜡烛,梦一样的光辉映在墙上,好像翻开了一本童话书。妈妈为我打手影,墙上映出了一只"妈妈兔";爸爸也为我打手影,墙上映出了一只大老虎。

大老虎追赶"妈妈兔","妈妈兔"惊吓得走投无路。我打出的手影是大拳头,打跑了那只大老虎。一会儿爸爸的手影又出现,这回变成了一只"爸爸兔",我的手影也不再是大拳头,变成了一只可爱的"宝宝兔"。

散文以夜幕降临,家中点亮红蜡烛的场景开篇,营造出一种梦幻般的氛围,为接下来的手影游戏做好了铺垫。散文中大老虎追赶"妈妈兔",孩子用手影"大拳头"打跑大老虎的情节,展现了孩子对母亲的保护欲和家庭中的相互关爱。随后爸爸的手影变成了"爸爸兔",孩子的手影也变成了"宝宝兔",这种角色的转换和互动,进一步强化了家庭和睦和亲子间的温暖关系。整个故事虽然简单,但却蕴含着对孩子纯真心灵的呵护与培养,传达了家庭和睦、相互保护的深刻寓意。

幼儿叙事散文形式多样,内容丰富,可以涵盖幼儿生活的方方面面,金波的《夏夜》、圣野的《去外婆家》、韩楚一的《放学路上》等作品,都是通过具体的事件或场景,展现幼儿的日常生活和情感世界。

(三)幼儿写景散文

幼儿写景散文是描绘大自然优美的风光、四季的变化,或者是记述旅行中的景物、人事等的散文。幼儿写景散文描写景物时语言宜欢快、诗歌化,忌长句子或复杂描写,要以幼儿的视角来感知风景之美,有时,也可以穿插一些小故事来增强散文的吸引力,丰富散文的内涵。如彭万洲的幼儿散文《影子桥》:

我家门前有一条小河,河上有一座石拱桥,桥上有四个石狮子。听奶奶说,这桥很老了,是奶奶的奶奶那时候修的。

我站在桥上往下看,河水清清,水底有许多五颜六色的石子,还有好多好多的小鱼游来游去。风儿吹来,水面像奶奶的脸,起了好多好多皱纹。水下一座桥在晃动,一座与石拱桥一模一样的影子桥。

我明白了,石拱桥为什么待在这儿,它是在照自己影子哟!

夏天,我爱在桥下的石头上坐着,这儿凉快,还可以看影子桥。

影子桥上的鱼儿你追我逐,多快乐。它们一忽儿蹿上桥面,一忽儿跳进水里;一忽儿钻进石狮子的嘴里,一忽儿又蹦出水面。它们是在藏猫猫吧?

我爱影子桥。

我不喜欢别人来这儿钓鱼。只要谁来钓鱼,我不是抛石子,就是大声吆喝。有一天,鱼儿们高兴地对我说:"你是好人,是我们最好的朋友。"我乐了。我说:"我们自由自在地过石拱桥,你们快快乐乐地过影子桥,多有趣啊!"

后来,我还做了木牌插在那儿,上面写着:影子桥上不准钓鱼。

《影子桥》这篇幼儿写景散文以欢快的语言、生动的描写和丰富的想象力,成功地将自然风光与幼儿的情感世界相结合,不仅让幼儿感受到自然之美,也传递了保护环境的重要信息。通过这样的散文,幼儿能够在阅读中学习语言,培养审美,同时也能够学习到关爱自然和生命的价值观。

(四)幼儿知识散文

幼儿知识散文是以向幼儿介绍知识为目的的散文,这种知识可以是自然界的各种事物、现象,或者一些科学知识等。这类散文可以开阔幼儿的视野,由于新奇有趣,幼儿容易接受并喜欢阅读。如林颂英的《垂盆草》:

加加住在六楼,阳台上种了一盆垂盆草。

这真是一盆奇怪的垂盆草。春天的时候,垂盆草长得特快,嫩嫩的叶子,水汪汪的,一串一串,直往下垂。

大雨淋淋,小风吹吹,垂盆草像姑娘的长头发,披下来了。

垂盆草绿绿的"长头发",披上五楼的阳台,过几天,又披上四楼的阳台……

垂盆草的"长头发"飘起来了,一直披到底层拉拉家的院子里。

夏天的时候,垂盆草的"绿头发"上,开了一朵朵淡黄的小花,开得密密匝匝的。阳台上的人,大家都能看到这些绿叶丛中的小花。

大楼里的大人小孩,骄傲地说:"这垂盆草特美,是我们加加种的。她给大楼披上绿绿的'长头发',真是美极了!"

噢,这是世界上最美的一盆垂盆草啊!

《垂盆草》通过生动的语言和形象的比喻,向幼儿介绍了垂盆草的生长特性和美丽形态。散文以加加家阳台上的垂盆草为线索,描绘了它从春天的嫩叶到夏天盛开的淡黄小花,以及它如何从六楼垂至底层,展现了垂盆草旺盛的生命力。通过社区成员的共同赞美,散文不仅传递了植物知识,也培养了幼儿对自然美的欣赏和对社区和谐的热爱,使这篇幼儿知识散文成为开阔视野、增长知识、培养情感的佳作。

第二节　幼儿散文选读与鉴赏

一、夏辇生及其幼儿散文选读

夏辇生(1948—　)，笔名晨帆、雪梦，江苏南京人。现任中国动漫港原创策划总监，北大四方教育科技部总督学。著有散文集《四个太阳》，长篇小说《船月》《虎步流亡》，童话《蓝色钟声的诱惑》《红柿子》等。主创电视专题片、动画片《永恒的大山》《动画大观》《阳光下的沉思》《魔幻仙踪》《天眼》等。其作品独具特色，文字优美、细腻，情感真挚，深受读者喜爱，曾获陈伯吹儿童文学奖、电视星光奖、金牛奖、金童奖等奖项。

项　链

　　大海，蓝蓝的，又远又宽；沙滩，黄黄的，又长又软。雪白雪白的浪花，哗哗笑着，涌向沙滩，悄悄地撒下小小的海螺和贝壳。

　　小娃娃嘻嘻笑着，迎上去，捡起小小的海螺和贝壳，串成彩色的项链，挂在自己的胸前。快活的脚印落在沙滩，串成金色的项链，挂在大海的胸前。

【赏析】《项链》以简洁而富有画面感的语言，勾勒出一幅海边孩童玩耍的温馨图景。散文通过对比大海的蓝、沙滩的黄和浪花的白，营造出一个色彩鲜明、生动活泼的海边世界。小娃娃的形象活泼可爱，他在海边捡拾海螺和贝壳，将它们串成项链，这一行为不仅展现了孩子的创造力和对美的追求，也象征着孩子与大自然的亲密互动。而他留在沙滩上的脚印，被比喻成金色的项链，增添了大海的装饰，这一想象丰富了文章的内涵，使得孩子与自然的联系更加紧密。整篇散文洋溢着童真和快乐，通过幼儿的视角展现了对大海的热爱和对童年时光的珍视，是一篇充满温情和美感的幼儿文学作品。

二、薛卫民及其幼儿散文选读

薛卫民(1959—　)，吉林伊通人。中国作协儿童文学委员会委员，吉林省作家协会副主席。著有儿童诗集《含笑的花蕾》《快乐的小动物》《为一片绿叶而歌》，儿童小说《单枪王》《锁定老狼》，散文集《裸语》等。其幼儿散文描写真切，贴近幼儿生活，同时意境优美，充满想象力，善于用浅显易懂的文学样式，将一个既宏大又复杂的题材展现得淋漓尽致。

月亮渴了

　　天空渴了，月亮和那些小星星都渴了。

　　太阳说："我给你们舀些水来喝吧。"

　　太阳从大地上、河里、江里、大海里，蒸起无数的小水珠儿，小水珠儿成群成伙地升到天空。就这样，天空喝到了水，月亮和小星星都喝到了水，它们不渴了。

　　喝剩下的水，月亮和小星星又还给大地，还给江河和大海，它们泼呀，泼

呀……

亮晶晶的雨丝从天上飘下来了,小朋友们看见了,拍着手喊:"下雨喽!下雨喽!"

【赏析】《月亮渴了》讲述了一个关于自然界水循环的温馨故事。散文通过拟人化的手法,将天空、月亮和星星描绘成渴求水分的生命,太阳则扮演了慷慨的给予者角色,通过蒸发水珠来帮助它们解渴。这个故事不仅向幼儿介绍了水循环的基本概念,还通过月亮和小星星将剩余的水还给大地的情节,传达了自然界中水的循环和生命的相互依存。散文末尾,小朋友们对下雨的欢呼,体现了幼儿面对自然现象时的纯真喜悦。整篇散文语言浅显易懂,意境优美,成功地将复杂的自然现象以幼儿易于接受的方式展现出来,同时也培养了幼儿对自然环境的好奇心和保护意识,是一篇寓教于乐的佳作。

三、韦苇及其幼儿散文选读

韦苇(1934—),原名韦光洪,浙江东阳人。国际儿童文学研究会会员、全国儿童文学研究会理事、浙江鲁迅研究学会理事、义务教育语文教材编写指导委员会委员,享受国务院特殊贡献津贴。1951年开始发表作品,著有《世界儿童文学史》《世界童话史》等,散文集《绿柳情思》。

小松鼠,告诉我

小松鼠,你背上这三条长长的黑纹,是你妈妈给你描上的吗?

小松鼠,你这根蓬松的、轻盈的大尾巴,是你妈妈生给你跳远用的吗?

小松鼠,你这双黑闪闪、机敏的小眼睛,是你妈妈给你寻找松果用的吗?

你的脖子上,一定挂过妈妈为你编织的花环。那野花编成的五彩花环,鲜艳一定胜过苍郁的松林。

然而,然而你佩过花环的脖子上,今天被套上了铁丝挽成的小圈圈,圈子上系着一条长链子,链子拴在一个男人的手里。

这里有太多的人。

这里有太多的车。

这里有很多很多商店,却没有一家商店出售松果;这里有很多很多树,却没有一棵树结着松果!

这里闻不到松脂的清香。

这里嗅不到大森林的气息。

这里看不到湛蓝的天空……

小松鼠,你从哪里来?远方的哪片松林,是你的家乡?远方的哪只松鼠,是你的妈妈?

小松鼠,你告诉我!我知道你的声音很小,但是我耳朵听不见的声音,我的心能听见。

【赏析】《小松鼠,告诉我》是一篇充满深情和忧伤的幼儿散文,通过与小松鼠的对话形式,展现了人类活动对自然环境和野生动物的影响。文章以细腻的笔触描绘了小松鼠的外貌特征,如背上的三条长黑纹、蓬松的大尾巴和机敏的小眼睛,小松鼠的形象栩栩如生,活泼可爱。然而,散文的后半部分转折,揭示了小松鼠从自由的松林被带到喧嚣的城市,失去了自由和自然栖息地的悲哀。整篇散文情感真挚,语言富有力量,以其朴素自然的抒情风格,表达了对小松鼠失去自由的同情,对自然环境被破坏的深刻忧虑。通过对比小松鼠在自然中的自由生活和在城市中的束缚,散文唤起了读者保护野生动物的意识,呼吁人们关注和保护自然环境,尊重野生动物的自然权利。

四、吕丽娜及其幼儿散文选读

吕丽娜(1977—),山东龙口人。出版图书《故事点心》《再见老蓬》等,曾获冰心儿童文学图书奖、冰心儿童文学新作奖等。其幼儿散文清新、细腻,情感真挚,富有想象力,深受儿童喜爱。

蒲公英的吻

我是一只小鹅,每天在长满了蒲公英的草地上玩耍。只是,觉得有一点孤单。我对妈妈说,我想有许多小伙伴。

于是妈妈告诉我一个关于蒲公英的秘密。我按照妈妈说的,采一朵最大最漂亮的蒲公英,对着它许愿:"蒲公英,蒲公英,请带给我小伙伴……""噗——"蒲公英的绒毛变成了许多飞翔的小伞。蒲公英的吻真的会为我带来小伙伴吗?我等待着……真的有一只小鹅跑来了,他的额头上粘着一个"蒲公英的吻"。又来了一只、两只、三只、四只……我大声地数着,心里好快活。每一只小鹅的额头上,都粘着一个"蒲公英的吻"。

妈妈说,小鹅们总是成群结队地在蒲公英草地上玩耍,就是因为他们都知道关于蒲公英的秘密。

【赏析】《蒲公英的吻》是一篇充满温情和想象力的幼儿散文。文章通过小鹅的角色,以第一人称的视角,讲述了一个关于友谊的温馨故事。散文中的蒲公英不仅是自然界中的一种植物,更是愿望和希望的象征。通过"蒲公英的绒毛变成了许多飞翔的小伞"这一形象的描写,散文赋予了蒲公英以魔法般的力量,使其成为连接小鹅和新朋友的纽带。每一只新来的小鹅额头上粘着的"蒲公英的吻",象征着他们因共同的秘密而结成的友谊。吕丽娜以其清新、细腻的笔触,构建了一个既真实又富有幻想色彩的世界,让幼儿在阅读中感受到寻找和拥有友情的快乐。整篇散文情感真挚,语言简单,适合幼儿阅读,能够激发他们的想象力,培养他们对美好事物的感知能力。

五、望安及其幼儿散文选读

望安(1936—),原名李望安,笔名闲云、华月,湖南长沙人。著有诗集《雪花》《白蝴蝶》《彩色的小诗》,散文集《我们的天地》《红屋顶》《珍奇的动物植物》等。作品获全国第一届幼儿图书奖、全国首届园丁心声歌曲创作大赛奖等奖项。其幼儿散文简洁生动,富有趣味性和想象力,能够迅速吸引儿童的注意力,内容常围绕儿童生活,展现童真童趣,同时融入教育意义,引导儿童树立正确的价值观。

小太阳

姥姥病刚好，我陪姥姥晒太阳，太阳暖洋洋，我给姥姥变魔术，一变变出个小桔子，圆圆的桔子红通通，就像个小太阳。

"来，姥姥，姥姥，我剥桔子咱俩吃。你一瓣，我一瓣，你一瓣，我一瓣。"

姥姥吃得甜蜜蜜，甜到心里暖洋洋。

桔子吃完了，我说："小太阳变没啦！"

姥姥搂着我，亲亲我的红脸蛋儿，对我说："这才是我的小太阳"。

【赏析】《小太阳》是一篇温馨动人的幼儿散文，通过一个简单而充满爱的场景，展现了家庭中祖孙之间的深厚情感。文章以小桔子作为太阳的象征，巧妙地将太阳的温暖、桔子的甜蜜和姥姥的爱联系在一起，创造了一个充满温情和阳光的画面。散文中，主人公给姥姥变魔术，变出小桔子，当桔子吃完，主人公戏称"小太阳变没啦"，而姥姥则以拥抱和亲吻回应，称主人公为自己的"小太阳"，这个温馨的结尾不仅强化了散文的主题，也深化了祖孙之间的情感纽带。

六、普里什文及其幼儿散文选读

普里什文（1873—1954），苏联作家，被誉为"伟大的牧神""完整的大艺术家""世界生态文学和大自然文学的先驱""俄罗斯语言百草"，是20世纪苏联文学史上极具特色的人物，也是世界文学史上最具代表性的大自然作家。他的创作不仅拓宽了俄罗斯现代散文的主题范围，而且为其奠定了一种原初意义上的风貌。

金色的草地

我们住在乡下，窗前就是一片草地。许许多多的蒲公英正在开放，这片草地就变成金黄色的了。

有一天，我起得很早去钓鱼，发现草地并不是金色的，而是绿色的。快到中午的时候，我返回家来，整个草地又都变成了金色。我开始注意观察，傍晚时草地又变绿了。我便来到草地，找到一朵蒲公英，原来它的花瓣合拢了，就像我们的手掌，花朵张开时它是黄颜色的，要是攥成拳头，黄色就包住了。清晨，太阳升上来，我看到蒲公英张开了自己的手掌，因此，草地也就变成金色的了。

从那时起，蒲公英成了我们最喜爱的花的一种。因为它和我们一起睡觉，也和我们一起起床。

【赏析】 整篇散文语言优美，意境深远，既有对自然美的发现，也有对生活情趣的感悟，读来令人心旷神怡。作者描述了蒲公英在不同时间展现出的不同色彩，揭示了自然界中生物与时间的和谐共舞。早晨，蒲公英张开黄色的花朵，草地变成金色；到了傍晚，花瓣合拢，草地又变回绿色。这一发现不仅让幼儿感受到自然的神奇，也激发了他们对自然规律的好奇心。普里什文的文字清新优美，富有诗意，他将蒲公英比作与人类一同作息的朋友，这种拟人化的描写增强了散文的情感色彩，使得自然景物更加生动亲切。通过对蒲公英的观察和体验，散文传达了对自然美的赞美和对生活情趣的感悟，引导幼儿学会观察、感受和珍惜自然界的每一个细节。

第三节 幼儿散文朗诵

一、幼儿散文朗诵要点

掌握正确的幼儿散文朗诵方法,能够培养幼儿的语言感知能力、口语表达能力和情感理解能力,提高幼儿的文学素养。下面我们将从四个方面来加以阐述。

(一)注意情感的投入

在带领幼儿朗诵的过程中,应该通过丰富的语调、语速、音量变化,准确地传达出散文中的情感色彩。必要时可以将散文中的角色生动化,通过有感情地模仿文中角色的语气、动作等,抓住孩子的注意力,使幼儿更容易理解和感受散文的内涵。如金波的幼儿散文《雨点儿》,文中描述了小雨点轻轻落下,滋润万物的场景。朗诵时,可以轻柔地放慢语速,用细腻的声音模仿小雨点的轻盈,同时可以通过手势轻轻摆动,模仿雨滴下落的动作,让幼儿仿佛置身于雨后的清新世界。

(二)把握节奏与韵律

幼儿散文往往具有优美的节奏和韵律,带领幼儿朗诵时应熟练把握文中的内容,调整语速、音调和停顿,时而舒缓,时而激越,停顿得当。朗诵一两遍之后,应对文中排比的句子,押韵的句子重点朗诵,让幼儿感知节奏和声韵的和谐美,使散文听起来更加悦耳动听,易于幼儿接受和记忆。如朗诵张绍军的幼儿散文《吹白云》时,应以轻快、活泼的节奏为主,尤其在描述"太阳娃娃吹白云"的动作时,可适度加快语速并加重语气,模仿吹气的声音。在描绘白云变化时,语调柔和,充满想象,结尾处带着惊喜与赞美,整体韵律要流畅欢快。

(三)构建文章的画面感

幼儿散文中往往包含着丰富的自然景象、名胜风光、生活场景等,教师带领幼儿朗诵时应运用生动形象的语言进行描绘,并辅以逼真的动作,帮助幼儿构建逼真的画面感。如朗诵樊发稼的幼儿散文《绿色的小扇子》时,一定要用生动的语言构建出万里无云,太阳高照的炎热画面感,当读到"太阳像一个热烘烘的大火球,高高地挂在空中"时,可顺势把手指向教室外的天空,读到"老槐树爷爷在给我们扇扇子呢"时,做出一只手扇扇子的动作,使幼儿沉浸在作者描绘的动态画面中。

(四)适当地互动和引导

在幼儿散文的朗诵过程中,可适当加入与幼儿的互动环节,如提问、讨论,或者邀请幼儿模仿,能够激发幼儿的兴趣,提高他们的参与度,使朗诵活动更加生动有趣。如朗诵许地山的幼儿散文《梨花》,当朗诵到"妹妹摇晃梨树枝,花瓣纷纷落下"时,可暂停问幼儿:"你们见过梨花吗?梨花是什么颜色的?梨花飘落时像什么?"然后鼓励幼儿回答,或者引导他们模仿妹妹摇晃梨树枝的样子,增加朗诵的趣味性。

二、幼儿散文朗诵案例

1. 妈妈的眼睛

（江 日）

《妈妈的眼睛》朗诵示例

我爱天上的星星,更爱妈妈的眼睛。妈妈的眼睛闪烁在我身边,星星离我太远太远。

每天清晨,当我醒来的时候,最先看到的是妈妈的眼睛。它告诉我:"孩子,新的一天开始了,赶快起床吧!"

太阳下山了,窗外的天空渐渐黑下来,屋子里亮起了灯光。妈妈的眼睛比灯光更亮,照耀着我的全身,照亮了我的心。

炎热的夏天,电扇送来的风也是热乎乎的,妈妈的眼睛里,淌出两股清清的泉水,给我送来一阵阵凉意。

冬天,窗外飘着雪花,人们裹着棉衣,戴着绒帽,身上还是感到冷。这时妈妈的目光射到我身上,就像两道阳光,给我送来了温暖。

妈妈的眼睛,给我带来欢乐和幸福,是闪烁在我身边的两颗最亮最美的星星。

【朗诵要点】 朗诵时,应饱含深情,用温暖而柔和的语调,传达出对母爱的无限依恋与赞美。语速应由缓至快,模拟从清晨至夜晚的时间流转。在情感高潮处,如夏日送凉、冬日送暖的描写,应适当放慢语速,加重语气,增强感染力。同时,通过细腻的声音处理和情感渗透,构建出一幅幅温馨的画面,让幼儿仿佛置身于母爱的光辉之中,感受那份独有的幸福。

2. 香雪海

（嵇 鸿）

今年春节后,我去了一次无锡的梅园,就爱上它了。

那次我去得早,园里还没有多少人。一阵阵甜津津的香味将我引到梅花林里。抬头看看密密的树林,雪白雪白的一大片,像天上飘来的朵朵白云,也像刚下过一场大雪。这是盛开着的白梅花啊!中间也夹杂着红梅、绿梅的花骨朵儿。据说这里共有四千多棵梅树,开花时就成了一片花海,叫作香雪海。

我钻进林子,靠着一棵老梅树坐下,不小心撞上了树干,立刻就惹来一阵梅花雨:雪白的花瓣纷纷落下来,撒在我头上、颈脖里、身上,啊,我被花瓣埋了,我被甜香包围了!忽然听到细细的、很好听的声音,像许许多多小嗓子里发出来的轻微歌声。我站起来才发现,是蜜蜂在花朵里钻进钻出,唱着歌儿忙着采蜜。每棵树上几十只,整个梅林里该有多少蜜蜂呀!我本觉得怪寂寞的,现在似乎有千千万万个小朋友陪伴我,热闹极了。直到现在,我还常常梦见和小蜜蜂们在一起。

《香雪海》朗诵示例

【朗诵要点】 朗诵本文时要注意情感的投入和语调的起伏变化,让幼儿能够感受到散文中的美好意境和愉悦氛围。首先,要以欢快、活泼的语调开始,展现对梅园的喜爱之情。在描述梅花林时,语调应轻柔,仿佛带领幼儿进入了一个美丽的仙境。然后,在描绘花瓣飘落、甜香四溢的场景时,要适当提高音调,增强画面的动态感和美感。接着,在描述蜜蜂采蜜时,可以稍微加快语速,模仿蜜蜂"嗡嗡"的声音,增加趣味性。最后,在表达与蜜蜂相伴的欢乐感受时,语调要欢快、热烈,仿佛真的有许多小朋友在陪伴。

第四节 幼儿散文改编与创作

一、幼儿散文改编

按照散文的受众来划分,散文包括成人散文和儿童散文,从创作的数量上来看,成人散文的数量要远远大于儿童散文,因此,在创作过程中,教师也可以尝试把成人散文改编成儿童散文,以满足多样化的教学需要。由于本书所面向的儿童主要是学龄前的幼儿,因此,我们主要解析如何把成人散文改编成幼儿散文,而在此之前,我们需要了解幼儿散文与成人散文的区别。

(一)幼儿散文与成人散文的区别

1. 语言方面

幼儿散文的语言应生动形象、简洁明了,使用幼儿易于理解和记忆的简单词汇和句式。相比之下,成人散文则更为丰富多样,不仅包含具体描述,还涉及抽象概念和哲理讨论。

2. 内容方面

幼儿散文的内容应贴近幼儿的日常生活和情感体验,常涉及家庭、友情、动物和自然等主题,以适应幼儿的认知和情感发展。成人散文则探讨更广泛的主题,如人生、社会和哲学思考,反映成人的世界观和生活经验。

3. 主题方面

幼儿散文的主题简单具体,强调情感表达和亲近感,旨在引导幼儿关注生活、成长等方面。成人散文则探讨更深层次的主题,如情感探索、人生哲理、社会议题和时空变化等。

4. 写法方面

幼儿散文在写作时需考虑幼儿的认知水平和理解能力,确保主题思想、语言表达和情节描述都适合幼儿。成人散文则展现成人的成熟视角,主题选择和语言表达都要反映成年人的思想深度和复杂性。

(二)成人散文向幼儿散文的改编

在将成人散文改编为幼儿散文时,需要充分考虑目标受众——幼儿的认知水平、兴趣和理解能力。以下是具体的实施建议:

1. 简化语言

成人散文的语言通常较为复杂,包含许多成人化的词汇和句式,为了适应幼儿的理解能力,需要将这些复杂的词汇和句子结构简化,使用简单、清晰、短小、易于理解的语言。如毕飞宇的成人散文《红蜻蜓》里面的一段,内容如下:

  在这里我要交代一件事,蜻蜓的眼睛让我吃足了苦头。我喜欢捉蜻蜓,可是,每当我站在它的身后并蹑手蹑脚靠近它的时候,它都能得到神秘的启示,然后,成功地逃脱。长大了之后我才知道,蜻蜓的视域足足有三百六十度,换句话说,没有死角。上帝是仁慈的,造物主是仁慈的,生命的进化逻辑是仁慈的,无论你多么弱小,你都可以为自己争取到一个活下去的理由,这个理由会生长在身体的内部。①

这段文字中的很多语言显然超出了幼儿的理解范围,还使用了长句,为了便于幼儿理解,可以这样进行改编:

  小时候,我最喜欢捉蜻蜓,可是,每当我小心翼翼靠近蜻蜓的时候,它都能成功地逃走。后来我才知道,原来蜻蜓的眼睛可以看到它周围的一切事物,它可比人类的眼睛厉害多了。与人类相比,蜻蜓是弱小的,但弱小的蜻蜓却有一对强大的眼睛,保护了它在自然界中免遭很多危险,自由自在地飞来飞去。

改编后的文字简化了语言,削弱了思想性,也更浅显易懂,便于幼儿理解和接受。

2. 使内容更具故事化和形象化

幼儿偏好有强烈故事情节和形象化的内容,他们更容易通过具体的形象来理解抽象概念。因此,在将成人散文改编为幼儿散文时,应将主题和思想通过故事形式呈现,使抽象概念和情感具体化,以便幼儿更好地理解和接受。如丁立梅的成人散文《比时光更坚强》中,讲述了一位年轻的母亲为了照顾患脑瘫病的儿子,二十年含辛茹苦,终于将儿子送进大学的故事。文章采用了夹叙夹议的手法,还使用了大量的抒情描写,主题思想也很深邃,如果改编成幼儿散文,则需详写母亲如何照顾儿子的细节,减少议论,将深邃的主题思想通过生动的比喻或形象化的描述表达出来。

3. 加入插图或照片

幼儿通常对图文并茂的书籍更感兴趣。因此,如果可能,可以添加与内容相关的插图或照片,帮助儿童更好地理解和感受文本。以陈志宏的成人散文《江南柳》为例,其中有一段是这样的:"翠柳报春来。柳树绽开第一片嫩绿的芽,江南春就如神来之画师,在大地上泼绿作画。于是,水丰盈了,山朗润起来,远远近近一派青碧。柳之绿,如火种,引来绿染山河,绿得灿烂,绿得香浓,绿得激越②。"改编为幼儿散文时,除了文字上的调整,还可以配上相应的山水图片,以增加幼儿的阅读兴趣。

4. 运用重复和韵律的手法

幼儿喜欢重复和有韵律的文本,在改编过程中,可以尝试使用重复的句子结构或押韵的词汇,以吸引幼儿的注意力并提高文本的吸引力。通过这些手法,幼儿散文不仅能传递信息,还能成为幼儿喜爱的阅读材料。

---

① 毕飞宇.苏北少年"堂吉诃德"[M].北京:人民文学出版社,2017:117.
② 陈志宏.总有一只蝉,记得夏晚香[M].郑州:河南人民出版社,2018:6.

二、幼儿散文创作

幼儿散文的创作主体是成人,但欣赏主体却是幼儿,因此要浅显、易懂、优美、有趣,不能以成人的思维定式进行创作,否则难以引起幼儿的阅读兴趣。下面,我们将从视角、语言、心态、日常生活四个方面来谈幼儿散文的创作。

(一)从幼儿的视角出发,保持幼儿心态

幼儿散文是供幼儿阅读(或由成人阅读后转述)的散文,因此,创作时应从幼儿的视角来叙事、写景、状物、抒情,避免以成人的眼光来理解事物,并将这种理解强加于幼儿。虽然幼儿散文由成人撰写,但成年人因生活阅历丰富和人生挫折的历练,往往变得精通世故,说话时善于察言观色,城府渐深,可能逐渐远离幼儿纯真的天性。古人云:"文如其人",台湾作家三毛也说:"写作技巧并非最重要,你的心才是关键。"如果一个人完全失去了童心,不能从心灵深处保持一颗孩童般的心,就很难创作出幼儿喜爱的散文。

请看张秋生的幼儿散文《轻轻摇啊,小摇篮》:

> 我们家的墙角里,放着一只有趣的小摇篮,里面铺着软软的褥子,还有一只漂亮的绣着小熊的枕头。我用手轻轻一推,小摇篮就左右摇摆起来。妈妈说我小时候就睡在这只小摇篮里。我说:"怎么可能呢?小摇篮里装得下我吗?"妈妈笑了,它说我生下来时才那么一点点大,摇篮怎么会装不下呢?
>
> 妈妈告诉我,那时我睡在摇篮里,她不断地唱着歌谣,讲着故事,把我一点点摇大。我怎么也想不起来,我曾经睡在摇篮里;我怎么也想不起来,妈妈给我唱过什么歌谣,讲过什么故事。直到有一天,我把家里养的小狗放进摇篮里,我轻轻地摇啊,摇着这只小摇篮。
>
> 摇着,摇着,我都想起来了,想起我睡在摇篮里,不肯闭上眼睛的模样;想起了妈妈轻轻地摇着我,给我唱过的好听的歌谣,给我讲过的有趣的故事。

这篇散文就是从幼儿的视角出发,幼儿还不能完全理解人的生长规律,认为自己小时候不可能睡在小小的摇篮里,叙事情景简单、流畅,浅显易懂,是一篇典型的从幼儿视角出发创作的幼儿散文。再以泰戈尔的散文《羽毛》为例:

> 孩子跑进来大叫道:"看看,妈妈,看看,看我找到了什么!"
>
> 她高兴得眉开眼笑,随着她充满欢乐的鼓掌,红玻璃小手镯舞动着,发出叮叮当当的声音。
>
> 她搂着母亲的脖子大声说:"看看,妈妈,看看,看我找到了什么!"这是一根染着蓝色和金黄色的羽毛。它会附在孩子的耳边轻轻地讲天空和云彩的故事,讲鸟巢,讲小鸟的尖叫,黎明的欢乐,飞翔的希望。孩子用羽毛轻拂自己的面颊和眼睛,出自内心热烈高喊:"看看,妈妈,看看,看我找到了什么!"
>
> 母亲对它看了一眼,哈哈大笑起来。"宝贝儿,你找到了什么样的金银财宝了!"母亲说着丢掉了羽毛,急急忙忙干她的家务去了。
>
> 孩子沮丧地坐在地上,就像一只断了翅膀的小鸟。她眼中的笑意消失了。过了一会儿,她站起来,捡起了羽毛。从此,她的宝贝就深藏在别处,连母亲也不

让看了。

这篇幼儿散文中,孩子找到了一根羽毛,她高兴地向妈妈炫耀。在孩子心中,这是重大的发现,但成年人(妈妈)却不予理睬,忙于自己的家务,给孩子的心灵带来了创伤。作者依据幼儿的逻辑,描绘出了孩子心态的变化。最后以泰戈尔的《时候与原因》为例:

当我给你五颜六色的玩具的时候,我的孩子,我明白了为什么云端、水上是这样的色彩缤纷,为什么花朵会染上绚烂的颜色。

当我唱着歌使你翩翩起舞时,我明白了为什么树叶会哼着乐曲,为什么波浪把它们合唱的声音传到大地心头。

当我把糖果放到你贪婪的手中时,我明白了为什么花萼中会有蜜汁,为什么水果里会充溢着甜汁。

当我轻吻着你的小脸使你微笑时,我的宝贝,我明白了晨光中天空流淌的是怎样的快乐,夏日微风吹拂在我身上是怎样的愉悦。

文中描述了作者在给孩子五颜六色的玩具、唱歌跳舞、送糖果、亲吻孩子时,真正领悟了孩子的快乐、天真、无邪。泰戈尔一生创作了许多充满生活情趣的幼儿散文,这与他心灵深处拥有的孩童般的天真密不可分。

(二)语言要有幼儿情趣

由于幼儿年龄偏小,幼儿散文的语言要浅显易懂,篇幅不可太长,叙事要直接切入,写景、状物、抒情也不可烦琐拖沓,文中可适当运用比喻、拟人、排比等修辞手法,增添语言的感染力。如楼飞甫的幼儿散文《春雨的色彩》:

春雨,像春姑娘纺出的线,没完没了地下到地上,沙沙沙,沙沙沙……一群小鸟在屋檐下躲雨,他们在争论一个有趣的问题:春雨到底是什么颜色的?

小白鸽说:"春雨是无色的,你们伸手接几滴瞧瞧吧。"

小燕子说:"不对,春雨是绿色的。你们瞧!春雨落到草地上,草地绿了;春雨淋在柳树上,柳枝儿绿了……"

麻雀说:"不不!春雨是红色的。你们瞧!春雨洒在桃树上,桃花红了;春雨滴在杏树上,杏花儿红了……"

小黄莺说:"不对,不对,春雨是黄色的。不是吗?它落在油菜地里,油菜花黄了;它落在蒲公英上,蒲公英的花儿也黄了……"

春雨听了大家的争论,下得更欢了,沙沙沙,沙沙沙……它好像在说:"亲爱的小鸟们,你们的话都对,但都没有说全面。我本身是无色的,但我能给春天的大地带来万紫千红……"

这篇幼儿散文创作时运用了很多口语化的语言,以及拟人、比喻的修辞手法,故事也浅显易懂,写景抒情简单明了,是一篇十分具有幼儿情趣的优美散文。

(三)要勤于观察、感悟和记录

在创作幼儿散文时,勤于观察和用心感悟至关重要。生活中并不缺少美,而是缺少发现美的眼睛。我们应勤于捕捉生活中的点滴,对于稍纵即逝的灵感,最好及时记录下来。

例如,可以随手记在手机的"记事本"中,等有空时再静下心来,重新审视和加工这些灵感。如冰心的散文《一只小鸟——偶记前天在庭树下看见的一件事》讲述了一群孩子用弹弓打伤了鸟巢里的雏鸟,之后孩子们再也听不到鸟儿的歌唱。对于生活中常见的孩子用弹弓打鸟的行为,许多人可能不以为意,但冰心却捕捉到了这一幕,产生了深刻的心灵震撼和感悟,从而创作了这篇散文。

第五节 幼儿散文教学及案例

一、幼儿散文的教学方法

(一)引领朗诵法

引领幼儿对散文进行朗诵是培养幼儿语言表达能力和审美情趣的有效方式。其整个教学过程可分为以下几个步骤:

首先,选择适宜的散文。教师应根据幼儿的年龄特点和认知水平,选择语言难度适中、意境优美的散文,如《春雨的色彩》是描述自然美的作品,文中运用了象声词,还运用了拟人、排比的修辞手法,比较适合中班或大班幼儿朗诵。

然后,进行情感导入。通过生动的语言或相关的图片、视频,引导幼儿进入散文所描绘的情境,激发他们的共鸣。例如,播放一段春雨绵绵的视频,让幼儿感受春雨的细腻与温柔。

接着,分段示范朗诵。教师先以温柔、富有感情的语调朗诵散文,注意语速适中,语调起伏,让幼儿感受散文的韵律美。在《春雨的色彩》中,当读到"下得更欢了,沙沙沙,沙沙沙"时,教师可以模仿春雨轻拂大地的声音,让朗诵充满画面感。之后,引导幼儿模仿朗诵。先带领幼儿一句一句跟读,再鼓励他们尝试独立朗诵,教师在一旁适时纠正发音,指导情感表达。比如,在朗读"春雨是绿色的,你们瞧,春雨落在草地上,草就绿了"这句时,第二个"绿"字应重读,要引导幼儿体会"绿"字的生动,用眼神和动作辅助表达。

最后,互动分享。组织幼儿分享自己朗诵的感受,讨论散文中的美好景象,促进幼儿间的情感交流,提升其语言表达能力。整个过程中,教师需保持耐心,用爱和鼓励陪伴幼儿,让他们在朗诵中感受文字的魅力,享受学习的乐趣。

(二)美感带入法

美感带入法是一种细腻且富有启发性的教学方法,其核心在于通过营造与散文意境相匹配的美学氛围,引导幼儿沉浸于散文所蕴含的美感之中,从而深化对内容的理解与感悟。

首先,教师需要深入解读散文的美学特质,精心挑选与散文意境相契合的装饰元素、色彩搭配及音乐。若散文描绘的是大自然的生机之美,如郭风的《花的沐浴》,教师可选用草绿色作为教室布置的主色调,悬挂野菊、蒲公英、百里香、桃花等精美画作,播放轻柔的自然界声音,如潺潺流水声、鸟鸣虫唱声,营造出百花盛开、春意盎然的学习环境。

然后，教师以诗意的语言引导幼儿进入一个充满想象与美感的空间。通过细腻的情感渲染，激发幼儿内心的共鸣。例如，在讲述冰心的幼儿散文《小桔灯》时，教师可以温柔地描述那盏在黑夜中闪烁的、由小女孩亲手制作的小桔灯，如何用微弱却坚定的光芒照亮前行的道路，引导幼儿闭上眼睛，想象那份温暖与希望，感受散文中传递的温情与坚韧。

接着，教师配乐朗诵散文，语调应随着散文情感的起伏而变化，时而轻柔细腻，时而激昂澎湃。同时，利用轻柔的肢体语言增强朗诵的表现力，使幼儿仿佛亲眼看见、亲耳聆听散文中的每一个场景。在这一过程中，教师应适时提问，引导幼儿思考散文中的美是如何体现的，鼓励他们用语言表达自己的感受。

最后，教师引导幼儿参与创造美感的实践活动，如绘画、手工制作等，让幼儿根据自己对散文美感的理解，创作出一幅作品。例如，在学习金波的幼儿散文《雨后》时，幼儿可以拿起画笔，描绘雨后清新的空气、亮晶晶的水洼、孩子们欢笑着踩水的场景，或用彩纸折出小船，放在装满水的透明容器中，模拟散文中的乐趣。通过这样的创作，幼儿不仅加深了对散文内容的理解，更在实践中体验到了创造美的乐趣。

（三）情境带入法

情境带入法是教授幼儿散文的一种生动有效的教学方法，旨在通过模拟或创造与散文内容相关的情境，帮助幼儿更好地理解散文。

首先，教师需精心准备，选择与散文主题相符的道具、图片、音视频等，如散文描述的是自然景象，可准备相关的自然风光图片或视频。

然后，教师以生动的语言描述散文的情境，引导幼儿想象自己置身于散文所描绘的世界中。例如，若散文是关于动物的，教师可以模仿动物的声音，在张朝东的幼儿散文《放牛》中，就用"哞——！"来描写牛的叫声，教师可以通过大胆模仿牛叫声，带领幼儿进入情境，激发幼儿的兴趣。

接着，教师朗诵散文，同时结合准备好的道具和背景音乐，营造出身临其境的氛围。在朗诵过程中，教师可适时停顿，引导幼儿讨论散文中的情节和角色。

最后，教师可以组织幼儿进行角色扮演，让他们亲身体验散文中的情境。比如学习张秋生的幼儿散文《碰碰车》时，可让幼儿分别扮演文中的小东东、小姑娘、小男孩，驾驶道具，模仿碰碰车的声音和动作，感受散文中的欢乐氛围，并学会以礼待人。

（四）语句模仿法

幼儿最初的语言学习都是通过模仿实现的，幼儿散文中的某些句子，有的语言优美，有的运用多种修辞手法，让幼儿模仿这些句子进行仿说，可以锻炼幼儿的语言能力。

首先，教师应精选含有丰富语言元素的散文篇章，确保内容贴近幼儿生活，易于理解和模仿。

然后，选取散文中几个典型的句子，如比喻句"太阳像个大火球挂在天空"，拟人句"风儿轻轻唱着歌"，排比句"春天来了，花儿开了，鸟儿叫了，小溪笑了"，逐一分析这些句子的特点，引导幼儿理解其表达的意境和情感。

接着，鼓励幼儿模仿这些句子的结构，用自己的话或想象的内容进行仿说。例如，模仿比喻句，可以说"月亮像小船挂在夜空"；模仿拟人句，可以说"小草偷偷探出头来"。对于不会模仿的幼儿,要适时进行鼓励和语言提示;对于仿说能力强的幼儿,鼓励其进行多句连贯的模仿。

最后,对幼儿的仿说给予积极的反馈,强调表达的自然流畅,而非复制原文,增强幼儿的自信心和参与感。

二、幼儿散文教学案例

(一) 托班幼儿散文教学活动:《越小越好玩》

越小越好玩
(圣 野)

老爷爷养了一群鸟,要送给小棣一个。小棣歪着小脑袋,仔细地看了半天,最后拣了一只小小鸟。

星期天上午,妈妈带小棣到小菜场上买小乌龟,小棣拣了只最小的小乌龟。

舅舅领着小棣到新开的超市,给他买一只绒布做的小狗玩玩。小棣挑拣了好一会儿,只拣了一只最小的。

爸爸从市场上买回一大堆桔子,爸爸要小棣自己拣一只。小棣挑了只咪咪小的小桔子,爸爸问小棣:"你为什么样样都拣小的?"

小棣说:"越小越好玩。"

【活动意图】

本活动的对象是2—3岁幼儿,幼儿在生活中已见过各种大大小小的物品,积累了一定的经验。本活动旨在幼儿理解散文内容的基础上,帮助其梳理"小""大"等概念,并学会用这些概念形容物品。

【活动目标】

1. 通过故事理解"越小越好玩"的概念,学习描述物品大小的语言表达。
2. 发展观察与选择的能力,喜爱小巧物品。
3. 在日常生活中主动探索并珍惜物品。

【活动准备】

1. 物质准备:准备小鸟、小乌龟、绒布小狗、桔子等不同大小的实物或图片,以及一本关于小动物或水果的绘本。
2. 环境布置:将教室一角布置成"小小世界",摆放各种小巧的玩具和装饰品。

【活动过程】

1. 活动启动:引领朗读,情感铺垫

(1) 引领朗读:活动开始,教师以欢快的声调,朗读《越小越好玩》的故事,同时配以欢乐的背景音乐,营造出一种开心好玩的氛围。在朗读过程中,教师要特别注意情感的投入,通过语调的变化,让故事中的每一个场景都生动起来,引导幼儿进入故事情境。

(2) 美感带入:在朗读的同时,教师展示与故事相匹配的图片或视频片段,如小鸟在枝头欢快歌唱、小乌龟悠闲地爬行、小桔子在阳光下闪耀等,用视觉美感强化幼儿的情感体验,使他们仿佛置身于故事之中,感受"越小越好玩"的奇妙世界。

2. 情境探索:情境带入,亲身体验

(1) 情境带入:教师将教室一角布置成"小小世界",摆放各种小巧可爱的玩具、水果模型等,模拟故事中的场景。然后,邀请幼儿进入"小小世界",让他们自由选择并观察这些小巧物品,引导幼儿用眼睛看,用心感受,体验小巧物品的独特魅力。

(2) 实物比较:分组让幼儿轮流触摸带来的小鸟、小乌龟等实物,鼓励他们比较不同物品的大小,并尝试用"大""小"等词汇描述。

3. 创意表达,语句模仿

在幼儿观察的过程中,教师适时引导幼儿模仿故事中的语言,如"这只小鸟好小好可爱呀""这个小桔子好甜",鼓励幼儿用丰富的形容词表达自己的感受,同时,教师也适时给予正面反馈,增强幼儿的语言表达能力。

【活动延伸】

请幼儿回家后与家人一起寻找家中的小巧物品,第二天带回托育园与同伴分享,可以是小玩具、小饰品等,进一步加深对"小"的美好体验。

(二) 小班幼儿散文教学活动:《春娃》

春 娃
(鲁 兵)

春天是个娃娃,喜欢图画,又喜欢音乐。

他走过树林,给树林涂上嫩绿色;走过小溪,教会小溪唱歌。

今年,春娃来了,看见我们,高兴极了。他说:"你们都长高了。"

我们问:"是吗?"

他说:"真的,真的。你们比去年高多了!明年我来的时候,你们一定长得更高了。哎呀,十年以后,你们都是小伙子、大姑娘了。可是我,还是个娃娃。"

【活动意图】

本活动旨在通过以春天为主题的优美散文,激发幼儿对春天的热爱,鼓励幼儿用自己的语言描绘春天。

【活动目标】

1. 理解《春娃》散文的主要情节,感受春娃的活泼与可爱。
2. 能准确、生动地朗诵散文,并尝试模仿散文中的语句进行创作。
3. 发展观察力、想象力、创造力,激发对春天的热爱。

【活动准备】

1. 物质准备:《春娃》散文打印稿、春天景象的图片或视频、轻柔的背景音乐。
2. 经验准备:提前与幼儿讨论春天的特点,激发幼儿对春天的兴趣。
3. 环境布置:将教室布置成春天的场景,如贴上小树、画出小溪、挂上花朵等,营造春天的氛围。

【活动过程】

1. 散文导入

教师播放轻柔的背景音乐,并展示春天的图片或视频,引导幼儿进入春天的情境。然后,教师提问:"小朋友们,你们知道现在是什么季节吗?春天有什么特点呢?"

鼓励幼儿自由发言,分享自己对春天的认识和感受。

2. 散文欣赏与理解

(1)初次聆听:教师有感情地朗诵《春娃》散文,让幼儿闭眼聆听,感受散文中的意境。

(2)分段讲解:教师将散文分成几个部分,朗诵完每部分后进行提问,如"春娃走过了哪里?他做了什么?"引导幼儿理解散文内容。

(3)情境带入:利用图片或视频,展示散文中提到的树林、小溪等场景,让幼儿更加直观地理解散文中的描述。

3. 朗诵与模仿

(1)集体朗诵:教师带领幼儿一起朗诵散文,注意语调的变化和情感的投入,让幼儿在模仿中感受语言的魅力。

(2)角色扮演:选取散文中的几个角色(如春娃、树林、小溪等),让幼儿分组进行角色扮演,通过动作和表情表现散文内容。

(3)语句模仿:挑选散文中的经典语句,如"春天是个娃娃,喜欢图画,又喜欢音乐",鼓励幼儿模仿并尝试创作自己的"春天句子"。如:"春天是个画家,给大地涂上五彩的颜色"。

4. 活动总结

教师总结今天的活动,强调春天带给我们的美好与希望,鼓励幼儿在生活中观察春天,感受春天的变化。

【活动延伸】

1. 创意绘画:在美术区角提供画纸和水彩笔,让幼儿自由创作自己心中的春天景象。

2. 作品展示:幼儿完成作品后,教师组织幼儿进行作品展示,鼓励幼儿分享自己的创作想法和感受。

3. 家园共育:请幼儿回家后与家人一起寻找春天的变化,并尝试用一句话描述给家人听。

(三)大班幼儿散文教学活动:《城市变森林》

城市变森林

(杜 风)

墙边种了一排爬山虎,它们伸出小脚爬到墙上,砖墙变成了绿墙。它们爬到窗框上,窗口变成了绿窗子。

爬山虎爬呀,爬呀,爬上屋顶,爬满整座房子。小泥砌的砖房子,变成了绿房子。

绿茸茸的房子,盖满叶子。夏天好阴凉。蜜蜂、蜻蜓在绿房子上飞着、憩着。秋天,树木的叶子黄了、落了。房子也落叶了。

到了春天,暖风一吹,燕子飞过,房子重新长出叶芽,密密丛丛红色的嫩芽芽。我们的房子活了,变成了活房子。

如果城里的人都种爬山虎,所有的房子就会变成一座森林。

我们天天住在森林里,在森林里踢球、读书、上街、睡觉。那该多有趣。

【活动意图】

大班幼儿的语言理解和表达能力进一步发展,能理解稍复杂的散文。本散文旨在通过生动的内容,丰富幼儿的语言素材,使幼儿学会用丰富的词汇描绘大自然,欣赏自然美,爱护大自然。

【活动目标】

1. 认识爬山虎这一植物,了解其生长特性及对环境的装饰作用,认识植物对环境的积极影响。

2. 学会用简单的语言复述散文内容,尝试模仿散文中的优美语句进行创作。

3. 激发对绿色生活的向往,增强保护环境的责任感,懂得人与自然和谐共处的重要性。

【活动准备】

1. 物质准备:《城市变森林》散文的图文卡片、爬山虎生长过程的图片或视频,彩色纸、画笔、剪刀、胶水等手工材料。

2. 环境布置:在教室一角布置成"小森林",用绿色布料、纸张模拟树木和草地,挂上爬山虎的模型或图片,营造出一个充满自然气息的学习环境。

3. 音乐准备:选取轻快自然的背景音乐,如鸟鸣声、流水声等,用于营造轻松愉悦的学习氛围,增强幼儿的情感体验。

【活动过程】

1. 导入环节

教师播放一段自然界的鸟鸣声作为背景音乐,教师轻声讲述:"在一个遥远的城市里,住着一群人,他们的家与众不同,被一种神奇的植物——爬山虎覆盖着,让我们一起走进这个神奇的地方吧。"随后展示爬山虎覆盖的绿房子图片。

教师提问:"小朋友们,你们见过这样的房子吗?它和我们平时看到的有什么不同?你们想知道这个绿房子是怎么来的吗?"

2. 散文欣赏与理解

(1) 引领幼儿朗诵

教师富有感情地引领幼儿朗诵散文,注意语速适中,语调抑扬顿挫,表情丰富,吸引幼儿注意力,让幼儿在听的过程中感受散文的意境美。

(2) 互动问答

朗诵后,提问幼儿:"爬山虎是怎么改变房子的?""夏天的时候,绿房子给蜜蜂、蜻蜓带来了什么?"引导幼儿从散文中寻找答案,并鼓励他们用自己的话回答。

3. 细节探讨与语言模仿

(1) 语句模仿

选取散文中的优美语句,如"绿茸茸的房子,盖满叶子。夏天好阴凉。"引导幼儿尝试模仿这样的句式,创造属于自己的描述绿房子的句子。如:"金灿灿的屋顶,洒满阳光。冬天好温暖。""蓝盈盈的窗户,透着微风。春天好舒适。"教师可以将幼儿的创意句子记录下来,展示在黑板上,鼓励幼儿相互学习,提高表达能力。

（2）小组讨论

幼儿分组讨论，如果自己的家也变成绿房子，会是什么样子？每组选一名代表分享讨论结果，教师给予积极的反馈和鼓励，让幼儿在交流中感受合作的乐趣。

4. 创意手工与表达

（1）手工活动

分发彩色纸、画笔、剪刀、胶水等手工材料，让幼儿动手制作自己心中的"绿房子"。可以是剪纸贴画，也可以是涂色作品，鼓励幼儿发挥想象力，将爬山虎、窗户、屋顶等元素融入其中，创作出属于自己的绿房子。在制作过程中，教师可以巡回指导，帮助幼儿解决遇到的困难。

（2）作品展示与分享

完成作品后，幼儿轮流上前展示自己的"绿房子"，并简短介绍创作想法和制作过程，其他幼儿给予掌声鼓励。教师可以邀请幼儿互相欣赏作品，说说自己最喜欢哪个绿房子，为什么。让幼儿在欣赏和评价中提高审美能力。

5. 情感升华与总结

（1）情感引导

通过提问"如果我们的城市真的变成了森林，我们的生活会怎样？"引导幼儿思考并表达自己的想法，强调人与自然和谐共处的美好愿景。教师可以结合幼儿的生活经验，讲述一些环保小故事或展示一些环保图片，让幼儿更加直观地感受到保护环境的重要性。

（2）总结回顾

教师总结本次活动的重点，表扬幼儿的积极参与和创意表现，强调保护环境、爱护自然的重要性。

（3）结束语

播放一段自然界的和谐画面视频，配以轻柔的音乐，让幼儿在温馨的氛围中结束活动。教师可以深情地说："小朋友们，让我们携手努力，让我们的城市变得更加美丽、更加绿色吧！让我们天天住在森林里，享受大自然的美好！"

【活动延伸】

1. 环保小卫士行动：组织一次班级或园内的环保活动，如垃圾分类、节约用水，让幼儿参与到环保行动中，比如在家庭中实践垃圾分类。

2. 自然观察日记：鼓励幼儿在家长的协助下，记录自己家中或园内的植物生长情况，形成自然观察日记。幼儿可以通过绘画、拍照或简单的文字记录植物的变化，如爬山虎的生长、花朵的开放等。

练习与思考

1. 请从本章第二节的代表性作品中任选一篇幼儿散文，分析其特点。
2. 比较林清玄的成人散文《红蜻蜓》与樊发稼的幼儿散文《一只小蜻蜓》，说出其异同点。

3. 请尝试把下面这段成人散文改编成幼儿散文。

　　一次我看见一只蜣螂滚着一颗比它大好几倍的粪蛋,滚到一个半坡上。蜣螂头抵着地,用两只后腿使劲往上滚,费了很大劲才滚动了一点点。而且,只要蜣螂稍一松劲,粪蛋有可能原地滚下去。我看得着急,真想伸手帮它一把,却不知蜣螂要把它弄到哪。朝四周看了一圈也没弄清哪是蜣螂的家,是左边那棵草底下,还是右边那几块土坷垃中间。假如弄明白的话,我一伸手就会把这个对蜣螂来说沉重无比的粪蛋轻松拿起来,放到它的家里。我不清楚蜣螂在滚这个粪蛋前,是否先看好了路,我看了半天,也没看出朝这个方向滚去有啥好去处,上了这个小坡是一片平地,再过去是一个更大的坡,坡上都是草,除非从空中运,或者蜣螂先铲草开一条路,否则粪蛋根本无法过去。

　　或许我的想法天真,蜣螂根本不想把粪蛋滚到哪去。它只是做一个游戏,用后腿把粪蛋滚到坡顶上,然后它转过身,绕到另一边,用两只前爪猛一推,粪蛋骨碌碌滚了下去,它要看看能滚多远,以此来断定是后腿劲大还是前腿劲大。谁知道呢。反正我没搞清楚,还是少管闲事。我已经有过教训。①

4. 请以"冬日的雪"为题目,创作一篇300字左右的幼儿散文。
5. 朗诵苏联作家普里什文的散文《金色的草地》,然后基于它设计成一个完整的教案。
6. 请自选一篇幼儿散文,进行课堂模拟教学训练。

附：幼儿散文选读

1. 燕　子

（郑振铎）

　　一身乌黑的羽毛,一对轻快的翅膀,加上剪刀似的尾巴,凑成了那活泼可爱的小燕子。

　　二三月的春日里,才下过几阵蒙蒙的细雨。微风吹拂着千万条才展开带黄色嫩叶的柳丝。青的草,绿的叶,各色鲜艳的花,都像赶集似的聚拢来,形成了光彩夺目的春天。小燕子从南方赶来,为春光增添了许多生机。

　　在微风中,在阳光中,燕子斜着身子在天空中掠过,唧唧地叫着,有的由这边的稻田上,一转眼飞到了那边的柳树下边;有的横掠过湖面,尾尖偶尔沾了一下水面,就看到波纹一圈一圈地荡漾开去。

　　几对燕子飞倦了,落在电线上。蓝蓝的天空,电杆之间连着几条细线,多么像五线谱啊! 停着的燕子成了音符,谱成了一支正待演奏的春天的赞歌。

---

① 刘亮程.遥远的村庄[M].上海:复旦大学出版社,2016:48-49.

2. 冬爷爷的图画
（方轶群）

火炉上，水壶滋滋地冒着气，屋子里暖融融的。窗外，北风呼呼地吼叫着，大柳树被吹得摆来摆去。

"冬爷爷要画画儿了！"爸爸告诉方方。

"冬爷爷也会画画儿吗？"方方问。

"那当然了，它要把画儿画在玻璃窗上。等明天天一亮，你就看见了。"

方方多想看看冬爷爷画的画儿啊！睡觉的时候，他躺在床上，盼着天快点亮。他使劲地盯着窗户，不知不觉就睡着了。

呼呼呼，冬爷爷让北风使劲地吹着窗户，把玻璃吹得冰冷冰冷的。屋子里的水蒸气跑到窗前，撞到玻璃上，很快变成六角形的、漂亮的小冰花儿，一个挨一个，一层压一层，多得数也数不清。

第二天早晨，阳光透过窗帘，洒在方方的小床上。方方醒了，拉开窗帘。啊！窗玻璃上真的画满了画儿，一格窗框一幅画儿。

第一格上，画着一棵松树；

第二格上，画着一座大山；

第三格上，画着一枝兰花……

多漂亮的画儿呀，冬爷爷真是个大画家！

3. 我想当宇航员[①]
（葛嘉鑫）

每个人都有梦想，有人想成为一名老师，传播知识、启迪智慧；有人想成为一名医生，救死扶伤，解除病患的痛苦；有人想成为一名艺术家，用画笔和音符抚慰情感、美化世界；有人想成为一名运动员，在赛场上挥洒汗水，为国争光。

我从小就爱看关于太空的书，慢慢地我爱上了太空，并下定决心要当一名宇航员。

我要去看看宇宙是什么颜色的，星星会不会眨眼；我要去看看火星上有没有生命，感受一下失重；我要去看看月球上到底有没有嫦娥和玉兔；我要在神舟飞船里进行科学研究……

神秘的太空让人心生向往，我要珍惜现在的时光，努力学习，多读书、勤锻炼，为实现梦想打下坚实基础。

我相信自己一定能实现梦想，在不久的将来徜徉星海，探秘宇宙！

[①] 葛嘉鑫.我想当宇航员[J].雪豆阅读,2024(06):48.

第五章 幼儿童话

学习要点

1. 了解幼儿童话的基本概念、发展历史及其特点。
2. 知晓幼儿童话的讲述要点,并能生动形象地进行表演。
3. 能应用幼儿童话的赏析知识,对幼儿童话作品进行改编,并尝试创作。
4. 学会运用幼儿童话进行设计及组织幼儿教育活动。

本章重点

掌握幼儿童话的特点,并能根据特点赏析幼儿童话。

本章难点

能根据幼儿童话特点,对幼儿童话进行改编和创作。

第一节　幼儿童话概说

一、童话概述

童话是一种深受儿童喜爱的文学形式,其特征在于丰富的幻想色彩和符合儿童想象的神奇元素。与儿歌一样,童话是儿童文学的基础体裁之一,拥有悠久的历史。童话的目标读者不局限于幼儿,它同样能够吸引儿童及青少年。不同的童话作品针对不同年龄层的读者,展现出多样化的艺术特质,因此,童话并不直接等同于幼儿童话。然而,当我们探讨童话的起源与演变时,不能仅仅局限于幼儿童话,因为童话作为一个理论话题具有普遍性。我们必须超越年龄的限制，采用一个整体的视角来考察童话，这样才能准确揭示其历史背景及发展轨迹。通过这种方式，我们可以更全面地理解童话这一文学形式的多样性和复杂性。

(一) 童话与幼儿童话

童话是幼儿文学中最基本和最关键的体裁之一，本质上是一种充满浓郁幻想色彩的虚构故事。作为一个历史悠久的文学形式，童话从最初的形态发展至成熟，经历了漫长的历史阶段。在中国古代，尽管那时还未正式使用"童话"这一术语，但已有许多成文的童话故事流传，例如《搜神后记》中的《白衣素女》，就是后来人们众所周知的故事——"田螺姑娘"[①]。

清末时期，"童话"这一名称首次出现，当时它泛指所有为儿童阅读的故事。随后的"五四"新文化运动推动了童话作为一种幻想性极强的叙事体裁和儿童文学的重要样式得到广泛认可。随着中国儿童文学理论的逐渐发展，人们开始为"童话"一词赋予更加具体的定义。在《现代汉语词典》中，"童话"被解释为一种儿童文学体裁，通过丰富的想象、幻想和夸张来编写适合于儿童欣赏的故事。在西方，童话在英语中被称作"fairy tale"，在《大不列颠百科全书》中指的是不仅限于描写仙女的、包含奇异事件的神奇故事；在德语中称为"märchen"，指的是带有魔法或神奇色彩的民间故事。

幼儿童话作为童话的一个重要组成部分，通常指那些语言简单、篇幅短小、内容和情节较为简单且特别适合幼儿欣赏的作品。在整个童话家族乃至广泛的幼儿文学领域中，幼儿童话占有一席十分特殊且重要的位置。

(二) 童话的起源

童话的起源可以追溯到民间的口头创作与传播，它属于民间文学的一种形式。童话深受远古神话和传说的影响，都以幻想为主要特征，以构建一个充满奇幻的世界为特色。

神话作为人类最古老的文学形式之一，起源于原始社会时期，当时人类对自然和社会现象的认知非常有限。面对难以解释的自然现象，如天气的极端变化或自然灾害，原始人通过幻想构建出神的概念来解释这些现象。他们想象有神灵存在，能够掌控或影响自然，从而创造出关于神的行为和生活的神话故事。随着社会的发展，神话的内容也逐渐扩展，开始涵盖对生命起源、社会结构和重要文化现象的解释。例如，中国的"盘古开天辟地"讲述了宇宙的创始，而"女娲补天"和"嫦娥奔月"则描绘了解决自然灾难和人类情感的故事。这样的文化和文学背景为童话的发展提供了丰富的素材和灵感，使得童话在形式和内容上继承了神话的幻想特质，并根据不同文化和社会的需求进行了适应和创新。

传说的形成是在神话传播的基础上逐步演变而来的，它与特定的地点、人物、历史事件、自然环境和社会习俗紧密相关。相比之下，神话的主要人物是超自然的神祇，其内容主要围绕神的活动并体现对神的崇拜。而传说则以普通人为主角，这些人物往往是历史上真实存在的人，尤其是那些具有非凡才能和英雄气概的人，如英雄、杰出的工匠等，展现对人的敬仰。例如"大禹治水""神医华佗"和"鲁班的故事"等，这些故事中虽含有虚构和

---

① 陶潜. 搜神后记[M]. 北京：中华书局，1981：30.

夸张的元素,却依然植根于真实的历史背景。这种有意识地创造幻想的行为,为童话的生成提供了坚实的基础。随着科学进步和人类对自然力的逐渐征服,这些古老的神话和传说逐渐成为特定历史阶段的产物,不再担当引导人们信仰和实践的角色。尽管如此,它们仍然保留了一种时代和距离所赋予的神秘和奇异感。

当这些古老的文学艺术形式自然转变为广受欢迎的传奇故事,并通过口口相传的方式在民间广泛流传时,就孕育出了民间童话。从神话和传说中演变来的民间故事中,那些适合儿童欣赏且具有较强幻想性的故事,便构成了我们今天所称的民间童话。

(三)童话的发展

童话的发展历程可以分为两个主要的历史阶段:民间童话(也被称为传统童话)和文学童话(也称为创作童话或现代童话)。

民间童话,根源于古老的口头传统,这些故事经过无数次的讲述和演绎,形成了一套丰富的故事库,这些故事常常富含地方色彩和文化特征,它们不仅娱乐听众,也传递社会规范和价值观。民间童话的特点是它们通常不记名作者,而是世代相传,由民间艺人根据听众的反应不断调整和改良。这类童话从神话传说中继承了丰富的幻想世界和艺术形象,表现手法也延续了神话的特点,但其角色设定更为自由和灵活,不受严格限制。角色可以是神仙、妖魔,也可以是普通人,甚至是动物、植物,如中国古代的经典民间童话《狼外婆》《蛇郎》《宝船》《田螺姑娘》和《三根金头发》等。

民间童话的时间背景往往是模糊的,空间设定也是抽象的,常以"从前"或"很久很久以前"开头,故事发生在一个遥远的地方如山谷、小村庄或海边,主角可能是一个聪明的少年、美丽的公主或帅气的王子。在结构上,民间童话可以分为单纯型和复合型两种。单纯型童话聚焦于讲述一个线性的、单一主题的故事,而复合型则类似于连缀体,包含多次事件的重复,如三个难题、三次考试、三层对照等,故事通过层层递进,在高潮处结束,结构紧凑且富有趣味,易于记忆和传播。民间童话有时还运用固定的韵律,这样的语言形式更适合儿童的接受和理解。民间童话以其轻松、简洁、幽默的语言表现出极强的生命力,它不仅在民间广泛流传,还深刻地寄托了人们对美好生活的向往。

文学童话,是随着印刷技术的发展和文学创作意识的提高而产生的。这个阶段的童话作品由具体的作者创作,他们往往有意识地采用写作技巧,融入个人的创意和视角,使得故事具有更为明确的主题和深层次的意义。这些故事虽然仍然保持童话的基本元素,如奇幻、象征和教育意义,但它们在结构、主题和表现形式上可能更加精致和复杂。

文学童话的创作方法大体上可以分为两类:第一类是基于民间童话素材的改编和再创作,通过对传统故事的重新加工和编排,赋予它们新的文学形式和深层次的意义。例如,俄罗斯诗人普希金的作品《渔夫和金鱼的故事》就是对传统民间故事的文学化改编。第二类是直接从现实生活中汲取灵感,创作全新的故事,这些作品通常更贴近现代儿童的生活体验和心理需求。例如,孙幼军的《怪雨伞》、杨楠的《彩梦俱乐部》等作品,这些故事来源于现实生活的观察和想象,以全新的视角和创意展示童话故事的可能性。文学童话作为一种创作形式,不仅继承了传统童话的魔幻和奇异特质,还引入了现代文学的技巧和表现手法,使得童话文学更加多元化和丰富,能够更好地反映现代社会的价值观和儿童的心理发展需要。

这两个阶段的童话各有其特色和影响,共同构成了童话丰富多彩的历史和文化景观。

在童话的漫长发展过程中,各个时代、不同地区和民族的人们根据自身的文化理想和实际需求,对童话进行了不断的补充和改造,不仅增强了童话的生命力,还为其树立了不朽的文化丰碑。从古代印度的《五卷书》到阿拉伯世界的《一千零一夜》,这些作品都是通过搜集和整理民间故事精心编纂的童话集,它们集中展示了各自文化的独特魅力和教育价值。这些故事集不仅传达了时代的智慧,也传播了民间的美德和梦想。

在欧洲,对民间童话进行文学改编的先驱是法国作家夏尔·贝洛(Charles Perrault),他从欧洲各地的传说和民间故事中汲取灵感,于1697年创作了世界上第一本童话集《鹅妈妈的故事》。这本书迅速赢得了儿童读者的喜爱,并为后来的童话创作树立了一个重要的标杆。

19世纪,德国的格林兄弟(Jacob 和 Wilhelm Grimm)对民间童话的搜集和整理达到了一个新的高度。他们所发布的《儿童和家庭故事集》包含了200多个故事,成为具有全球影响力的一部重要民间故事集。其中的故事如《灰姑娘》《小红帽》《白雪公主》《睡美人》和《青蛙王子》等,不仅深受当时人们的喜爱,其影响力更是延续至今,成为许多人童年记忆中不可或缺的一部分。

丹麦作家汉斯·克里斯蒂安·安徒生的作品,在童话从民间形式到文学形式的演变中占有重要地位。他不仅是文学童话的奠基人之一,也是其中最具影响力的代表。安徒生的童话作品,从取材到表现方式,都体现了从民间传统到个人创作风格的转变。在安徒生的早期作品中,如《打火机》和《小克劳斯与大克劳斯》,他直接从丹麦的民间故事中汲取灵感,对传统素材进行了重新包装和创新解读。这些故事虽然根源于传统,但通过安徒生的笔触,被赋予了新的文学生命和更深层次的象征意义。随后的作品,如《丑小鸭》《海的女儿》《卖火柴的小女孩》《皇帝的新装》《豌豆上的公主》以及《小意达的花儿》,则更多地反映了安徒生的个人创作风格。这些故事在构思和主题上呈现出更加深刻的社会批判、心理洞察和人文关怀,从而不仅仅是为儿童而写,也触及了成人世界的复杂情感和道德问题。安徒生的创作实践不仅开创了文学童话的新纪元,也标志着一个作家如何通过童话来表达个人情感、反映社会矛盾以及探索人类存在的普遍问题。他被誉为"世界儿童文学的太阳",这一称号充分体现了他在世界文学史上的重要地位和对后世童话创作的深远影响。

从19世纪中叶至20世纪,欧洲儿童文学经历了一个创作上的繁荣期,童话作品不断丰富和演变,体裁也从短篇扩展到中长篇,涌现出许多经典作品和著名作家。英国文学在这一时期特别活跃。查尔斯·金斯利的《水孩子》是一部结合了幻想与道德训诫的长篇童话,它通过一个扫烟囱孤儿汤姆的奇幻旅程探索了社会正义和个人成长的主题。另一位英国作家刘易斯·卡罗尔创作的《爱丽丝漫游奇境记》是中篇作品,以其丰富的想象力和荒诞的逻辑成为儿童文学中的经典,影响了无数的读者和后来的文学作品。意大利作家卡洛·科洛迪的《木偶奇遇记》则是一部探讨诚实和成长的长篇童话,讲述了一个木偶通过种种经历最终成为真正小孩的故事,这也是全球范围内广受欢迎的童话之一。

20世纪被称为儿童文学的黄金时代,更多杰出的作品问世。比阿特丽克斯·波特的《兔子彼得的故事》以其精美的插图和生动的叙述赢得了孩子们的心。意大利作家乔瓦尼·罗大里的《假话国历险记》以其独特的故事和教育意义获得了广泛的赞誉。瑞典作家阿斯特里德·林格伦的《长袜子皮皮》创造了一个无畏、独立的女主角,成为儿童文学中的标志性人物。

20世纪初,随着"五四"新文化运动的兴起,中国儿童文学进入了一个自觉创作的新时代,童话文学在这一时期特别突显其引领作用,为整个儿童文学的发展指明了方向。1923年,叶圣陶出版了《稻草人》童话集,这不仅是中国第一部真正意义上的创作童话集,也标志着中国童话创作自成一体的开始,如鲁迅所评价的,"给中国的童话开了一条自己创作的路"。叶圣陶的童话创作可以分为两种风格:一种是如《小白船》《芳儿的梦》这样的作品,它们语言清丽、情感柔美、富有诗意;另一种则如《稻草人》《古代英雄石像》这样的作品,风格深沉凝重,寓意深远,具有较强的现实批判和教育意义。继叶圣陶之后,张天翼在1930年代初迅速崛起为又一位重要的童话作家,他的作品如《大林和小林》《秃秃大王》等,为中国长篇童话创作奠定了基础。

新中国成立后,中国童话创作进一步繁荣发展。洪汛涛的《神笔马良》、张天翼的《宝葫芦的秘密》、严文井的《"下次开船"港》、孙幼军的《小布头奇遇记》和金近的《小鲤鱼跳龙门》等作品,深受儿童喜爱,并在儿童文学领域留下了深刻的印记。

改革开放后,中国童话进入了全面收获的繁荣期,涌现了许多优秀的儿童文学作家,如郑渊洁、冰波、周锐、杨红樱、葛冰、张秋生、班马、郑允钦、葛竞、杨鹏、王一梅、萧袤等。这些作家的创作手法多样,作品不仅凸显了童话的审美价值,也体现了新时代的气息和色彩。这些辉煌的成就是一代又一代中国童话作家共同努力、传承与创新的结果,共同编织了一段属于中国自己的童话发展史。

二、幼儿童话的特点

幼儿童话是童话体裁中一个非常重要的分支,特别适合于幼儿的认知和情感发展阶段。这类童话通过浅近易懂的故事内容和形式,为幼儿提供了理想的听觉享受和心理体验。

幼儿童话保留了童话通常具有的幻想性和教育性,但在表现形式上更加注重简洁和直白,以适应幼儿的理解能力。这类童话的语言通常简单明了,情节直接而有趣,往往以重复或是对称的结构出现,帮助幼儿理解和记忆。此外,幼儿童话常常融入鲜明的色彩、动听的音效和重复的节奏,这些都是为了吸引幼儿的注意力,增强故事的吸引力。从内容上看,幼儿童话往往涉及日常生活中的情景,如家庭、朋友、动物、自然等亲近和安全的主题,这些都是幼儿易于感知和感兴趣的领域。故事中的主题通常包含基本的道德教育,如诚实、勇敢、友爱和尊重等,旨在通过简单的故事情节传达基本的社会价值观。

幼儿童话不仅是儿童文学的一部分,它还是教育和培养幼儿情感、认知发展的重要工具。通过这些富有想象力且内容健康的故事,幼儿能够在愉悦的阅读或听觉体验中学习到生活的基本道理,培养良好的行为习惯和情感态度。

(一)切合幼儿心理的艺术幻想

幻想是童话的基本特征和灵魂,也是童话用以反映生活的特殊艺术手段;幻想是童话的核心,没有幻想就没有童话。通过这种独特的艺术手段,童话得以从日常生活的束缚中解放出来，创造出一个多彩而生动的想象世界。童话中的幻想虽然与现实有所不同，但通常仍会遵循一定的逻辑和自然法则，使得故事虽然奇幻，却依然具有一定的可信度和内在的合理性。例如，武玉桂在《蓝色的皮鞋》中通过对驴皮特性的夸张描绘，创造了一个既荒谬又富有趣味的情节：乔利一旦穿上这双驴皮做的皮鞋，就会不由自主地想要踢东西。这里，驴子踢人的客观特性被巧妙地转化为驴皮鞋的幻想特性，这种夸张不仅丰富了故事的幽默感，也增强了故事的吸引力。

　　艺术幻想在童话中的运用广泛而深入，它不仅是一种叙事工具，更是作家表达思想、情感和审美观的重要手段。通过这种手段，作者可以自由地构建故事框架、编织复杂的情节、刻画生动的人物形象，并营造出符合故事需要的特定环境和气氛。例如，在《枪炮国去打糖果国》中，通过孩子们使用糖果作为武器的幻想，作者不仅创造了一个充满想象力的战斗场景，而且隐喻性地表达了对和平的向往与对战争的抗议。

　　幼儿童话往往在内容和形式上特别设计，以贴合幼儿的心理发展阶段。这类童话考虑到幼儿的知识储备有限，而想象力丰富，因此在构造故事时常常以简单、直观的方式展开，使得故事易于理解的同时又富有吸引力。

　　幼儿的思维具有显著的自我中心性，他们往往将自己的感受和想法投射到周围的世界中，因此幼儿童话中的幻想内容通常包含大量的人格化元素和夸张性表达。这种幻想不仅与幼儿的认知发展相适应，而且反映了他们如何通过幻想来探索和理解世界。例如，童话《鸟树》就是一个典型的例子，其中的故事框架和情节完美地呼应了幼儿的想象力和心理特点。在这个故事中，一个小女孩将死去的小鸟埋在土里，第二年春天，那里长出了一棵树，树上结满了鸟蛋，而这些鸟蛋最终孵化成了一群快乐的小鸟。这种幻想不仅满足了幼儿对生命奇迹的好奇和神奇的渴望，也以一种寓教于乐的方式教导幼儿关于生命、成长和自然循环的基本知识。

　　事实上，幼儿童话虽然充满幻想和夸张，但其成功和吸引力在很大程度上依赖于故事中的内在逻辑。这种特有的"童话逻辑"既保留了童话的奇幻特性，又确保故事发展的连贯性和合理性，使幼儿能够在虚构的框架内寻找到现实的回响。在幼儿童话中，维持一种平衡是关键——即在保持故事的想象自由和创意无限的同时，还需遵循一种让幼儿易于接受和理解的逻辑。例如，在《五彩云毯》中，主人公是一位仙女，她采集云朵、织云毯、拜访太阳神的行为，在童话的框架下显得合情合理。主人公的身份设定为她的超自然行为提供了一个充分的理由，使故事在维持幻想的同时，也具备了一定的逻辑性。相反，如果故事中的事件完全脱离常规逻辑，如一个小小的羊羔吃掉了凶恶的大灰狼，这种极端的情节就可能让幼儿感到困惑，因为这违背了他们对自然界已有的基本认知。这不仅可能导致理解上的障碍，也可能减少故事的教育价值。

　　（二）切合幼儿审美的表现手法

　　童话中的艺术幻想通过多种表现手法来丰富故事的层次和深度，同时激发读者的想象力。这些手法不仅为童话故事增添了奇异性和吸引力，而且在很多情况下，还用来传递深层的象征意义和道德教训。一般来说，主要通过夸张、拟人和象征等表现手法来实现。此外，神化、变形、怪诞等手法也在童话中经常运用。

1. 夸张

在幼儿童话中,夸张常用来突出角色的特征。例如,在《豌豆上的公主》中,公主能感觉到床垫下的一粒豌豆,夸张地表现了她的敏感和高贵。同样,情节中也会通过夸张来增加趣味,如郑渊洁的《哭鼻子比赛》里,让小朋友们比赛哭泣,这样的夸张情节既幽默又让人反思竞争的意义。

夸张还常用于创造奇幻的环境,如《爱丽丝梦游仙境》中,爱丽丝的体型会随着吃东西而变大或变小,这种夸张的变化为故事增添了许多奇妙和不确定性,吸引幼儿进入一个充满幻想的世界。

2. 拟人

拟人化角色常带有明显的道德寓意,帮助幼儿理解重要的品质。例如,在《小意达的花儿》中,花儿的舞蹈不仅美丽,还代表了对美善的追求,传达了善良和真诚的价值;在《坚定的锡兵》中,单腿的小锡兵体现了勇气和坚持,成为幼儿学习的榜样。

拟人手法还激发了幼儿的想象力。在《匹诺曹》中,木偶匹诺曹的冒险让幼儿学习到诚实、勇敢等品质;《风婆婆》和《太阳公公》这样的故事中,拟人化的自然现象帮助幼儿理解世界和社会行为。

此外,拟人化角色也常具有文化象征意义。例如,时间老人象征时间的流逝和生命的有限,帮助幼儿更深刻地理解时间和生命的宝贵。

3. 象征

象征是童话文学中一种重要且强有力的艺术手段,它为简单的故事增添了深度和广度,使童话不仅吸引儿童,也能启发成人的深层思考。象征让童话超越了字面叙述,触及更广泛的主题和情感,实现教育儿童和启迪成人的双重效果。

(1) 象征的多维意义

《丑小鸭》与个人成长的象征:安徒生的《丑小鸭》是一个关于成长和自我发现的经典故事。丑小鸭的旅程不仅代表了身份和归属感的探索,也象征了个人从自我怀疑到自我认同的成长过程。这一故事虽然简单,却包含了关于美、身份和成就的深刻讨论,使其成为跨年龄层的普遍共鸣。

《宝葫芦的秘密》与价值观的象征:张天翼的《宝葫芦的秘密》通过宝葫芦象征了轻易得来的力量或财富可能引发的问题。这不仅是对儿童的直接教育,也反映了对更广泛的社会价值观的警示——警告成人社会中那些追求快速成功而不顾后果的行为。

《秃秃大王》与社会批判的象征:同样是张天翼的作品,《秃秃大王》中的"秃秃宫"作为故事的背景,它的残酷和压抑象征了当时社会的黑暗和不公。通过这样的象征,作者提出了对权力滥用和社会不公的批判,使得童话承载了更深刻的社会意义。

(2) 象征的艺术效果

象征的使用使童话成为多层次的艺术作品,不仅保持趣味性,还深入探讨复杂的人性和社会问题,增强了作品的艺术深度和教育价值。象征允许作者间接表达对现实的看法和评论,提供了一种安全有效的表达方式,尤其在处理敏感或复杂主题时显得尤为重要。通过象征,童话作品能够引发各年龄层读者的思考和共鸣,实现跨年龄层的普遍吸引力。

4. 神化

神化是童话文学中常见的一种表现手法,它通过赋予人物或物体超凡的能力和神秘色彩,使故事充满奇幻色彩,同时传达出道德与哲理的寓意。神化不仅能增强故事的戏剧性,还能够加深其寓意层次,帮助读者更好地理解人物的成长与改变。

(1) 道德与教育意义:神化的角色往往代表某种道德力量,帮助主角克服困难,体现善良、勇气等美德。例如,在《灰姑娘》中,仙女教母的出现便是神化手法的典型表现。仙女教母通过魔法帮助灰姑娘变得光彩照人,使她能够参加王子的舞会,最终改变她的命运。仙女的神奇力量象征着希望和善良,传达出通过善良与坚持可以战胜不幸的道理。类似地,在《木偶奇遇记》中,匹诺曹的成长过程也是一种神化体现,他从一个任性、撒谎的木偶变成了一个有责任心的男孩,神化的元素让这个过程更加具有戏剧性与启发性,给幼儿传递了改正错误、勇敢承担责任的教育意义。

(2) 幻想与娱乐性:神化手法通过神奇的事件和人物强化了故事的奇幻色彩,使童话更加吸引幼儿的注意力。在《白雪公主》中,邪恶的皇后通过魔镜、毒苹果等魔法物品来实施邪恶计划,这些魔法物品与神化角色交织在一起,不仅创造了丰富的幻想世界,还增强了故事的戏剧冲突。

5. 变形

变形同样是童话中重要的艺术手法之一,通过对人物或物体外形、特征的变化来象征内心的成长、转变或社会身份的转换。变形的手法往往具有强烈的视觉冲击力和象征意义,不仅增加了故事的奇幻色彩,也让幼儿在形象的变换中理解到个人成长和道德觉悟的深刻含义。

(1) 成长与自我发现:在《美女与野兽》中,野兽的外形变化象征了他的内心变化。野兽曾是一个自私的王子,但在故事的过程中,他通过学习爱与宽容,从"怪物"变回了人类的形态。这一变形不仅是情节发展的关键,也象征着个人成长的过程:从内心的黑暗到觉悟,从孤独到爱与被爱。变形通过外貌的变化传递了一个重要的道理:一个人的外貌可能改变,但最重要的是内心的成长与转变。

(2) 身份与社会批判:在《丑小鸭》中,丑小鸭的变形过程不仅是他身体上的改变,更象征着身份的转变与自我认同的实现。最初,丑小鸭因外貌丑陋而被其他动物排斥,但随着他成长为一只美丽的天鹅,他获得了自我认同和社会的接纳。这一变形过程象征了个人从不被理解到自我实现的成长,反映了社会对美丽、身份以及成就的认知标准。变形手法帮助儿童理解自我接受的重要性,同时也鼓励他们在面对困难和自我怀疑时保持信心。

(3) 魔幻与幻想:在《爱丽丝梦游仙境》中,爱丽丝通过食用各种奇异的食物发生了多次体型的变形,这种变形不仅增加了故事的荒诞感,还反映了她在奇幻世界中的身份不确定性和心理波动。通过变形,幼儿能够感受到自我认知与环境互动的微妙关系,并通过幻想的形式理解现实中的成长和变化。

6. 怪诞

怪诞是童话中另一种独特的表现手法,它通过将不合常理的元素与情节融合,创造出一种荒诞、幽默,甚至是极富视觉冲击力的效果。怪诞不仅为故事增添了不可预测的趣味性,也挑战了常规的思维方式,促进了幼儿的想象力和创新精神。

145

(1) 打破常规与幽默：怪诞手法通过创造与常规完全不同的情节、人物或环境，带来了强烈的幽默感和奇异感。在《爱丽丝梦游仙境》中，爱丽丝遇到的各种荒诞情境，如不停变化的大小、说话的动物、永不停止的茶会等，都具有极强的怪诞性质。通过这种怪诞的方式，童话故事能够吸引幼儿进入一个充满无限可能和奇思妙想的幻想世界。

(2) 挑战现实与批判性思维：怪诞手法也能够用来挑战现实的常规，启发幼儿的批判性思维。例如，《格林童话》中的《雪白与玫瑰红》通过一系列不合常理的事件，例如与动物和自然界元素的交流，打破了现实与幻想的界限，强调了人与自然的和谐关系。这些怪诞元素不仅为故事增添了戏剧性，也让幼儿反思现实生活中的人与人、人与自然的关系。

(3) 启发想象力与创造力：怪诞的元素让故事具有了无限的可能性，它鼓励幼儿从一个全新的角度来看待世界，激发他们的创造力。在《神奇的树屋》系列中，主人公通过奇异的树屋进入不同的时空，探索未知的世界。这种怪诞的设定不仅让幼儿在轻松愉快的故事中学习历史、科学等知识，也培养了他们对未知世界的探索兴趣和创造性思维。

（三）切合幼儿认知的人物类型

在幼儿文学中，人物性格的类型化是一种常见且有效的表达方式。这种方法因其简洁明了而易于理解，对幼儿这一特定读者群体来说，能够迅速建立起故事的道德框架和认知结构。类型化人物对幼儿文学的重要性和影响主要有以下几方面：

1. 便于识别和理解

类型化人物通过鲜明的性格特征和行为模式，使幼儿能轻松识别并理解角色所代表的含义。例如，童话中的善良公主、勇敢王子、狡猾狐狸等形象，帮助幼儿快速把握故事的主要内容和道德倾向。

2. 明确道德导向

幼儿正处于道德和价值观念的初步形成阶段，类型化人物通过其行为和后果直接传达清晰的道德教育信息。例如，童话中善良的角色通常获得幸福结局，而邪恶的角色则受到惩罚，这种明确的道德划分有助于培养幼儿的正义感。

3. 激发情感共鸣

类型化的人物因其性格特征单纯、突出，易于激发幼儿的情感共鸣。幼儿可能会因为角色的善良、勇敢或其他积极特质而产生钦佩之情，或因角色的负面特质感到反感，这些情感体验对于幼儿的情感发展至关重要。

4. 传递文化和社会价值

类型化人物往往承载着一定的文化和社会价值。例如，许多民族故事中的英雄形象反映了该文化中所推崇的美德和行为准则。这种类型化不仅是娱乐和教育的工具，也是文化传统和社会价值观念的传播载体。

5. 增强记忆和复述能力

由于类型化人物具有明显的记忆点和辨识度，幼儿更容易记住故事并在日后复述。这不仅增强了故事的趣味性，也有助于培养幼儿的语言表达能力和记忆力。

（四）切合幼儿理解的叙事方式

幼儿童话的叙述风格特别针对幼儿的认知和审美能力，通常采用直接和充满乐趣的方式来讲述故事,特点包括简单的人物描绘、直线式的情节进展以及简短的篇幅,确保幼儿能够轻松跟随并理解。这样的叙事策略非常适合幼儿的发展阶段,不仅满足了他们对故事的需求,还有助于他们的认知和情感发展。

(1) 简明的人物描述。如上所述,类型化的人物形象、明显的人物类型特征,有助于幼儿快速识别并记住故事中的角色。

(2) 清晰的故事线。幼儿童话倾向于采用从头到尾的直线叙事结构,使得故事按照时间顺序逐步展开,从而简化了情节的复杂度。这种结构不仅使得幼儿容易理解故事发展的脉络,而且通过故事可以自然地学习到事件之间的因果关系。

(3) 简洁的故事长度。考虑到幼儿的注意力特点,幼儿童话故事篇幅较短,确保在幼儿的注意力集中时就能讲完一个完整的故事。这样的长度有助于幼儿在轻松愉快的状态下理解和吸收故事内容。

(4) 教育与娱乐的融合。幼儿童话巧妙地将教育内容融入引人入胜的故事中,实现教育与娱乐的结合。这样的故事不仅吸引幼儿的兴趣,还潜移默化地传达道德观念和行为准则。通过故事中的情节和人物行为,幼儿可以自然而然地学到生活和社会的重要课程。

三、幼儿童话的分类

童话的样式繁多,根据不同的标准,可以划分为多种类型,除了根据作品来源划分的民间童话和文学童话之外,其他常见的分类如下:

(一) 根据人物形象类型划分

1. 超人体童话

超人体童话通过展示拥有超自然力量的人物和神奇事件,激发读者的想象力,带领他们进入一个超越现实的奇异世界。这类童话不仅丰富了故事的幻想性,也深化了其艺术魅力和哲理性。超人体童话中的人物通常具有超乎常人的能力,这些能力可能源自魔法、神秘的宝物或是特殊的天赋。这类故事的核心往往是这些超自然力量如何影响人物的命运以及他们如何使用这些力量来解决问题、实现愿望或进行冒险。

典型作品包括:

《渔夫和金鱼的故事》中的金鱼:金鱼拥有实现愿望的能力,象征着无限的权力和资源,故事探讨了人性中的贪婪以及愿望无限制时可能带来的后果。

《白雪公主》中的魔镜:魔镜作为一种超自然的物品,不仅是一个神奇的工具,同时也象征了虚荣和外在美的追求对人性的扭曲影响。

《五彩云毯》中的七仙女:她们的能力展示了创造和艺术的力量,同时故事也强调了自然和超自然之间的和谐共存。

《巨人的花园》中的巨人:巨人的转变反映了自私与分享之间的对比,通过一个拥有巨大力量的人物的内心变化,讲述了人性中善与恶的较量。

《齐天大圣孙悟空》:孙悟空的七十二变不仅显示了变化无常和适应环境的能力,也是反抗压迫和寻求自由的象征。

超人体童话不仅提供了视觉和情感上的享受,还通过引人入胜的情节和深具象征意义的角色探讨了权力的使用、个人责任、道德选择等深刻主题。

2. 拟人体童话

拟人体童话通过赋予动植物或无生命物体人类的思想、感情以及行动能力，丰富故事的内涵和吸引力。具体来说，拟人体童话中常用的拟人形式有动植物拟人化、无生命物拟人化和抽象概念拟人化。典型作品包括《青蛙王子》《木偶奇遇记》等。

3. 常人体童话

常人体童话通过描绘看似普通但行为和性格极具夸张特点的人物，探索现实生活中的复杂主题。这类童话经常涵盖讽刺性和象征性的元素，通过普通人的非凡遭遇，提供对现实世界深刻的反思和批评。虽然故事中的人物看似普通，但他们的经历往往带有魔幻或超自然的色彩，这种结合增强了故事的吸引力，同时也使得现实的批判更为深刻。通过故事中的讽刺和象征，儿童能够学习到关于道德、社会以及个人责任的重要课程。

典型作品包括：

《皇帝的新装》：故事中的国王因虚荣和愚蠢而被欺骗，不仅暴露了权力的腐败和人们的盲目追随，也反映了社会中普遍存在的虚伪和欺诈现象。

《小红帽》：小红帽的纯真、善良与狼的狡猾贪婪成为对比焦点，故事通过这种对比揭示了无知和天真可能带来的危险。

《有劳先生的乡下之行》：通过有劳先生离奇的遭遇讽刺了官僚主义和政府的效率问题。

（二）根据体裁划分

根据体裁，童话可以划分为童话故事、童话诗和童话剧。

1. 童话故事

童话故事是一种专门为儿童创作的文学作品，特征在于使用丰富的想象、幻想和夸张来表达故事，通常包含深刻的道德教育意义。经典如《灰姑娘》《白雪公主》和《丑小鸭》等，这些故事通过简单的情节和明确的善恶对比，教会儿童诸多生活和道德的教训。

2. 童话诗

童话诗是以诗的形式表达的童话，融合了诗歌的节奏、韵律与童话的幻想色彩，形成了一种既美观又富有教育意义的文学形式。如《渔夫和金鱼的故事》《马兰花》，通过诗意的语言增强了故事的艺术魅力和感染力。

3. 童话剧

童话剧是以剧本形式呈现的童话故事，结合了舞台表演、场景设计和音乐等元素，为观众提供了一种视觉和听觉并重的艺术体验。童话剧既有原创剧本也有改编自经典童话的作品，如《"妙乎"回春》和《葡萄仙子》等，它们通过舞台的魔力将童话的幻想世界生动展现出来。如《葡萄仙子》通过舞台表演展现了故事的奇幻元素，使观众尤其是儿童能够直观地感受到故事情境，增强了故事的沉浸感和教育效果。

第二节　幼儿童话选读与鉴赏

在幼儿童话的丰富世界里,众多杰出作家凭借他们的想象力和创作才华,为我们构建了一个个生动的故事世界。这些作家虽然来自不同的文化背景,但他们的作品不仅丰富了全球儿童文学的宝库,也深刻影响了无数读者的成长。国际作家如安徒生、刘易斯·卡罗尔、罗尔德·达尔和安房直子等,他们的作品超越了国界和时间的限制,成为儿童文学中的经典之作。深入探索和赏析这些代表性作家及其作品,我们能更全面地领会童话文学的艺术魅力和教育价值,以及它们在世界文化中的重要地位。

一、张天翼及其童话选读

1. 作家简介

张天翼(1906—1985),原名张元定,号一之,祖籍湖南湘乡,出生于江苏南京。在二十世纪二十年代步入文坛,被誉为左翼文学的新生代代表。张天翼深受狄更斯的影响,被一些研究者称为"中国的狄更斯"。作为继鲁迅、老舍之后最重要的讽刺小说家之一,他也是现代儿童文学的开创者之一,在这两个领域都取得了卓越的成绩和贡献。其儿童文学代表作品有《大林和小林》《秃秃大王》《金鸭帝国》《宝葫芦的秘密》等。他的作品影响广泛,曾被译成多国文字出版,其中《宝葫芦的秘密》是迪士尼拍摄的第一部中国电影作品。

2. 代表作品赏析

《大林和小林》是一部长篇童话,讲述了性格截然相反的双胞胎兄弟大林和小林在分离后各自经历的不同人生旅程。大林一心想成为有钱人,成为叭哈先生的儿子后,过上了穷奢极侈的生活,但他却变成了一个没有正常自理能力和人性的废物,最终在富翁岛上抱着发财梦饿死在金银珍珠堆里。小林则与工人们同劳动、同生活,得到了锻炼,增长了才干,在与旧社会恶势力的斗争中,他不惧强暴,发挥了主人翁的智慧和力量,赢得了自由和解放,成为社会的主人。

（1）漫画式的人物形象

张天翼笔下的童话人物有一个显著的特点:反面角色总是被丑化、怪化,而正面形象则总是身心正常的人。《大林和小林》中,世界第一大富翁叭哈出场描写如下:

> 叭哈的床是金的。叭哈的胡子是绿的。叭哈打着鼾,把绿胡子吹得飘起来。叭哈的肚子很大,好像一座山一样。叭哈盖的被窝是一张张的钞票缀成的。叭哈的嘴唇很厚——真厚极了,有人说曾经有一个臭虫从他上嘴唇爬到下嘴唇,足足爬了几个钟头才爬到。后来叭哈怕这个臭虫太劳累,还请了一个医生来给它打针哩,因为这个臭虫是叭哈养的。叭哈顶爱养臭虫,一共养了三万多个。
>
> 开咕噜公司的四四格长着说话都会有回声的大鼻孔,一顿早饭要吃五十斤面、一百个鸡蛋和一头牛。鳄鱼小姐长着一双小眼睛,一张大嘴巴,皮肤又黑又粗又硬,头发像钢针一样,却总认为自己很漂亮,每天要在脸上拍四百八十次粉,

还要烫两次头发。长胡子国王总是哭丧着脸,而蔷薇公主总是激动得昏倒。亲王的名字可以叫"从前有个国王他有三个儿子后来国王老了就叫三个儿子到外面去冒险三个王子都冒过了险回来了后来国王快活极了后来这故事就完了亲王"。

【赏析】 张天翼通过漫画式的笔调,描绘出一群面目可憎的丑角形象,勾勒出一幅无比有趣的社会讽刺画。这种脸谱化、特征化、漫画化的童话人物形象既滑稽可笑,让人忍俊不禁,满足了儿童读者对趣味与好奇的欣赏需求;同时也使他们在笑声中对反面人物产生厌恶之感,从而达到了无情鞭挞的艺术效果。

(2) 强烈的夸张手法

《大林和小林》中对唧唧(大林)形象的夸张是极为成功的。

> 唧唧坐在叭哈的旁边。那二百个听差伺候着唧唧吃饭,无论唧唧要吃什么,都用不着唧唧自己动手。那第一号听差把菜放到唧唧口里,然后第二号扶着唧唧的上颔,第三号扶着唧唧的下巴,叫道:"一,二,三!"就把唧唧的上颔和下巴一合一合的,把菜嚼烂了,全用不着唧唧自己来费劲。于是第二号和第三号放开了手,让第四号走过来,把唧唧的嘴扳开。第五号用一块玻璃镜对唧唧的嘴里一照,点点头说:"已经都嚼好了。"第六号就扶着唧唧的上颔,第七号扶着唧唧的下巴,用力把唧唧的嘴扳开得大大的。第八号用一根棍子,对着唧唧的口里一戳,就把嚼碎的东西戳下食道去了。所以连吞都用不着自己吞。唧唧快活地想道:"真享福呀,真享福呀!"唧唧成为富翁后,他的书房铺满冰糖地板,胡桃糖做的桌椅和奶酪垫子。他拥有二百个听差,为他料理一切事务,自己不必动手。他想吃饭时,听差们扶着他的上颚和下巴,上下合动,帮他嚼碎食物,然后用棍子将食物戳进食道。他胖得连笑都笑不出来,听差们就拉开他的脸皮,左右牵动。他参加皇家小学运动会,五米赛跑竟用了五个半小时,比乌龟和蜗牛还慢,名列第三。他的样子实在令人作呕,甚至连鲸鱼将他吞下后都立即反胃,赶紧把他吐了出来。

【赏析】 这段描写中,环境、动作和形象都充满了夸张。作家以犀利的笔触尖锐地揭示了剥削阶级的不劳而获和穷奢极恶的寄生生活,以及他们愚蠢无能、臭不可闻的丑恶面貌,刻画得入木三分,达到了无情鞭挞的讽刺效果。这显示出张天翼巧妙地将儿童的感觉形象化和夸张化,抓住人物独特的动作、语言和神态,从而增强了童话的奇幻色彩和趣味感。

二、孙幼军及其童话选读

1. 作者简介

孙幼军(1933—2015),从 20 世纪 60 年代初开始进行童话创作,他写下了许多在儿童文学领域具有影响力的优秀作品,如《小布头奇遇记》《小猪稀里呼噜》等,在我国儿童文学界成就突出,作品深受少年儿童喜爱。他的成名作即《小布头奇遇记》,出版于 1961 年。1990 年,孙幼军成为中国首位"国际安徒生奖"提名者,被誉为"一代童话大师"。

2. 代表作品赏析

孙幼军的短篇童话集《小狗的小房子》，收录了《小狗的小房子》《小老虎粗尾巴》两篇拟人体童话。《小狗的小房子》主要通过小狗扛着自己的小房子和小猫去河边玩的经历，为我们讲述了小狗和小猫相互帮助的温暖故事。《小老虎粗尾巴》主要讲述的是一只名叫"粗尾巴"的小老虎，在搬到新家之后和他周围的朋友发生的各种有趣的故事。

图 5-2-1 《小狗的小房子》封面

《小狗的小房子》讲述小狗在寻找属于自己家园的过程中，经历的友谊、努力与成长的故事。小狗生活在一个小镇上，一直羡慕其他动物们有自己的家，而自己却因为缺乏资源和能力没有房子。于是，它开始了寻找家园的旅程，途中结识了兔子、猫头鹰和刺猬等动物朋友，并通过互相帮助解决问题，学会了团队合作与分享。最终，在朋友们的支持下，小狗通过自己的努力建造了一座既坚固又温馨的小房子。故事通过轻松幽默的情节，传递了关于努力、友情和家的深刻寓意，强调了合作、分享以及对生活真正意义的理解。

（1）纯真与温暖的友情

《小狗的小房子》中，孙幼军通过小狗与小猫的互动，展现了他们之间纯真、温暖的友情。无论是在搬运小房子时的默契配合，还是在小狗受伤后小猫的细心照顾，故事中充满了彼此关爱的情感。这种情感展现了儿童友谊中那种无私的帮助与陪伴，体现了相互扶持和友爱带来的力量，给读者传递了友谊与关爱的正能量。

"咦，我想出一个好办法！咱们抬着你的木头房子去。——哎呀，我想出的这个办法可真好！要是碰见大狼，咱们就钻进小房子，把门关起来。要是下雨，咱们就在里边避雨。要是没有大狼，也不下雨，咱们就在里边玩过家家，你当爸爸，我当妈妈！"

这个办法真不错，就可惜房子大了点儿。虽然是薄木板钉的，可是，一个那么小的小猫，一个那么小的小狗，能把它抬到河边去？还要穿过树林哪！

小狗说："咱们不要小房子，好吗？太沉啦！咱们带着雨伞，好吗？"

小猫不高兴地说："那我不去啦！"

小狗连忙说："好！好！咱们抬着小房子！"

小猫又高兴了。她说："咱们还带着小椅子！"

小狗说："不用带了。累了，坐在地上就行。"

小猫说："那多脏啊，你真不讲卫生！"

小狗说："怎么拿呀？"

小猫说："你真笨！放在小房子里嘛！"

【赏析】 这一段文字展现了小狗与小猫之间的真挚友谊。小猫想出许多办法，尽管困难重重，小狗还是决定全力支持小猫，而小猫的情感依赖则使得这段友谊显得更加温暖。两者之间的互动不仅增添了故事的趣味性，也深刻表达了友情中的相互支持与关爱。通过这种细腻的描写，孙幼军让儿童读者体会到在困境中依赖与支持的意义，传递了友情

和相互扶持的正向价值。

（2）幽默与想象力

孙幼军在《小狗的小房子》中通过富有想象力的情节和幽默的对话，展现了儿童视角下对生活的理解与创造。这些生动的情节和对话不仅体现了儿童纯真无邪的思维方式，也突出了他们对世界的好奇与探索精神。通过夸张、天真的描写，孙幼军巧妙地营造了一个既幽默又富有创意的童话世界。

"要是碰见老狼，咱们就钻进小房子，把门关起来。要是下雨，咱们就在里边避雨。要是没有老狼，也不下雨，咱们就在里边玩过家家……"

"你一叫，我就想，啊，还有小狗哪！小狗跟我在一起！我就一点儿也不害怕了。"

小狗听了，觉得非常高兴。他像发疯一样，蹦蹦跳跳地从院子这一头跑到那一头，又从那一头跑回来，一边跑，一边——

"汪汪！汪汪！汪汪汪！汪汪！汪汪！汪汪汪！"

正叫得起劲儿，房门打开了。女主人站在台阶上，怒气冲冲地喊："讨厌死啦！你瞎叫唤什么？又没有人来！再叫，看我抽你不！"

喊完，她走进去，还把门摔得"砰"的一响。

【赏析】 在这一段中，孙幼军通过小狗的叫声和小猫的依赖，创造了一个既天真又充满幽默感的情境，生动地表现了儿童心中对安全感的渴望和对世界的探索欲望。尤其是小狗发疯似地跳跃并叫出一连串"汪汪"，展现了儿童的无拘无束与纯真。在对话和情节的推进中，幽默与夸张手法并行，让整个故事充满了童趣。通过这种幽默的描写，孙幼军使儿童读者感受到自由与想象的力量，带领他们进入一个无拘无束、充满创造力的童话世界。

三、王一梅及其童话选读

1. 作者简介

王一梅（1970— ），儿童文学作家，苏州市作家协会副主席。代表作有长篇童话《鼹鼠的月亮河》《木偶的森林》等，小说《城市的眼睛》《一片小森林》等，短篇童话《书本里的蚂蚁》《蔷薇里的别墅老鼠》等。作品曾获"五个一工程"入选作品奖、全国优秀儿童文学奖、第五届国家图书奖等奖项。王一梅说："童话对幼儿的影响更多的是情感的，是潜移默化的，也是很久以后的某一天突然感悟的。"

2. 代表作品赏析

《书本里的蚂蚁》讲述了一只小蚂蚁在一本陈旧的书里经历的奇妙冒险。小蚂蚁被小姑娘摘下花朵时，不小心被夹进了书本，变成了一个"会走路的字"。在书中，蚂蚁和其他字一起四处走动，带动了书中的字开始跳舞、串门，使这本沉寂已久的旧书焕发了生命。随着夜晚的到来，书中的字不断变换位置，故事也随之变化。小姑娘惊奇地发现，书中的故事每天都在改变，字像活的一样，不断编织新的故事。最终，这本书成了一个充满无尽惊喜的故事世界，小姑娘再也没有买过新的故事书。通过赋予书本与字灵动的生命力，故事传达了阅读的魔力和儿童对幻想世界的渴望。

(1) 拟人化手法的运用

> 书本里传来了很整齐的细碎的声音。
>
> "我们是字。"细碎的声音回答着。黑蚂蚁这才看清,书本里满是密密麻麻的小字。"我们小得像蚂蚁。"字很不好意思地回答。
>
> "我,我是蚂蚁,噢,我变得这么扁,也像一个字了。"黑蚂蚁挺乐意做一个字。
>
> 书本里有了一个会走路的字。第一天,黑蚂蚁住在第一百页,第二天就跑到了五十页,第三天又跑到第二百页,所有的字都感到很新奇。要知道,这是一本很陈旧的书,很久没有人翻动过了,而这些字从没想动动手脚,走一走,跳一跳。

【赏析】 通过将书本中的字赋予拟人化的特点,王一梅使得文字不再是单纯的符号,而是有着生命和情感的存在。字"走动"和"跳跃",成为具有动作的"人物",这种创意展示了文字不仅仅是静态的工具,而是可以通过想象力和互动赋予生命的媒介。通过这种拟人化,王一梅既提升了故事的趣味性,也激发了儿童对于语言和文字的探索与好奇。

(2) 反复与节奏感的运用

> 书本里有了一个会走路的字。第一天,黑蚂蚁住在第一百页,第二天就跑到了五十页,第三天又跑到第二百页,所有的字都感到很新奇。

【赏析】 通过对"走路的字"的反复描述,王一梅为故事创造了富有节奏感的叙述结构。字的移动和蚂蚁的旅行形成了一个简洁而有趣的模式,增强了故事的连贯性和吸引力。幼儿能够在这种节奏中感受到故事的发展和变化,增强了他们的参与感和期待感。这种重复与节奏的手法,不仅让故事更加生动,也帮助幼儿加深对故事情节的记忆,使故事更具娱乐性和教育性。

四、安徒生及其童话选读

1. 作者简介

十九世纪丹麦童话作家安徒生,被誉为"世界文学童话的太阳",他的创作标志着文学童话的诞生,体现了童话从民间到文学的演进。中国著名儿童文学作家叶圣陶、张天翼和严文井等的作品深受安徒生的影响。

安徒生童话分为早、中、晚三期,各具特色。早期作品如《打火匣》《小意达的花儿》《拇指姑娘》《海的女儿》《野天鹅》和《丑小鸭》等,充满幻想和乐观精神,融合现实主义与浪漫主义。中期作品如《卖火柴的小女孩》《影子》《一滴水》《母亲的故事》和《演木偶戏的人》等,幻想减少,现实增强,表现对美好生活的追求和忧郁情绪。晚期作品如《柳树下的梦》《她是一个废物》《单身汉的睡帽》和《幸运的贝儿》等,直面现实,描写底层民众悲苦,揭露社会阴暗,基调低沉,深刻批判现实。

2. 代表作品赏析

《丑小鸭》是丹麦作家安徒生创作的一篇经典童话,首次出版于1843年。故事讲述了一只天鹅蛋被母鸭孵化出来后,由于长相与众不同,遭到了鸭群的排斥和嘲笑。小鸭子经历了无数的冷嘲热讽、排斥与孤独,在饥饿、寒冷和不安中独自成长。随着时间的推移,它渐渐长大,最终发现自己原来是一只天鹅。它摆脱了往日的困境,飞向了更广阔的天地,最终获得了人们的认同和赞美,成为优雅的天鹅,找到了属于自己的位置。

(1) 成长与自我认同的象征

《丑小鸭》通过丑小鸭的转变过程,象征了每个人在成长过程中经历的困惑、孤独和自我认同的变化。故事通过描写丑小鸭的蜕变,鼓励儿童坚持自我,勇敢面对困境,最终实现自我价值。

> 丑小鸭觉得自己长得很丑,大家都不喜欢它,它也不能理解自己为什么这么与众不同,为什么总是被其他动物取笑。它没有朋友,常常在孤独和痛苦中度过每一天。但它不曾放弃,只是默默地努力生长,等待自己能够改变的一天。
>
> 经过了无数的寒冷和风雨,丑小鸭终于长成了大天鹅。它飞翔在蔚蓝的天空中,闪烁着光辉,享受着自由和被认同的滋味。飞过那些曾经轻视它的鸭群和麻雀,它感到从未有过的自豪与满足。它不再是曾经那个孤独、卑微的丑小鸭,而是变成了拥有翅膀的美丽天鹅,找到了自己的家园。

【赏析】 这一段通过丑小鸭的蜕变,生动地表现了成长过程中的困惑与坚持。刚出生的丑小鸭被周围的鸭群排斥,因为它与别人不同,外表丑陋,内心充满了疑惑与不安。这个过程象征了每个孩子在成长过程中都会经历的自我怀疑和不被理解的困境。虽然受到了外界的嘲笑,但丑小鸭并没有放弃,而是默默承受着这些困难,等待着自己的改变。随着时间的推移,它渐渐长大,最终展翅飞翔,成为一只美丽的天鹅。这一过程不仅是外貌的转变,更是内心的自我认同和力量的觉醒。通过这一转变,安徒生传递了一个深刻的主题:每个人都可能经历困境,但只要坚持自己,终会收获属于自己的价值和幸福。

(2) 社会偏见与个体价值的探讨

通过对丑小鸭遭遇社会偏见的描述,《丑小鸭》揭示了外貌、背景和身份带来的社会压力,反思了社会如何看待个体差异,并探讨了个体如何在不被认同的环境中坚持自我,最终实现价值。

> 每到哪里,丑小鸭都被嘲笑和赶走。其他的鸭子、鹅,甚至鸡都看不起它,认为它不配待在它们中间。小鸭子经常躲在一旁,独自忍受着被排斥的痛苦。即使是它身边的一些小动物,也会嘲笑它的不完美和与众不同。
>
> 然而,丑小鸭从不生气,它默默地忍受着这些歧视和冷漠。它知道,自己与生俱来的不同,终究会有一天被别人认可。虽然它没有与这些动物发生争执,也没有改变自己的模样,但它始终相信,有一天,自己会像天鹅一样飞翔,获得人们的尊重与认同。

【赏析】 这一段生动地描述了丑小鸭在成长过程中所经历的社会偏见和歧视。它因与其他动物外貌的不同而被排斥和孤立,饱受嘲笑和冷落。在这里,安徒生通过对丑小鸭的描述,深刻反映了社会对"不同"个体的偏见以及人们如何根据外貌、身份等表面特征对他人进行评判。丑小鸭的故事并非单纯地讲述一只动物的成长,而是通过这一形象探讨了社会中常见的歧视现象。尽管丑小鸭被社会排斥,但它没有反抗,也没有改变自己,它默默坚持,最终在变成天鹅后获得了应有的认可和尊重。安徒生通过这一过程,传达了一个重要的信息：每个人的内在价值是无法通过外貌来衡量的，社会应更加宽容与尊重每个个体的独特性，而真正的美是源自内心的。

五、卡洛·科洛迪及其童话选读

1. 作家简介

卡洛·科洛迪(1826—1890)，是意大利著名的儿童文学作家，也是一位社会活动家。一生曾为儿童撰写多篇有趣的童话故事。他从小喜爱文学，代表作品是《木偶奇遇记》。这部作品是世界儿童文学宝库中一颗璀璨的明珠，被译成多种文字，全球已发行700多万册，受到各国儿童的喜爱。科洛迪的贡献在于通过匹诺曹的种种曲折、离奇的经历，教育儿童要抵御种种诱惑，做一个爱学习、诚实守信的好孩子。同时，故事中展现的人性弱点也提醒着人们要克服自身的缺点，成为一个有道德、有智慧的人。

2. 代表作品赏析

《木偶奇遇记》的故事主人公是个调皮的木偶，他天真无邪、头脑简单、好奇心强；他缺乏主见、没有恒心、经不住诱惑，屡次下定决心却总是半途而废。他既没有坏到无可救药，也没有好到无可挑剔，而是和现实生活中的许多孩子一样，心地善良、聪明伶俐，但也缺点不少。作者把笔触深入到儿童的内心深处，用儿童的眼睛观察世界，用儿童的头脑思考问题，人物描写得栩栩如生，情节记叙得曲折动人，惊险迭起，引人入胜。

(1) 儿童成长的焦虑与自我反思

在《木偶奇遇记》中，匹诺曹从一个任性、淘气、不听话的木偶逐渐成长为一个懂事、努力学习并愿意为他人着想的孩子。故事中的焦虑感和成长的困惑通过匹诺曹的内心独白和与周围角色的互动展现了儿童成长过程中的迷茫、反思与自我调整。

> "我这一路来受了多少罪啊，"他自言自语道，"可都是自找的，因为我的确是特别固执又愚蠢！我总是我行我素，不听爱我的人的劝告，不听比我更有头脑的人的忠告。不过从现在开始，我会改变的，会努力成为一个最听话的小男孩。我已经发现了，毫无疑问，不听话的男孩子离幸福是差得很远很远的，而且久而久之他们肯定要吃亏。啊，不知道老爸有没有在等我呢。我会不会在仙子家里见到他？那可怜的小老头儿，我真是太久没有见到他了，真是太想念他的慈爱和亲吻啦。噢，不知道仙子会不会原谅我所做的一切呢？她对我那么好，我欠她一条命啊！唉，哪里还会有比我更差劲、更没良心的小男孩呢？"

【赏析】 在这一段中，匹诺曹通过自言自语表达了对自己行为的懊悔，并意识到自己过去的种种错误。作为儿童，匹诺曹并非天生完美，而是通过不断的成长和反思逐步意识到自己的不足。这里，安徒生通过木偶的自我反思展现了儿童成长中的自我认知与焦虑。匹诺曹的成长过程代表了儿童在成长过程中常遇到的困惑和迷茫——从不懂事到逐渐明白自己的责任和义务。这种焦虑和自我批判实际上是一种成长的过程，也是儿童教育中非常重要的一部分。匹诺曹开始渴望得到父亲和仙子的原谅和关爱，这种对父母之爱的回归，成了他自我改造的重要动力。

(2) 父母之爱与道德教育的力量

《木偶奇遇记》通过深沉的父爱与母爱的描绘,展现了父母之爱对儿童成长的影响。匹诺曹在面对自己的错误时,深切意识到父母对自己的关爱与期望,这种爱促使他反思自我,并最终走向正道。

"我是不会离开这地方的,"蟋蟀回答,"至少得等我告诉你一个了不起的真相。"

"那就说吧,快点儿。"

"不听家长的话离家出走的小孩子们可要倒大霉啦!他们在这世上永远不可能幸福,等他们长大,一定会非常后悔的。"

"随你说去吧,小蛐蛐儿。我只知道,明天一大早我就会永远离开这里了。我要是不走,所有男孩女孩们所遭受的经历就要落在我头上。他们都会被送去学校,不管愿不愿意都得学习功课。而我呢,我告诉你啊,我讨厌死学习啦!我觉得嘛,追蝴蝶啊爬树啊掏鸟窝啊这些,可比学习要好玩多啦。"

"可怜的小傻蛋!你难道不晓得如果真的这样下去,你会变成一头彻底的蠢驴,成为所有人的笑料吗?"

"闭嘴!你这丑蛐蛐儿!"匹诺曹大叫。

【赏析】 这段对话中,蟋蟀代表了父母对孩子的告诫和教育,而匹诺曹则代表了孩子对于父母规劝的反叛和抗拒。蟋蟀告诫匹诺曹,不听家长的话会给自己带来不幸,而匹诺曹则因为追求享乐而拒绝听从忠告,这种对立正反映了孩子在成长过程中常有的反叛心理。匹诺曹的行为和思维方式充满了任性、好奇和逃避责任的倾向,正是这种不成熟的心态让他深陷困境。通过这种父子角色之间的互动,安徒生展现了父母教育的价值和力量,也让读者意识到,孩子在成长过程中需要不断接受家长的教导,正是这些道理的积累,才能引导孩子最终走向正确的道路。父母之爱,虽然常常表现为规劝和束缚,但它的深层意义在于对孩子的未来和幸福的关怀。

六、安房直子及其童话选读

1. 作者简介

安房直子(1943—1993),是日本著名的童话作家。安房直子的作品以其独特的想象力和深刻的情感,在日本乃至世界儿童文学领域占有一席之地。1962年以处女作《月夜的风琴》开启童话创作生涯。1970年,她凭借《花椒娃娃》获得第三届日本儿童文学者协会新秀奖。1972年,作品《北风遗忘的手帕》被选为产经儿童文学出版文化奖的推荐图书。1973年,《风与树的歌》荣获第22届小学馆文学奖。1982年,童话集《遥远的野玫瑰村》获得第20届野间儿童文学奖。1985年,《山的童话——风的旱冰鞋》获得新美南吉儿童文学奖。

安房直子创作的童话短小精致,有着凄美、温情、淡淡忧郁的气质,主要的艺术特色体现在对幻想和现实的出色把握、各种情绪相互交融的感情基调、灵动隽秀的语言和对感官知觉的描写。小西正保对其一生的评价是"在战后日本儿童文学界,安房直子这位作家的出现,就如同那短暂又迟来的彗星的滑落,在放尽明亮鲜艳的光芒后悄悄地消失在宇宙的黑暗里。"

2. 代表作品赏析

《狐狸的窗户》是安房直子的最为广为人知的一部感人作品。故事讲述了一个猎人在蓝色的桔梗花田中迷路,偶遇一只小白狐狸,并随之进入了一个神秘的狐狸世界。在这个世界里,猎人通过一扇特殊的窗户(由狐狸的魔法创造),看到了过去的事物——重温了他曾经射杀的一只白狐狸,即小狐狸的母亲的最后时刻。故事深刻地探讨了爱、宽恕和对生命的尊重。

图 5-2-2 《狐狸的窗户》封面

在童话中,狐狸本有机会逃脱,但它选择了用爱来感化猎人。它的目的不仅是为了保全自己的生命,而是希望改变猎人。狐狸并没有向猎人索要其他形式的报酬,而是选择了那把枪——一个对它自己毫无用处的东西。这样做的原因是什么?因为狐狸希望猎人能够放下武器,终止杀戮。狐狸本可以选择复仇,但它选择了宽恕。

安房直子善于用色彩描绘情感,她的文字像一支画笔,绘制出一个个生动的场景。蓝色的忧郁、红色的热情、绿色的宁静和金色的希望,色彩在她的笔下仿佛有了生命,跟随情节的发展不断变化,增强了故事的层次感和情感共鸣。

(1) 幻想之蓝

① 天空一下子亮得刺眼,简直就好像是被擦亮的蓝玻璃一样……也呈现出一片浅浅的蓝色。

② 那边不是往常看惯的杉树林了,是一片一眼望不到头的原野。而且,还是一片蓝色的桔梗花田。

③ 门口有块用蓝字写的招牌:印染•桔梗屋……孤单单地站着一个系着藏青色围裙,还是个孩子的店员。

④ 狐狸把两只手靠到一起,用染成蓝色的四根手指,搭成了一扇菱形的窗户。

【赏析】 蓝色从天空到桔梗花田,再到印染屋,最后到小狐狸的手指,逐渐由远到近、由面到点、由朦胧到清晰,像是电影的一个镜头,将读者慢慢拉入蓝色的幻想世界。在《狐狸的窗户》中,蓝色不仅充满梦幻,还带着淡淡的忧伤。蓝色是小狐狸对妈妈的思念,也是"我"(猎人)对暗恋过的女孩子及老房子的怀念。安房直子用浅蓝色代表天真的小狐狸,天真无邪,充满了生动的魅力,仿佛在蓝色的梦境中自由穿梭,带领读者感受那份纯真的感动。

(2) 自然之绿

① 我甚至仿佛听见了那声音。院子里,有妈妈种的小菜园,一团青色的紫苏,也淋着雨。啊,莫不是妈妈想摘菜叶,要到院子里来吗……

② 啊,那儿不是往常见惯了的杉树林,而是宽广的原野。

在《狐狸的窗户》中,蓝色意象的衬托是清新朴素的绿色,并具化为幽静的山道与杉树林。绿与蓝的搭配使故事的画面更清新动人。绿色是代表自然的颜色,其象征含义有安息、安慰、平静、柔和等。绿色山林背景给读者带来一股清新的大自然气息,并且宁静的绿色也给读者一种故事将生发出新的希望的心理预期和暗示。

通过绿色的运用,安房直子将日本特有的自然美景和民族情感融入到故事中,使《狐狸的窗户》不仅在情感表达上更加丰富,还在视觉和心理上带给读者一种全新的体验。这种独特的日式风格,使她的作品在众多童话故事中脱颖而出,给读者留下了深刻的印象。

(3) 纯洁之白

① 只见桔梗花"刷刷"地摇出了一条长线,那白色的生灵像个滚动的球似的,向前飞跑。

② 白白的两只小手,唯独大拇指和食指染成了蓝色。狐狸把两只手靠到一起,用染成蓝色的四根手指,搭成了一扇菱形的窗户。

③ 手指搭成的小窗户里,映出了一只白色狐狸的身姿,那是一只美丽的雌狐狸。

④ 在雾雨深处,一个我一直深情眷恋着的庭院模模糊糊地出现了。

⑤ 我想,我妈妈这会儿会不会出来拾起长筒靴呢?穿着那件做饭时穿的罩衫,头上扎着白色的布手巾……

【赏析】 白色首先作为小狐狸的形象出现,象征着"子"。随后,白色也象征着母狐、雾雨中的家园和妈妈头上的手巾,即"母"的形象。白色代表明快、纯真、神圣和纯洁,最能体现孩子的纯真和母性的温柔。小狐狸以动态的白点形象出现,打破了静态的蓝色花田,赋予画面以活力。在点与面的对比中,白色使点的形象更加醒目。在忧郁的蓝色背景中加入一抹亮色,环境顿时变得轻盈,与小狐狸的天真纯洁相映成趣。

安房直子巧妙地运用白色、蓝色和绿色,创造出一个充满层次感和情感深度的童话世界。通过这些色彩的运用,她不仅丰富了故事的视觉效果,还赋予了每一个色彩独特的象征意义,使读者在阅读中能够感受到其中的情感和美好。这种色彩的交织,使《狐狸的窗户》成为一部充满诗意和动人情感的作品,深深打动了每一位读者的心。

第三节 幼儿童话讲述

一、幼儿童话的选择原则

1. 简洁性

选择语言简单清晰的故事,特别是对于年纪较小的幼儿。避免使用难懂的词汇和过长的句子,这样幼儿才能更好地跟上故事的进展。

1至3岁幼儿:选择的故事应避免复杂结构和长篇大论。语言应当简单,句子短小,内容以日常生活为背景,如动物的声音、日常物品等,以便于幼儿能快速理解和建立联系。

3至4岁幼儿:可以开始介绍稍复杂一些的句型,包括基本的因果句型,如"如果……,那么……",以帮助幼儿开始理解逻辑关系。故事可以包含简单的情节和一定的行动序列,比如经典的《三只小猪》的故事。

4至5岁幼儿:可以选择语言稍复杂一些的故事,开始引入更多描述性语言和简单的修辞手法,例如拟人化的表达。这一阶段的幼儿已具备较强的理解能力,能够处理多层次的因果关系。故事可以增加一些轻微的悬念和角色之间的互动,比如《龟兔赛跑》这类既有趣又富有教育意义的故事。

5至6岁幼儿:故事内容可以逐渐引入一些较为复杂的结构,例如简单的对话和较长的故事线。故事情节可以包含多个角色和情节的转折,例如《白雪公主》或《小红帽》这样的经典故事,情节虽然多样,但语言仍然保持简洁明了,且不超过幼儿的理解范围。

2. 情节适宜性

根据幼儿的年龄选择情节的复杂程度。对于1至3岁的幼儿,应选择情节非常简单,角色数量少的故事。对于3至4岁的幼儿,可以引入一些轻微的冲突和解决方案,以及清晰的正面和反面角色。对于4至5岁幼儿,可以选择情节略微复杂的故事,增加多角色互动和情节发展。对于5至6岁的幼儿,可以选择包含更多冲突、解决策略和教育意义的故事。

1至3岁幼儿:选择的故事应当非常基础,主要围绕日常生活的简单情境展开,如睡前的例行公事,或者一次游园经历。

3至4岁幼儿:故事可以开始引入轻微的冲突,如朋友间的小争执或者简单的问题解决,这些故事能帮助幼儿学习社交技能和基本的解决问题的方法。

4至5岁幼儿:可以引入更明显的冲突和解决过程,例如角色克服困难、解决问题的情节。这些故事可以包含一定的情感元素和教育意义,如《田鼠与家鼠》的故事,能够帮助幼儿理解安全与冒险、舒适与挑战之间的权衡。

5至6岁幼儿:适宜选择有明确的故事线、复杂些的冲突和情节转折的故事。故事中可以包含更明确的道德教育元素,比如诚实、勇敢和同情等主题。

3. 视觉支持性

尤其对于年龄较小的幼儿,选择配有吸引人插图的故事书,可以帮助他们理解和维持对故事的兴趣。图片可以作为理解故事的支撑,帮助幼儿在视觉上与文本内容建立联系。

1至3岁幼儿:选择插图简单、鲜明的故事书,图画要直观且易于理解。大而明亮的插图帮助幼儿理解故事内容,如动物或日常物品的形象化表现。插图要清晰地反映动作和情感,帮助幼儿通过视觉理解故事。

3至4岁幼儿:插图可以稍微复杂一些,呈现更多的细节和场景,帮助幼儿跟随故事进展。图画应突出人物互动和情感变化,增强幼儿对因果关系的理解,像《三只小猪》中的猪与狼的对比,图文配合能帮助他们理解情节。

4至5岁幼儿:插图应细节更丰富,同时保持画面清晰,帮助幼儿理解情节和角色的复杂关系。例如,《龟兔赛跑》中的插图可以突出兔子骄傲自大的表现和乌龟坚持努力的形象,这样能加深幼儿对故事主题的理解。此外,可以引入多场景的插图,帮助幼儿在视觉上跟随故事的发展进程。

5至6岁幼儿：插图可以更具表现力，细节更丰富，帮助幼儿理解复杂的情节和人物关系。比如在《小红帽》或《白雪公主》中，插图不仅展示主要事件，还能传达人物的情感和背景变化，增强故事的情感深度和理解。

4. 互动性

选择可以引起幼儿参与的故事，如那些包含重复短语或让幼儿预测下一步发生什么的故事。这种类型的故事鼓励幼儿在阅读过程中积极思考和参与。

1至3岁幼儿：选择含有简单重复节奏和押韵的故事，例如儿歌或动作歌谣，这些能够激发幼儿模仿和参与。

3至4岁幼儿：可以选择那些包含"你认为接下来会发生什么？"这类问题的故事，鼓励幼儿预测并参与讨论。

4至5岁幼儿：这一阶段的幼儿具备更高的语言表达能力和逻辑思维能力，可以选择含有更多互动元素的故事，例如需要幼儿根据故事线索进行推测或回答问题的故事。

5至6岁幼儿：选用包含较多角色对话和情节选择的故事，让幼儿在故事讲述中扮演角色，增加其参与感和理解深度。

5. 幻想性

童话的魅力很大部分来源于其幻想性质。选择具有丰富想象和创造性元素的故事可以激发幼儿的想象力和创造力。例如，有魔法、动物会说话或奇幻世界的故事往往能够引起幼儿的极大兴趣，同时帮助他们探索和理解现实世界之外的概念。

6. 教育价值

故事的选择不仅要考虑娱乐性，更应关注其内含的教育意义。例如，故事中是否包含了基本的生活教育、道德观念的培养，或者是否能够启发幼儿对周围世界的好奇和探索欲望。这些都是选择故事时应考虑的重要因素。

二、幼儿童话的讲述技巧

（一）巧妙运用语音和肢体语言

1. 抑扬顿挫的语调

（1）情感映射：语调应与故事中的情感相匹配。在描述紧张或激动的场景时，可以使用快速和高昂的语调；而在讲述安静或悲伤的片段时，使用缓慢和柔和的语调。这种对应可以帮助幼儿感知并体验故事中的情绪变化。

（2）重点强调：通过改变语调来强调故事中的关键词或重要事件。例如，当达到故事的高潮时，提高声音的强度或变化语调的速度，可以使这些时刻更加突出，容易被幼儿记住。

（3）节奏变化：使用不同的语调速度来模拟故事的节奏，如在紧张或急速的情节中加快语速，在平静或描述性的场景中放慢语速，这样的变化能够让幼儿更投入故事情境。

2. 表情的运用

（1）情绪传递：通过表情来传达故事中的情绪。例如，在描述一个角色感到惊讶时，可以模拟惊讶的表情；在角色快乐时，可以展现开心的笑容。这些表情变化不仅让幼儿感受到故事的情绪,也增加了故事的互动性和趣味性。

(2)表情复现:在讲述过程中,模仿故事中角色的表情,帮助幼儿理解各个角色的性格和情感状态,增强他们对故事的理解和同理心。

3. 肢体语言的应用

(1)动作模拟:在描述动作场景时,如跑步、跳跃或飞行,讲述者可以模拟这些动作。这不仅能帮助幼儿理解故事动作,还可以使故事更加生动有趣。

(2)空间利用:利用空间进行肢体表达,如向前倾步表示向前进,或手势向上表示上升。这种空间和动作的结合可以帮助幼儿在空间上感知故事的动向,加强故事的沉浸感。

(3)表达互动:使用手势和肢体动作与幼儿进行互动,比如在问问题时伸出手,或在讲述中邀请幼儿模仿某个动作,这种互动可以增强幼儿的参与度和故事的教育效果。

通过上述方法,故事讲述者可以通过语调、表情和肢体语言的多样化使用,使故事内容更加丰富和引人入胜,同时也提升幼儿的听觉和视觉体验,增加他们的理解和参与。

(二)使用重复、节奏和押韵来增加故事的吸引力

使用重复、节奏和押韵是讲述幼儿童话时增强故事吸引力和参与感的有效策略。这些元素不仅使故事更易于理解,而且还增加了语言的音乐性和节奏感,从而提高幼儿的注意力和兴趣。

1. 强调重复

通过重复关键词、短语或句子,可以帮助幼儿加深记忆,增强对故事的理解。例如,在一个关于小兔子的幼儿童话故事中,每当小兔子遇到障碍时,都会重复:"小兔子,跳一跳,你可以做到!"这种重复可以让幼儿预期到即将发生的事情,提高他们对故事的期待。重复的元素还为幼儿提供了预测故事接下来会发生什么的线索。当故事中某一模式重复出现时,幼儿开始学习和识别这些模式,从而参与到故事的推进中。

2. 利用节奏

通过有节奏的朗读,可以创建一种吸引幼儿的听觉模式。例如,使用缓慢而稳定的节奏来讲述一个温馨的晚安故事,或者使用快节奏来讲述一个充满冒险的故事。这种节奏的变化可以引导幼儿的情绪和反应。通过节奏的变化,如在某些部分加快语速以建立紧张感,或在其他部分放慢语速以增加悬念,可以使幼儿更加投入。故事的节奏变化能够激发幼儿的好奇心和参与欲望。

(三)通过互动吸引幼儿注意力

1. 使用提问技巧

在故事讲述过程中,故事讲述者可以适时地停下来,向幼儿提出问题。这些问题可以是关于故事情节的预测,如"你们觉得小熊接下来会去哪里呢?"或者是关于故事中人物感受的推理,如"你们认为小兔子现在感到怎么样?"这样的问题可以激发幼儿的思考和想象,让他们感觉自己是故事的一部分。

2. 引导幼儿深入讨论

在故事结束后,进行一轮深入讨论,让幼儿表达他们对故事的理解和感受。故事讲述者可以引导幼儿们讨论故事中的教训是什么,或者他们如果处在故事中同样的情境下会

怎么做。

3. 帮助建立情感连接

让幼儿谈论与故事相关的自己的经历,这样可以帮助他们在情感上与故事建立连接。例如,讲述一则关于失去玩具的故事后,可以问幼儿们是否有过类似的经历,以及那时他们是如何感受的。

4. 问题引导

使用开放式问题来促进幼儿的思维,这种问题没有固定的答案,可以激发幼儿们的创造性思考。例如,可以问:"如果你能给故事中的主角一个建议,你会说什么呢?"

三、幼儿童话讲述案例

1.《小土坑》

下雨了,下雨了,母鸡回家了,小山羊回家了,老黄牛也回家。淅沥淅沥,小土坑里积水了。

雨停了,雨停了,太阳公公露出了笑眯眯的脸,母鸡出来找小虫吃了,小山羊,老黄牛出来吃草了。

母鸡走到土坑边,往里面一瞧,看见里面有只母鸡。哎呀,不好了!一母鸡掉到土坑里去了,"咕咕哒,咕咕哒……"母鸡赶快跑去告诉小山羊,叫小山羊前来搭救土坑里的母鸡。

小山羊走来一瞧,土坑里哪有母鸡呀,只看见一只小山羊,哎呀,不好了一只小山羊掉到土坑里去了。小山羊赶快跑去告诉老黄牛,叫老黄牛来搭救土坑里的小山羊。

老黄牛走来一瞧,土坑里哪有小山羊,只看见一头老黄牛。哎呀,不好了一头老黄牛掉到土坑里去了。大家快来救救它:"哞哞哞……"

大伙都来了,往土坑里一瞧,不得了,土坑里有一头老黄牛,一只小山羊还有一只母鸡。它们一齐掉到一个小小的土坑里去了。大家真着急,东奔西跑找它们的朋友来帮忙。

太阳晒呀,晒呀,把土坑里的水晒干了。这时候,老黄牛、小山羊和母鸡他们的朋友找来了。

它们往里面一瞧,什么也没有呀!母鸡说:"一定是它们自己爬出土坑来了。"

小朋友,你们说说,母鸡的话对吗?

《小土坑》讲述示例

【讲述要点】

讲述这个故事时,要注意运用不同的声音和表情来模仿动物的角色,如母鸡、小山羊和老黄牛的叫声和神态,以增强故事的趣味性。描述场景时,要尽量生动形象,让听众能够走进故事中。例如,"淅沥淅沥,小土坑里积水了"的描述能够让听众感受到雨后的场景。重复性的语句,可以使用相似的句式和语气,但在细节上稍作变化,如"哎呀,不好了!一只母鸡掉到土坑里去了"和"哎呀,不好了!一只小山羊掉到土坑里去了",可通过角色语言的区分和语气的加重,加深听众对故事情节的印象。

2.《猴吃西瓜》

　　猴王找到一个大西瓜,可是怎么吃呢?这个猴王是从来也没有吃过西瓜。忽然,它想出了一条妙计,于是就把所有的猴都召集起来了,对大家说:"今天我找到一个大西瓜,这个西瓜的吃法嘛,我是全知道的。不过我要考验一下你们的智慧,看你们谁能说出西瓜的吃法,要是说对了,我可以多赏它一份,要是说错了,我可要惩罚他!"

　　小毛猴一听,挠了挠腮说:"我知道,吃西瓜是吃瓤!"猴王刚想同意。

　　"不对,我不同意小毛猴的意见。"一个短尾猴说。

　　"我清清楚楚地记得,我和爸爸到我姑妈家的时候,吃过甜瓜,吃甜瓜是吃皮。我想西瓜也是瓜,甜瓜也是瓜,当然是该吃皮儿啦!"

　　大家一听,有道理,可到底谁对呢?于是都不由自主地把眼光集中在一个老猴儿的身上。

　　老猴儿一看,觉得出头露面的机会来了,就打扫一下嗓子说道:"吃西瓜嘛,当然是吃皮了。我从小就吃西瓜,而且一直是吃皮儿,我想我之所以老而不死,也是由于吃了西瓜皮儿的缘故。"

　　有些猴儿早就等急了,一听老猴儿也这么说,就跟着嚷嚷起来,"对,吃西瓜吃皮儿!吃西瓜吃皮儿!"

　　猴王一看,认为已经找到了正确答案,就向前跨了一步,开言到:"对!大家说的都对,吃西瓜是吃皮儿!哼!就小毛猴崽子说吃西瓜是吃瓤,那就叫他一个人吃瓤好了!咱们大家都吃西瓜皮儿!"

　　于是西瓜一刀两断,小毛猴吃瓤,大家伙是共分西瓜皮。

　　有个猴儿吃了两口,就捅了捅旁边的说:"哎!我说这可不是滋味儿啊!"

　　"咳!老弟,我常吃西瓜,西瓜嘛,就是这个味儿……"

【讲述要点】

　　故事的开头设置了猴会怎样吃西瓜的悬念,讲述者要注意控制语速、语调,把悬念讲好。讲述中要学会使用声音、动作、表情等来塑造猴王、老猴儿、小毛猴等角色各异的形象。如"猴王威风""小毛猴俏皮、抖机灵""老猴儿倚老卖老、不懂装懂"等,角色区分要强,以帮助听众更好地理解角色特点。讲述中控制好节奏,如老猴儿说话时可以放缓语速,故弄玄虚;在猴子们对西瓜吃瓜的猜想和争论时可以加快语速,并把握其中的幽默元素,以增加故事的趣味性。故事结束时,可以询问听众对故事的看法和感受,以促进与听众的互动感。

第四节　幼儿童话改编

民间童话作为一种古老的文学体裁，正是在一次又一次的讲述中得以传承。从民间童话具有变异性的特点来看，每一次讲述都是一次新生。童话本身的开放性、儿童强烈的阅读需求使童话的改写和转化成为必然。将古今中外的童话精品改编成适合幼儿的童话，是一项充满创造性的工作。在这一过程中，改编者需要深入理解童话的核心精神，同时考虑到幼儿的认知和接受能力，将复杂的情节简化，使其更符合幼儿的思维方式和语言表达。通过生动的语言、简洁的叙述和富有吸引力的画面，将经典童话重新呈现给幼儿，让他们在早期阅读中感受到童话的魅力。

一、幼儿童话的改编方式

（一）压缩式改编

压缩式改编是将原作的篇幅缩短。一般来说，给大龄儿童阅读的童话内容丰富，篇幅通常较长。然而，幼儿年龄较小，注意力集中时间较短，因此适合他们的故事应以千字以内为宜。为了让幼儿能够欣赏到经典童话的精华，需要对故事进行压缩改编。例如，《巨人的花园》就是韦苇根据王尔德的《自私的巨人》改编而成的压缩版本。

1. 删减背景，改浅主题

幼儿的认知能力尚在发展阶段，为了让他们理解一些不是专为幼儿创作的童话，首先需要对主题进行改造。经典童话中有许多主题过于深奥，有些具有多义性，甚至带有隐蔽性，这些都不易被幼儿理解。因此，简化和浅化原作主题是非常必要的。例如，《巨人的花园》原作中有一个重要的背景，讲述的是能够给巨人的花园带来春天的是为人类受苦受难的耶稣（善的化身和象征）。这样的宗教背景对于我国幼儿来说是陌生的，因此在改编时应删去这一背景。改编后，将主题确定为"春天永远同孩子们在一起"，这样简化后的主题更容易被幼儿理解和接受。

2. 减少心理描写或环境描写

童话原作中的大段心理描写可以揭示人物性格，大段环境描写则起到渲染气氛和烘托主题的作用，这些描写适合大龄儿童阅读和欣赏。然而，幼儿的心理特征决定了他们不喜欢静态的景物或心理描写，而更感兴趣于那些开门见山，直接通过行动、对话、语言来刻画人物的写法。在改编时，可以通过减少心理或环境描写的方法来缩短原作的篇幅。例如，王尔德的《自私的巨人》原作有 2 500 个字左右，改编后只有 600 字左右。改编后的作品简化了对冬天自然环境的描写和巨人心理活动的描写，代之以巨人直接的动作描写，使故事更加紧凑、生动，符合幼儿的阅读特点。

3. 删去枝蔓，保留主干，使线索单纯、结构紧凑

采用删去枝蔓的改编方法，可以使童话线索单纯、结构紧凑、篇幅短小，从而赢得幼儿的有限注意力。例如，《小熊洗澡》是描写小熊洗澡过程的动物故事，通过一系列精彩的动

作描写,活灵活现地表现出熊妈妈的关爱与熊宝宝的幼稚淘气,不断开阔幼儿眼界,给他们带来知识和前所未有的新鲜乐趣。再如,改编后的《巨人的花园》删去了多年后老去的巨人与第一个小朋友之间的故事情节以及巨人的死,减少了与主干情节无关的枝叶,突出了巨人的动作和花园中的美丽景象。这样不仅篇幅缩短了,内容也更加集中,结构紧凑,充分表现了巨人的醒悟和转变,突出了文章的主旨。

4. 减少角色,突出主要形象

给大龄儿童阅读的童话故事中,人物形象可以多一些,刻画人物的方法也会多样化,然而,过多的人物角色往往会分散幼儿的注意力,使他们难以分清人物,淡化对主要情节的理解。因此,改编时必须减少角色数量,突出主要形象。例如,在《巨人的花园》中,改编时删去了一些关于最小孩子的情节,重点突出巨人的动作和语言,使人物形象更加鲜明,更好地揭示了巨人内心的转变。

(二) 截取一个情节改编

截取一个情节改编童话,即从长篇童话中抽取一个精彩情节加以改编,是让幼儿较早接触并了解这些长篇经典童话的一个极好方法。幼儿的身心特点决定了他们不可能阅读长篇童话作品,因此,如何让他们享受到这些经典故事的魅力呢?截取童话的一个情节进行改编,无疑是一个非常有效的方式。例如,韦苇根据爱沙尼亚童话小说家恩诺·拉乌德的《小矮人的奇遇》中的一个情节,改编成了《坐在大胡子里的鸟窝》。这个小故事通过独立情节的改编,保留了原作的精华,同时使其更加适合幼儿的阅读习惯和理解能力。这种改编还可以将经典故事与现代元素相结合,使故事更加贴近当代生活,更具时代感和现实意义。

(三) 扩充式改编

对于古代典籍中的神话片段和民间童话,有的只是一个梗概,太简单,缺乏文学性。这就需要对原有的内容加以丰富、扩充,最大限度地满足幼儿的阅读需要。

1. 改换角度,赋予新意

对原作主题的改编,可以照样移植,也可以根据现代幼儿的欣赏需求改换角度,赋予新意。例如,《愚公移山》的故事可以重新演绎为"愚公决定不搬迁,依靠大山发家致富",他开办了生态旅游度假村,将大山的自然美景和资源转化为财富。这种改编不仅保留了原作的核心精神,还赋予了故事现代意义,契合了幼儿对环保和创新的认知需求。

再如,《精卫填海》的原作主题并不十分明确。改编者袁轲根据《山海经·北次三经》的资料进行了扩写,并赋予了主题丰富的内涵,突出表现了精卫鸟敢于同不公平命运抗争的坚韧勇敢精神。在改编过程中,原本简单的神话故事被赋予了更深刻的教育意义,使幼儿能够从中学到坚持和勇敢的重要性。

2. 扩展情节,丰富形象

我国古代的《山海经》《搜神记》《世说新语》等经典民间童话故事,虽然充满奇幻和神秘,但由于其语焉不详,缺乏必要的情节和细节描写,仅仅将这些文言文翻译成白话文,远远不能满足幼儿的阅读需求,也不适宜他们的欣赏。因此,需要对原有的内容进行丰富和扩充,使故事情节更加生动曲折,内容更加具体实在。

扩充式改编可以通过增加情节和角色，运用反复的手法，使故事更具吸引力。例如，在改写过程中，可以为故事引入新的角色，使这些角色的行动和语言丰富故事的层次。例如，《精卫填海》改写时增加了大海这一角色，赋予大海独立的行动和语言，并加入大海嘲笑精卫的情节。这不仅使故事情节更加完整，烘托了气氛，也突出了主题。此外，还需要对童话中的形象进行详细描写，增加角色的神态、动作和对话描写，使改写后的角色形象更加丰满生动。通过这些细致的刻画，幼儿可以对角色产生深刻的印象，更容易理解和记住故事中的人物。

二、幼儿童话改编范例

（一）压缩式改编范例

原作：丹麦　安徒生《丑小鸭》

改编版：人教社课程教材研究所《丑小鸭》

丑小鸭

太阳暖烘烘的。鸭妈妈卧在草堆里，等她的孩子出世。

一只只小鸭子都从蛋壳里钻出来了，就剩下一个特别大的蛋。过了好几天，这个蛋才慢慢裂开，钻出一只又大又丑的鸭子。他的毛灰灰的，嘴巴大大的，身子瘦瘦的，大家都叫他"丑小鸭"。

丑小鸭来到世界上，除了鸭妈妈，谁都欺负他。哥哥、姐姐咬他，公鸡啄他，连养鸭的小姑娘也讨厌他。丑小鸭感到非常孤单，就钻出篱笆，离开了家。

丑小鸭来到树林里，小鸟讥笑他，猎狗追赶他。他白天只好躲起来，到了晚上才敢出来找吃的。

秋天到了，树叶黄了，丑小鸭来到湖边的芦苇里，悄悄地过日子。一天傍晚，一群天鹅从空中飞过。丑小鸭望着洁白美丽的天鹅，又惊奇又羡慕。

天越来越冷，湖面结了厚厚的冰，丑小鸭趴在冰上冻僵了，幸亏一位农夫看见了，把他带回家。

一天，丑小鸭出来散步，看见丁香开花了，知道春天来了。他扑扑翅膀，向湖边飞去，忽然看见镜子似的湖面上，映出一个漂亮的影子，雪白的羽毛，长长的脖子，美丽极了。这难道是自己的影子？啊，原来我不是丑小鸭，是一只漂亮的天鹅呀！

（二）截取一个情节改编范例

原作：意大利　卡洛·科洛迪《木偶奇遇记》

改编版：王芳《鬼话连篇的匹诺曹》

鬼话连篇的匹诺曹

他老说假话，所以没多久，他屋子里就被锯下来的一段段木头棍堆满了。"妙啊，妙啊，"他说，"我为什么不用这些木头做家具呢？这样我就可以省下买家具的钱了。"

说到干木匠活,他可在行呢,他做了一张床,一张桌子,一个大衣柜、几把椅子、书架、一条长凳。正在做一个放电视机的三脚架时,木头不够了。

"我知道,"他说,"还得大大地撒个谎。"

他飞快地奔出去找撒谎的对象。一个矮个乡下人正走在人行道上。

"您好啊,您交上好运啦!"

"我,怎么回事?"

"您还不知道吧,您中奖了,一亿里拉,五分钟前,收音机正播呢!"

"这,不可能吧?"

"不可能?……您,请原谅,您的名字是?罗伯特·比斯龙吉。"

"对了。收音机里说的正是您,罗伯特·比斯龙吉。您的职业是?"

"在圣乔治·德·索普拉街卖香肠、练习本和电灯泡。"

"那就肯定无疑了,中彩票的正是您,一亿里拉,我得向您表示祝贺……"

不管这位比斯龙吉先生相信与否,他可先得喝点水润润嗓子,几杯凉水下肚之后他才想起,他根本没买过彩票,肯定弄错人了。可是,匹诺曹开心地回家了,他的鼻子又长了一大截,正好做三脚架的最后一条腿。他锯下鼻子,刨得光溜溜的,用钉子钉牢,完工了。看着做好的三脚架,他想,像这样的东西,得花两万里拉去买呢!光这一项他可就节省了一大笔开销。

(三)扩充式改编范例

原作:三国 徐整《三五历记》

改编版:袁珂《盘古开天地》

盘古开天地

很久很久以前,天和地还没有分开,宇宙混沌一片,像个大鸡蛋。有个叫盘古的巨人,在混沌之中睡了一万八千年。

有一天,盘古醒来了,睁眼一看,周围黑乎乎一片,什么也看不见。他一使劲翻身坐了起来,只听咔嚓一声,"大鸡蛋"裂开了一条缝,一丝微光透了进来。巨人见身边有一把斧头,就拿起斧头,对着眼前的黑暗劈过去,只听见一声巨响,"大鸡蛋"碎了。轻而清的东西,缓缓上升,变成了天;重而浊的东西,慢慢下降,变成了地。

天和地分开后,盘古怕它们还会合在一起,就头顶天,脚踏地,站在天地当中,随着它们的变化而变化。天每天升高一丈,地每天加厚一丈,盘古的身体也跟着长高。

这样过了一万八千年,天升得高极了,地变得厚极了。盘古这个巍峨的巨人就像一根柱子,撑在天和地之间,不让它们重新合拢。又不知过了多少年,天和地终于成形了,盘古也精疲力竭,累得倒下了。盘古倒下以后,他的身体发生了巨大的变化。他呼出的气息变成了四季的风和飘动的云;他发出的声音化作了隆隆的雷声;他的左眼变成了太阳,照耀大地,他的右眼变成了月亮,给夜晚带来光明;他的肌肤变成了辽阔的大地;他的四肢和躯干变成了大地的四极和五方名山;他的血液变成了奔流不息的江河;他的汗毛变成了茂盛的花草树木;他的汗水变成了滋润万物的雨露……

人类的老祖宗盘古,用他的整个身体创造了美丽的宇宙。

第五节 幼儿童话教学及案例

一、幼儿童话教学要点

在幼儿园的教学过程中,童话故事是非常重要的教学资源。根据童话的特点和幼儿的年龄发展水平,教学方法和重点也应有所不同。以下是针对不同年龄段幼儿在童话教学中的要点和策略。

(一) 1 至 3 岁幼儿

对于 1 至 3 岁幼儿,教学的重点是语言的启蒙和感知体验。此阶段的幼儿语言能力尚在初步发展阶段,教师需要通过简单、重复性强的童话故事帮助幼儿建立基本的语言和听力能力。教学时,应注重:

1. 语言学习

使用简短、重复的句式,帮助幼儿记住和模仿语言。例如,可以使用《小熊和小兔》这类简单的故事,通过反复提到动物名称和动作,帮助幼儿理解基本词汇。

配合简单的动作和表情,帮助幼儿理解词汇含义。例如,当讲述"跳"时,可以一边做动作,一边发音,让幼儿更容易模仿。

2. 情感体验

通过生动的角色和情节,培养幼儿的情感认知。简单的情节如《小猫和小狗》中的友谊故事,可以帮助幼儿感知"友爱"和"分享"等情感概念。

教师可以通过音调变化、面部表情和肢体语言来引导幼儿感知角色的情感状态,增强故事的吸引力。

3. 图画辅助

图画是 1 至 2 岁幼儿理解故事的关键,选择明亮、简单的插图帮助他们建立故事情境。每次讲述时,可以引导幼儿观察图画,问一些简单的问题,如"这是什么?""小猫在做什么?"等。

(二) 3 至 4 岁幼儿

进入 3 至 4 岁后,幼儿的语言能力和认知能力有了显著发展,能够理解较为复杂的句子和情节。教学重点应放在语言扩展、简单的逻辑思维和情感理解上。

1. 语言发展

利用童话故事中丰富的词汇和句式,帮助幼儿扩大词汇量。例如,《三只小猪》中的不同特点的房子材料(如"稻草""木头"和"砖块")可以帮助幼儿理解形容词、名词及其关系。

通过简单的提问或互动,鼓励幼儿复述故事,使用新的词汇描述角色、场景和事件。

2. 数理逻辑

引导幼儿理解简单的数量概念。例如,《白雪公主》中的七个小矮人可以用来进行数数练习,帮助幼儿理解数字、序数词和数量的概念。

通过简单的因果关系,引导幼儿理解"如果……那么……"的逻辑结构,帮助他们学习如何推理和解决问题。

3. 情感和道德教育

3至4岁幼儿的道德观念正在初步形成,教师可以通过故事中的善恶对比和角色的情感变化,引导幼儿理解正确与错误的行为。例如,讲解《小红帽》中大灰狼的恶行和小红帽的勇敢,帮助幼儿理解诚实和勇气的价值。

4. 角色扮演

在教学中可以鼓励幼儿进行简单的角色扮演,让他们模仿故事中的角色语言和行为。例如,演绎《三只小猪》中的猪和狼,通过模仿加深对情节的理解。

(三) 4至5岁幼儿

4至5岁幼儿处于语言能力和思维发展的关键阶段,他们的语言理解能力、逻辑推理能力以及情感表达能力都有了显著提升。此阶段的教学重点是丰富语言表达、培养基础的推理能力,并通过故事帮助他们建立初步的道德和情感认知。

1. 语言发展与理解

选择富有描写性语言的故事,引导幼儿学习更多形容词和动词。例如,通过《龟兔赛跑》的故事,让幼儿理解"快速""慢慢""坚持"等词汇。

引入稍复杂的句型,如"因为……所以……"或"虽然……但是……",帮助幼儿理解句子之间的逻辑关系。例如,在故事《乌鸦喝水》中,通过"因为石头沉下去了,所以水面升高了"解释因果关系。

在讲述故事后,引导幼儿用自己的语言复述故事情节,训练语言组织能力和记忆能力。

2. 逻辑思维与问题解决

通过故事中的情节顺序,引导幼儿理解"先发生了什么,然后又发生了什么"。例如,在讲述《三只小猪》时,让幼儿按顺序讲述三只小猪建造房子的过程。

在故事教学中引入互动提问,如"如果你是故事中的角色,你会怎么做?"例如,在《乌鸦喝水》的故事中,问幼儿"如果没有石头,你还有什么办法可以喝到水?"引导他们发散思维并提出解决方案。

通过讨论角色行为的结果,培养幼儿的推理能力。例如,在《龟兔赛跑》中,问幼儿"为什么乌龟最后赢了?兔子做错了什么?"

3. 情感认知与道德教育

选择具有丰富情感描写的故事,帮助幼儿理解他人情感,并学会表达自己的感受。例如,在讲述《田鼠与家鼠》时,引导幼儿讨论角色在不同情境下的情感体验,如田鼠在农村的安全感和家鼠在城市的紧张感。

通过故事中的角色行为,引导幼儿初步理解善恶观念。如在《小红帽》中,帮助幼儿理解善良(小红帽)与狡诈(大灰狼)的对比,从而培养正确的道德判断。

　　4. 互动与角色扮演

　　在教学中安排幼儿分组扮演故事中的角色,通过表演情节加深他们对角色行为和情感的理解。例如,在《三只小猪》中,让幼儿分别扮演小猪和大灰狼,体验故事情节。

　　在故事关键节点引导幼儿预测接下来的情节,例如在《龟兔赛跑》中问"兔子睡着了,乌龟会做什么呢?"鼓励幼儿积极参与和表达自己的想法。

　　5. 视觉与图画支持

　　选择细节丰富但画面清晰的插图,引导幼儿通过观察图画理解情节。例如,在《乌鸦喝水》中,通过插图展示乌鸦如何一点一点地将石头丢进瓶子,让幼儿在视觉上理解因果关系。

　　鼓励幼儿根据故事绘制简单的插画,表达他们对故事的理解。比如,在讲述《三只小猪》后,让幼儿画出自己最喜欢的小猪建造的房子。

(四) 5至6岁幼儿

　　5至6岁幼儿具备了更强的语言表达和思维能力,教学可以引入更为复杂的情节和角色分析,重点培养他们的逻辑思维、道德判断和情感认知。

　　1. 语言表达与思维发展

　　利用较复杂的句型和对话,鼓励幼儿复述和创作故事。教师可以引导幼儿通过提问和讨论,帮助他们理解因果关系和故事发展的逻辑。例如,在讲解《匹诺曹》时,可以让幼儿分析为什么撒谎是不好的行为,及其带来的后果。

　　鼓励幼儿自己编创简短的童话故事,训练他们的语言组织能力和想象力。

　　2. 逻辑思维与问题解决

　　通过故事中的冲突和问题,帮助幼儿理解如何分析问题并找到解决办法。比如,讲解《三只小猪》时,教师可以问幼儿,如果你是小猪,你会怎么做,让幼儿思考不同选择的后果。

　　加强因果关系的理解,例如,《白雪公主》中毒苹果的因果关系,通过讨论让幼儿理解行为的后果。

　　3. 情感认知与同理心

　　5至6岁幼儿开始理解复杂的情感变化,可以通过故事中的情感波动帮助孩子理解他人情感。例如,讲述《小红帽》时,引导孩子讨论小红帽的害怕、勇气和帮助他人的情感体验。

　　鼓励幼儿通过讨论角色的情感变化,理解自己和他人的情感,并学会表达自己的情感。

　　4. 角色分析与情节推理

　　在故事教学中可以引导幼儿分析角色的动机、性格和行为,并通过情节推理让他们了解故事的发展。例如,通过《匹诺曹》中的撒谎情节,引导幼儿讨论诚实与虚伪的区别,帮助他们培养正确的道德观念。

　　使用以上方法,教师可以根据幼儿不同的年龄阶段和发展特点,有针对性地开展童话故事教学,不仅能提高幼儿的语言能力、思维能力和情感智力,还能帮助他们在愉快的故事体验中建立积极的价值观。

二、幼儿童话教学案例

(一) 中班幼儿童话教学活动:《爱看电视的小猫》

爱看电视的小猫

早上六点多,小猫还在床上睡得香甜。

九点钟,小猫起床了,一边穿裤子,一边看电视,都把裤子穿反了。

小猫把两只鞋带系在一起了。

"哎哟,好疼!"小猫一起身,摔了个四脚朝天。

【活动意图】

活动旨在通过观察和讲述《爱看电视的小猫》的图片,结合中班幼儿认知发展的特点,培养幼儿的语言表达能力和逻辑思维能力。中班幼儿已能理解简单的因果关系和事件的顺序,活动通过引导他们用连贯的句式描述图片内容,促进语言发展,同时帮助他们认识到看电视过多的危害,提高他们的自我管理意识。

【活动目标】

1. 知道根据图片大胆猜测,清楚地讲述图片中有趣的事情。
2. 学习词汇"四脚朝天",能够运用句式"一边……一边……"造句。
3. 积极参加讨论活动,明白沉迷看电视带来的危害。

【活动准备】

物质准备:课件"眼镜猫"、四张小图和四张大幅挂图。

经验准备:幼儿有看电视的生活经验以及对近视眼的形成原因有了解。

【活动过程】

1. 教师播放课件"眼镜猫",引出主题

教师:画面上有谁?这是一只怎样的猫?请小朋友猜猜,他为什么要戴眼镜?

教师请幼儿根据已有的经验大胆猜想,并说给旁边的小朋友听听。

教师:小朋友猜了那么多,他到底是一只怎样的猫呢?我们看看下面的图片就知道了。

2. 幼儿观察图片,自由讲述

(1) 幼儿两两讲述。

教师:请小朋友观察图片,看看图片上有谁?发生了哪些有趣的事情?看的时候要一幅一幅按顺序仔细观察,并小声地和旁边的小朋友互相说一说。

(2) 请个别幼儿运用已有的经验连贯地讲述图片内容。

教师:谁愿意大声地讲给小朋友听?听的小朋友要听仔细,他说了什么,说得好不好,好在哪。

(3) 集体评价讲述情况,教师根据幼儿的评价梳理连贯讲述的要素。

教师:谁来说说,他讲的好在哪里?

小结:要讲清楚画面中有谁、发生了什么事、结果怎么样,这样才能把故事讲得完整。

3. 幼儿连贯、生动讲述

教师启发幼儿按顺序细致观察图片,引导幼儿运用恰当的词语进行连贯、生动地讲述故事。

（1）观察图片讲述。

教师：要怎么才能把画面中的故事讲得更生动，更好听呢？我们来仔细看看图片吧。

① 观察图一

教师：图上有谁？在干什么？请小朋友猜一猜，为什么太阳升得老高了，猫先生还没有起床？

② 观察图二

教师：猫先生这时候在做什么？（学习句式：一边……一边……）结果出了什么差错？为什么会出这样的差错呢？请个别幼儿讲述，师幼共同讲述第二幅图意。

③ 观察图三

教师：这时候的猫先生又在做什么呢？（巩固：一边……一边……）谁还能用"一边……一边……"的句式来说一说其他事情。

教师请幼儿说说可以一边做什么，一边做什么，并把动作表现出来。

教师：猜一猜，接下来会发生什么事？

④ 观察图四

教师：看，发生什么事了？（证实猜想）丰富词汇：（四脚朝天）

猫先生为什么会摔倒呢？我们一起来学学猫先生"四脚朝天"的样子吧。请个别幼儿讲述图片中的内容，并把动作做出来。

（2）组织幼儿讨论：画面中的哪些地方可以看出猫先生是个电视迷？

小结：他很迟起床，起床后一边看电视，一边穿裤子；一边看电视，一边系鞋带。这只猫是个电视迷。

（3）师幼共同连贯讲述（一幅一幅看图连贯讲述）。

（4）引导幼儿帮图片取个名字。

（5）引导幼儿讨论并小结：电视迷会带来什么危害？

教师：如果你平时也有像猫先生一样的毛病，应该如何合理安排看电视的时间？

4．师幼、幼幼相互交流

（1）提供图片，组织幼儿分组讲述。

① 教师向幼儿提出活动要求并巡回指导。

要求：讲故事时要讲得连贯完整，还要学一学猫先生的动作表情。

② 请个别幼儿当小老师，将图片内容完整得讲述给大家听（每组请一个代表）。

（2）组织幼儿听音乐《快乐星猫》走出活动室。

【活动延伸】

1．请幼儿帮助猫先生安排看电视的时间，并将时间安排表清楚地介绍给同伴听，想象猫先生合理安排看电视时间后，会发生什么变化。

2．家园共育：回家和爸爸妈妈分享这个童话故事以及感想。

(二) 大班幼儿童话教学活动:《小狐狸请客》

小狐狸请客

小狐狸搬进了新房子,真高兴,他请好朋友们来家里玩。

小狐狸对小兔说:"小兔小兔,明天请到我家来玩,我家的屋顶是红色的。"小兔说:"谢谢!明天我一定去!"

小狐狸对小狗说:"小狗小狗,明天请到我家来玩,我家的门窗是绿色的。"小狗说:"谢谢,明天我一定去!"

小狐狸对小熊说:"小熊小熊,明天请到我家来玩,我家的门前有条河。"小熊说:"谢谢,明天我一定去!"

小狐狸对小松鼠说:"小松鼠小松鼠,明天请到我家来玩,我家的屋后有棵树。"小松鼠说:"谢谢,明天我一定去!"

第二天,小狐狸准备了萝卜、骨头、蛋糕、松果等招待好朋友。可是,从早上等到中午,从中午等到晚上,好朋友们都没有来,小狐狸纳闷了:这是怎么回事呀?

【活动意图】

大班幼儿已经具备一定的逻辑思维能力和较强的语言组织能力,活动通过鼓励他们模仿故事对话、表达狐狸家外形特征及续编故事,促进他们在语言上更加连贯、完整地表达思想,同时激发他们的创造性思维和社交情感,增强团队合作意识。

【活动目标】

1. 欣赏和理解童话故事,通过故事知道把事情说完整的重要性。
2. 尝试根据故事内容,用语言和绘画的形式较完整地表达出小狐狸家的外形特征。
3. 能大胆地尝试续编故事,体验朋友在一起的快乐。

【活动准备】

物质准备:故事课件、小动物图片、故事活动教具盒、小狐狸头饰一个、歌曲《朋友来了真高兴》。

经验准备:幼儿在区角游戏或生活中有邀请朋友来家做客的经验。

【活动过程】

1. 观察图片,初步感知故事内容及情节,大胆表述自己的想法

(1) 教师出示小狐狸,引起幼儿的兴趣,引导幼儿大胆根据画面说说自己的想法。

(2) 教师引导幼儿自由观察课件,根据画面,大胆讲述。

(3) 教师请个别幼儿讲述自己的看法。

2. 欣赏故事,理解故事情节,知道把事情说清楚的重要性

(1) 教师边操作课件边讲述故事1—5段。

(2) 教师引导交流:

① 小狐狸都请了谁?他是怎么说的?好朋友是怎么回答的?

② 引导幼儿模仿故事中角色之间的对话,加深对故事的印象。

③ 第二天,好朋友们都去了吗?为什么?

(3) 出示课件,教师讲述故事第 6 段。
(4) 教师引导交流:
① 小狐狸都准备了什么招待好朋友?可是好朋友们来了吗?这是怎么回事啊?
② 引导幼儿大胆猜测好朋友没有来做客的原因。
③ 出示课件,引导幼儿发现和说说好朋友们没来做客的原因。
3. 根据故事内容,用语言和拼画的形式完整地表达小狐狸家的外形特征
(1) 拼一拼,说一说小狐狸的家。重点引导幼儿尝试完整地说出小狐狸家的外形特征和周围景物的分布位置。
(2) 交流分享。
(3) 鼓励幼儿扮演小狐狸,大胆介绍小狐狸的家。
4. 根据自己的想象续编故事,体验朋友在一起的快乐
(1) 请幼儿想象好朋友们又遇到小狐狸,会发生什么事情,并请个别幼儿讲述。
(2) 小朋友一起到狐狸家做客,表演《朋友来了真高兴》,体验朋友在一起的快乐。

【活动延伸】

邀请函设计:让幼儿设计一张邀请函,邀请他们的朋友来参加一个假想的聚会或活动,幼儿需要考虑邀请函的颜色、图案,并用文字或图画描述聚会的时间、地点和活动内容。完成后,幼儿可以互相交换邀请函,并讨论他们收到邀请函的感受。

练习与思考

1. 幼儿童话的特征是什么?
2. 幼儿童话的主要分类有哪些?
3. 结合幼儿童话的特征,分析一篇幼儿童话。
4. 录制 1—2 篇幼儿童话讲述音频或视频。
5. 结合幼儿园教学实践,设计一个幼儿童话的教学活动案例。

推荐阅读

《野葡萄》,作者:葛翠琳
《松鼠和松果》,作者:林颂英
《小青虫的梦》,作者:郑渊洁
《小马过河》,作者:彭文席
《会滚的汽车》,作者:野军
《爱吹牛的小花狗》,作者:洪祖年
《小狗的小房子》,作者:孙幼军
《七色花》,作者:苏联　瓦连京·彼得洛维奇·卡达耶夫
《狐狸的窗户》,作者:日本　安房直子
《海的女儿》,作者:丹麦　安徒生

《三个强盗》,作者:法国　汤米·温格尔
《一个没头脑的人去散步》,作者:意大利　贾尼·罗大里

附:童话选读

1. 门铃和梯子

（周　锐）

野猪家离长颈鹿家挺远的。但为了见到好朋友,野猪不怕路远。

到了。咚咚咚！野猪去敲长颈鹿的门。

敲了好一会儿,没人来开门。

野猪大声问:"长颈鹿大哥不在家吗?"

"在家呢。"长颈鹿在里面答应。

"咦,在家为什么不开门?"

"野猪兄弟,你往上瞧,我新装了一个门铃。有谁来找我,要先按门铃。我听见铃响以后,就会来开门。"

野猪抬起头来,看见了那个门铃。"长颈鹿大哥,我很愿意按铃的,但你把它装得太高,我够不着。所以我还是像以前那样敲门吧。"——咚咚咚

可是长颈鹿仍然不开门。"对不起,野猪兄弟,我知道你真的够不着。但你就不能想想办法吗?要是大家都像你这样,图省事,敲敲门算了,那我的门铃不是白装了吗?"

野猪没话说了,但又怎么也想不出能按到门铃的办法,只好嘟嘟囔囔回家去了。

过了一些日子,野猪又来看长颈鹿。这回他"哼哧哼哧"地扛来了一架梯子。

野猪把梯子架在长颈鹿门外,爬上去,一伸手,够着了那个门铃。

可是,怎么按也不响。急得野猪哇哇叫。

"对不起,野猪兄弟,"长颈鹿在里面解释说,"门铃坏了。只好麻烦你敲几下门了。"

"这怎么行！"野猪叫起来,"只敲几下门？那我这梯子不是白扛来了！"

2. 狐狸打猎人

（金　近）

有一座大山,叫顶天山。有一天,不知道是谁,在山上的一块石头上,画了一只狐狸。

第一个人看到了,就说:"哈,这上面画得不像狐狸,倒像一只狼。"

这句话传来传去,变成了:"顶天山上有一只狐狸,一下子变成狼了！"

这句话又传来传去,这个人加一句话,那个人加一句话,变成了:"顶天山上有一只狐狸,一下子变成狼了。它有两颗大牙,三只眼睛,四只耳朵,还有五条腿,是顶天山的山大王,可厉害啦！"

顶天山上真的有一只狐狸,听到了这些话,可高兴啦！它马上跑去找老狼,向老狼借

了一张不用的狼皮，又叫老狼帮忙，用细竹管套在两颗牙齿上，装成了大牙，在额头上画了一只眼睛，这就有了三只眼睛，在头顶上插了两片树叶子，这就有了四只耳朵，还把大尾巴拖在地上，也算一条腿。就这样，狐狸装扮成了大家说的那只狼。

有个猎人，身强力壮，可是胆子很小，大家都叫他"胆小鬼"。有一天，这个胆小鬼到顶天山上去打猎，走着，走着，忽然听到一种奇怪的叫声：一忽儿像狐狸叫，一忽儿又像狼叫。他抬头一看，只见树林里有个东西一晃，啊，是狼，是那只可怕的狼，顶天山的山大王！他吓得转身就跑，不小心，摔了一跤，骨碌碌从山上滚下来，一直滚到山脚，爬起来逃回家去，连猎枪丢了也不知道。

那只披着狼皮的狐狸，还有它的伙伴老狼，捡到胆小鬼丢下的猎枪，可高兴了。它们拿着猎枪，这里摸摸，那里碰碰，忽然，砰的一声响，一颗子弹飞了出去，吓了它们一大跳。原来老狼扣了扣扳机，把枪打响了。狐狸怪老狼："都是你不好，要是留着子弹，打个野兔吃吃多好。"老狼点点头说："是啊，要是留着子弹，就是碰上老虎豹子，我们也不怕。"

一枝空枪有什么用呢？狐狸想了想，说："我找那个胆小鬼去，向他要子弹。"说着，它就扛着那枝猎枪，大摇大摆地去找胆小的猎人了。

咚！咚！咚！狐狸敲了三下门。

猎人问："谁呀？"

狐狸说："我就是顶顶厉害的狼，顶天山的山大王！"

猎人一听，吓得连忙钻到被窝里去，紧紧地闭着眼睛。

狐狸跑到窗口往里一看，猎人在被窝里直发抖，差点笑出声音来。它说："你不用怕，不用怕。只要你给我子弹，我就不吃你。"

猎人抖得更厉害了，好半天才说出话来："你，你别……别吃我。子……子弹在……在床……床后面的箱……箱子里。"

狐狸说："我怎么进来呀？"

"你只要把门……门往上一提，就能打……打开了。"

狐狸进屋去，从箱子里拿了一袋子弹，又抓走了一只大母鸡，高高兴兴地走了。

可是，狐狸和老狼高兴了一会，又不高兴了，他们不知道怎样装子弹，有了子弹也是白搭。

狐狸想了一想，对老狼说："这回得你跑一趟了。你去把那个胆小鬼叫了来，等他装好子弹，我们就把他吃掉！"

老狼扛起枪，来到猎人家里，一把把猎人从被窝里拎出来，对他说："顶天山山大王命令你去一趟！快走！"胆小鬼只好乖乖儿跟着老狼去了。走着，走着，来到顶天山上，胆小鬼抬头一看，啊！不得了！两颗大牙、三只眼睛、四只耳朵、五条腿的狼，正坐在一棵大树下面，凶狠地盯着他看。他吓昏了，一头栽在地上，怎么也起不来了。

这时候，一个老猎人正藏在乱树丛里，刚才的事，他全看见了。他悄悄起举起猎枪，砰的一枪，把老狼打死了，接着又砰的一枪，把那只装扮成狼的狐狸也打死了。

老猎人从乱树丛里跳出来，提起狐狸的一条腿抖了一下，狼皮掉下来了，两支细竹管，两片树叶子也掉下来了。老猎人哈哈大笑起来。

那个胆小鬼呢？还一动不动地躺在地上，他早就给吓死啦！

3. 萝卜回来了
(方轶群)

雪这么大,天气这么冷,地里、山上都盖满了雪。小白兔没有东西吃了,饿得很。他跑出门去找。

小白兔一面找一面想:"雪这么大,天气这么冷,小猴在家里,一定也很饿。我找到了东西,去和他一起吃"。

小白兔扒开雪,嘿,雪底下有两个萝卜。他多高兴呀!

小白兔抱着萝卜,跑到小猴家,敲敲门,没人答应。小白兔把门推开,屋里一个人没有。原来小猴不在家,也去找东西吃了。

小白兔就吃掉了小萝卜,把大萝卜放在桌子上。

这时候,小猴在雪地里找呀找,他一面找一面想:"雪这么大,天气这么冷,小鹿在家里,一定也很饿。我找到了东西,去和他一起吃。"

小猴扒开雪,嘿,雪底下有几颗花生。他多高兴呀!

小猴带着花生,向小鹿家跑去,跑过自己的家,看见门开着。他想:"谁来过啦?"

他走进屋子,看见萝卜,很奇怪,说:"这是哪来的?"他想了想,知道是好朋友送来的,就说:"把萝卜也带去,和小鹿一起吃!"

小猴跑到小鹿家,门关得紧紧的。他跳上窗台一看,屋子里一个人也没有。原来小鹿不在家,也去找东西吃了。

小猴就把萝卜放在窗台上。

这时候,小鹿在雪地里找呀找,他一面找一面想:"雪这么大,天气这么冷,小熊在家里,一定也很饿。我找到了东西,去和他一起吃。"

小鹿扒开雪,嘿,雪底下有一棵青菜。他多高兴呀!

小鹿提着青菜,向小熊家跑去;跑过自己的家,看见雪地上有许多脚印,他想:"谁来过啦?"

他走近屋子,看见窗台上有个萝卜,很奇怪,说:"这是从哪来的?"他想了想,知道是好朋友送来给他吃的,就说:"把萝卜也带去,和小熊一起吃!"

小鹿跑到小熊家,在门外叫:"开门!开门!"屋子里没有人答应。原来小熊不在家,也去找东西吃了。小鹿就把萝卜放在门口。

这时候,小熊在雪地里找呀找,他一面找一面想:"雪这么大,天气这么冷,小白兔在家里,一定也很饿。我找到了东西,去和他一起吃。"

小熊扒开雪,嘿,雪底下有一只白薯。他多高兴呀!

小熊拿着白薯,向小白兔家跑去;跑过自己的家,看见门口有个萝卜,他很奇怪,说:"这是从哪来的?"他想了想,知道是好朋友送来给他吃的,就说:"把萝卜也带去,和小白兔一起吃!"

小熊跑到小白兔家,轻轻推开门。这时候,小白兔吃饱了,睡得正甜哩。小熊不愿吵醒他,把萝卜轻轻放在小白兔的床边。

小白兔醒来,睁开眼睛一看:"咦!萝卜回来了!"他想了想,说:"我知道了,是好朋友送来给我吃的。"

第六章 幼儿生活故事

1. 了解幼儿生活故事的概念及特点。
2. 掌握幼儿生活故事的讲述要点。
3. 熟悉并能运用幼儿生活故事改编与创作的方法。

本章重点

1. 掌握幼儿生活故事的功能与作用。
2. 能够对幼儿生活故事进行改编和创作。

能根据幼儿年龄特点选择合适的幼儿生活故事作品进行教学活动设计与组织。

第一节　幼儿生活故事概说

幼儿故事种类繁多,从题材上分有幼儿动物故事、幼儿益智故事、幼儿历史故事、幼儿生活故事等。幼儿生活故事是以幼儿为主要表现对象,反映他们日常生活的各种故事。它在幼儿故事中出现较晚,但发展迅速,数量最多,已经成为幼儿故事的主体。

一、幼儿生活故事的特点

（一）具有较强的教育针对性

幼儿生活故事通过截取幼儿日常生活中的现象、片段和事例，真实反映了幼儿园或家庭生活。在创作意图上，这类故事旨在让幼儿通过模仿故事中的角色来学习正确的思想和行为，培养良好的品德和情操，引导他们积极向上，追求美好的事物。因此，与其他类型的幼儿故事相比，幼儿生活故事的教育针对性更为明显。例如，在胡莲娟的幼儿生活故事《第一名和最后一名》中，通过描绘家庭生活中的片段，展示了一个被宠坏、缺乏自理能力的孩子形象，让幼儿明白如何成为一个好孩子，什么才是真正的第一名，具有深刻的教育意义。

再如孙惟亮的幼儿生活故事《花瓶打碎以后》，讲述了妈妈下班回家后发现家里的花瓶碎了，误以为是孩子京京打碎的。妈妈试图通过各种方式让京京承认错误，但京京始终坚称不是自己所为。最终，爸爸回来承认是自己不小心打碎了花瓶，真相大白。妈妈感到惭愧，并告诉京京："不管做了什么事，都要说实话，是自己做的就承认，不是自己做的也不要乱承认，那才叫诚实。"这个故事通过一个生活片段阐述了诚实的定义，具有很强的现实针对性和明显的教育意义。但需要注意的是，这种教育性是通过设计有趣的情节和刻画生动的人物形象来实现的，主题融入了浓郁的幼儿生活气息，而不是单纯的教育和说教。

（二）故事情节简单而生动

幼儿的理解力有限，因此不宜欣赏主题复杂的故事情节，他们喜欢篇幅短小、主题单一的故事情节，但太平淡无奇的故事情节有时又像白开水，无法吸引幼儿。因此，幼儿生活故事在保持情节简单的基础上，还需设置疑问或悬念，激发读者的好奇心和关注度。例如，在张彦的《破案记》中，故事围绕宁宁、岩岩和瑜瑜三个好朋友发现法桐树被刀戳破的事件展开，他们决定一起"破案"找出破坏者。他们带上小狗阿黑，希望它能像警犬一样帮助破案。虽然阿黑并非警犬，无法真正嗅出线索，但宁宁巧妙地引导阿黑到了表哥家，最终表哥承认了错误。原来宁宁早已知道是表哥所为。这个故事的主题集中，即寻找破坏法桐树的人，但情节却生动有趣，充满悬念，最终的揭晓让读者恍然大悟，将故事推向高潮。

（三）故事充满趣味性

幼儿生活故事应当充满趣味性，使幼儿在听故事的过程中感到愉悦。这种趣味性源于三个方面：一是观察幼儿生活中的乐趣，二是真实地描绘幼儿生活中的有趣细节，三是在叙述故事时使用幽默风趣的语言。

以下是安伟邦的生活故事《圈儿圈儿圈儿》：

　　大成爱看书，可是不爱写字。老师教他写字，他心里说："我只要能看书就行了。"

　　一天，上语文课，老师要大家听写。大成一听着慌了，他拿着铅笔，手有点发抖，只听老师念道："啄木鸟，嘴儿硬，笃笃笃，捉小虫，大家叫它树医生。"

　　大成有好几个字写不出来，只好在纸上写着："○木鸟，○儿○，○○○，○小虫,大家叫它树○生。"大成写完,就交给了老师。

第二天,老师让他把自己写的念一念。他念道:"圈儿木鸟,圈儿儿圈儿,圈儿圈儿圈儿,圈儿小虫,大家叫它树圈儿生。"念着,念着,同学们哗的一声笑了。大成很难为情。

老师说:"大成,你自己写的东西,自己都看不懂,别人怎么看得懂呢?"大成想:"老师说得对呀!我应该好好学习写字。要是别人把字也画成圈圈,我到哪里去找书看呢?"

这篇幼儿生活故事讲述了大成刚开始偷懒不爱写字,后来又幡然悔悟的故事,语言幽默风趣,故事能引起幼儿的共鸣。

二、幼儿生活故事的功能与作用

(一) 培养正确的价值观和道德观

幼儿生活故事中通常包含着对真、善、美的追求,引导幼儿看到社会的积极面,同时也批判生活中的错误和不良习惯,启发幼儿弥补自己的不足,并加以改正。通过生活故事中的人物和事件,幼儿可以逐渐认识到什么是正确的行为准则和道德观念,从而培养良好的道德品质和价值观。例如,在浩然的幼儿生活故事《玲玲摔倒以后》中,描述了玲玲在教室台阶上不小心摔倒后,其他小朋友有的吓得不敢动,有的幸灾乐祸地大笑,有的熟视无睹。老师看到这一情景后,教育了孩子们,让他们明白同学之间应在遇到困难时齐心协力,友爱互助。最终,在老师的帮助下,大家扶起了玲玲,给予了她关爱。这样的故事让幼儿在遇到类似情况时,知道如何帮助同学,渡过难关,潜移默化地培养了他们正确的价值观和道德观。

(二) 愉悦幼儿的身心

幼儿的天性是活泼快乐的,他们最喜欢听那些能够愉悦身心的生活故事。幼儿生活故事中的很多语言和情节充满了幽默和童趣。例如,颜煦之的生活故事《队伍》中,本来每天放学后排着整齐队伍回家的几个小朋友,在大人的夸奖下却忘乎所以,展露了孩子爱表现、好奇、天真、多动的天性,一下子整齐的队伍变得乱成一堆了。读来幽默生动,如看电影般活灵活现,充分调动了幼儿阅读的兴趣,愉悦了他们的身心。

(三) 激发幼儿的想象力和创造力

幼儿生活故事中的一些情节可以激发幼儿的想象力和创造力,有助于幼儿不断地学习新知识、新技能,创造出无限的可能性。以下是刘谦的幼儿生活故事《五彩棉》。

妈妈带着芳芳到儿童服装店买衣服,一进门,芳芳就被花花绿绿的衣服吸引住了。她东看看,西瞧瞧,好像一只小蝴蝶,飞进了春天的百花园。

芳芳回到家里,穿上新买的衣服,站在衣镜前一瞧,嘿,别提有多美啦!

只见镜子里的芳芳,眼珠滴溜溜一转,突然回过头来问:"妈妈,棉花不是白的吗?怎么做成衣服会变成这么好看的颜色呢?"

妈妈笑着说:"这是工人叔叔用各种颜料把它染成的。""噢,原来是这样。妈妈,要是棉花种出来就有颜色,那可多好呀!"

几天以后,幼儿园上图画课,芳芳画了棵棉花树,棉桃里吐出的棉花是彩色的。老师看了在旁摇头说:"芳芳,你画得不对,棉花是白的。"芳芳却认真地说:"没错,我长大了,就要种这种棉花!"

老师明白了,原来芳芳画的是理想,就拿起笔在画上端端正正地写了"五彩棉"三个字。

芳芳高兴得笑眯了眼。

这个生活故事中的小主人公芳芳展现了丰富的想象力,她的创意得到了老师的认可,这对幼儿是一种巨大的鼓舞,也启发了其他幼儿大胆想象和创造的精神。

第二节 幼儿生活故事选读与鉴赏

一、杨福庆及其幼儿生活故事选读

杨福庆(1942—),著有长篇小说《古桥下的梦》,短篇小说集《鸡心枣》《夜走迷仙谷》《我像谁》《神女峰的黄昏》,中篇小说《一只小驴队》,电影文学剧本《敞开的窗户》(合作)等。小说《一扇敞开的窗》获 1981 年《儿童文学》优秀作品奖,《甜丝丝的雪花》获 1982 年《红领巾》小小说征文一等奖等。电视剧剧本《你爹·我爹·他爹》获 1996 年全国少儿电视剧本征文三等奖。

谁勇敢

枣树上有个马蜂窝。小明指着马蜂窝说:"谁敢把它捅下来,就算谁勇敢!"

小明问小勇:"你敢吗?"

小勇摇摇头说:"别捅,别捅,马蜂蜇人可疼啦!"

小明指着小勇的鼻子说:"得啦,胆小鬼!看我的。"

小明找来一根长竹竿,使劲一捅。"啪!"马蜂窝掉下来了,马蜂一下子炸了窝!

小明丢下竹竿,捂着脑瓜就逃,大家也吓得跑开了。

刚刚年纪最小,跑得最慢,眼看马蜂扑过来,他哇的一声吓哭了。

小勇回头一看,急忙跑回去,把刚刚拉到身后,抡起手中的小褂,拼命抽马蜂。

马蜂赶跑了,小勇却被马蜂蜇了一下,半边脸肿起老高,疼得他直掉眼泪。

小勇哭了,可是大家都夸他最勇敢。

小明捅马蜂窝,谁也没说他勇敢。

【赏析】 对英雄的崇拜是人类从小就有的心理,而勇敢更是幼儿所向往的品质。幼儿常将不怕打针、不因摔跤而哭泣视为勇敢。然而,这个故事中的小明和小勇提供了一个更深层的思考。小明捅马蜂窝的行为只是出于顽皮和逗能,导致大家陷入恐慌;相反,小勇在保护年幼的刚刚时受伤,尽管疼痛让他流泪,但他的行为赢得了大家的称赞,这才是真正的勇敢。

二、梅子涵及其幼儿生活故事选读

梅子涵(1949—),著有长篇小说《女儿的故事》《我的故事讲给你听》,小说集《男子汉进行曲》《老丹们的浪漫故事》,儿童小说集《长大后的烦恼》,中篇小说《儿子哥们》,散文集《轻轻的呼吸》,长篇评论《三毛悄悄对你说》,随笔集《假如再上一次大学》《今天写的是明天的故事》,专著《儿童小说叙事方式论》《梅子涵儿童文学评论集》等。

东东西西打电话

东东和西西同时从家里跑出来,东东是去找西西的,西西是去找东东的,他们在路上碰见了。

东东说:"西西,我告诉你,我家装电话了。"

西西说:"东东,我也告诉你,我家也装电话了。"

"我现在就给你打电话。"

"好!我也给你打电话。"

东东和西西跑回家,同时拿起了电话。咳!忘记问电话号码了!他们就奔出来,又在路上碰见了,你问我,我问你,"你家的电话号码是多少?"然后又记着号码往家里奔去。

东东念叨着西西的号码,按着电话钮,听到的是"嘟——嘟——嘟"的声音,没有听见西西问:"喂,你是东东吗?"

西西也一样,听见的只是"嘟——嘟——嘟"的声音,没有听见东东问:"喂,你是西西吗?"

他们打了好久,全是"嘟——嘟——嘟"。东东想:"她家的电话怎么一直是嘟嘟嘟的。"西西想:"他家的电话怎么一直是嘟嘟嘟的。"忽然,他们都明白了这是忙音。

"西西在打给我,所以,我打过去要嘟嘟嘟了。"东东心里说。

"东东在打给我,所以,我打过去要嘟嘟嘟了。"西西心里说。

于是,他们又都聪明起来,谁也不先打了,东东想:让西西先打过来吧。西西想:让东东先打过来吧。他们就这样趴在桌子上等着……

【赏析】 故事通过描绘东东和西西互相告知家里装了电话并急于尝试的场景,展现了幼儿对新事物的好奇心和兴奋感。他们急切地想要通过电话与对方交流,表现出对新技术的探索欲望和向往心态。故事中,当他们拿起电话准备拨打时,却因为忘记询问对方的电话号码而引发了一连串的误会和困惑,这些幽默的描写增添了故事的趣味性。虽然整篇故事情节比较简单,但幽默轻松的描写,情节出乎意料的发展,使故事更加有趣,读者可以通过笑声感受到孩子的可爱和执着。

三、马光复及其幼儿生活故事选读

马光复(1947—　)，笔名莫阿、马光，北京作协儿童文学创委会副主任，北京文联理事，北京青青草文学社社长。著有中长篇小说《手拉手》《古城童话》《少女日记》《茫茫荒漠谜》，童话科幻小说《血泪蟒蛇岛》《夹山绝密》《蛤蟆王子奇遇记》《恐怖城大爆炸》，报告文学《她在燃烧》《末代皇帝》，电影文学剧本《人生人死》《关键年龄》及低幼文学和卡通系列《金花学话》《瓜瓜吃瓜》《太空娃娃》等。作品分获全国优秀少儿图书奖、冰心图书奖大奖、团中央"五个一工程"奖等。

瓜瓜吃瓜

有个小朋友，他的名字可怪了，他叫瓜瓜，就是西瓜的那个瓜。他干吗叫瓜瓜呀？原来他生下来的时候，胖墩墩，圆滚滚，就像个西瓜。他爸爸正想着给他起个名字呢，他妈妈说："甭伤脑筋了，就叫他'瓜瓜'吧！"

瓜瓜可爱吃西瓜啦，他一下能吃几大块，吃完了，把小背心往上一拉，挺着圆鼓鼓的肚子，用手一拍，"澎澎澎"地响，说："西瓜在这儿呢！"

有一天，天气热极了，瓜瓜又闹着要吃西瓜。妈妈拿出一个小西瓜来，对瓜瓜说："就剩这个小的了，先吃着吧。一会儿，外婆要来，说不定会给你带个大西瓜哩！"

妈妈切开西瓜，上班去了，瓜瓜斜着眼儿瞧了瞧那西瓜，翘起了嘴巴，心想："哼，这也叫西瓜？"可他怪口渴的，又想："瓜儿小，说不定还挺甜哩！"就拿起一块，咬了一口。哎，一点儿也不甜。

他吃完一块，心里生着气，一甩手，把西瓜从窗口扔了出去，掉到胡同里的路上了。

剩下的几块，瓜瓜气呼呼地咬上几口，也一块接一块地往窗口外面扔。他想："要是外婆真的带个大西瓜来，又大又甜的，那该多好啊！"他就趴在窗台上，一个劲地往胡同东口望着。外婆每次上他家，都是从东口来。

哟！来了个人，慢慢地走近了，是一位老奶奶，没错儿，是外婆来了。真的，还抱着一个大西瓜呢！

瓜瓜大声嚷嚷："外婆，我来接你——"然后连蹦带跳，跳下楼去了。

外婆听见了，心里一高兴，加快了脚步。走到垃圾箱旁边，不小心，一脚踩在西瓜皮上，滑了一跤，手里抱的大西瓜，"啪嗒"一下，摔了个粉碎。

外婆一边爬起来，一边说："哎哟，谁把西瓜扔了这一地！"

瓜瓜出了门看见外婆坐在地上，连忙跑去把她搀起来，一边气呼呼地抬起脚，往西瓜皮上踩："该死的西瓜皮，哪个坏蛋扔的。"

咦，西瓜怎么这么小——坏了，可不是他自己扔掉的吗？瓜瓜偷偷看了外婆一眼，吐了吐舌头，悄悄地把西瓜皮一块一块地拾起来，丢到路旁垃圾箱里去。

瓜瓜再看看外婆带来的大西瓜，瓤儿红红的，一定很甜，可惜全都碎了，沾上了泥。他只好咽着口水，拿起碎瓜块往垃圾箱里扔。

外婆不知道西瓜是瓜瓜扔的,只看见瓜瓜把西瓜扔到垃圾箱去,就说:"真乖,真乖,都像咱瓜瓜这么懂事就好了。"

【赏析】 这篇故事以瓜瓜这个可爱的孩子为主角,故事中,瓜瓜因生得胖乎乎像个西瓜而得名,他也特别爱吃西瓜。当他吃到一个不甜的小西瓜时,生气随手将其扔到了窗外,意外地让送大西瓜的外婆滑倒。这一情节表现了幼儿的直率,也反映了他们有时会因为自己的冲动而犯错。故事通过幽默的情节和可爱的角色,温暖地传达了家庭中互相关心和关爱的氛围。无论是瓜瓜的调皮捣蛋,还是外婆的宽容理解,都让读者感受到家庭中温暖的幸福感。故事的作者善于撷取生活中的平凡事件,来诠释亲情和宽容的力量。

四、胡木仁及其幼儿生活故事选读

胡木仁(1940—),中学高级教师,儿童文学作家。1982年开始进行低幼文学创作,已发表作品千余篇(首),出版集子11个。其中《太阳的颜色》获第五届陈伯吹儿童文学园丁奖,《小兔开店》获新时期第二届优秀读物奖,《小镜子的秘密》获湖南省首届儿童文学大奖,被《中国少年文学家》编委会授予"小朋友心中的作家"称号。

丽丽真好

小朋友们都说:"丽丽真好!"武武听了,心里不服,他想:丽丽和我们一样,她有什么好呢?

一天,小朋友们在院子里玩耍。武武不小心,弄脏了丽丽的花裙子。武武急了:"对不起!对不起!"丽丽说:"不要紧,我回家洗洗就行了。"

一次,武武和小朋友们追着跑,一不小心拉断了丽丽的橡皮筋。武武慌了:"我赔!我赔!"丽丽说:"没关系,橡皮筋接起来还能用。"

一回,丽丽画了一张画儿,小朋友们争着看。武武也想看,他伸手去拿,却把画儿撕破了。武武不好意思地说:"这可怎么办呢?"

丽丽望了望武武,又望了望小朋友们,笑嘻嘻地说:"我再画一张吧!"

原来,这张画儿是送去参加展览的,丽丽画了好几个晚上……小朋友们都后悔,武武更加后悔。经过一件又一件小事,武武明白了。他也跟着大家说:"丽丽真好!"

【赏析】 故事通过一系列小事件——武武不小心弄脏了丽丽的裙子、拉断了她的橡皮筋、撕破了她的画作,展现了丽丽的宽容和善良。丽丽对这些小意外总是以微笑和理解的态度对待,她的每一次宽容不仅让武武感到愧疚,也让其他小朋友和读者感受到友情和宽容的重要性。故事以小见大,用简洁的对话与情节,传达了宽容和善良在人际交往中的宝贵价值。它鼓励幼儿学习丽丽的品质,成为一个宽容、善良、乐于助人的人。整个故事自然亲切,富有感染力,非常适合幼儿阅读。

五、列夫·托尔斯泰及其幼儿生活故事选读

列夫·托尔斯泰(1828—1910),19世纪俄国批判现实主义作家、思想家、哲学家,代表作有《战争与和平》《安娜·卡列尼娜》《复活》等。他不仅创作了一系列长篇巨著,也十

分关注儿童教育,研究新的教育模式,更是写出了很多优秀的儿童文学作品。他先后为儿童写了629篇故事,这些故事出版后,受到了孩子们和他们父母的喜爱,人们纷纷写信感谢作家把他一生精力最旺盛时期的力量献给了学校和儿童。

李子核

有一天,妈妈买回了许多李子,她想吃过午饭后再分给孩子们吃。这些李子都放在盘子里。

万尼亚从来还没有吃过李子哩,所以他老把这些李子拿起来闻闻。他非常喜爱李子,很想吃。他老是围着李子转来转去。当房间里没有人的时候,他实在有些忍耐不住了,就抓上一个吃了。吃饭前,妈妈点了一下李子的数目,发现少了一个。她把这件事告诉了爸爸。

吃饭时,爸爸说:"喂,孩子们,你们哪一个吃了李子吗?"大伙儿答道:"没有。"

万尼亚的脸红得像龙虾,他也说:"没有,我没有吃。"

爸爸说道:"你们要是谁吃了李子,这可很不好,不是怕你们吃,怕的是李子里面有核,要是哪一个不会吃,把核也吞下去了,那他过一天就会死的。我怕的是这个。"

万尼亚一听,吓得脸色发白,说道:"不,我把核吐到窗子外面去啦。"

大家一听,哈哈大笑,而万尼亚却哭起来了。

【赏析】 故事《李子核》通过万尼亚的经历,生动地传达了诚实和责任的重要性。万尼亚在无法抗拒诱惑的情况下偷吃了李子,在父母询问时选择了撒谎,爸爸巧妙地利用万尼亚的恐惧心理,让他意识到了撒谎的后果,并最终坦白了自己的行为。这个故事不仅教育幼儿要对自己的行为负责,也强调了诚实的价值。整个故事以轻松幽默的方式,向幼儿传达了深刻的道理,使他们在愉快的阅读中学习到宝贵的生活教训。

第三节 幼儿生活故事讲述

一、幼儿生活故事的讲述要点

教师给幼儿讲述幼儿生活故事时,首先需要了解目标听众的年龄和认知水平,幼儿生活故事通常适合两三至六七岁的孩子,他们对日常生活、动物和基础人际关系等主题较感兴趣。以下是一些讲述幼儿生活故事的要点。

(一) 故事内容的选择与准备

在讲述幼儿生活故事时,首先要注意的是故事内容的选择。故事内容应贴近幼儿的生活经验,能够引起他们的共鸣和兴趣。具体来说,可以从以下几个方面进行选择和准备:

(1) 选择贴近幼儿生活的故事:故事内容应围绕幼儿日常生活中常见的场景、事件和人物展开,如家庭、幼儿园、公园等场所,以及吃饭、睡觉、游戏等日常活动,让幼儿产生亲切感和代入感。

(2)选择传递积极能量的故事:故事内容应积极向上,传递正能量,如友情、勇敢、善良、分享等品质。通过故事中的主人公和事件,让幼儿学会如何面对生活中的困难和挑战,培养他们的积极心态和良好品质。

(3)选择简短易懂的故事:考虑到幼儿的认知能力和语言水平,故事内容应简短易懂,避免过于复杂和冗长的情节。故事的叙述语言也应简洁明了,符合幼儿的表达习惯。

例如,幼儿生活故事《快乐回来了》中,乐乐喜欢吹泡泡,但他总是弄湿衣服,所以妈妈总是不让他吹,他因此很不快乐。有一天趁妈妈出去买菜,他又偷偷吹起了泡泡,妈妈回来后问他在干吗。他先是撒了谎,后又勇敢地承认自己做的事。妈妈告诉他要做个诚实的孩子,并且和他一起玩起了泡泡,乐乐的快乐又回来了。这个小故事十分贴近幼儿生活,因为很多幼儿都有过吹泡泡的经历,故事的内容教育幼儿不要撒谎,做诚实的孩子,具有积极的正向能量,整篇故事的内容也浅显易懂。

(二)讲述技巧与方法的运用

首先,要有生动形象的描述。在讲述故事时,应运用生动形象的描述来呈现故事的发生过程。通过丰富的语言和形象的比喻,让幼儿仿佛置身于故事之中,增强他们的想象力和感受力。例如,讲述艾苗的幼儿生活故事《勤快的冬冬》,当讲述冬冬想急切地在妈妈面前表现的心情时,可以加快语速,运用夸张的语调,并伴随做出一系列下床、叠被子、扫地的动作,这样的描述既生动又形象,有助于幼儿更好地感受故事氛围。

其次,要有适当的停顿和重复。在进行故事讲述时,应适当运用停顿和重复来强调关键信息和情感表达。停顿可以让幼儿有时间消化故事的内容,重复则可以加深他们对故事的理解和记忆。例如,在讲述常福生的幼儿生活故事《两个变三个》时,讲到莲莲看到两个穿着、长相都一模一样的小姑娘时,一下子愣住了的情景,此时需要适当的停顿,并重复一遍说:"莲莲,我是萍萍呀!"这样的停顿和重复既强调了莲莲的惊讶,又揭开了先前误会的原委。

(三)互动与反馈的引导

在讲述幼儿生活故事时,引导互动与反馈是至关重要的环节。

首先,通过提问激发思考。在故事讲述中,适时提出简单、符合幼儿认知水平的问题,可以激发他们的好奇心和探索欲,促进主动表达。例如,在讲述《爷爷买鞋》时,当小孙子提出将自己的新鞋给爷爷穿时,可以问幼儿:"如果是你,你会怎么做?"这样的问题能引导他们思考如何帮助他人。

其次,鼓励幼儿表达。在讲述过程中,鼓励幼儿分享自己的观点和感受,幼儿故事取材于幼儿真实生活,大多反映的是幼儿已有的经验,教师应当让幼儿对熟悉的话题充分思考和发表想法。

最后,观察与反馈。讲述时要注意观察幼儿的反应,通过他们的表情、动作和语言来了解他们对故事的理解和感受。若发现幼儿对某些部分不感兴趣或不理解,应及时调整讲述方式和内容,以更好地适应幼儿的需求。

二、幼儿生活故事讲述案例

丁一小写字

（任溶溶）

丁一小写字，写来写去写不好。

"对了，是我的纸不好！"

他把姐姐的纸拿来写。他用姐姐的纸写字，写来写去写不好。

"对了，是我的笔不好！"

他把姐姐的笔拿来写。他用姐姐的纸、姐姐的笔写字，写来写去写不好。

"对了，是我的位子不好！"

他坐到姐姐的位子上去写字。他用姐姐的纸、姐姐的笔，坐在姐姐的位子上写字，写来写去写不好。

"我还有什么东西不好呢？"

姐姐拿起了丁一小丢掉的纸，拿起了丁一小丢掉的笔，坐在丁一小的位子上，身子一动不动，认认真真、一笔一笔地写字。

瞧，她写出来的字多好！

丁一小明白了："不是我的纸不好，不是我的笔不好，不是我的位子不好，是我自己不好。"

他像姐姐一样，身子一动不动，认认真真、一笔一笔地写字。

瞧，他用自己的纸、自己的笔，坐在他自己的位子上，写出来的字也好了！

《丁一小写字》讲述示例

【讲述要点】

在讲述《丁一小写字》这个故事时，应该用温和亲切的语调，保持适中的语速，让幼儿能够跟上并理解故事内容。要细致表达丁一小的内心活动，比如当他抱怨"是我的纸不好"时，可以稍微加重语气，突出他的错误归因。当故事进行到姐姐写字的部分，语速可以稍微放慢，展现姐姐的专注和认真。最后，当丁一小意识到问题所在并改正时，语气中应充满鼓励和肯定，以此来激励幼儿学习丁一小的成长和改变。通过这样的讲述方式，故事不仅能够吸引幼儿的注意力，还能有效地传达出故事的教育意义。

第四节　幼儿生活故事改编与创作

一、幼儿生活故事改编

将成人故事作品改编成适合幼儿阅读的生活故事时，需要在情节、语言和主题上进行精心调整。

(一)改编故事情节

成人故事的情节可能复杂曲折,在改编成幼儿阅读的生活故事时,我们通常会简化情节,甚至只截取故事中的一部分,使其更加直接和简单。例如,颜巧霞的生活故事《一副假牙》中,写到了自己儿时去好朋友家玩,撞见了她祖母把牙齿从嘴里拿出来,用牙刷在水龙头下刷的场景,吓得落荒而逃,以为她祖母是女鬼。长大后,又在卫生间见到了自己未来婆婆的假牙,此时已没有了任何恐惧。后来在医院里,又见到了一位老太太在公共卫生间洗假牙,姿态十分优雅,"我"甚至想象着自己老了之后也像她一样姿态优雅。时光流逝,"我"惊诧于自己在流年中对一副假牙的情思暗换,年少时对假牙恐惧,青年时对一副假牙衍生别意,如今也能无畏有假牙的老年时光。于是,一粒沙里看世界,"我"从一副假牙里参悟了人生的三种境界:见山是山,见水是水;见山不是山,见水不是水;见山还是山,见水还是水。① 显然,这篇成人故事中的一些情节含义已经超出了幼儿的理解范围,我们改编时,可以截取故事情节的第一个片段,把这个小片段写得更加形象生动,在故事的结尾告诉幼儿,人老了就会牙齿脱落,老年人戴假牙是一件很正常的事,不要害怕。这样改编后的情节设计,适应了幼儿的理解能力,也解答了幼儿对假牙的疑惑。

(二)改编故事语言

成人故事中可能包含理论性的抽象阐述,改编过程中需要去除这些复杂的语言,或者将其转化为简单、形象的语言,以便幼儿能够理解。如作家李娟所写的故事《童年》中,有这样的语言:"这情景既像是未来,又像是过去,正是它收容着我们童年四处飘荡的幻想和渴望,聚积而使之成真;或者将它们掷向更远的地方,使之成空⋯⋯那就是我们的故乡。②"这些作者对童年故乡的回忆、怀恋和感激的文字,显然超出了幼儿的理解范畴,应在改编时简化或删除。同时,一些复杂的词汇和成语也不适合幼儿,应替换为简单的同义词或直接去除。

再以李娟的《赶牛》为例,这个故事充满了乐趣和新鲜感,生动地描绘了一家人赶牛的苦乐。若将其改编成幼儿生活故事,幼儿会非常喜欢。但在改编时,需要替换如"赫然""控诉"等幼儿难以理解的词语,以及"窸窸窣窣""牛影憧憧"等成语,使用更简单、直观的语言来描述场景和情感。

(三)改编故事主题

以潘采夫的《消失的街市》为例,原作中的主题是对时代变迁中故乡集市衰落的伤感与无奈,这种复杂的情感和深刻的社会背景不适合直接传达给幼儿。在改编时,可以将主题简化为向幼儿介绍那个时代集市的热闹场景和生活风貌,通过具体、生动的描述,让幼儿感受到集市的丰富多彩和时代特色。改编后的故事可以聚焦于集市上的各种摊位和商品,如卖煎饼、水饺、羊肉等,通过这些具体的事物来展现集市的活力和特色,同时也可以加入一些简单、积极的信息,比如集市给人们带来的快乐和社区的紧密联系。这样,幼儿不仅能够接受和欣赏这个故事,还能从中学到关于不同时代生活方式的知识,同时感受到

---

① 颜巧霞.每一个日子孕沙成珠[M].呼和浩特:远方出版社,2020:91-92.
② 李娟.九篇雪[M].北京:十月文艺出版社,2019:224.

故事的乐趣和教育意义。通过这种方式,故事的主题被改编成了既适合幼儿又能启发他们想象力的形式。

二、幼儿生活故事创作

创作幼儿生活故事,关键在于贴近幼儿的实际生活经验,以引发他们的共鸣。以下两点建议,旨在帮助创作者更好地运用幼儿生活经验,构建引人入胜的故事世界。

(一)融入日常细节,激发情感共鸣

幼儿的世界充满了简单而纯粹的快乐与烦恼,如第一次学会骑自行车、与小伙伴的争吵与和解、对家中宠物的深深依恋等。教师应深入观察幼儿的生活,将这些日常细节融入故事中。比如,创作一个关于小主人公如何克服害怕黑暗,最终勇敢地在夜晚独自上厕所的故事。这样的情节不仅贴近幼儿的实际生活,还能激发幼儿面对自身恐惧的勇气,让他们在阅读中感受到共鸣与鼓励。

(二)强调学习与成长,促进认知共鸣

幼儿正处于身心快速发展的阶段,他们对周围世界充满好奇,渴望通过探索来认识新事物。因此,在故事中融入学习与成长的元素,能够引发幼儿的认知共鸣。例如,可以创作关于一个孩子通过不断尝试,最终学会搭建一座复杂积木城堡的故事。这样的故事不仅展示了努力与坚持的重要性,还通过具体的情节,让幼儿在享受阅读乐趣的同时,潜移默化地学习到解决问题的方法。

第五节 幼儿生活故事教学及案例

一、幼儿生活故事教学方法

(一)联系现实生活展开教学

幼儿生活故事具有很强的现实针对性,是幼儿在家庭、幼儿园、社区、游乐园等生活场域中的活动的真实写照。开展教学时,教师应注重将故事内容与幼儿的现实生活紧密相连。

首先,选取贴近幼儿生活的故事。教师应尽量挑选那些直接反映幼儿日常生活情境的故事,如托尔斯泰的生活故事《谢谢你》中,讲述了一个小男孩打碎了一只漂亮的碗,虽没有人发现,但爸爸回家后,他依然说了真话,承认了错误,也得到了爸爸的表扬。通过阅读故事中的具体情境,在面对生活中的类似事件时,幼儿更容易理解并模仿正面的行为模式。

其次,将故事情境与现实生活相结合。在讲述故事时,教师可以引导幼儿思考:"如果你在故事中,你会怎么做呀?"或者"这个故事和我们生活中的哪些事情相似啊?"这样的问题能激发幼儿将故事情境与自己的现实生活相联系,促进他们的自我反思能力。

最后,鼓励幼儿讲述自己的生活故事。教师可以鼓励幼儿根据自己的经历讲述故事,这不仅能培养他们的创造力和语言表达力,还能让他们通过讲述来反思和整理自己的生

活经验。例如,幼儿可以讲述自己如何克服睡觉前吃甜食的经历,或者如何与小伙伴解决矛盾的故事等。

(二)抓住情节特点展开教学

幼儿理解力有限,因而生活故事不能太长,他们的注意力也难以持久,平铺直叙的故事很难引起他们的兴趣,因而短小而有点曲折的生活故事最适合幼儿。教师在教学实践中,应根据这一特点,采取策略来吸引幼儿的注意力。

(1)情境导入:在讲述故事前,创设与故事内容相关的情境或提出问题,如"小朋友们有没有遇到过很想吃但妈妈不让吃的东西呢?"来引起幼儿的共鸣,为故事的引入做好铺垫。

(2)生动讲述:讲述时,教师应运用丰富的表情、肢体语言和变化的声音语调,将故事中的情节、角色性格和情感变化生动再现,特别是故事中的曲折部分,要适度夸张,使幼儿仿佛身临其境,增强故事的吸引力。

(3)设置悬念:在故事的关键转折点或悬念处暂停,提问幼儿"你觉得接下来会发生什么呢?"鼓励幼儿猜测故事情节的发展,比如让他们为故事中的角色设计一个解决问题的办法,以此提升幼儿的参与感。

(4)价值引导:结合故事中的情节,引导幼儿讨论其中的道德观念、行为规范等,如从李少白的《多多没吃巧克力》中,引出自我控制能力培养的主题,帮助幼儿建立正确的价值观和行为准则。

(三)结合趣味扮演展开教学

幼儿生活故事具有浓郁的生活情趣,小朋友听了以后,会发出亲切的笑声,感到愉快。因而,通过趣味扮演的教学方法,可以有效激发幼儿的学习兴趣,让他们在快乐中学习。以下是整个教学的推进过程。

(1)角色分配与准备:首先要选取一个充满情趣的生活故事,老师可以引导幼儿一起讨论角色特点,鼓励他们根据自己的兴趣选择想要扮演的角色。随后,幼儿可以参与到角色装扮的准备中,无论是简单的道具(如帽子、围巾),还是自制的面具等,都能极大地提升他们的参与感。以望安的幼儿生活故事《今天我很忙》为例,可以根据故事内容分配如下角色:"我"(主人公)、奶奶、爸爸、妈妈、小力,同时为他们准备简单的道具或服装,如小围裙、小锤子等,然后让幼儿根据喜好自选角色。

(2)场景布置与氛围营造:利用教室或户外空间,简单布置故事场景,如用小椅子围成小屋,纸板做成的大树等,创造出一个生动的"故事世界"。音乐、灯光等元素的加入也能有效营造氛围,让幼儿更快地沉浸到故事情境中。

(3)互动表演与情节推进:在表演过程中,老师作为旁白或引导者,引导幼儿按照故事情节发展进行互动表演。在教师的引导下,幼儿按照故事情节进行互动表演。再以《今天我很忙》为例,从早上叠被子开始,到中午包饺子、下午砸核桃,再到晚上全家人看电视,每个场景都充满了欢乐。特别是在砸核桃环节,可以设计一个小比赛,看哪个小组砸得又快又好又安全,既锻炼了幼儿的动手能力,又增强了团队意识。

情感共鸣与反思讨论:表演结束后,组织幼儿围坐一起,分享各自在扮演过程中的感受,讨论故事中学到的知识。鼓励幼儿用简单的语言表达自己的想法。

二、幼儿生活故事教学案例

(一) 小班幼儿生活故事教学活动:《妈妈的心》

妈妈的心

"妈妈,在幼儿园里,我好想你哟。"妞妞搂着妈妈说。

妈妈贴着妞妞的脸说:"妈妈也想你!你去幼儿园,妈妈的心也跟着你一起去了。"

"那,我就带上你的心到幼儿园去。"妞妞把妈妈搂得更紧更紧。

"好啊!我们一起来做'妈妈的心',你带上妈妈的心去幼儿园。"

妈妈和妞妞一起用红纸做了一颗心。妞妞带上它去了幼儿园。

妞妞把"妈妈的心"贴在幼儿园墙上的亲情树上。妈妈的心一直看着妞妞。妞妞觉得妈妈每天都和自己在一起。

【活动意图】

小班幼儿刚入园,有的还未完全克服分离焦虑,能与《妈妈的心》的故事内容产生共鸣。本教学活动旨在培养幼儿对母爱的感知,并让幼儿懂得即使妈妈不在身边,她的心、她的爱也会一直陪伴自己,鼓励幼儿用手工等形式展现对妈妈的爱。

【活动目标】

1. 理解故事内容,认识到即使妈妈不在身边,妈妈的心也始终陪伴着自己。

2. 掌握简单的手工制作技巧,能够独立完成"妈妈的心"制作,并尝试在集体面前分享自己的作品。

3. 感受母爱的伟大与无私,学会用语言和行动表达对妈妈的爱。

【活动准备】

1. 物质准备:故事课件,红色彩纸、剪刀、胶水、彩笔等手工材料。

2. 经验准备:提前与家长沟通,鼓励家长与幼儿一起讨论关于母爱的故事,为活动中的情感导入做铺垫。

3. 环境布置:在教室一角设置"亲情树",用于展示幼儿制作的"妈妈的心"。

【活动过程】

1. 情感导入与情景模拟

(1) 教师开场

播放一首温馨的儿歌《世上只有妈妈好》,同时展示一些妈妈与宝宝亲密互动的照片或视频,营造温馨氛围。

(2) 情景模拟

教师讲述一个常见的场景:今天,小明是第一次上幼儿园,他站在幼儿园门口,紧紧拉着妈妈的手,眼睛里含着泪水,不肯进去。小朋友们,你们有没有过这样的经历呢?

(2) 情感共鸣

引导幼儿分享自己或身边小朋友刚入园时的感受,如害怕、想念妈妈等。

(3) 话题引入

教师提问:你们知道妈妈为什么不能一直陪在我们身边吗?她去哪里了呢?

引出妈妈也有自己的工作要做,虽然不在身边,但心始终与我们在一起。

2. 故事讲述与情感引导

(1) 课件展示

播放《妈妈的心》故事课件,边讲述边引导幼儿观察图片,理解故事情节。

(2) 关键对话

重点讲述妞妞与妈妈的对话,引导幼儿模仿并感受其中的情感。如:"妈妈,在幼儿园里,我好想你哟。""妈妈也想你!你去幼儿园,妈妈的心也跟着你一起去了。"

(3) 情感升华

教师提问幼儿:你觉得妈妈的心是什么样子的?它为什么会跟着妞妞去幼儿园呢?

引导幼儿深入理解母爱的含义,认识到即使妈妈不在身边,她的心也始终陪伴着我们。

3. 手工制作与情感表达

(1) 示范讲解

教师展示如何制作"妈妈的心",边讲解边示范,强调每一步的意义,如心形代表妈妈的爱,装饰则代表我们对妈妈的爱和感激。

(2) 幼儿操作

分发手工材料,鼓励幼儿动手制作自己的"妈妈的心"。教师巡回指导,帮助有困难的幼儿,同时引导幼儿思考:"你想在妈妈的心上添加什么?"

(3) 情感表达

制作完成后,邀请幼儿上前分享自己的作品和背后的意义,如"我为妈妈的心画了一朵花,因为妈妈像花一样美丽"。

4. 作品展示与活动总结

(1) 作品展示

将幼儿制作的"妈妈的心"挂在"亲情树"上,让幼儿欣赏彼此的作品,感受集体中爱的氛围。

(2) 活动总结

教师总结活动,强调母爱的伟大与无私,同时表扬幼儿的勇敢和成长。

5. 情感升华

播放一首温馨的歌曲《感恩的心》,引导幼儿闭上眼睛,想象妈妈的爱像阳光一样温暖着自己,同时默默许下一个愿望或对妈妈说感谢的话。

【活动延伸】

布置家庭作业,如"我为妈妈做一件事"(如捶背等),鼓励幼儿将对妈妈的爱延续到日常生活中。

(二) 大班幼儿生活故事教学活动:《张老师的脸为什么肿了》

张老师的脸为什么肿了

真怪,张老师左边的脸今日骤然肿了起来。小朋友们坐在一起,想呀想,猜呀猜。春春说:"我知道了,一定是达达昨天上课拉小娟的辫子,老师生气了,脸才肿的!"

小朋友们都说:"对!对!是达达不听话,老师的脸才气肿的!"

达达的脸"腾"地一下子就红了,他眼睛瞪得大大的:"我……我不知道老师的脸会肿起来的呀!"说着,眼泪都快滚下来了。新新赶忙说:"达达,别哭,这不要紧的,只要你以后不欺负小娟,张老师不生气,脸就不肿啦!"达达用劲点了点头。

上课了,张老师走进来,脸还肿着。达达把手放在背后,认认真真地听着老师讲课,小娟的小辫子就在前后晃来晃去,达达一动也不去动它。可是,一直到下课铃响了,张老师的脸还是肿着。达达赶忙跑到张老师面前,说:"张老师,我今天没有拉小娟的辫子!"张老师笑笑,摸摸达达的脑袋,就走了。

第二天早上,春春对达达说:"达达,张老师的脸还肿着,他还在生你的气呢!"达达一听,可急坏了,他"噔噔噔"跑到小娟面前,把自己心爱的小象卷笔刀往小娟手里一塞,说:"送给你。"他又跑到办公室里,对张老师说:"张老师,张老师,我把小象卷刀送给小娟啦!"张老师又是笑了笑,没说话。达达急得结结巴巴地说:"张老师,你……你别生我的气……"

张老师愣住了:"我生你什么气呀?"

达达说:"前天,我拉了小娟的小辫子,您的脸就气肿了。"

张老师一听,咯咯地笑了起来:"老师早就不生你的气啦,老师的脸肿,是因为牙齿疼呀!达达对老师这么好,老师的病一定好得更快啦!"

达达乐得转身就向教室跑去,大声嚷着:"张老师的脸不是我气肿的,不是的……"

【活动意图】

大班幼儿的逻辑推理能力水平有较大提高,能够根据故事中的人物行为、情感和情节推理后续发展,厘清因果关系。本活动旨在通过故事讲述和角色扮演,引导幼儿在分析、推理故事内容和人物情感的基础上,懂得尊重和关心老师,激发幼儿的同理心与责任感。

【活动目标】

1. 理解故事中的因果关系,认识到自己的错误行为可能带来的后果。
2. 通过角色扮演,学会道歉与宽容,提高表达能力与社交技能。
3. 尊敬与爱戴教师,学会关心他人的感受。

【活动准备】

1. 物质准备:故事材料——《张老师的脸为什么肿了》的故事书或课件;角色扮演道具——卷笔刀、小辫子等。
2. 场地设置:将幼儿分为若干小组,确保每组有足够的空间进行角色扮演,同时准备一块展示板用于展示故事中的关键情节。

【活动过程】

1. 导入环节

(1) 教师讲述

教师以生动的语气讲述故事的第一段,同时展示故事书或课件,引导幼儿关注故事中的关键情节和人物。

（2）提问引导

教师：小朋友们，你们知道张老师的脸为什么会肿吗？

鼓励幼儿大胆猜测，激发幼儿的兴趣与参与度。

2. 情节分析

（1）情节梳理

教师与幼儿一起梳理故事中的关键情节，如达达拉小娟的辫子、张老师脸肿、达达道歉等，帮助幼儿理解故事中的因果关系。

（2）情感共鸣

教师：如果你是达达，你会怎么做？

引导幼儿思考，鼓励幼儿表达自己的感受与想法，培养幼儿的同理心与责任感。

（3）角色分析

分析故事中人物的性格特点，如达达的调皮、小娟的可爱、张老师的宽容等，帮助幼儿理解不同人物的行为与情感。

3. 角色扮演

（1）分组准备

将幼儿分为若干小组，每组分配不同的角色，如达达、小娟、春春、张老师等，同时分配相应的道具。

（2）角色扮演

每组幼儿进行角色扮演，再现故事中的关键情节。教师巡回指导，鼓励幼儿大胆表达与互动，同时观察幼儿的表现。

（3）分享与反馈

每组幼儿表演结束后，教师进行点评与反馈，强调道歉与宽容的重要性。

4. 情感升华

（1）讨论与分享

引导幼儿讨论：在生活中，你有没有遇到过类似的事情？你是怎么处理的？

鼓励幼儿分享自己的经历与感受，培养幼儿的表达能力与社交技巧。

（2）情感表达

教师引导幼儿思考：你想对张老师说些什么？

鼓励幼儿用自己的方式表达对教师的尊敬与爱戴，如制作小礼物、写感谢信等。

（3）总结与延伸

教师总结本次活动的收获与意义，同时延伸讨论：在生活中，我们应该如何关心他人、尊重他人？

鼓励幼儿将所学知识应用于日常生活中。

【活动延伸】

情感表达工坊：幼儿绘制一张卡片或画一幅画，表达对老师的感情和感谢，将这些卡片或画作收集起来，制作成一个"感谢墙"，展示在教室中。

练习与思考

1. 找一篇幼儿生活故事,进行模拟讲述。
2. 细心观察幼儿的日常生活,收集材料,创作一篇幼儿生活故事。
3. 以黄云生的幼儿生活故事《倒着走路的丁丁》为素材,设计一个教案。
4. 把曹文轩的《痴鸡》改编成一篇生动有趣的幼儿生活故事。

附:幼儿生活故事选读

1. 换 车
（胡木仁）

爸爸妈妈每天开车上下班,又快又方便。

一天,爸爸妈妈商量"换车"的事。

换车? 我高兴地想:爸爸妈妈一定是嫌现在的车太低档,太普通,想换更豪华、漂亮的小汽车。用这样的车送我上学,带我旅游,多神气呀!

第二天,我放学回家,看见门口摆着两辆自行车。旁边的车库里,还停着原来的小汽车,没有换?

我问爸爸妈妈:"新车在哪里?"

爸爸指着自行车说:"在这里呀!"

我很失望:"换成自行车? 太落后了吧!"

妈妈笑着说:"自行车无尾气,无噪声,无污染,还能锻炼身体……好处很多。"

哦,这就是低碳生活。

2. 漫画谢老师[①]
（李文慧）

我的语文老师姓谢,中等身材,一头乌黑的短发,戴着一副紫框眼镜。别看谢老师长得不出众,但她的特异功能"明察秋毫"和"耳听八方"让我不得不佩服。

先说说她的第一个特异功能"明察秋毫"吧! 上课时只要哪个同学开小差或看课外书,她准能第一时间发现并走到他身边;同学们作业本上的字哪怕是写错了一笔,她准能及时发现并指正;午休时要是班里发生了什么小风波的话,她总能第一时间赶到,班上秩序立刻会好转。

再聊聊她的第二个特异功能"耳听八方"。上课时只要有同学发出一丁点儿杂音,她

---

① 李文慧.漫画谢老师[J].小学生之友,2024(05):44-45.

都可以听到,然后用眼神进行"温馨提示"。谢老师的听力就是那么厉害,在她的课上,你可不能和同桌窃窃私语,就算一根针掉到地上她也能听见。

你们是不是觉得谢老师只是一位十分严厉的老师呢?不,其实她还是一位十分幽默的老师。记得有一次,有个同学上课不动手做笔记,谢老师犀利眼神一下就扫到他了,然后大声对那个同学说道:"你不动手我就'动手'了!"这一语双关的"威胁"引得班里的同学忍不住放声大笑,那个同学也在笑声中开始认真做笔记啦。

有这样一位严厉而又幽默的语文老师真好!

3. 冬天的早晨
（沙孝惠）

在一个寒冷的早晨,幼儿园的屋顶上好像铺了一层白色的绒毯,树杈上像点缀了一簇簇棉花球。太阳从云里射出淡淡的光,小朋友们开始户外活动了。

莉莉站在石阶上,手里捧着塑料小暖壶,两只手不停地翻着、捂着。

一会儿,玲玲走过来了,对莉莉说:"我手冻僵了,给我捂一下,好吗?"莉莉身子一转,把小暖壶塞到罩衣下面,睬也不睬。

接着,薇薇、华华、强强也来啦,都说:"你的暖壶,给我们也暖一会儿手吧!"

莉莉身子一扭,噘起嘴巴:"不,是我的小暖壶,为什么要让你们捂手!"

强强听了,白了她一眼,"哼,有啥稀奇!我们来做游戏,比你还暖和呢。"

"强强说得对!"薇薇、华华都赞成。

"我是飞毛腿,谁能捉到我?"强强逗着大家,话音没落,撒腿就跑,游戏就这么开始了。

强强跑得快,小朋友们追得紧。

连跑了几圈,小朋友们把强强"包围"了。

现在,小朋友们都不再觉得冷了,有的汗也出来了。他们商量再玩一个"老鹰捉小鸡"的游戏。

大家推强强做"老鹰",薇薇做"母鸡",其他的小朋友扮"小鸡",排在"鸡妈妈"的后面。

薇薇张开胳膊,随着"老鹰"跑的方向,"翅膀"一闪一扑,挡住"老鹰",保护"小鸡"。

"小鸡"们随着"鸡妈妈",一下向这边转,一下向那边扭,"咯咯咯"地笑个不停。

强强他们越玩越欢,身上热乎乎的,非常舒服,而莉莉呢,她的小暖壶越来越冷了。一个人有多无聊呀!她真懊恼不该那样对待小朋友。

休息的时候,薇薇向莉莉招招手,喊她也来一块玩,莉莉走过去,对薇薇说:"薇薇,你真好,刚才我太小气了,对不起!"

"改了就好,快玩吧!"大家高高兴兴地让莉莉参加游戏,她是最小的"小鸡",站在最后一个。

小朋友们玩得非常快乐,太阳公公也高兴地露出了笑容,屋顶上,大树上的白雪晶莹闪亮,照映着一张张红扑扑的笑脸。

4. 咳　嗽
（黄云生）

奶奶弯着腰,咳着:"咳,咳,咳……"

蔚蔚也弯着腰,学着:"咳,咳,咳……"

奶奶咳得满头汗,直喘气。

蔚蔚学完了,嘻嘻笑。她想:这多有趣呀!

有一天,蔚蔚感冒了,不停地打喷嚏。

"阿嚏!"一个喷嚏,唾沫星子溅了奶奶一脸,蔚蔚还咯咯地笑。

"阿嚏!"又一个喷嚏,唾沫星子落到了自己的新衣服上。蔚蔚不高兴了:"不来,不来,我不来!"

可是,没等她扭完身子,"阿嚏,阿嚏",喷嚏一个接一个打起来,眼泪鼻涕糊满了脸蛋。

咦,是谁用毛巾替蔚蔚擦干净脸?这是一块刚从热水里绞出来的毛巾哩。随着热气散去,蔚蔚看见奶奶站在面前。奶奶的手很瘦,脸上布满皱纹。

"好奶奶!"蔚蔚心里叫着。

"咳,咳,咳……"蔚蔚刚退了烧,又咳嗽起来。每一回,奶奶总是一只手轻轻拍着她的背,另一只手拿着止咳糖浆,等她咳嗽一停下来,就喂她喝下去。半夜里,蔚蔚一咳嗽,奶奶就醒了,拉亮电灯,给蔚蔚拍背。

蔚蔚的咳嗽好了,奶奶的老毛病却又犯了。"咳,咳,咳",奶奶咳得满头大汗,直喘气。蔚蔚一边拍着奶奶的背,一边轻轻地说:"好奶奶,我再也不学你咳嗽了。"

5. 七个太阳

(昊向真)

盼盼的桌面上铺着老师发下来的图画纸,还有一盒彩色画笔。盼盼瞧了瞧黑板上老师画的鸭子,和真鸭子一模一样。鸭子挺着脖子一动也不动,端端正正得像是蹲在水里,不是在戏水……嗯,没劲儿。

盼盼画画时,让小鸭子把脖子弯进水中,在鸭子的扁嘴上添了两道细短的、弯弯扭扭的线,那是一条小鱼在鸭子嘴里扭来扭去地挣扎着。

小鸭子多机灵,盼盼喜欢得用脸蛋亲了亲小鸭子。啊,好冷! 盼盼在画纸的右上角画了一个红通通的太阳,让小鸭子暖和一些。他用手掌捂在小鸭子身上试了试,觉着还不怎么热乎。嗯,应该有好多好多个太阳。于是,盼盼在画纸的上端画满了一排太阳,才松了一口气。

老师在孩子们课桌间的走道上走动着,帮助孩子们完成图画作业。她在盼盼的桌旁停住了。她很欣赏盼盼画的小鸭子,她甚至看出了小鸭子嘴里的小鱼,还在拼命地扭动哩。

"为什么是七个太阳呢?"老师心里有些迷惑,就这样问了。

"因为呀,小鸭子冷啊,好可怜。"盼盼回答,"一个太阳不够热,要多多的阳光,才能把小鸭子晒得暖和起来。"

盼盼说着说着脸红了起来,眼眶里也满是泪水,他怕自己没有照黑板上画会受批评呢。

盼盼的画在"优秀作业栏窗"里贴出来了。家长们走到栏窗前,盯着"七个太阳"看了又看,有的惊奇,有的迷惑,有的欢喜,有的在沉思……

第七章 幼儿图画书

1. 了解图画书的基本概念及其特点。
2. 知晓幼儿图画书的讲述要点,并能生动地讲述。
3. 能应用幼儿图画书的赏析理论,分析鉴赏图画书,并尝试创作。
4. 学会运用幼儿图画书进行教学设计及组织教育活动。

本章重点

能根据图画书的特点鉴赏图画书。

能根据幼儿的年龄特点和发展水平,选择适宜的图画书开展教育活动。

第一节 幼儿图画书概说

一、幼儿图画书的概念

图画书,英语国家称为 Picture Book,日本、我国香港和台湾省称为"绘本"。我国教育部印发的《3-6 岁儿童学习与发展指南》《义务教育语文课程标准(2022 年版)》等重要文件,均将其称为"图画书",这也是本书沿用此名称的由来。无论哪一种叫法,所体现的核心构成要素是相同的,即这类书是由"图画"和"文字"共同构成的。

全球最著名的图画书奖——美国凯迪克奖(Randolph Caldecott Medal)组委会认为:

"儿童图画书与其他图文并茂的图书不同,它旨在为儿童提供视觉的体验。它依靠一系列图画和文字的互动来呈现完整的故事情节、主题和思想。"

日本图画书之父松居直认为:"图画书是文章也说话,图画也说话,文章和图画用不同的方法都在说话,以此来表现一个主题……假如用数学式来写图画书表现特点的话,可以这样写:文×画＝图画书。读图画书的基本原则是,图画书不是孩子们自己阅读,而是由大人读给孩子听。正因为是大人读给孩子听的书,所以图画书才对孩子有重大的意义。"

我国著名儿童文学作家、评论家、翻译家彭懿认为:"图画不是文字的附庸,不再可有可无,甚至可以说是图画书的生命了。图画书是用图画与文字来共同叙述一个完整的故事,是图文合奏,说得抽象一点,它是通过图画与文字这两种媒介在两个不同的层面上交织、互动来诉说故事的一门的艺术。"

以上三种解释都认为:图画书是用图画和文字来共同讲述一个完整的故事的图书。不同点在于,凯迪克奖的图画书标准是站在儿童的角度,突出了图画书为儿童服务的宗旨;松居直注重成人协助对于儿童阅读的重要意义;彭懿则突显了"图画"的叙事功能。图画书的文字对于故事的讲述有着起承转合的重要作用。即使是无字类图画书,它也必然隐藏着一个文字的脚本。图画书借助画面语言讲故事,必须强调画面之间的连贯性,图画书的绘者就像电影导演,他们必须在限定的篇幅里把一个故事讲得既清楚又好看。面对一本好的图画书,幼儿即使不识字,仅是靠"读"画面,也应该可以读出个大意。另外,一般来说,图画书都有一个精心设计的版式,从封面、环衬、扉页、版权页到正文以及封底,甚至材质、版面大小等。这些一起构成了图画书这个有机整体。

综合以上观点,我们所讲的"幼儿图画书"是指:作者自觉地为0—6岁幼儿创作的,用图画和文字共同讲述故事的图书。幼儿的阅读活动须要成人的协助才能完成。

二、幼儿图画书的分类

根据不同的标准,幼儿图画书可被划分成不同的类型。

根据叙述文字的有无,分为一般图画书和无字图画书。一般图画书结合图画和文字共同讲述故事,大多数图画书属于这一类。无字图画书则完全依靠连续的画面来叙述故事,如荷兰插画大师迪克·布鲁纳的"米菲绘本系列"和瑞士插画大师莫妮克·弗利克斯的"莫尼克无字书"系列。

图7-1-1 米菲绘本系列

图7-1-2 莫妮克无字书系列

根据故事体裁,分为童话类图画书、幼儿生活故事类图画书、寓言哲理类图画书、科普故事类图画书等。童话类图画书除了改编自《格林童话》《安徒生童话》等经典故事，还有许多当代原创作品，如《獾的礼物》是一个关于如何接受死亡的温馨故事。与幼儿生活相关的图画书，如《鳄鱼怕怕 牙医怕怕》描绘了鳄鱼看牙医的有趣场景，其趣味在于作者不仅让幼儿重温自己看医生时的恐惧心理，还展示了医生面对小朋友时的恐惧，从而创造出幽默的效果，非常有趣，同时也能减少幼儿去看医生的恐惧心理。《郑渊洁给孙女的好习惯书：十二生肖童话绘本》旨在通过童话故事培养幼儿的健康习惯、安全习惯、行为习惯和思维习惯。寓言哲理类图画书《小马过河》通过图文并茂的故事告诉幼儿：任何事情都要自己亲自试一试，不要轻易相信别人的经验。《活了100万次的猫》则让幼儿认识到生命的意义。科普故事类图画书让科学知识的普及变得不再枯燥，例如汽车科普认知绘本让幼儿在有趣的图画故事中认知各种汽车。

图 7-1-3 《獾的礼物》

图 7-1-4 《鳄鱼怕怕 牙医怕怕》

图 7-1-5 《郑渊洁给孙女的好习惯书：十二生肖童话绘本》

图 7-1-6 《小马过河》

图 7-1-7 《活了100万次的猫》

图 7-1-8 汽车科普认知绘本

根据图画与文字对于故事所做的贡献，图画书可以分为"以图画叙事为主"的图画书和"以文字叙事为主"的图画书。美国大卫·香农的"大卫系列绘本"就是以图画叙事为主的图画书，而曹文轩的《菊花娃娃》是以文字叙事为主的图画书。

图 7-1-9 大卫系列绘本

图 7-1-10 《菊花娃娃》

三、图画书的结构

通常情况下,一本图画书的结构应包括封面、前后环衬、扉页、版权页、正文和封底。其中,版权页包含出版信息,如书名、作者、出版年月等,有时也包含版权声明,位置灵活多变。正文是图画书的主体部分。我们不仅要关注文字如何讲述故事,还要关注图画如何讲述故事,更要关注文字和图画如何互动讲述故事。在后文的赏析环节我们主要分析故事的正文部分,这里只对封面、环衬、扉页和封底的设计做具体介绍。

1. 封面

封面对于图画书就像面部对于人一样重要,是吸引他人关注的焦点,是邀请他人走进自己的"窗口",因此有经验的创作者都会很慎重地设计自己作品的封面。封面除了书名、文/图作者(翻译的书籍有译者)、出版社等重要信息之外,一般都有一幅精心挑选的与故事内容紧密相关的画面。画面内容有的来自该书正文部分最能勾起读者兴趣的画面,有的是作者根据故事内容专门设计的。

封面书名等各种元素配合,可能制造悬念、引起好奇,《古利和古拉》的封面,两只小田鼠打扮得整整齐齐,手里各拿着一朵小花,抬着一个篮子一起由左向右行进,他们这是要去哪?右边正好就是翻页的地方,以此对读者做出赶快翻页的暗示。封面也可能引出故事要解决的主要问题,《朱家故事》封面的背景是壁纸,给人强烈的家庭信息,图上的四个人物中妈妈表情非常严肃,身上背负着一家人,显而易见,这是一个关于减轻妈妈家庭负担的故事。

图 7-1-11 《古力和古拉》封面

图 7-1-12 《朱家故事》封面

2. 环衬

优秀的图画书环衬的设计一般都非常契合故事主题、绘者的艺术风格以及图画书的整体色调和线条特点等。一般说来,封面后面的是前环衬,封底前面的是后环衬。《鳄鱼爱上长颈鹿》(达妮拉·库洛特文/图,方素珍/译)的环衬上有很多把小红伞,小红伞是故事中的关键细节,为鳄鱼和长颈鹿陷入爱河提供可能性。《跟着姥姥去遛弯儿》(保冬妮/文,李萌/绘)的前环衬是一幅有老北京名建筑和名小吃的特别地图。前环衬右下角姥姥拉着胖妞往前走,地上是她们留下的串串脚印。在环衬的左半部分还有"头伏饺子二伏面三伏烙饼夹鸡蛋"的文字。环衬的设计让读者领悟到这是一个关于"吃"和"游玩"的故事。从人物的服饰来看,这是一个关于对老北京的回忆的故事。

图 7-1-13 《鳄鱼爱上长颈鹿》环衬　　　　　图 7-1-14 《跟着姥姥去遛弯儿》环衬

3. 扉页

图画书的扉页与封面的内容通常一致,但精心的作者和编辑也会对扉页的图画进行特别的设计。《月亮狗》(纳娜·莫斯特/文,尤塔·比克尔/绘,陈俊/译)封面是一只奇怪、孤独的小狗独自在船上望着月亮,扉页是和整个故事基调一致的星光闪烁的蓝天,但画面内容与封面的截然不同,扉页上的小狗不再孤独,而是有好朋友相伴。还有一些图画书,从扉页就开始讲述故事,如《小刺猬的麻烦》(瑞希德·思卡梅尔/文,麦可·泰瑞/图,思铭/译)扉页上,小刺猬从左向右爬,麻烦事即将开始。

图 7-1-15 《月亮狗》封面　　　图 7-1-16 《月亮狗》扉页　　　图 7-1-17 《小刺猬的麻烦》扉页

4. 封底

封底除了包含书号、条形码、定价等信息外,有时也会继续故事。《第一次上街买东西》(筒井赖子/著,林明子/绘,彭懿/译)正文的最后一页画面是妈妈抱着妹妹和美依一起回家的背影。通常来讲故事到这里就结束了,但是作者却在封底增加了一幅图片。封底的美依和妹妹一起喝着牛奶,身旁放着消毒水、镊子,读者很快就能联想到妈妈刚刚一定对美依的腿进行了护理,在处理的过程中,美依可能还把上街的经历一一讲给妈妈听,妈妈给予了安慰与表扬。妹妹喝着奶,已经要睡着了,妈妈一边帮妹妹扶着奶瓶,一边眼睛关切地望着美依,美依的一条腿搭在妈妈的膝盖上,场景十分温馨。一幅插图提供了无限遐想的空间。

图7-1-18 《第一次上街买东西》正文最后一页

图 7-1-19 《第一次上街买东西》封底

四、幼儿图画书的功能

在幼儿的成长过程中,图画书如同一扇扇神奇的窗户,引领他们探索未知、感受美好。这些色彩斑斓、形象生动的书籍不仅是幼儿消遣时光的玩具,更是他们感受世界、认知世界、想象世界、启迪智慧、促进成长的重要工具。

1. 促进审美能力的提高

优秀的图画书往往具有"美丽"的特质,不仅外表美观,其艺术风格和对美的崇高追求也潜移默化地影响着小读者对美的领悟。例如,大卫·威斯纳的《疯狂星期二》展现了傍晚乡间的宁静与美丽;于虹呈的《盘中餐》描绘了云南梯田的壮观与精致;罗伯特·麦克洛斯基的《让路给小鸭子》中警察身上体现出的人性美,都让幼儿受到美的启迪。

图 7-1-20 《疯狂星期二》内页截图

图 7-1-21 《盘中餐》内页截图

语言与艺术的结合造就了图画书,但幼儿图画书对于图画的要求并不是以纯艺术的审美为参考,而是要考虑幼儿的特点和故事内容的风格。实践证明,一些涂鸦作品和"笨拙"的画作作为图画书插图,也能形成经典的作品,关键看是否契合故事内容,是否符合幼儿的审美接受特点。

2. 增强阅读的趣味

图画书是幼儿游戏娱乐的重要伙伴。图画书通过丰富的色彩、生动的形象和有趣的故事情节,为幼儿构建了一个充满想象与乐趣的世界。有的图画书通过互动性的设计,增强了幼儿的游戏娱乐体验。有的图画书在设计时融入了互动元素,如翻页惊喜、寻找隐藏物品等，这些设计不仅激发了幼儿的好奇心，还培养了他们的观察力和思维能力。幼儿在阅读过程中，不再是被动接收信息，而是积极参与其中，与书本进行互动，这种体验无疑增加了阅读的趣味性和娱乐性。

另外，图画书的故事情节往往充满创意和想象，为幼儿提供了广阔的想象空间。幼儿在阅读图画书时，会根据书中的插图和文字，在脑海中构建出一个个生动的场景和角色。这种想象的过程，不仅锻炼了幼儿的创造力，还让他们在游戏中获得了精神上的愉悦和满足，如《一园青菜成了精》《和甘伯伯去游河》《农夫去旅行》等，都自带游戏性。

3. 开启知识的宝库

对于幼儿来说，文字的世界还显得过于抽象和复杂，而图画则以其直观、形象的特点，成为他们理解世界的第一把钥匙。通过图画书，幼儿可以认识各种动物、植物、交通工具等，了解它们的基本特征和用途，从而在脑海中构建起一个丰富多彩的知识库。

图画书还在情感教育和价值观塑造方面也发挥着重要作用。许多图画书都以温馨的故事情节和感人的画面，传递着爱、勇气、友谊等美好的情感和价值观。幼儿在阅读这些故事时，会潜移默化地受到影响，学会关爱他人、勇敢面对困难、珍惜友谊等宝贵品质。

4. 搭建亲子沟通的桥梁

松居直说，"以图画书为媒介，帮助大人与幼儿心灵相通，才是给幼儿看图画书的意义所在，所以图画书可以说是大人与幼儿进行心灵沟通的场所。[①]"在共读图画书的过程中，父母可以与孩子分享彼此的感受和想法，增进亲子之间的情感交流，这种亲密的互动不仅有助于建立良好的亲子关系，还能让孩子感受到家庭的温暖和关爱。

综上所述，图画书在幼儿的成长过程中扮演着不可或缺的角色。它们不仅是幼儿认知世界的窗口，更是培养他们审美力、观察力、想象力、情感和价值观的重要媒介。因此，我们应该重视图画书的选择和阅读，为幼儿提供更多优质的图画书资源，让他们在阅读的乐趣中茁壮成长。

第二节 幼儿图画书选读与鉴赏

一、幼儿图画书的美学特质

图画、文字和图文互动叙事是图画书的三大元素。幼儿图画书美学特质的分析也将从这三个方面展开。

（一）图画

图画的创作属于艺术领域。图画书中色彩、线条、视角、画风等的选择应首先与故事的基调保持一致，然后再结合画家个人的兴趣和爱好。幼儿图画书中的图画一般来讲，具

---

① 松居直.幸福的种子：亲子共读图画书[M].刘涤昭，译.南昌：二十一世纪出版社，2013：24.

有以下特征:

1. 直观形象

幼儿图画书中,生活场景画、荒诞的幻想画,以及赋予动植物、非生物以人的特征及情感的作品比较常见。例如,大卫·香农的"大卫系列"(《大卫不可以》《大卫上学去》和《大卫惹麻烦》),形象地再现了幼儿调皮捣蛋的生活日常与成人对幼儿的规约。大卫的形象被设计成大圆脑、三角鼻、鲨鱼牙,活脱脱一个充满好奇、调皮捣蛋的幼儿形象。又如,在《野兽国》(莫里斯·桑达克/著,宋佩/译)中,小男孩迈克斯被妈妈训斥,书中展现了他进行思想大狂欢、排解郁闷的荒诞场面,虽然荒诞,但幼儿却觉得非常尽兴。再如,《逃家小兔》(玛格丽特·怀兹·布朗/文,克雷门·赫德/图,黄迺毓/译)表现了一只可爱的小兔子向兔妈妈表达"爱"的温馨画面;《小房子》(维吉尼亚·李·伯顿/编绘,阿甲/译)则以一座小房子的视角,讲述了家乡城市化的过程,最后又重返乡间静谧生活的故事,小房子被赋予了人类的感知与思想。

图 7-2-1 "大卫"的形象

图 7-2-2 《野兽国》中的形象

2. 细节巧妙

许多经典图画书都精心设计了特别的画面细节,这些细节可能是对人物行为或性格的暗示。例如,在《朱家故事》中,小猪形状的插座暗示了故事中爸爸和孩子们的懒惰。在无字图画书《大风》(莫妮克·弗利克斯/编绘)中,小老鼠用自己的尾巴作为风车的支撑,甚至在尾巴末端打结,这个细节不仅增加了故事的趣味性,还推动了故事情节的发展,小老鼠最终乘着风车飞起来,可见,细节的设置能够为故事增添色彩和情趣,推动情节的发展。

图 7-2-3 《大风》中的画面细节

3. 传情达意

图画书的画面能够直观地让幼儿体验人物的情绪与情感。例如,在《大猩猩》(安东尼·布朗/文图,林良/译)中,多幅画面展现了安娜的孤独感。在一幅描绘餐桌旁的场景中,孩子渴望与爸爸交流,但爸爸手中的报纸像一堵墙,不仅隔开了他们之间的物理距离,更深化了心理距离。孩子背影的构图为读者提供了更多的想象空间,加深了我们对孩子的同情。再如,《第五个》(恩斯特·杨德尔/文,诺尔曼·荣格/绘)中的小青蛙在被"医生"治好后,非常喜悦,它飞了出来,头上还戴着王冠,让读者不禁开怀大笑。

图 7-2-4 《大猩猩》餐桌旁画面

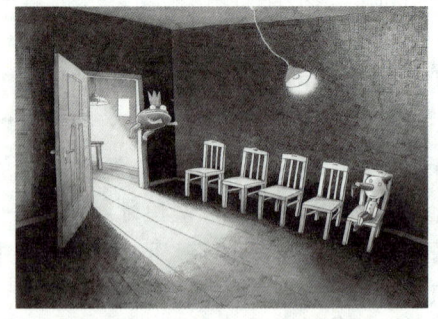
图 7-2-5 《第五个》青蛙的画面

（二）文字

经典幼儿图画书的语言与幼儿的实际语言水平和理解能力相匹配，或略高于幼儿的实际语言水平，这与维果斯基的最近发展区理论相契合。幼儿图画书的语言具有以下特征：

1. 简洁

为低幼儿童创作的图画书文字一般都比较简洁易懂。例如，《母鸡萝丝去散步》（佩特·哈群斯/文图，上谊出版部/译）全文仅用 44 个字就讲述了母鸡萝丝的散步经历：她走过院子，绕过池塘，越过干草堆，经过磨坊，穿过篱笆，钻过蜜蜂房，最终按时回到家吃晚饭。

2. 稚拙

幼儿的语言天真稚拙，经典图画书的语言通常与幼儿的语言风格相一致。如《我想吃一个小孩》（西尔维娜·多尼奥/文，多萝蒂·德·蒙弗里/绘）中，小鳄鱼奇奇想吃小孩却被小孩"戏弄"，书中对奇奇的描述如下："真倒霉！太没面子了！"他现在已经饿得晕头转向了。他一边往回跑，一边喊："爸爸！妈妈！香蕉！快！我要吃香蕉！我要变强壮！"

3. 诗意

英国著名诗人华兹华斯曾说："儿童乃是成人的父亲"。华兹华斯崇尚大自然，认为儿童处于自然的本真状态，他们的语言如同诗一般。因此，儿童文学作家在创作时应谨慎选择语言，尽量使用优美的语言，让幼儿从小就能感受到语言的形式和意蕴之美。

（三）图文互动叙事

图画书的故事讲述是由文字和图画共同完成的。如果一本图画书仅通过文字就能完整地表现其故事，那么它就只是一个带有插图的故事书，而非我们所说的图画书。以英国图画书大师约翰·伯宁罕的《和甘伯伯去游河》为例。故事开始时，文字介绍了甘伯伯的基本情况：他就是甘伯伯，甘伯伯有一条船，他的家住在河边。开头的两幅插图呈现了甘伯伯的外貌特征和生活背景，是比较静态的画面，属于我们所说的文字配图。

《和甘伯伯去游河》

从正文第三幅图画开始，真正的故事开始了：有一天，甘伯伯正要撑船去游河。两个小孩儿说："我们跟你去好不好？"甘伯伯说："好是好，只要你们不吵闹。"如果只看文字，故事显得平淡，是一个大人制定规矩，小孩为了游玩的目的而遵守的故事。然而，图画叙事却告诉小读者，不吵闹是不可能的，而且甘伯伯并没有阻止他们。图画与文字在看似冲突中讲述了一个特别有趣而又有张力的故事，这正是吸引幼儿的地方，也是图画书的魅力所在。

伯宁罕深刻理解孩子万物有灵的心理，在这个故事中，甘伯伯与小动物交流畅通无阻，就像和两个小孩一样自然地交流。当一只小兔说："甘伯伯，我跟您一起去游河，行不行？"甘伯伯说："行是行，但是你不能乱蹦跳。"这样天真纯洁的文字，连成人读者也会深受感染，回归童心趣味。随后，猫、狗、猪、绵羊、鸡、牛和山羊以类似的方式要求上船，甘伯伯也都在和他们讲好规则的前提下让他们登了船。这个过程真的像是一次大狂欢，起初，大家都很高兴，但是不久以后，兔子乱蹦乱跳，猫到处乱抓，山羊乱顶羊角，鸡乱扇翅膀，结果船就翻了，大家都掉进水里去了。故事的结尾，甘伯伯和孩子、动物们又上了岸，在太阳下晒干衣服，并邀请他们去他家喝茶。整个过程，文字在表面的规训下与图画形成"反向"叙事——对规训的不遵守。然而，文字和图画都没有一点训斥和惩戒的意味，讲述的是一个温馨、好玩的故事。伯宁罕的作品对孩子充满了宽容与爱。

图文互动叙事是图画和文字合奏讲故事，就像演奏交响乐一样。也曾有人将图画书比作一串珍珠项链，图画书的文字就是那条链子，图画就是珍珠，没有链子，图画将是一盘散沙，有链子将其穿起来，才美丽无比，才能被他人采用和喜欢。图文在精神层面的真正结合，才能演绎一个打动人心的故事。

二、代表作家及作品选读

由于图画书对于幼儿成长的重要意义和价值，当今世界各个国家都涌现出了很多代表性的作家和经典作品，我们将从中选出一些已经翻译成中文的作品进行赏析。

（一）【英】安东尼·布朗及其图画书选读

1. 作者简介

安东尼·布朗的图画书获大奖无数，包括凯特·格林威奖、安徒生大奖等。他的作品被翻译成中文的有《我爸爸》《我妈妈》《我喜欢书》《大猩猩》《小凯家不一样了》《朱家故事》《威力和一朵云》《隧道》《梦想家威力》等。《我爸爸》《我妈妈》中那感人而又生动的语言，加上有节奏的重复性结构，夸张的漫画式人物形象，让读者在欢快的笑声中感受到孩子对父母深深的爱。《大猩猩》关注单亲家庭中孩子对爱的渴望。《小凯家不一样了》从孩子的视角讲述二胎来临之前儿童的忐忑心理。《朱家故事》让我们感受到家务劳动全部落到妈妈头上的愤怒。《威力和一朵云》探索个人如何摆脱郁闷情绪。

安东尼·布朗的创作风格可以通过以下三个方面来概括：

（1）超现实主义手法：布朗擅长使用超现实主义手法来描绘日常生活和儿童的内心世界，以此表达真挚的情感。例如，在《我爸爸》中，他通过夸张人物特征，将其与动物形象相结合，从而以儿童的心理认知特点展现爸爸在孩子心中的形象。尽管形象夸张，但爸爸身上的标志性格子睡衣让我们依然能够认出这是"我的爸爸"，从而感受到爸爸在孩子心中的伟岸形象。

（2）对"大猩猩"形象的钟情：布朗的作品中经常出现大猩猩的形象，除了以大猩猩为主角的"威力"系列外，其他作品也常融入这一形象。在《大猩猩》中，通过讲述单亲家庭女孩安娜的故事,展现了她因为缺乏陪伴和爱而幻想出一只带有爸爸特征的大猩猩,陪伴她左右,实现她的愿望,反映了她内心的寂寞和孤单。

(3) 专注于日常生活:布朗的作品深深植根于对日常生活的观察和思考。《朱家故事》通过对家庭生活的描绘,隐喻了"诸家故事"或"猪家故事"。在这个家庭中,家务活都留给了妈妈,而其他家庭成员则像"猪"一样。布朗没有直接用文字表达这一点,但通过图画中的细节,如带有"猪头"的插座,巧妙地传达了这一信息。

2. 作品选读:《小凯家不一样了》

《小凯家不一样了》讲述了小凯的妈妈去医院生二胎,留下小凯独自在家的故事。爸爸离家前告诉小凯:"我们家要不一样了。"这句话让小凯心中充满了不安和好奇。星期四上午十点一刻,小凯发现家中的物品开始变得不同寻常:茶壶长出了猫的耳朵、尾巴和脚爪,变成了一只猫;长沙发变成了鳄鱼;洗脸池的水龙头长出了眼睛,防溢口变成了鼻子,下水口变成了嘴。独自一人的小凯将家中的一切事物和声音都想象成了可怕的怪兽,这是许多人童年时的共同体验。布朗通过超现实主义风格展现了孩子的内心世界,在这个故事中,爸爸常坐的沙发椅在小凯最害怕的时候变成了一只大猩猩,给予他安慰。故事最后,小凯一家温馨地围坐在沙发上,小凯抱着新生的妹妹,爸爸妈妈坐在他的两侧,一起注视着新生的家庭成员。这本书从孩子的视角出发,用超现实主义手法描绘了孩子内心的恐惧和不安,这是它受到欢迎的重要原因。

《小凯家不一样了》讲述示例

(二)【美】李欧·李奥尼及其图画书选读

1. 作者简介

李欧·李奥尼近50岁开始创作图画书,从此开创了图画书的一个新时代。他的作品多次获美国凯迪克大奖。目前被翻译为中文的有《小蓝和小黄》《田鼠阿佛》《小黑鱼》《亚历山大和发条老鼠》《一寸虫》等。

李奥尼的图画书具有以下风格:一是充满小人物的生存智慧。《一寸虫》展示了个体在复杂社会中机智生存的能力。李奥尼在面对挑剔的客户和苛刻的老板时,就像故事中的一寸虫那样,巧妙地避开了危险。《小黑鱼》中的小鱼为了自己和同伴的安全,想出了逃脱大鱼追捕的聪明办法。二是隐含成长主题。在《这是我的》中,三只青蛙最初总是争吵和自私,但在蟾蜍无私的帮助下,它们学会了分享和和谐相处。《鱼就是鱼》中的米诺鱼最初不了解自己作为鱼的局限,渴望像青蛙一样探索陆地,差点丧命,最终真正认识了自己并接受了自己。三是创作技法丰富。李奥尼精通绘画、雕刻、平面设计和印刷等多种技艺,因此他的图画书呈现出多样化的技法和丰富的造型。他的小老鼠形象是通过剪纸粘贴技术制作的,而小红鱼则是通过拓印手法创造的。四是想象丰富。米诺鱼根据青蛙的描述想象陆地上的生物,而马修则在画布上画出了自己梦中的景象。

2. 作品选读:《字母树》

《字母树》自1968年问世以来,以其简洁的故事和深远的寓意受到读者喜爱。故事讲述了字母树上挂满字母,它们在春风中晒太阳、摇摆,享受着快乐的生活。然而,当微风变成狂风,一些字母被吹走,剩下的字母

《字母树》讲述示例

感到恐惧。这时,它们遇到了词语虫和紫色毛毛虫,教会了它们如何组成词语和句子,从而抵御风的力量,并传达出有意义的信息。李奥尼通过这些句子传达了"世界和平,造福全人类"的理念。

这本绘本虽然简单,却富有深意。它不仅让儿童理解语言的神秘之处——语言的力量来自字母组合后的意义,还强调了团结的重要性。李奥尼巧妙地将教育与娱乐结合,展现了他的智慧。此外,鉴于第二次世界大战对犹太人的迫害和美国对越南的战争,李奥尼在故事中表达了对战争的厌恶和对和平的渴望,希望通过语言的力量传达自己的呼声。李奥尼的作品既有浅显易懂的一面,也有深刻内涵,适合不同层次的读者。

(三)【日】林明子、筒井赖子及其图画书选读

1. 作者简介

林明子善于观察和捕捉生活细节,把握幼儿微小的情绪体验,依照他们看世界时的视线高度,来描绘生活的小欢喜和小悲伤,画风清纯温馨。其代表作品有《出门之前》《第一次上街买东西》《阿秋和阿狐》等,曾获日本绘本大奖、日本产经儿童出版文化奖等多个重要奖项。筒井赖子和林明子一起创作了许多优秀的图画书,她的文字浅显易懂,适合幼儿欣赏,故事充满爱与温馨,配上林明子温暖的色彩、柔和的线条,浑然一体。

2. 作品选读:《出门之前》

《出门之前》讲述示例

《出门之前》,作者筒井赖子,绘者林明子。故事讲述了绫子一家准备去野餐的早晨。绫子兴奋地想要帮忙,却不小心把事情弄得更糟,爸爸妈妈则耐心地收拾残局。最终,一家人在阳光中出发去野餐,故事充满了家庭的温馨和乐趣。这个故事让有孩子的家庭产生共鸣,也让人佩服作者对日常生活细节的捕捉。林明子的画风清新温暖,细节传神,为故事增添了趣味。封面上,绫子认真地准备物品,小脸红扑扑的,非常可爱。

分析其中一个场景:在内页图1中,绫子本想帮妈妈装饭盒,却不小心弄得餐桌和饭盒一片混乱。这个场景展示了筒井赖子和林明子在讲述故事时的默契配合。文字中妈妈只说了"哎呀",但读者通过图画就能理解背后的含义,他们能从图画中看到自己,与故事产生共鸣。

图 7-2-6 《出门之前》封面

图 7-2-7 《出门之前》内页

(四)【澳】梅·福克斯、海伦·奥克森伯里及其图画书选读

1. 作者简介

梅·福克斯,澳大利亚著名亲子阅读专家,畅销书作家,也是著名国际读写能力顾问,经常往来世界各国推广"为孩子阅读"的理念。代表作品有《为孩子朗读——改变孩子一生的阅读秘方》《十个手指头和十个脚趾头》等。

插画家海伦·奥克森伯里,1979年和1999年以《旺格的帽子和平凡之家的龙》和《爱丽丝漫游奇境》两次获得凯特·格林纳威大奖。此外,她还因《我们要去捉狗熊》《农场主的鸭子》《三只小狼和大坏猪》和《太多》分别于1988年、1991年、1993年和1994年四次获得凯特·格林纳威奖的提名。

2. 作品选读:《十个手指头和十个脚趾头》

《十个手指头和十个脚趾头》是福克斯和奥克森伯里合作的经典之作,该作品简单易懂,适合低幼儿童阅读。故事描绘了来自世界各地、不同肤色的幼儿,他们虽然生活在不同的地方,如大都市、山村,甚至帐篷里,但无论他们出生在哪里,无论他们是什么样的孩子,他们都有10个手指头和10个脚趾头,以及妈妈的亲吻。这些幼儿可以友好相处,故事传达了一种普遍的人类共性,对于生活在地球村的孩子来说,读这样的作品可以培养他们的包容度、多元文化意识和国际视野。

《十个手指头和十个脚趾头》讲述示例

图7-2-8 《十个手指头和十个脚趾头》封面和部分插图

（五）保冬妮及其图画书选读

1. 作者简介

保冬妮，儿童文学作家，她的作品包括童话、图画书、儿童诗、儿歌、散文和儿童小说等，已出版超过200部童书和图画书。她的作品如《屎壳郎先生波比拉》获得全国优秀儿童文学奖，《小孩儿的歌》等作品荣获冰心图书奖，《包子狗和面条猫的奇境》被国家新闻出版署推荐为"百部优秀青少年读物"，"小时候的故事"系列图画书和《小萝卜浇浇》入选"三个一百原创出版工程"，《跟着姥姥去遛弯》等图画书获得中华优秀出版物奖。保冬妮的作品已被翻译成多种语言，传播到美国、法国、英国等多个国家，受到国际关注。她的作品以细腻、温馨的风格和深刻的情感，展现了中国的气质和精神。

2. 作品选读：《冰糖葫芦谁买》

《冰糖葫芦谁买》文字作者是保冬妮，插画作者为吴翟。该书讲述了一个穷苦的老爷爷为了给老伴挣钱买药，不得不在下雪天走街串巷叫卖糖葫芦的故事。尽管天寒地冻，顾客稀少，让老爷爷感到失望，但他仍然不忘给流浪猫留下鱼骨头。后来，一群小孩出现，争相购买他的糖葫芦，他们离开时却露出了小尾巴，此时读者会心一笑，意识到这些小孩的真正身份。

《冰糖葫芦谁买》讲述示例

图 7-2-9 《冰糖葫芦谁买》封面

图 7-2-10 《冰糖葫芦谁买》内页图

通过这个奇妙的故事，作者向幼儿传达了人与动物和谐共处、相融共生的理念。这本带有北京特色的童话图画书展现了地道的北京风情，体现了中国人的人道主义精神。

第三节　幼儿图画书讲述

一、幼儿图画书讲述注意事项

通过前面的学习，我们对图画书已经有了比较深入的了解。那到底应该如何为幼儿讲述图画书呢？以下六点需要注意：

第一，教师要读透需要阅读的图画书，分析该书是否适合听故事的幼儿的认知水平。

除了读透故事本身以外,最好对作者以及他的其他作品都有所了解。

第二,营造或选择适合听故事的环境。最好选择较为封闭的、安静的场所。教师的声音要清晰、有感情,要有音调的变化。

第三,从封面和封底开始讲故事。利用封面和封底导入故事,是进入故事的最佳手段。教师可以设计一些相关的问题,引导幼儿对故事内容进行预测。封底也有可能是故事的尾声,比如《第一次上街买东西》和《出门之前》;或有媒体和名人对这本书的评价,有助于增加幼儿对故事的兴趣。

第四,利用提前做好的、清晰度高的图画书幻灯片协助讲述。注意,幻灯片中图画书正文的每一张图,一定是图画书的原跨页图,只有这样才能保证达成创作者的意图,让幼儿更有效地理解作品内容。在讲述的过程中,教师应仔细观察幼儿的反应和眼动情况,根据幼儿的阅读速度决定讲述的快慢节奏。幼儿有问题提出来,要及时帮助解决。教师尽量不要提出问题打断幼儿的连贯阅读。

第五,讲完之后,教师可以提出一些问题,帮助幼儿更深入地理解故事内容。

第六,观察幼儿对故事的接受情况。读完书之后,可以让幼儿聊一聊、画一画、演一演故事。还可以与家长沟通教学内容,观察幼儿阅读后对这个故事的迁移情况,及时做好记录和教学反思。

二、幼儿图画书讲述要点

首先,要注重观察与描述。图画书中的每一幅画面都蕴含着丰富的信息,讲述者需要引导幼儿仔细观察画面中的细节,如角色的表情、动作、背景环境等。通过生动的语言描述,让幼儿仿佛置身于故事之中,感受角色的喜怒哀乐。同时,也要鼓励幼儿自己发现画面中的秘密,培养他们的观察力和思考能力。

其次,要挖掘故事的深层含义。图画书讲述不仅是讲述一个简单的故事,更重要的是通过故事传递一种价值观或人生哲理。讲述者需要深入挖掘故事中的深层含义,引导幼儿思考其中的道理。例如,通过故事中的角色经历,让幼儿学会勇敢、善良、团结等美好品质。

再次,要注重情感的传递。图画书中的故事往往充满了情感色彩,讲述者需要用富有感染力的语言,将故事中的情感传递给幼儿。无论是欢乐、悲伤、紧张还是温馨,都要让幼儿在听故事的过程中,感受到情感的波动,从而培养他们的情感认知和情感表达能力。

最后,还要注重互动与引导。在讲述图画书时,讲述者可以适时地提问,引导幼儿思考故事情节的发展、角色的行为动机等。通过互动,激发幼儿的好奇心和求知欲,让他们更加主动地参与到故事中来。同时,也要鼓励幼儿发表自己的看法和想法,培养他们的批判性思维和创新能力。

三、幼儿图画书讲述案例

1.《一园青菜成了精》讲述案例

图画书《一园青菜成了精》以幽默诙谐的笔触,将一园青菜赋予了生命与情感,让它们在故事中"成精作怪",上演了一场别开生面的菜园大战。

《一园青菜成了精》讲述示例

该作品句式简短明快,韵律和谐,这种语言风格要求我们讲述故事的时候不仅要用欢快、有节奏、一气呵成的语调,还要表现蔬菜们之间的争斗与和解的情绪发展过程——从起初的各不相让,抵御外敌的入侵,到最后实现了菜园的和平与安宁。

2.《会飞的抱抱》讲述案例

图画书《会飞的抱抱》中,小猪阿文的奶奶要过生日了,小猪很思念自己的奶奶,为了表达自己对奶奶的爱,小猪要给奶奶邮寄一个抱抱,因为小猪认为那是最能够表达自己对奶奶爱的方式。他首先到邮局把这个抱抱给了邮局工作人员倪先生,然后经过波波小姐把邮件分类,这样经过一道道程序,这个抱抱最终到达了奶奶那里,而奶奶收到小猪的抱抱之后,用了一个吻来表达对小猪的爱。这是一个有趣、动人的动物故事。讲述的过程中要让幼儿理解,拥抱不仅是一个简单的肢体接触,更是小猪对奶奶深深思念和爱的表达。教师可以准备不同动物的玩偶头像,在讲述的过程中根据情节进行更换。更为重要的是,教师要根据对不同动物特点的理解,对纯真情感的理解,使用不同的语气、语调讲故事,这样故事才能讲述得生动有趣,温馨感人。

《会飞的抱抱》讲述示例

第四节　幼儿图画书创作

图画书的创作第一要注重故事内容,包括主题的选取,内容的确定;第二要关注形式,要根据故事内容选择绘画媒介、绘画风格等;第三要精心设计,做到文图融合。

一、写一个好故事

主题是故事的核心,创作图画书时首先要确定一个合适的主题。图画书可以围绕爱、自然、动物、顽童等丰富多彩的主题展开,甚至包括战争和死亡等严肃话题,但必须以适合幼儿理解水平的方式呈现。例如,《爱花的牛》以战争为背景,通过一头喜欢闻花香的牛来表现,作者巧妙地将严肃主题转化为富有生活趣味和诗意的故事,让幼儿体会到自主选择的重要性。

故事内容是图画书的关键,可以取材于流传已久的神话、民间故事、童话,或是儿童日常生活中的故事。内容主要涵盖四个方面:一是描绘儿童生活和趣事,如萧袤的《青蛙与男孩》中男孩对自己与青蛙不同的认识过程,这类故事有助于加深幼儿对自我的认知,促进成长,激发想象力。二是关于接纳他人、与他人和谐共处以及自我和解的故事,如莫莉·卞的《菲菲生气了》和莫里斯·桑达克的《野兽国》,通过故事让幼儿学会接受和包容,实现内心成长。三是关于认识环境、热爱家乡和保护环境的故事,如于虹呈的《盘中餐》和汤姆·波尔与罗伯·英潘的《世界为谁存在》,让儿童感受人与自然的和谐共处,培养对自然的热爱和保护意识。四是追寻生命意义的故事,如王早早的《安的种子》,启发我们遵循自然规律,从容生活。这些故事不仅丰富了幼儿的阅读体验,也促进了他们的情感和道德发展。

二、为故事配上合适的插图

插图不一定要追求极致的精美,而是要与故事内容相匹配,符合幼儿的审美。例如,在《大卫,不可以》中,大卫·香农使用了大胆而温暖的色彩,以及类似儿童涂鸦的卡通形象,与幼儿的生活经验相契合。《鼠小弟的小背心》则通过特别的构图技巧,展现了小背心在不同动物身上的滑稽变化,使得图画与故事内容相得益彰。李欧·李奥尼在其作品中偏爱"拼贴+绘画"的后现代风格,创造出令人难忘的老鼠形象。郁蓉在《我是花木兰》中巧妙融合了中国剪纸艺术,展现了花木兰的阳刚与柔美,既呈现了故事内容,也传承了中国传统文化。《盘中餐》的封面则采用了实物制作,增添了书籍的质感。彭懿的摄影图画书,如《驯鹿人的孩子》,则是深入生活、用摄影艺术创作的成果,展现了不同文化的独特魅力。这些成功的案例说明,插图的选择和设计应与故事内容相辅相成,共同构建一个引人入胜的图画书故事。

图 7-4-1 《我是花木兰》封面

图 7-4-2 《驯鹿人的孩子》封面

三、制作一本图画书

给幼儿看的书,不仅要内容优质,还要具有吸引力和趣味性,对于年龄较小的婴幼儿来说,书籍还应该耐用,能够承受撕咬,并且使用的材料必须是安全和环保的。自制的图画书可以是传统的图画书形式,包含封面、环衬、扉页、正文、版权页和封底。同时,也可以设计成洞洞书、立体书或卷轴书等创新形式。在创作之前,可以多去图书馆和书店浏览各种图画书,以便根据故事内容和目标读者群体确定书籍的最终样式。

图画书制作的一些建议包括:

(1)明确书籍的主题和内容,并撰写脚本,规划每一页的布局,并确定故事的主角。

(2)绘制原稿,并在选择整体色彩方案后进行上色。应使用较硬、较厚的画纸以防颜色渗透。

(3)装订过程要细致认真,以确保所有努力不会白费。

第五节　幼儿图画书教学及案例

一、幼儿图画书教学方法

运用图画书开展教学,是幼教工作者的必备技能。幼儿图画书的教学与讲述有很多相同的地方,不同点在于用图画书开展教学往往带有更强的目的性,是故事讲述的深化与扩展。

在完成故事的第一遍讲述后,再次讲述故事,这一次教师可以提出一些较为深入的问题,引导幼儿欣赏一些他们忽略的重要细节。对于难于理解的地方,教师要想办法通过各种方式帮助幼儿理解难点。

让幼儿"输出"故事很重要,可以是画画,可以是讲述,也可以是表演。总之,方式不限,目的是看看幼儿到底如何理解这个故事。注意,允许幼儿有各种理解,无所谓对错,因为对于文学作品的理解,仁者见仁,智者见智。允许和鼓励他们的个性化表达。

绘本的教学一般要求环节完整,有导入—初读—精读—巩固—表征—反思等环节。还要有明确的教学目标和教学重点、教学难点,事先准备好教学所需要的各种材料。

二、幼儿图画书教学活动案例

(一)托班图画书共读活动:《大卫,不可以》

【活动意图】

本活动的对象是2—3岁幼儿。《大卫,不可以》故事主要讲述调皮捣蛋的大卫不听妈妈的话,在家里做出一系列妈妈禁止做的事情,被妈妈惩罚,但仍被妈妈爱的故事。活动旨在让幼儿在爱与惩罚的双重体验下改善自己的行为,体验爱的永恒的主题。

【活动目标】

1. 理解故事内容。
2. 知道哪些事不可以做。
3. 感受父母的爱。

【活动准备】

物质准备:《大卫,不可以》图画书,适宜阅读的环境。

经验准备:幼儿处于良好的精神状态。

【活动过程】

1. 封面导入

教师边指边读封面上图画书的名字,然后指着相应的图画,让幼儿试着说说:"这是什么?"教师通过观察幼儿的眼动和表情,决定阅读的速度。鼓励幼儿自主按顺序翻动书页。

2. 共读图画书

教师读文字,让幼儿读图,并说说大卫做了什么不应该做的事,师幼完成图画书共读。

期间,教师尽量不要提问,要及时回答幼儿提出的问题。

3. 说一说

让幼儿试着说一说:"什么事情不可以干?"教师及时对幼儿的表达进行鼓励和肯定。

4. 小结

教师:今天我们读了《大卫,不可以》,你喜欢这个故事吗?喜欢它的什么?

教师:书里有很多好玩的故事,我们下次再读,好不好?

【活动延伸】

亲子阅读:鼓励家长在家中与孩子一起阅读《大卫,不可以》,讨论书中的行为和规则。家长可以记录孩子对故事的反应和理解,以及他们在家中的行为变化。

(二)中班图画书教学活动:《南瓜汤》

【活动意图】

图画书《南瓜汤》是英国图画书大奖"凯特·格林纳威奖"获奖作品。通过阅读活动,旨在帮助幼儿认识到分工合作的意义及友谊的重要性。

【活动目标】

1. 理解故事内容,能根据故事的发展续编故事。
2. 体验到朋友间的情谊,认识到朋友间产生矛盾是正常的。
3. 能通过阅读故事懂得合作和谦让的重要性。

【活动准备】

物质准备:图画书《南瓜汤》、活动课件。

经验准备:幼儿有阅读图画书的经验。

【活动过程】

1. 激发兴趣,封面导入

教师:今天老师给大家带来一个温暖的故事。请孩子们看看这个故事的封面,说说这个故事里都有谁?猜猜发生了什么事?

幼儿:猫、松鼠和鸭子。他们在喝汤。

教师:你们猜得对不对?我们一起来看看这本书的环衬。你又看到了什么?

幼儿:一碗汤。还有两只小虫子、乐器和一碗白色的东西。

教师:看来孩子们之前猜得不错,这个故事很可能跟这碗汤有关系。这两只小虫子跟我们一样,是老师请来的观众,让我们一起走进故事,看看到底发生了什么吧。

2. 讲述故事

教师介绍版权页和扉页:介绍斑鸠琴(班卓琴)和风笛。

教师:树林里有一间古老的小白屋,园子里种了很多南瓜。那里有闻起来好香的汤。到了晚上,如果你够幸运的话,或许可以透过窗户看见一只猫在吹风笛、一只松鼠在弹斑鸠琴、一只鸭子在唱歌。

教师:南瓜汤,这是你喝过的世界上最好喝的汤。这是猫把南瓜切成一片一片,做出来的汤。这是松鼠把水搅啊搅,做出来的汤。这是鸭子舀起一点点的盐,再倒进刚刚好的盐,做出来的汤。

教师:你们听明白这碗世界上最好喝的南瓜汤是怎么做出来的了吗?(如果幼儿觉得

困难,教师可出示猫切南瓜、松鼠搅汤、鸭子舀盐的图片进行提示,并和幼儿一起表述。)

教师:他们稀里呼噜地喝汤,他们一起弹琴唱歌,然后,跳上床,钻进被子里。那是猫缝出来的被子,那是松鼠绣了花边的被子,被子里塞满了鸭子柔软的羽毛。古老的小白屋里平静和谐。他们分头做自己的工作。他们都很快乐。至少看起来是这样……

教师:孩子们,你们和朋友在一起,会不会发生冲突和矛盾而吵架啊?

教师:是啊,他们三个好朋友也跟你们一样。有天早晨,鸭子早早起来,他轻手轻脚地走进厨房,对着松鼠专用的汤勺微笑。"如果我来做大厨的话",他喃喃自语,"那不是很好吗?"

教师:他搬来一张凳子,跳上去,踮起脚尖,直到他的嘴,终于碰到了汤勺的顶端……

教师:哐啷!汤勺掉了下来!然后,鸭子快快走回卧室,高举着汤勺说:"今天轮到我来搅汤。"

教师:"那是我的!"松鼠尖叫,"搅汤是我的事。还给我!""你太小了,"猫凶巴巴地说,"我们要按照原来的方式煮汤!"

教师:可是鸭子把汤勺抱得紧紧的,松鼠使出全部的力气拼命拉……忽然,哎呀!汤勺飞到了半空中,转啊转,打中了猫的头。

教师:这间古老的小白屋里充满了激烈的争吵、吼叫和混乱。

教师:"我不要住在这里了,"鸭子哭哭啼啼地说,"你们从来不让我帮忙。"他把行李装进推车,戴上帽子,摇摇摆摆地离开了。"等我清理好以后,"猫生气地大吼,"你会回来的。"松鼠也握着他的汤勺在空中挥来挥去。可是鸭子并没有回来。没有回来吃早餐。没有回来吃午餐。"我会找到他的,"猫带着嘲笑的口气说,"他只不过是躲在外面罢了。"

教师:"我敢打赌,他在南瓜园里。"可是,鸭子不在南瓜园里。他们怎么找都找不到他。

教师:于是,他们只好等。等了一个好长好长的下午。猫看着门外,松鼠来来回回地踱步。他们咕哝着:"等那只鸭子回来,一定会跟我们道歉。"可是鸭子并没有回来,甚至没有回来喝汤。

教师:鸭子不在,仔细看看图,他们的汤是怎么做的呢?

幼儿:猫把南瓜切成一片一片,松鼠拿着勺子搅啊搅,猫来倒盐。

教师:你猜猜这份南瓜汤好不好喝?

幼儿:不好喝,因为他们不知道放多少盐。

教师:是啊,汤不好喝。他们煮得太咸了。反正他们也不饿。他们对着晚餐哭泣,眼泪掉进汤里,把汤弄得更咸了。松鼠吸了吸鼻子说:"我们应该让他搅汤的。""他只不过是想帮忙。"猫流着眼泪说,"我们出去找他吧。"

教师:猫和松鼠在好黑好黑的树林里走来走去,越走越害怕。他们担心鸭子独自在树林里,遇到狐狸,遇到狼,遇到巫婆,遇到熊。可是,他们找不到他。

教师:他们急急忙忙走啊走,走到非常陡峭的悬崖边。猫哭着大喊:"说不定他掉下去了!""我要去救他!"松鼠吱吱叫。他顺着一根摇摇晃晃的长绳子爬下去。他到了地面,四处都找遍了,可是,仍然找不到鸭子。

教师:是啊,鸭子可能已经遭遇了不幸。但是猫又想了想,悲伤地说:"说不定鸭子找到比我们更好的朋友了。""有可能,"松鼠大叫,"那些朋友愿意让他帮忙。"他们拖着沉重的步伐往回走,一路上,越想越觉得他们的想法准没错。

教师:鸭子就这样离开他们了吗?

教师:可是,快到家时,他们看到古老的小白屋里亮着灯。"是鸭子!"他们一边尖叫一边冲进门。鸭子看到他们好高兴。鸭子说他好饿,虽然已经很晚了,他们还是决定一起做……

幼儿:南瓜汤!

教师:这次谁会来搅汤?

幼儿:鸭子!

教师:鸭子搅汤的时候,猫和松鼠一句话也没说。即使鸭子搅得太快,把汤溅到锅子外面,即使锅子烧起来了,猫和松鼠还是没说话。

教师:鸭子搅汤,谁来放盐?

幼儿:松鼠!

教师:然后,鸭子告诉松鼠要放多少盐。结果,这一锅汤,还是你喝过的世界上最好喝的汤。

教师:这一锅汤是怎么做出来的?

幼儿:这一锅南瓜汤,先由猫把南瓜切成一片一片放进锅里,再由鸭子用勺子把水搅啊搅,最后由松鼠来放盐。

教师:虽然做汤的人换了分工,但在互相的帮助下,还是完成了这碗美味的南瓜汤。

3. 续编故事

教师:就这样,古老的小白屋又恢复了平静和谐。

教师:他们从此就不会发生矛盾了吗?

幼儿:不是。

教师:直到鸭子说……"我现在想要吹风笛!"

教师:你们看图观察,鸭子说了这句话后,三个好朋友之间会不会又出现矛盾呢?又会发生什么事呢?三人一起把故事编下去吧。

幼儿汇报续编的故事。

教师:那他们会不会和好呢?

幼儿:会。

教师:是啊,好朋友之间虽然总会发生这样那样的矛盾,协调和美满有时候是暂时的,冲突不可避免;但冲突并不可怕,因为,朋友之间有深深的爱。老师也希望孩子们在跟朋友相处中,用爱对待自己的朋友,用爱化解朋友之间的争吵和矛盾。

【活动延伸】

创意烹饪活动:制作南瓜汤。准备南瓜汤的食材,幼儿在老师的指导下一起制作南瓜汤,体验故事中每个角色的工作,完成后一起享用劳动成果,并讨论制作过程中的合作经验。

(三) 大班图画书教学活动:《汤姆过六一》

【活动意图】

《汤姆过六一》是法国"小兔汤姆系列"图画书中的一本,主要讲述了汤姆和家人、朋友在幼儿园过"六一"的各种有趣事件。本次活动旨在培养幼儿的观察能力、上下文融会贯通能力,进而培养其逻辑推理能力。

【活动目标】

1. 理解图画书《汤姆过六一》的故事内容。
2. 能够基于推理、联系,将故事文字和图片上的人物对应起来。
3. 在主人公汤姆爱妹妹行为的启发下,提升情感表达力。

【活动准备】

物质准备:活动课件、"跳口袋"游戏的袋子。

经验准备:幼儿阅读过情节稍复杂的故事。

【活动过程】

1. 主题导入:交流"六一"儿童节经验,引入图画书主题

教师:小朋友们,你们的"六一"都是怎么过的?

请2—3位幼儿说一说,拉近幼儿与图画书故事的距离。

2. 观察封面,走进故事

教师:小朋友们,今天我们要读的故事,名字叫《汤姆过六一》。

教师:请看封面图画,你能看到什么?他们在干什么?

邀请2—3位小朋友猜猜。

教师:好,现在老师来给大家读这个故事,请小朋友们认真听的同时,看看你猜得对不对。

3. 共读正文:训练逻辑思维能力

该图画书故事可以分为三个部分。第一部分是汤姆和家人准备去幼儿园参加演出,以及演出的全过程。第二部分是演出结束后的自主游戏。第三部分是吃东西和奖品的分配。

(1)第一部分:去表演途中和表演期间

教师读第1页的文字:"你们快点儿啊!今天幼儿园庆祝六一,我可不能迟到。"

读完后马上问:"我"是谁?然后请幼儿回答。如果回答不上来,教师可以提醒幼儿:想一想,我们今天读的这本书叫什么名字?启发幼儿联系上下文进行思考的能力。

"你们快点儿啊!今天幼儿园庆祝六一、我可不能迟到。"

教师带领幼儿继续读第2页,并提问:猜猜看,图中这些人分别都是谁?观察一下,他们都穿什么颜色的衣服?

为了进一步加强幼儿对人物服饰的认知,拿去图画,让幼儿回忆,图画中的人都穿什么衣服。再在屏幕上展示该幅图,让幼儿检验是否正确。

设计意图:明确角色服装、服饰特点,因为故事中的角色都是兔子,长得很像,如果不加以区别和明确,幼儿在后面的阅读过程中,可能分不清人物,造成故事理解困难。同时,也能培养幼儿在阅读图画的过程中,通过自己的观察、辨别和比较,以服装特点、颜色、配饰等,区分不同人物。

翻到第3页。

教师:请小朋友观察并判断,然后说一说:哪一个是维克多?猜猜看,和汤姆的妈妈说话的是谁?它是男的还是女的?你是怎么知道的?

维克多来找我:"走吧!咱们得去准备表演了。但愿妈妈把我需要的东西都带上了……"

幼儿1:穿白衣服红裤子的是维克多。因为其他两个小朋友一个是汤姆,一个是他妹妹。

幼儿2:牵着汤姆手的是维克多。

幼儿3：和汤姆的妈妈说话的是维克多的妈妈。因为她戴着项链，穿着粉红色的上衣，所以是妈妈。妈妈是女的。

……

读到第10页。教师问：你觉得谁是伊娜？

伊娜的名字是第一次在故事中出现。幼儿需要结合图画文字内容，推理出结果。文字内容是："伊娜也爬上了舞台，她也要大家给她鼓掌！"通过观察图片，幼儿看到舞台上的小朋友都穿的有演出服，只有一个小朋友没穿，她就是汤姆的妹妹。而文字说伊娜也爬上了舞台，她也要大家给她鼓掌！可以推断，她不是演出的小朋友，她本不应该要大家的掌声。通过综合判断和分析，伊娜就是汤姆的妹妹的名字。

设计意图：培养幼儿的观察能力、联系上下文和调取生活经验的能力以及综合分析判断的能力。

（2）第二部分：故事里的游戏时间

幼儿对于故事里出现的大部分游戏都比较熟悉。考虑到已经讲故事十多分钟，幼儿的注意力有分散的趋势，选择故事中容易操作、可以站起来活动的游戏让幼儿参与，所以选择玩跳袋子的游戏。

教师拿出事先准备好的袋子，请8名幼儿，4人一组进行比赛。

设计意图：幼儿体验游戏"跳袋子"，感受阅读书籍所附加的快乐。

故事讲到第16页。继续培养幼儿的观察、思考和判断的能力。

教师：请小朋友告诉我，弗洛尔是哪一个？

其文字内容是：这是钓鸭子的游戏，要钓起鸭子得有耐心。"哇，我钓到一只！""我也钓到了！"弗洛尔大声喊。图画中戴眼镜的小兔子先钓到一只小鸭子。"我也钓到了！"是弗洛尔说的话。然而绘者偏偏让弗洛尔也穿一件红衣服，甚至汤姆的鱼钩和弗洛尔的鱼钩差点相交。幼儿需要仔细观察，到底是谁的鱼钩钓到了鱼，从而判断出哪个是弗洛尔。

(3) 第三部分：吃东西与安置奖品

故事讲到第21页。类似的问题再次出现：图中哪个是汤姆的爸爸？

幼儿可以归纳出三种办法识别出汤姆的爸爸：一是最开始的时候，让幼儿记住一家人的衣服颜色，爸爸穿的是黄色衣服，因此中间的是爸爸；二是这页的文字内容：我假装自己是在快餐店，一本正经地对爸爸说："你好先生，我想要很多很多的薯条，配很多很多的番茄酱！"三个餐位中，只有中间一个卖薯条；三是我在跟爸爸说话，我面前的应该是爸爸。

设计意图：反复强化幼儿关注图画细节的能力，同时培养幼儿调用已知信息的能力。

故事的第23页非常有趣。文字内容是："我给雷奥看自己赢的所有奖品。阿丽丝用奖品把自己装扮成了超级酷的佐罗"。在插图的中间可以看到，汤姆和几个伙伴在一起玩玩具，从文字可以知道，这些应该是他们抽到的奖品。如果幼儿没有关于佐罗的背景知识，恐怕很难从图中明确谁是阿丽丝，谁是雷奥。所以教师需要在这里给幼儿补充佐罗的有关背景知识，然后让幼儿指出哪一个是阿丽丝。排除阿丽丝之后，汤姆右边的橘色衣服、带蝴蝶的是妹妹伊娜（此处再次考验幼儿的记忆力和联系上下文的能力）。运用排除法，最后判断出戴眼镜的应该是雷奥了，虽然他的形象在吃薯条和钓鱼那两页已经出现了，但名字是首次出现，和把伊娜的名字与形象对应起来使用的是一样的策略。

教师读到图画书的最后一页,说:我特别喜欢汤姆,你们喜欢吗?为什么?

请小朋友先说,教师进行总结。

教师:我喜欢是因为她很会爱妹妹,她知道妹妹喜欢小熊,就没有用小熊和别的小朋友去交换他自己喜欢的东西,而是留给了妹妹。

4. 拓展延伸:培养语言和情感表达力

教师:小朋友们,你们最喜欢的人是谁?请仔细观察,看他们喜欢什么。你知道他们喜欢的东西以后,就要和小兔子汤姆记住妹妹喜欢什么一样,等以后有机会,帮助你最喜欢的人实现他们的愿望。

设计意图:激发幼儿爱家人的情感,更重要的是,教给他们如何表达爱。

【活动延伸】

角色扮演游戏:汤姆的六一节。让幼儿选择故事中的角色,进行角色扮演,重现故事中的六一节活动。

幼儿园图画书教学活动案例

练习与思考

1. 如何理解图画书的概念?
2. 成人读者接受图画书的主要原因有哪些?
3. 幼儿图画书的美学特质有哪些?
4. 试举例分析幼儿图画书的文图关系。
5. 试以图画书《猜猜我有多爱你》为教学内容,设计一个教学活动。

第八章 幼儿戏剧

1. 了解并掌握幼儿戏剧的基本理论,熟悉幼儿戏剧经典作品。
2. 理解幼儿戏剧改编的要点。
3. 同伴合作,完整、生动地表演幼儿戏剧。
4. 掌握幼儿戏剧教育理论,能够面向幼儿开设幼儿戏剧教育活动。

本章重点

1. 掌握幼儿戏剧的艺术特征。
2. 能够将故事、童话、儿歌、幼儿诗等改编成幼儿戏剧。

能完整、生动地表演幼儿戏剧,能够面向幼儿开设幼儿戏剧教育活动。

第一节 幼儿戏剧概说

一、幼儿戏剧的概念

戏剧是一种综合性的舞台艺术,它以角色表演为核心,融合了文学、美术、舞蹈、灯光和服饰等多种艺术形式。戏剧排演所使用的剧本,也称为戏剧文学或简称"戏剧",它是一种与诗歌、小说、散文并列的文学体裁。这种文学作品不仅用于舞台表演,也适合阅读。针对幼儿的戏剧,是专为他们设计的,考虑到他们的接受能力和欣赏趣味。由于幼儿的接受能力和欣赏水平有限,他们更多是通过观看或直接参与表演来接触和欣赏戏剧,从而获得知识和乐趣。

戏剧表演与幼儿的生活有着密切的联系。在幼儿的日常生活中,我们经常可以观察到他们自然而然地进行"戏剧"活动:幼儿会将玩具和周围的物品排列起来,分配角色,然后自导自演一场戏剧。在这些即兴的戏剧中,幼儿为自己和玩具角色设计情节,并决定它们的命运。张金梅在《学前儿童戏剧教育》一书中提到:"戏剧和儿童之间有着天然的、和谐的、紧密的联系。儿童天生具有扮演戏剧的冲动,他们是天生的导演,同时也是演员、剧作家和导演的集合体。[1]"可以说,戏剧性的表演是幼儿游戏中最常见的形式,戏剧行为与幼儿的生活之间存在着重要的精神联系。

幼儿戏剧通过戏剧形式展现适合幼儿的故事,它在从故事向戏剧转换的过程中,既包含了故事性元素,又增加了表演性特征。理解幼儿戏剧,需要同时考虑这两个方面的因素。

二、幼儿戏剧的艺术特征

幼儿戏剧文学与普通戏剧剧本一样,具有文学和戏剧的双重价值,但读者对象自身的年龄、心理等特点决定了幼儿戏剧文学也有其自身的艺术特征。

1. 主题鲜明浅显,题材贴近幼儿生活

幼儿戏剧通常不涉及社会生活中重大深刻的主题,而是选择幼儿熟悉的社会生活题材,传达简单明了的道理。例如,黎锦晖的《葡萄仙子》以葡萄的生长为题材,通过春夏秋冬葡萄仙子与雪花、雨点、太阳、春风、露珠的交往和对话揭示自然界中葡萄生长、成熟的过程。

幼儿戏剧的题材或取自幼儿现实生活,以幼儿为主人公;或取自幼儿独特的幻想世界,以童话的方式、拟人化的人物间接反映幼儿的生活。如坪内逍遥的《回声》:回声是一种普遍的物理现象,五六岁的大郎却把它当成了一位小朋友。他好奇地与之"对话",发现对方老是顶嘴,因而被激怒。他说话越来越粗声粗气,回声也越来越粗声粗气。后来在妈妈的启发下,"和和气气"地跟回声说话后,也收到了回声同样"和和气气"的回答。这个作品表现了幼儿刚开始认识自然界现象时的好奇和稚气,同时也是对幼儿的一次早期行为礼仪教育。除了生活题材之外,幼儿戏剧也大量取用童话题材,来传达对幼儿进行生活教育的题旨。比如柯岩的《小熊拔牙》:小熊因为不听妈妈的话,不愿意刷牙,结果牙齿疼了起来,最后不得不让小兔大夫把坏牙拔掉。在童话故事的外壳下,作家所关心的是让现实中的幼儿明白不刷牙的坏处,从而自觉养成良好的生活习惯。

无论是现实题材还是幻想题材,幼儿戏剧在题材内容和主题意蕴上都具有鲜明的儿童特征。这些儿童特征往往鲜明地体现在所刻画的人物身上:爱吃甜食不刷牙的小熊、不认识自己妈妈的小蝌蚪、贪吃懒做的小黑猫……种种人物形象,都成为表达主题内涵或某种情绪感受的特定符号,都具有幼儿特征,反映幼儿熟悉的生活。

---

[1] 张金梅.学前儿童戏剧教育[M].南京:南京师范大学出版社,2015:56-57.

2. 剧情单纯,戏剧冲突明确

幼儿戏剧的情节应当简单,以适应幼儿的理解和接受能力,这与幼儿生活故事的情节要求相似。戏剧通过角色的对话和行动展现剧情,要保证情节简单,戏剧线索必须清晰。因此,剧中具有明确身份的角色数量不宜过多。例如,在《回声》中,角色仅有三个——大郎、妈妈和回声,其中回声只闻其声不见其形;戏剧线索非常清晰——大郎在与回声对话过程中的行为和意识变化。《"妙乎"回春》的剧情稍复杂,共有五个角色:猫大夫、小猫"妙乎"以及小兔、小牛、小鹅三个被"妙乎"误认为病人的角色,这些角色依次出场,作者通过角色间的对话清晰交代了他们之间的关系,因此幼儿理解情节并不困难。

戏剧是冲突的艺术,没有冲突就没有戏剧。戏剧冲突主要表现在不同性格的角色在追求各自目标过程中发生的矛盾斗争。当角色希望得到某物而不得,或面临两难选择时,激烈的戏剧冲突便产生了。幼儿戏剧同样需要戏剧冲突,这是吸引幼儿的重要因素。幼儿戏剧中的冲突应明确、单一,符合幼儿的心理和年龄特征,适应他们的接受能力和审美趣味。例如,在《回声》中,小男孩大郎不懂礼貌却要求别人礼貌待他,外在言行与内心需求形成矛盾。这种矛盾通过与大山的对话和回声的反馈得以展现,最终在妈妈的帮助下认识自身缺点,冲突得以解决。再如《小蝌蚪找妈妈》的冲突,源于小蝌蚪不认识青蛙妈妈而要寻找自己的妈妈;在寻找过程中的一系列误会不仅帮助他们最终认出青蛙妈妈,还增添了戏剧的幽默色彩。

3. 语言口语化,动作性突出

幼儿戏剧的语言主要包括角色对话、独白、旁白和提示语等。由于幼儿戏剧主要通过角色的对白和独白来塑造形象、演绎情节和表达主题,因此,其语言必须适应幼儿的发展水平和兴趣。幼儿的思维具体形象,对事物的感知依赖于感性经验,所以幼儿戏剧中的角色对话应简单易懂、口语化和生活化,符合幼儿的口语习惯,并富有儿童情趣。

幼儿戏剧语言的另一个显著特点是其鲜明的动作性。戏剧艺术具有直观性,动作是其基础。成功的幼儿戏剧往往通过动作性语言,使人物间的矛盾冲突具体化,帮助幼儿通过舞台视觉感受理解人物的心理活动、情感变化和矛盾冲突。

以《小熊拔牙》为例,小熊的独白展现了幼儿语言的特点:

小熊　妈妈走了,啦啦啦,
　　　现在我当家,啦啦啦;
　　　先唱个小熊歌,
　　　1 2 3 4,哇呀呀呀,呀!
　　　再跳个小熊舞,
　　　5 4 3 2,蹦蹦蹦蹦,哒!

　　　哎呀,答应过妈妈洗脸呀!
　　　先洗洗熊眼睛,
　　　再擦擦熊嘴巴;
　　　熊鼻子抹一抹,
　　　熊耳朵拉两拉;

熊头发梳三下，

嗯，就不爱刷牙。

这段台词使用了简单、简短的句式，符合幼儿口语，句尾和句中重复的"啦""家""呀""跶"等字，增强了音韵感，满足了幼儿对韵律的喜好。同时，通过"唱""跳""洗""擦""抹""拉""梳""刷"等动词的连续使用，生动刻画了小熊活泼、顽皮、马虎、任性的性格，符合幼儿通过感性经验认识事物的思维特点。

4. 戏剧场面极富游戏性

儿童文学理论家黄云生认为，幼儿戏剧的演出本质上是一种有组织的、具有戏剧艺术性的高级幼儿游戏[①]。无论是不认识妈妈的小蝌蚪，贪吃而不喜欢刷牙的小熊，还是不学无术的"妙乎"，这些戏剧形象都充满了游戏性和趣味性。幼儿戏剧由一系列具体的戏剧场面构成，这些场面的设计应具有游戏性，使得幼儿戏剧表演更像是幼儿对社会生活的模仿。无论是参与还是欣赏戏剧，幼儿都仿佛在参与一场游戏。

游戏性在角色塑造和情节展开中得到体现。幼儿戏剧中的角色往往是孩子的游戏伙伴，情节中充满了奇妙的幻想和丰富的情趣，歌舞可以作为游戏呈现在舞台上，甚至可以结合剧情在舞台上进行日常游戏。例如，在《小熊拔牙》中，前半部分小熊的独角戏富有游戏色彩；后半部分小动物们给小熊拔牙的过程，类似于幼儿熟悉的"拔萝卜"游戏。

此外，游戏性还体现在为观众提供互动和参与表演的机会，使得小观众在观看戏剧的同时，也参与到游戏中，从而获得极大的快乐和满足。以孙毅创作的《五彩小小鸡》为例，作品描述了鸡妈妈下蛋孵小鸡，与小灰鼠、棕鼠偷蛋，以及老鹰抓小鸡之间的矛盾冲突。其中，5 号彩色蛋四处乱跑，观众小朋友齐声呼唤，帮助鸡妈妈找回彩色蛋，拯救了差点被老鼠偷走的蛋；五只小鸡孵化出来后，面对大老鹰的威胁，观众小朋友共同参与，用手装成打枪的样子，帮助母鸡消灭了老鹰。整场戏的表演过程就像一场游戏，娱乐性强，充满趣味。

三、幼儿戏剧的分类

幼儿戏剧可以根据不同的标准进行分类。从容量和场次上，可以分为独幕剧和多幕剧；从题材内容上，可以分为现实生活剧、历史剧、童话剧和科幻剧；从表演形式上，可以分为以下五类：

1. 幼儿话剧

幼儿话剧是一种以角色的对话、动作和表情等为主要手段来发展剧情的幼儿戏剧形式。对话要求简明、浅显、生动、口语化，具有幼儿语言特色。幼儿话剧中较多以拟人的动物形象为角色的戏剧，通常又叫作童话剧，如《小熊拔牙》《"妙乎"回春》等。幼儿童话剧创作和排演相对简单，是幼儿园活动中较易使用的艺术形式。

2. 幼儿歌舞剧

幼儿歌舞剧运用音乐、舞蹈、歌唱等多种艺术手法表现戏剧主题，用舞蹈和音乐语言

---

① 鲁兵.中国幼儿文学集成·理论编第二卷(1919—1989)[M].重庆：重庆出版社，1991：510.

来表现剧情、塑造舞台形象。如黎锦晖的名作《葡萄仙子》《麻雀与小孩》《三蝴蝶》,刘饶民的《小兔子领尾巴》,金近的《兔妈妈种萝卜》,柯岩的《照镜子》等载歌载舞,演出氛围热烈欢快,深受幼儿的喜爱。幼儿歌舞剧有幼儿出演、成人出演、幼儿成人共同出演三种形式。

3. 幼儿木偶剧

幼儿木偶剧是演员操纵木偶进行表演的戏剧形式。表演时,演员在幕后一边操纵木偶,一边说白,并配以音乐。根据制作材料和操作方式的不同,木偶可分为布袋木偶、提线木偶、杖头木偶等。其中,布袋木偶制作材料易找,制作简单,容易操作,是幼儿园集体教学、戏剧表演、幼儿区角活动和自由活动中很好的教玩具,在幼儿园应用广泛。幼儿木偶剧具有独特的木偶情趣,可以表现人在舞台上做不到或难以做到的动作,产生滑稽、夸张的效果。老舍的《宝船》,孙毅的《五彩小小鸡》《一只小黑猫》,沈慕垠的《老公公种红薯》,张继楼的《"我知道"》等木偶剧深受幼儿喜爱。

4. 故事表演

故事表演是一种基于幼儿熟悉和喜爱的故事情节的表演活动。在幼儿能够基本复述故事的基础上,教师组织和指导幼儿通过对话、动作和表情来展现故事情节和塑造人物形象。这种表演形式选材广泛,有时不需要复杂的排演或场景布置,只需简单的道具,如头饰、丝巾、围裙、篮子等,就能让幼儿自由发挥,即兴表演。故事表演具有强烈的游戏性和娱乐性,有助于提升幼儿的自我欣赏、相互协作能力,并在戏剧表演中加深对故事的理解,促进语言和动作技能的发展。经典故事《三只小猪》《拔萝卜》,方轶群的《萝卜回来了》,季华的《三只蝴蝶》,冰子的《没有牙齿的大老虎》等都可以作为很好的故事表演材料。

5. 幼儿皮影戏

皮影戏是中国独特的戏剧形式,也称为"灯影戏"或"影子戏"。牛、羊、驴等动物皮经过雕刻和绘画,制成各种人物造型,放置在特制幕布后,皮影戏表演中,演员操纵和说唱来表现剧情。许多传统故事,如《西游记》中的《大战红孩儿》和《三打白骨精》,都通过皮影戏的形式在舞台上呈现。幼儿皮影戏不仅能够吸引幼儿的注意力和兴趣,还能让他们体验到传统文化的魅力。

第二节 幼儿戏剧选读与鉴赏

一、黎锦晖及其幼儿戏剧选读

1. 作家简介

黎锦晖(1891—1967),我国流行音乐的奠基人、儿童歌曲的鼻祖,也是我国现代儿童戏剧的早期开拓者,被称为"中国儿童歌舞剧之父"。一生创作成果卓著,种类广泛,有儿童诗歌、童话、短篇小说、儿童歌曲、儿童歌舞表演曲及儿童歌舞剧、流行歌曲等。其中儿童歌舞剧有12部:《麻雀与小孩》《葡萄仙子》《月明之夜》《三蝴蝶》《春天的快乐》《七姊妹游花园》《神仙妹妹》《小羊救母》《小利达之死》《母亲呢》《苹果醒了》《小小画家》。爱的教育、美的追求是黎锦晖儿童歌舞剧的基本思想内容,充分的儿童化特色、浓郁的诗意美是其儿童歌舞剧的主要艺术特色。他的歌舞剧以洋溢着童心的儿童为主人公,在艺术表现上善用浅显平白的人物对话和富有诗情、诗意的舞台造型,取得较强的抒情效果。

2. 幼儿戏剧选读:《麻雀与小孩》

童话歌舞剧《麻雀与小孩》最初创作于1920年,定稿于1928年,是黎锦晖的第一部儿童歌舞剧,也被认为是我国第一部真正意义上的幼儿戏剧。这部短剧既能供幼儿观赏也能供他们表演,讲述了一只小麻雀在学习飞行技巧时被一个贪玩的小孩骗到家中并关进笼子的故事。麻雀妈妈的悲伤和对失踪孩子的寻找感动了小孩,促使他反思自己的行为,最终释放了小麻雀,让麻雀妈妈和小麻雀得以团圆。该剧的创作初衷是"教育儿童养成善良而又诚实的道德品质"[1]。剧作鲜明地表现了"仁爱心,诚实话,品格很可嘉"的主题,同时,也描写了大自然的美丽、小动物的可爱,传达了人类应保护自然、爱护与自己共同生活在地球上的动物的思想。

《麻雀与小孩》共分为六场,以其短小精悍、紧密相扣的结构,生动活泼的舞蹈和吟唱,以及融抒情于叙事情景之中的独特风格,赢得了小观众的喜爱,被认为是我国不可多得的优秀幼儿剧作。

二、包蕾及其幼儿戏剧选读

1. 作家简介

包蕾(1918—1989),现代剧作家、童话作家。著有儿童剧剧本《胡子和驼子》《巨人的花园》《瓶里的魔鬼》《寒衣曲》《玻璃门》,童话和童话集《小咪和毛线球》《小金鱼拔牙齿》《猪八戒新传》《火萤与金鱼》等,美术片脚本《金色的海螺》《三毛流浪记》《天书奇谭》《三个和尚》,电影文学剧本《三人行》《乱点鸳鸯》《同是天涯沦落人》等。《金色的海螺》获亚洲电影节卢蒙巴奖。包蕾的作品风格多样,有的单纯明朗,有的诗意盎然,有的偏重于情节的叙述,有的着力于意境的渲染。

2. 幼儿戏剧选读:《小熊请客》

《小熊请客》是一部广受欢迎的童话剧,以其轻松明快和妙趣横生的特点,深受几代孩子们的喜爱。这部剧虽然只分为两场,但情节简单明了:勤劳的小猫、小花狗、小鸡在前往小熊家做客的途中,分别遇到了懒惰而贪婪的狐狸,并一一拒绝了狐狸想要一同前往的要求。当这些小动物们礼貌地到达小熊家并受到小熊的热情招待时,狐狸却蛮横地闯入,企图独占所有美食,但最终被小动物们团结一致用石头赶走。第二场"在小熊家里"是剧情的高潮。

作品通过游戏化的方式展现角色间的矛盾冲突,整体风格纯净明快、气氛热烈,充满了浓厚的幼儿趣味。剧中两处情节的反复,小动物与狐狸到小熊家时的不同言行形成的鲜明对比,配合朗朗上口的台词、个性鲜明的音乐和对狐狸的脸谱化处理,使得角色性格突出,有助于幼儿加深印象和加强记忆。在享受戏剧带来的游戏快乐的同时,孩子们也能

---

[1] 戴鹏海.中国第一部新型歌剧——为黎锦晖的《麻雀与小孩》问世70周年而作[J].音乐爱好者,1990(03):5.

在思想上得到启发和教育。

三、柯岩及其幼儿戏剧选读

1. 柯岩

柯岩(1929—2011),当代著名的儿童文学作家和诗人。在20世纪50年代,她以《小熊拔牙》《打电话》《照镜子》《红灯绿灯和警察叔叔》等幼儿戏剧作品而闻名。柯岩的作品常以诗剧形式呈现,内容充满游戏性,深受孩子们的喜爱。她的作品不仅洋溢着母性的慈爱,还充满了温存与温馨,女性的温情与纯真的童心是她创作的主线。她的语言风趣优雅,构思精致巧妙,作品风格独特,自成一派。

2. 幼儿戏剧选读:《小熊拔牙》

《小熊拔牙》是于1962年创作的一部经典幼儿戏剧作品,它多次被搬上舞台,深受孩子们的喜爱。这部作品采用节奏感和韵律感强烈的诗歌形式,结合童话的夸张手法,讲述了一个爱吃甜食却不爱刷牙的小熊因牙齿问题而求助于小兔、小狗、小猫、松鼠、小鸟等小动物的故事。剧情生动活泼,充满生活气息。剧中小熊的形象天真可爱,其语言、心理和动作都贴近幼儿的特点,人物的语言风格儿童化、口语化、动作化、形象化,具有鲜明的个性和强烈的韵律感。

《小熊拔牙》将游戏、知识和教育巧妙融合。在简单的剧情中,作者突出了小熊活泼顽皮的性格与其贪吃甜食、不刷牙的坏习惯之间的矛盾,展现了戏剧冲突。小动物们帮助小熊拔牙的情节,类似于幼儿熟悉的"拔萝卜"游戏,充满童趣。作品以幽默诙谐的方式对挑食、不爱刷牙的孩子进行了善意的批评,让幼儿在欣赏和表演的过程中自然而然地接受教育。

四、孙毅及其幼儿戏剧选读

1. 作家简介

孙毅(1923—2021),儿童戏剧作家,著有儿童诗歌《小铁匠》,儿童剧本《小霸王》《小霸王和皮大王》,木偶剧剧本《五彩小小鸡》《长耳朵与翘胡子》,儿童相声集《武松打老虎》《翻筋斗》,大型木偶戏剧本《小白兔与小花猫》《南京路上好孩子》等,编撰儿童剧百余部。儿童剧《钓鱼》获上海儿童时代剧本奖,木偶剧《一只小黑猫》、童话诗《癞蛤蟆不是想吃天鹅肉》分别获1983、1989年陈伯吹儿童文学园丁奖,儿童相声集《嘻嘻哈哈》获陈伯吹儿童文学奖,木偶剧集《五彩小小鸡》获上海作协幼儿文学奖。改革开放后,参与创办了家喻户晓的《为了孩子》《现代家庭》等杂志。

2. 幼儿戏剧选读:《五彩小小鸡》

《五彩小小鸡》是孙毅的代表作之一,该剧具有浓厚的"戏味儿",戏剧冲突既紧张又单纯,激烈而有趣。全剧以五色蛋及小鸡们的命运为悬念,情节跌宕起伏,一波三折。剧情从母鸡孵蛋护蛋开始,5号彩蛋虽然最早破壳却最后出来,不听从鸡妈妈的话,多次逃跑,差点被老鼠抱走。随后的剧情中,母鸡为保护小鸡,直面老鹰的三次俯冲,直到老鹰被击落,小观众才松了一口气。剧中的矛盾并不复杂,老鼠偷蛋、老鹰抓小鸡等情节都是幼儿熟悉的游戏。《五彩小小鸡》让小朋友直接参与表演,台上台下融为一体,营造出热烈欢快的气氛,产生鲜明而强烈的艺术效果。作品中的角色台词较少,舞台提示语言占了相当篇幅,这些提示语一经舞台化,趣味性极浓,小观众一看就能明白,并从中获得极大的审美享受。此外,开头和结尾的歌词"红黄蓝白黑,五彩小小鸡,团结在一起,永远不分离!"不仅画龙点睛,还突出了主题。

五、坪内逍遥及其幼儿戏剧选读

1. 坪内逍遥

坪内逍遥(1859—1935),日本小说家、剧作家、评论家、翻译家。1886年发表日本第一部近代文学评论《小说神髓》。1891年创办并主编文艺杂志《早稻田文学》,1990年译完《莎士比亚全集》,是世界闻名的莎士比亚学者。1890年开始,致力于戏剧文学和演剧运动,并且创作戏曲,为演剧的近代化做出了巨大贡献,创作了《桐一叶》《夏日狂乱》《放牧者》《子规鸟孤城落月》《坪内逍遥手迹》《新曲浦岛》《留别新月夜》《义时的最后》等著名戏剧作品。晚年热心于儿童剧运动,编写了《家庭用儿童剧》三卷、《学校用小剧本》等,对日本儿童剧的发展起到了重要作用。

2. 幼儿戏剧选读:《回声》

《回声》通过新颖的构思,利用"回声"这一自然现象,并从幼儿的视角来探索这一现象。剧中巧妙地运用误会法,构建了大郎和回声之间的戏剧冲突,使得剧情充满戏剧性。

剧本主要通过人物对话来展开。故事开始时,五六岁的大郎由于缺乏相关知识,错误地将回声理解为另一个孩子在与他顶嘴,从而引发了一系列误会和冲突。随着对话的进行,双方的情绪逐渐升级,误会和矛盾也随之加深。这时,剧中的"妈妈"角色及时出现,通过她的引导和启发,大郎改变了交流方式,用和善的语气与回声对话,使得矛盾逐渐缓和并最终得到解决。

该剧摒弃了传统戏剧的传奇色彩,转而描绘了人们在日常生活环境中的状态和心理,表现了真实的情感,并引导幼儿和观众从生活中领悟道理。这部剧不仅教育幼儿学会尊重他人,也反映了一个普遍的人生哲理:你如何对待生活,生活也将如何回报你。台词设计简洁明快、亲切直白,非常符合幼儿的语言习惯,体现了幼儿戏剧的语言特色,使得剧情更加贴近幼儿的生活和理解能力。

第三节　幼儿戏剧表演

戏剧表演是由表演者扮演角色,通过身体、语言、声音等多种表现方式,展现出角色内心世界和故事情节的艺术形式。戏剧表演需要表演者具备丰富的表演技巧和知识储备,才能更好地呈现作品。

幼儿戏剧表演,是演员、教师或者幼儿通过扮演幼儿戏剧作品中的角色,运用一定的表演技能,再现作品内容的艺术表演形式。与成人戏剧表演一样,幼儿戏剧表演不是个体表演,而是集体展示;不是单纯的语言表演,而是以语言表演为主、集合多种艺术表演形式于一体的一个系统工程。

幼儿戏剧表演艺术具有成人戏剧表演艺术的一切特点,同成人戏剧一样,创作的基本流程也是"认识(体会作品主题,挖掘角色特点以及人物关系)—构思(根据个人的体会创造表演模式、表现手段)—表现(在配合中演员和角色的矛盾统一)"[1]。同时,幼儿戏剧受欣赏对象的限制,具有自己独特的风格和模式。幼儿戏剧表演具有极强的游戏色彩,无论是童话剧、历史剧还是歌舞剧,多以儿童角色为主,这就需要表演者具备专业的艺术感染力、创作力、表现力、舞台行动力等,从而在舞台形象塑造上进行儿童化处理,即表演方式更加夸张,肢体语言更丰富,舞台行动更活跃,人物形象塑造更加鲜明有趣。

本节主要探讨幼儿教师、学前教育专业学生进行幼儿戏剧表演的要点。

一、幼儿戏剧表演要点

1. 熟悉剧本与角色台词

幼儿戏剧表演是一个集体自编自导自演的活动,幼儿教师或学前教育专业学生在一场戏剧表演中同时扮演着导演、演员、幕后等角色。不论扮演哪种角色,所有参与者首先要熟悉剧本、了解剧情,理解故事的情节主线和主题含义。不仅是上台表演的演员,幕后负责道具、音乐等各项工作的人员都应该熟悉整个剧情,以完成符合剧情的各自的工作。

每一个表演者都应该仔细揣摩自己所演角色的性格特征,剖析和体验角色的内心生活与思想情感,能从角色的角度"感同身受";还要知道自己所演的角色行为的前因后果,熟记角色的台词,掌握台词的四个要素(地点——这句话是在什么场合说的,对象——这句话是和谁说的,状态——这句话是在什么情绪下说的,目的——这句话是为什么动机说的),通过想象与模拟,让台词烂熟于心。

2. 恰当诠释角色台词

幼儿戏剧的台词不同于生活语言,它是经过艺术加工的语言,是典型化、艺术化的,具有表现力、感染力的语言。方先义在《儿童戏剧创编与表演》中提出,作为儿童戏剧演员的台词必须达到松(松弛)、纯(纯正)、清(清晰)、远(传远)、美(优美动听)、耐(持久性)、深(语意深切)、趣(富于童趣)八个字[2]。总的来说,幼儿戏剧台词要达到使小观众听得清、听得懂,动听感人的要求,表演者必须把台词说得语音纯正、吐字清晰,声音响亮圆润、达远持久,语意清楚明白,富于艺术表现力。

在戏剧表演中,台词是体现人物性格、塑造人物形象的重要途径。不同人说话的语气、语调以及语速所要表达的含义都是不尽相同的。幼儿戏剧情节有趣,情感丰富,语言活泼口语化,表演者要在深刻理解体验作品的基础上,深入挖掘人物的内心世界,根据不同的角色选择不同的音色和语言风格,并善于运用重音、停顿、语调等语言表现手段,准确地传递角色语言信息、情感变化和内心体验,从而让幼儿很快地把握情节和角色性格,正确领会角色的思想意图,达到剧本、演员、观众的和谐。

例如,幼儿戏剧中有很多作品以动物、植物等为形象,用拟人的手法表现思想情感,这

---

[1] 马晓嘉.幼儿戏剧表演与指导[M].天津:天津大学出版社,2014:89.
[2] 方先义.儿童戏剧创编与表演[M].南京:南京大学出版社,2019:71-72.

就要求表演者运用夸张的声音来表现角色,尽量使表演的形象饱满,情感丰富。

幼儿戏剧《萝卜回来了》中有这样一个片段:

小白兔　好久没吃东西了,肚子好饿!我要出去找吃的。

小白兔　(一边找一边说)雪下得这么大,天气这么冷,小猴在家里肯定也很饿。我找到了东西,去和他一起吃。

……

小白兔说"我要出去找吃的",表演时这句话的重音应该在"吃"而不是"找"上面。如果强调"找",不仅语意变了,连整个作品的主题也会发生变化。因为这个戏剧主要表现的是小动物们互相关爱,有好吃的东西一起分享,而不是寻找。

3. 灵活运用无声语言

戏剧表演作为综合艺术,需要表演者在舞台上通过形体、声音、表情的综合运用传递情感、表达思想、进行角色创作,因此表演者要有相应的肢体语言表现力和表情、眼神的创造力,并能使这些外在表现力与语言、内在情感有机结合,达到准确向欣赏者传递感情的目的。幼儿戏剧的表演,一定要适应欣赏对象即幼儿的年龄特点和心理特点,舞台表演风格以及肢体动作、表情、眼神、手势、体态等无声语言的表现技巧要有针对性,在真实塑造角色的同时,更要通过夸张、趣味、逼真的表现手法吸引幼儿的注意力和欣赏兴趣。

4. 控制舞台节奏

幼儿戏剧的戏剧效果是在矛盾冲突中发展和结束的,因此,表演者要能根据情节的发展,使之有快有慢,跌宕起伏,直至达到高潮。舞台节奏的基础是生活节奏,在生活中,不同年龄、不同性格、不同行为、不同心情、不同事件,就会有不同的节奏表演。各种艺术都有其表现节奏的手段,音乐用快慢长短的节拍及轻重缓急的变化来体现节奏,绘画中用色彩浓淡及线条明暗层次来传达节奏。幼儿戏剧是一种综合艺术,它可以将各种艺术的节奏特点综合起来,运用各种艺术的节奏手段来创造舞台节奏,尤其是表演者对角色内心、情感起伏及外部形体动作的节奏变化把握,是影响幼儿戏剧演出节奏的关键。表演者在表现人物的情感发展时,要注意运用各种语言表现技巧使之有起有伏,有层次和变化,有积累和爆发,从而呈现出一定的节奏。

5. 掌握戏剧表演的"分寸感"

戏剧表演的"分寸感",是指演员在表演的过程中通过恰到好处、恰如其分地使用语言表达和肢体动作,塑造剧中的人物形象。

在戏剧表演中,演员对于分寸感的把握是十分重要的。演员在舞台上如果脱离了表演的自然和真实,那么他为观众带来的表演就会显得空洞,无法激起观众的共鸣,因此演员在表演过程中需要充分重视"分寸感",并且有效把握,合理运用。分寸感在诠释表演的过程中可以解释为演员表演时对"真实"和"自然"尺度的把控,它不仅与内容紧密相连,也与演员对表达手法的熟练掌握密不可分。表演者一旦掌握了戏剧表演的真实性和自然性,那呈现出的作品就被赋予了可信性和生命力。

比如,同样的一个动作在生活中不易被人察觉,但是在舞台表演上,演员需要适当对其进行放大,且这种放大的程度既要恰好能让观众捕捉到,又刚好能够诠释人物。例如,

舞台上动物们的打斗,明显区别于生活中的打斗,舞台上的节奏要缓慢得多,姿势更夸张,动作幅度更大。

总之,在正式表演幼儿戏剧前,表演者要提前揣摩角色的生活背景、生活方式、人物性格等,在表演过程中以"忘却自我,追求角色"为表演的至高追求,在细节里力抓真实,以在舞台上再现角色作为表演目的,最大化地将表演者的身心沉浸在戏剧表演中。

二、幼儿戏剧的排演

一般来说,幼儿戏剧的排演可以分为初排、细排和合成三个阶段。

1. 初排阶段

初排,也称"粗排",俗称"搭架子"。即把一幕戏或全剧先树立起情节行动的初步轮廓来,让演员对它有个完整印象,以便作行动贯串性的思考。导演要让演员熟悉剧本布景配置,并讨论演员之间互动表演的形式。

其一,了解演出的环境,包括舞台的样式、舞台上的配景布置。

其二,按照演出的环境进行排练,每个角色记下自己的定位。

其三,讨论演员之间的配合,明确身体动作的大致模式。

2. 细排阶段

细排是在初排的骨架基础上,进一步在各方面细致地加工排练,逐场、逐段地帮助演员深入理解剧本,同时精雕细刻,以便完成整体和部分的完整创造,尽可能地开掘出蕴藏在剧本深处的丰富内涵,修改、丰富与完善导演原来的构思,更进一步寻找与创造出适合这一剧本的演出样式。

演员要主动积极地把注意力集中于现场的因素:脚本、同伴、戏剧的物质环境;每个演员都须检视自己饰演的角色要表现的每一个行动细节。

其一,要做好身心准备:声音、身体、心理是放松的,注意力是集中的。

其二,要明确舞台行动的动机,也就是为什么,从而决定该如何处理声音和身体的表现。每一个角色都应该问问自己:

我的角色为什么要说这句台词?我用什么方式说这句台词,才能表达出其中的意思?

角色为什么要做那些特别的行为?我要如何把它们表演出来,才能表达其特定的意义?

当其他角色说话或歌舞的时候,我的角色在想些什么?如果有的话,我的角色为了反映想法,会做出什么样的行为?

3. 合成阶段

幼儿戏剧合成之前,应先在排练场中进行连排,把已排的戏连起来,作几次连贯性的检查。然后进入剧场,上台合成。合成阶段也被称为"彩排"。它是在剧场中进行的,是把各项舞台呈现因素都综合运作起来进行排练。彩排时,有道具的演员必须带道具表演。道具、布景等未完成的,可以暂时使用与正式演出相似的替代物。

幼儿戏剧中的道具、布景,很多时候都可以由人来扮演。比如《拔苗助长》中的稻子,可由演员扮演,全身穿上绿色的衣裤、戴上绿色的帽子,表演刚插下时,可用蹲或坐的方式,拔起来的时候可用长跪方式。

正式的舞台演出,灯光的配置很重要。但是在教育情境中的演出,一般无需考虑灯光效果,道具、布景也不宜复杂,只要具有戏剧味、儿童性就足够了。

三、幼儿戏剧表演案例

《小熊拔牙》全剧有七个角色,可以制作、佩戴简单的动物头饰扮演不同的角色。表演时,首先,台词要清晰标准、生动流畅,动作表情适度夸张又真实自然。其次,要依据情节、环境、情绪心理的变化,用恰当的语气、语调、语速、语音来塑造角色形象。如同样是狗熊,妈妈的声音可略粗低沉,小熊的声音亮一点、高一点,语速稍快。小熊一个人在家贪吃甜食开心满足时,语调可上扬一些;牙疼时,一只手或双手捂住嘴巴,面色痛苦,同时声音带点哭腔,音高略低。再次,每一个角色都要注意与其他角色、观众的交流。最后,小动物们依次上扬时,重复性的语言较多,注意不能机械重复,需根据剧情的发展和动物特性加以区别。

《小熊拔牙》戏剧表演示例

第四节 幼儿戏剧改编

排演幼儿戏剧,合适的剧本是基础。与幼儿文学的其他题材相比,优秀的幼儿戏剧作品在数量上相对较少,因此,在选择现成作品进行排演时,选择范围有限。我们可以尝试创作新的幼儿戏剧,或改编现有作品的情节和人物形象。剧本创作存在一定难度,对于大多数幼儿教师而言,相对容易的做法是对其他体裁的幼儿文学作品进行改编。因此,这里我们主要讨论幼儿戏剧的改编问题。

一、幼儿戏剧改编要点

幼儿戏剧的改编,是指以幼儿诗歌、童话、寓言、故事、散文等作品的内容为题材,将语言艺术转化为综合的舞台艺术的文学再创作活动。在改编幼儿戏剧时,我们需要注意以下几个方面:

(一)选择合适的文学作品

优秀的文学作品很多,但并不都适合改编成幼儿戏剧。一般而言,选择线索清晰、情节连贯、人物形象鲜明、冲突明显、场景集中且富有趣味的作品进行改编,更易获得成功。就题材来说,童话、幼儿故事和幼儿叙事诗比较适合改编成幼儿戏剧,如冰子《没有牙齿的大老虎》、方轶群《萝卜回来了》、叶永烈《圆圆和方方》、鲁冰《小猪奴尼》、杨红樱《猫小花和鼠小灰》等,都可以改编成生动的戏剧,让幼儿表演、欣赏。

有些童话故事内容丰富、情节复杂、涉及众多人物、环境和事件,难以在有限的时间和空间内充分展现。此外,一些富有诗意的散文式童话故事往往情节简单,缺乏明显的冲突,缺乏戏剧性,因此改编成剧本较为困难。

(二)再创作使作品符合舞台演出需要

由于文体的差异,将原作品改编成幼儿戏剧本身就是一个文学再创作的过程。改编幼儿戏剧时,我们应在尊重原作的基础上保留其核心情节和主题,同时根据剧本创作和舞台演出的需求,大胆进行加工和设计。

1. 适当增删情节和人物

可以根据剧情发展和演出场地的要求,适当地增加、删减或整合情节,以增强情节的趣味性和幼儿及观众的参与度与互动性。在尊重原作的基础上,故事中的主角不变,非主要人物可以适当增减,使其更适合演出的需要。例如,张继楼根据刘心武的童话《小猴子吃瓜果》改编的幼儿木偶剧《我知道》,原故事中的"小牛""小驴""喜鹊"三个人物,在剧本中被整合为一个人物——"好心人"。这样的整合使得剧作更加简洁,符合幼儿的认知特点,同时使"好心人"的性格更加鲜明,便于幼儿快速理解和熟悉。

2. 遵循幼儿戏剧的规律

(1) 将原作的叙述性内容转化为角色台词、动作以及舞台提示。按照戏剧表现的主题需求和戏剧冲突的需要,将文学叙事语言分解、转化为人物对话和戏剧提示语。一般来说,需要将原作对于事件的发生、发展、结局的叙述,甚至人物的心理描写转化为富有动作性的台词,将故事发生的时间、地点、背景、人物身份的介绍、人物在情节发展中的出现与消隐以及人物的动作、神态转换成舞台提示语,从而达到语言艺术向综合艺术脚本转化的目的。

例如:童话故事《小熊请客》(开头部分)的原文

有一只狐狸,又懒又馋,整天吃饱了睡,睡够了就去偷东西吃。所以,谁见了它都讨厌。

有一天,它在大树底下睡懒觉。一觉醒来,太阳都快下山了,肚子也咕咕叫了。它想:到哪儿弄点吃的呢?忽然,它看见小猫咪带着一件礼物走过去……

包蕾是这样改编的:

第一场　在树林中

〔太阳透过树丛,照射着绿油油的草地,各种颜色的小野花,开得可好看啦!树上的小鸟快活地叫着。

〔在一阵怪里怪气的音乐声中,狐狸顺着林中小路一颠一拐地走了过来。

狐　狸　(数板)我的名字叫狐狸,
　　　　　一肚子的坏主意,
　　　　　人人见我都讨厌,
　　　　　说我好吃懒做没出息。
　　　　　(他抬头看了看太阳)
　　　　　太阳升得高又高,
　　　　　肚子里还没吃东西!
　　　　　(白)唉!真倒霉!到现在连一点吃的还没弄到手,饿得我两条腿一点劲都没有了,我还是先在大树背后躺着歇一会儿吧!

〔狐狸靠着大树懒懒地眯上了眼睛。

〔一阵轻快的音乐由远而近,小猫咪提着一包点心,连唱带跳地跑了过来。

(2)为角色设计典型化的戏剧动作,穿插必要的游戏、舞蹈(包括观众可参与的游戏歌舞)。角色的戏剧动作是幼儿戏剧表演的重要手段。改编剧本时,既要考虑台词是否富于动作性,又要为角色精心设计典型化的戏剧动作以及能够激发、调动演员和观众情绪的游戏、歌舞。

耿延秋改编的同名幼儿戏剧《小蝌蚪找妈妈》中,"青蛙伸伸腿儿呱呱呱""鸭妈妈呷呷呷""乌龟妈妈和小乌龟慢吞吞地游过来"等的动作设计,个性特点鲜明,极富有游戏性,有很强的感染力。开头和结尾的歌舞,欢快活泼,能让小观众受到感染。

(3)设计好集中紧凑的戏剧冲突。戏剧由于受制于舞台呈现的时空条件而具有长度的限制。与成人戏剧相比,幼儿戏剧因其观众接受心理和接受能力的独特性而要求简短集中。因此,改编幼儿戏剧就要求特别注重浓缩和提炼故事情节。这就需要在改编的时候尽可能地集中简要的故事情节,并迅速激活戏剧冲突,从而形成戏剧高潮来紧紧抓住观众的注意力。

张继楼改编的木偶剧《"我知道"》中,报幕员一人分饰三角,表演滑稽而有趣。该剧没有场次转换,情节紧凑,戏剧冲突借鉴了幼儿故事或童话中常见的三段式结构,除了开端和结尾,中间主体部分展示了4种瓜果和小猴4次误判的情节,结构相似,脉络清晰。剧中的戏剧冲突主要源于性格冲突,即小猴自以为是、不懂装懂的性格与生活实际之间的矛盾。特别是几种瓜果的吃法设计巧妙,每次的吃法都与前一次形成关联,使小猴不断陷入误判的陷阱,最终导致自我讽刺,产生了强烈的戏剧效果。

(三)把握剧本的写作格式

戏剧剧本一般由台词和舞台提示两部分组成。

1. 台词

幼儿话剧中的台词包括对白、独白、旁白,幼儿歌舞剧中有对唱、独唱、旁唱等。对白,是戏剧中角色和角色间的对话;独白,是角色独自一人在舞台上的念白表演,通常表现自己的内心活动、自我说明、自言自语;旁白,是在舞台或画面之外进行的念白表演,具有对背景、场景等进行补充或解释的作用。

在剧本写作时,根据台词是道白还是唱的需要,在台词前加上"(唱)"或"(白)"的标示。话剧台词前一般不需要加"(白)"的标示,而独白(独唱)、旁白(旁唱)前则需要加上"(独)"或"(旁)"的标示。此外,角色名称和台词之间不需要加冒号,二者之间用空格隔开即可;台词本身也不用加引号。

2. 舞台提示

舞台提示是剧本里的叙述性文字说明,是剧本创作的一种艺术手段,内容一般包括人物提示、场景提示和角色提示。

人物提示,是对角色的姓名、性别、年龄、身份、个性特点等的简要介绍,放在标题下面。

场景提示,是对时间、地点、布景、角色上下场的说明,它贯穿于整个剧情之中,常用"["标示。一般不与对白写在一起,而是要另起一行。

角色提示,是对人物在对话、演唱或道白时的表情动作、内心状态的具体指示,常用"()"标示,可以放在对话、唱词、道白的前面,也可以放在中间或后面。它与人物台词密切配合,是刻画人物的必要手段。

舞台提示的语言要准确、简洁、清楚。

剧本的写作格式虽有一定的要求,但也要根据需要灵活运用。

二、幼儿戏剧改编范例

(一)原文:幼儿童话《小猴子吃瓜果》

小猴子吃瓜果[①]

(刘心武)

小猴子跑到西瓜地里,他头一次见到西瓜,感到很有趣,摘下一个西瓜就要吃。

旁边一只小牛见他把滚圆的西瓜往嘴里送,就对他说:"你大概不会吃西瓜吧?我来教你——"

小猴子说:"不用你教!不用你教!"说着他一口咬下一大块西瓜皮,嚼嚼吐掉了,生气地往地下一扔,撇着嘴说:"不好吃!不好吃!"

小牛告诉他:"谁让你吃皮呢?吃西瓜应该吃里头的瓤啊!"

小猴一蹦一蹦地跑掉了,边跑边说:"吃瓜要吃瓤,这谁不知道。"

小猴跑到香瓜棚里,伸手摘下一个香瓜,一拳把香瓜砸成两半,掏出里头的瓜瓤就往嘴里塞。旁边的小驴告诉他:"吃香瓜,就该吃皮肉,瓜瓤里尽是滑溜溜的籽儿,不好吃!"

小猴几口把滑溜溜的香瓜籽儿吐出来,生气地把香瓜肉扔掉,一蹦一蹦地跑了,边跑边嘟囔:"这回我记住啦,应该吃皮肉!应该吃皮肉!"

小猴蹦到了一棵核桃树旁,树上正结着绿油油的核桃果,他伸手就摘果子,一只喜鹊飞来告诉他:"这核桃可不能乱吃啊——"小猴说:"不用你多嘴啦!我知道得吃皮肉!"说着"吭哧"就咬了一口核桃果的绿皮。这回,小猴嘴里又麻又涩,他难过得一筋斗翻下树来,赶快跑到小河边漱口。

小喜鹊飞过去告诉他:"吃核桃,应当吃里面的核儿!"

小猴漱完口,又一蹦一蹦地跑了,这回他跑到一棵梨树边,蹦到梨树上,摘下一个大梨,在树干上七磕八碰,把果肉全部碰烂碰掉,只剩下一个梨核儿,这才放到嘴里吃。哎呀!他不由得又把嚼烂的渣子吐了,酸得直噘牙,喜鹊飞来问他:"这回好吃了吧?"他气得摘下一个鸭梨朝喜鹊扔去,翻身下树,一蹦一蹦地朝远处跑去,边跑边嘟囔:"西瓜没味儿,香瓜净是籽儿,核桃麻嘴儿,鸭梨酸牙儿……我今后再不吃这些瓜果儿了!"

你说小猴错在哪儿呢?

[①] 蒋风.幼儿文学教程[M].郑州:郑州大学出版社,2008:258-259.

（二）改编作品：幼儿木偶剧《"我知道"》

"我知道"[①]

（张继楼）

报幕员　我给小朋友讲一个故事：
　　　　有只小猴，活泼可爱，也很聪明，就是有一个缺点，明明自己不知道的事情，偏偏爱说"我知道"，因此闹了不少笑话，吃了许多苦头，你看（伸出藏在背后的小猴）他来啦！就请他当演员，把他自己闹的笑话，吃的苦头表演表演吧！

小　猴　我叫小猴。小猴就是我，我就是小猴。都说猴子很聪明，我嘛也不笨。又会荡秋千，又会翻跟头（翻俩跟头）。都说猴子最贪吃，我嘛，嘴不馋，只要见到吃的就伸手（伸手抓食）。
　　　　忽听肚子咕咕叫，一定是，它饿了（拍拍肚子），让我快去找。管它花生、瓜子、饼干、鸡蛋糕，只要好吃的，抓来吃个饱。
　　　　〔报幕员左手托一个西瓜，送到小猴跟前，说：你看这是啥？

小　猴　溜溜圆，个儿大。一定很好吃，让我尝尝它。

好心人　那是西瓜。小猴，你大概没吃过西瓜吧，我来教你……

小　猴　（摇头）不用，不用。我知道（抱着西瓜咬了一口）。呸！呸！不好吃，不好吃（一脚把西瓜踢开）。

好心人　谁叫你吃西瓜皮呢！吃西瓜应该吃瓜皮里面的瓤。

小　猴　吃瓜要吃瓤，我知道。
　　　　〔报幕员换香瓜，送到小猴跟前。

小　猴　这是什么瓜？皮儿黄，喷喷香，让我快尝尝（一掌抓香瓜砸成两半，抓里面的瓤吃）。呸，呸！滑溜溜，软叽叽，全是籽儿好难吃（一下把香瓜甩老远）。

好心人　那是香瓜，应该吃皮肉，谁让你吃瓜瓤呢！

小　猴　应该吃皮肉，我知道。
　　　　〔报幕员换绿油油的核桃果，送到小猴跟前。

小　猴　这是什么果？绿油油，圆溜溜，像个乒乓球，让我吃个够。

好心人　这是核桃果，可不能乱吃。

小　猴　（一把抓住）不用你多嘴，只能吃皮肉，我知道（咬一口）。呸，呸，呸！又麻又苦真倒霉（翻了个跟头，跑到自来水龙头跟前或抓起茶杯漱口）。咕咕咕，卜——

好心人　（笑）告诉你核桃果不能乱吃，你不听。吃核桃应该砸开皮，吃里面的核儿。

小　猴　应该吃核儿，我知道。

[①] 蒋风.幼儿文学教程[M].郑州：郑州大学出版社，2008：257-258.

　　　　　　〔报幕员换鸭梨,送到小猴跟前。

小　　猴　（嗅了嗅）好香好香,这回一定要好好尝尝（抱着梨儿一阵乱砸,把梨肉全砸烂了,只剩个梨核,咬一口）。呸,呸！好酸,好酸（龇牙咧嘴）！

好心人　这回吃够了吧！没问明白就乱砸,还说"我知道"（用假嗓）。

小　　猴　（把梨核向好心人扔去）西瓜没味儿,香瓜尽是籽儿,核桃麻嘴儿,鸭梨酸牙儿,以后我再也不吃瓜果儿。

　　　　　　〔小猴逃到好心人背后,好心人取下假须。

报幕员　小朋友们,小猴闹了不少笑话,害羞了,躲起来了。
　　　　　你们说：它错在哪儿呢？

——闭　幕

第五节　幼儿戏剧教育

　　作为完整教育不可或缺的组成部分,幼儿戏剧对于培养幼儿的想象力、创造力、合作精神和自我认知能力、语言表达能力等具有积极的作用。当前,越来越多的幼儿园、托幼机构开始将幼儿戏剧纳入教育课程体系,以丰富幼儿的学习体验和发展空间,满足幼儿全面发展的教育需要。

一、幼儿戏剧教育的内涵

　　幼儿戏剧教育是一种审美教育,它在教师的引导下鼓励幼儿使用戏剧语言来表达自我、思考和认识世界。这一教育过程包括戏剧表达、戏剧创作和戏剧表演三个主要内容：

1. 戏剧表达

　　作为整个幼儿戏剧教育的基础层面,戏剧表达是指幼儿在假想的情境中,以角色或非角色的身份来表达自己的内心感受和想法。戏剧表达包括身体表达和言语表达两个方面。身体表达指用肢体、表情动作来表达内心情感和想法；言语表达指用声音、语词以及相应的语气、语调表达内心情感与想法。

2. 戏剧创作

　　戏剧创作是指幼儿作为戏剧创作的主体,在教师的引导下不断产生新的想法,在虚构的情境中将自己内心的想法转化为可看、可听的行动,以寻找解决问题的各种方案。戏剧创作包含的戏剧要素不仅有角色,与戏剧表达相比,增加了情节和场景两个要素。

　　角色,是一个不同于自己的"他人",以"他人"的身份思考、行动和说话。幼儿在戏剧创作中的角色数量较少,小班阶段以一个角色对多个同一角色；中班阶段是两个角色对多个同一角色,或不超过四个不同角色；大班阶段不超过五六个角色。

　　情节,由一系列事件组成,具有从开端、发展、高潮到结局的几个发展阶段,体现了从背景、问题出现、冲突形成到最终问题解决的逻辑顺序。在戏剧创作的情节方面,随着年龄的增长,情节也由简单到复杂、由重复性到多样性。

场景,是事件发生的空间,交代角色所处的环境。在戏剧创作的场景方面,小班阶段比较单一,最多出现两个空间的转换;中大班阶段出现两个以上空间的转换。

3. 戏剧表演

戏剧表演是指具有想"演给别人看"欲望的儿童,在教师的引导下,创造可多次传递的、不断丰富的舞台性戏剧作品,从而形成一种真正意义上的戏剧艺术活动。

幼儿的"戏剧表演"发生在教室中,不是剧场;由教师指导,不完全是由导演组织的;同一个班级中的演员和观众相互流动,不是陌生的或相互分离的。

对于幼儿园不同年龄班来说,小班以戏剧表达为主,初步开始戏剧创作;中班以戏剧表达与戏剧创作为主,初步进行戏剧表演;大班在进一步完善戏剧表达与戏剧创作的基础上,丰富戏剧表演。

二、幼儿戏剧教育的主要形式

1. 幼儿戏剧游戏活动

游戏是我国幼儿戏剧教育最为基本的一种形态。幼儿戏剧游戏既包括幼儿自发的戏剧性游戏,也包括教师引导幼儿运用肢体和表情、声音、语言,进行感知、想象和表达的戏剧教学游戏活动。教师作为戏剧游戏的引导者,带领幼儿进入一种真实的或虚构的戏剧情境中,鼓励幼儿充分运用各种感官感受周围世界,并在这些已有经验基础上加以想象、创造,以模仿、造型和控制等方式表达对周围世界的认识和思考。

2. 幼儿戏剧主题活动

幼儿戏剧主题活动,指教师引导幼儿围绕某一主题,经历戏剧表达和戏剧创作并最终形成完整戏剧表演的一系列戏剧活动。它不仅能够较为系统地培育、整合和提升幼儿戏剧经验,而且能够与幼儿园语言、社会和艺术等领域有机融合并相互促进,因此是幼儿戏剧教育最重要的组织形式,也深受幼儿园师生的普遍欢迎。

3. 幼儿剧场表演活动

幼儿剧场表演活动是指教师带领幼儿(有时还包括家长)创编剧本、选择角色、排练作品、设计布置舞台和组织演出等相关活动。一部完整的幼儿戏剧作品要在舞台上呈现出来,离不开教师、幼儿、家长以及其他社会力量的密切配合。一般来说,扎实开展幼儿戏剧游戏活动和戏剧主题活动是组织好幼儿剧场活动的基础,而幼儿剧场活动是幼儿戏剧游戏活动和主题活动的整体延续和提升。

三、幼儿戏剧教育的教学策略

在幼儿戏剧教育中,教师"教"与幼儿"学"之间的对话关系和其他学科领域活动有很大不同,教师与幼儿之间经常以角色的身份互动,要借助多种教学策略来达成。戏剧教学策略种类繁多,这里略举三个常用策略:

1. 角色扮演

在戏剧教育活动中,教师在让幼儿进行角色体验时,可以采用全班角色扮演和分组角色扮演两种形式。

(1)全班角色扮演,指全体幼儿共同扮演一个角色。比如戏剧主题活动"大树和小鸟中",全班幼儿扮演各种大树或小鸟等。

(2)分组角色扮演,包括自由分组、固定组角色扮演和角色圈三种。

自由分组包括好朋友结组、根据角色结组、随机分组三种形式。好朋友结组是指教师在运用分组角色扮演策略时,使用"找自己的好朋友"的指令,让幼儿找到自己的好朋友结成小组,一起讨论故事情节的发展,再把讨论的内容表演出来。根据角色结组是指幼儿选择自己喜欢的角色,并与选择同一角色的幼儿结成一组。角色结组中的幼儿共同扮演一个形象,这有助于消除某些幼儿的紧张心理,也便于教师组织教学。例如,在小班"三只小猪"活动中,教师根据角色把全班幼儿分成三组,第一组扮演猪大哥,第二组扮演猪二哥,第三组扮演猪小弟。随机分组是教师随机把幼儿分成几组进行表演,这样的分组方式可以在大班运用。

固定组角色扮演是为了管理的需要,每个班级会分成几个固定的小组,有时教师也会运用这样的小组开展活动,固定组中一般座位离得较近,方便讨论,也便于教师管理。

角色圈即同一个角色围成一个圆圈,依次表达这个角色的想法。例如,在戏剧主题活动"餐厅的故事"中,采用"角色圈"策略,让幼儿站成里外两个大圆圈,外圈是厨师,里圈是顾客,顾客面向厨师。厨师做食物,顾客品尝食物并做夸张表情。

2. 教师入戏和出戏

教师入戏是指教师扮演戏剧中的一个角色,教师出戏是指教师从戏剧中的角色身份回归到教师身份。

教师进入角色的方式有:第一,直接介绍,教师直接说明自己扮演的是什么角色。例如,在"大树与小鸟"主题式戏剧教育活动中,教师在扮演"伤心的大树"时这样说:"我现在是一棵伤心的大树,有谁知道我为什么伤心啊?"这就是一种直接介绍进入角色扮演的方式。第二,通过某种标志物辅以叙述和描述,这个标志物或是一顶帽子,或是一件披风,或是一根魔法棒,或是一只小动物,等等。例如,在"大树与小鸟"戏剧主题活动中,教师在扮演小魔仙时采用了这样的入戏方式:"这里有一根魔法棒,当我举起这根魔法棒的时候,我就是小魔仙;当我放下这根魔法棒时,我就是你们的老师了。"第三,指定说明,以某一情况代表某一角色。比如,"当我坐在椅子上的时候,我就是国王,要听取大臣们的意见;当我离开椅子时,我就是老师。"对于年龄较小的幼儿,教师运用直接介绍或辅以标志物的入戏方式效果会更好一些。

3. "坐针毡"

"坐针毡"的本意是像坐在插着针的毡子上一样坐立不安。在戏剧教学中,是指某个人(教师或幼儿)以自己或角色的身份,质询或采访戏剧角色,以探索角色的内心活动。可以借由坐在特定位置("针毡")、穿上某件衣服,或拿着某个物品来示意所扮演的角色。例如,教师或幼儿扮演"狐狸"戴上狐狸的帽子"坐针毡","小猪们"对"狐狸"提出各种有关会不会吃掉自己的问题,"狐狸"说出自己吃掉"小猪"的各种理由;还可以由此进一步发展情节,在"狐狸"与"小猪"之间的对话中呈现情节发展的多种可能性。

四、幼儿戏剧教育活动案例

（一）小班幼儿戏剧教学活动:《花婆婆的花园》

【活动意图】

公园、花园是幼儿经常游玩的地方,里面的一花一草、一树一木、一虫一鱼、一沙一石都强烈地吸引着幼儿,并成为他们很要好的玩伴。那么"花婆婆的花园"里又会有什么奇趣的事物? 会发生什么事件? 这个话题对小班幼儿来说,有一定的探索空间,能够激发幼儿强烈的探索欲望,在此戏剧活动中可以进一步发展他们的想象力和表达能力。

【活动目标】

1. 能根据所观察的画面,用动作大胆地想象与表现角色和场景。
2. 能结合已有经验,创作帮助花婆婆重建花园的情节。
3. 在表演中体验帮助他人的快乐。

【活动准备】

物质准备:头饰——各种花草、石头、树木、小动物等,舒缓与欢快的背景音乐,花园背景图片。

经验准备:幼儿了解一些常见的花草,知道其名称、外形特征等,有参观和游玩过花园的经验。

【活动过程】

1. 热身游戏:跟我一起做一做

教师在舒缓的音乐中做各种植物的动作,比如小花、小草等;在欢快的音乐中做小动物的动作,比如小猫、小狗等。幼儿伴随音乐模仿教师动作。

教师:猜猜我是谁呀? 请你们也来跟我一起听音乐做动作。

2. 观察图片,尝试用肢体表现花婆婆花园的场景

（1）出示图片并讨论。

教师:看一看,这是什么地方呀? 画面上都有些什么? 想一想,在这个花园里可能还会有些什么呢?

（2）幼儿根据教师语言描述做造型。

教师:花婆婆的花园真有趣,美丽的花草、高高低低的树,还有可以捉迷藏的山洞,池塘里有游来游去的鱼,天上有飞得高高的鸟儿……花婆婆真喜欢这个花园。

（3）听音乐做动作。

教师:现在我是花婆婆,你们就是我花园里的花花草草、小猫小狗……你们听着音乐把刚才的动作再做一遍,要让我看出你是谁。当音乐停的时候,你们就不动了,我要给你们拍照了。

3. 创作情节,帮助花婆婆重建花园

（1）狂风乱起,冲突产生。

教师:（狂风呼啸声效）哎呀,这是怎么了? 我的花园呀! 呜呜……我伤心! 我难受! （晕倒了）

（2）以"坐针毡"的策略引发幼儿讨论。

教师：我是花婆婆，你们有什么问题要问我吗？现在我的花园变成这样了，我不舒服，怎么办呢？你们这些小花、小草、小猫、小狗，怎么帮助我呢？

（3）通过扮演，表现帮助花婆婆的情景。

（4）播放欢快的音乐，和花婆婆一起跳舞。

4. 分享与交流

教师：你们帮助了花婆婆，心里感觉怎么样？

【活动延伸】

1. 故事续编：教师引导幼儿想象《花婆婆的花园》故事的后续情节，比如花园重建后会发生什么新的故事，鼓励幼儿用自己的语言描述他们想象的故事，并尝试将故事画出来或用简单的文字表达。

2. 花园探索活动：组织一次户外教学活动，带幼儿去附近的公园或花园进行实地观察，让幼儿收集不同的花朵、树叶等自然材料，回来后制作成标本或拼贴画。

（二）中班幼儿戏剧教学活动：《羊羊运动会》

【活动意图】

《喜羊羊与灰太狼》是幼儿感兴趣的动画片，其角色形象鲜明，喜羊羊、灰太狼更是幼儿非常熟悉和喜爱的动画角色。本次戏剧活动中，教师引导幼儿自由表现自己喜欢的动物角色是如何举办运动会的，体验戏剧表达带来的乐趣。其情节冲突围绕灰太狼来羊村捣乱时，羊羊们想办法解决而展开，引导幼儿大胆想象情节并用肢体表现，体验团结合作带来的成就感和集体荣誉感。

【活动目标】

1. 愿意在集体中分享自己喜欢的羊羊角色，并尝试用典型语言及肢体动作表现所扮演的角色。

2. 能根据羊羊运动会的特点，积极讨论与表演和灰太狼进行比赛的场景。

3. 在活动中学会分工，体验合作表演带来的乐趣。

【活动准备】

物质准备：动画片《喜羊羊与灰太狼》的背景音乐。

经验准备：幼儿看过动画片《喜羊羊与灰太狼》，知道其中的主要角色。

【活动过程】

1. **热身活动：羊村运动操**

教师播放动画片背景音乐，以羊村村长的身份带领幼儿做身体运动。

教师：羊羊们，今天的天气可真好！我们一年一度的羊羊运动会今天就要开始了，我是羊村的村长！今天就由我带领你们去参加运动会，好吗？我们先来活动活动身体，运动运动。

2. **角色塑造：我是羊羊运动会的运动员**

（1）幼儿想象自己所扮演的角色，并依次向大家做出自己的运动动作，请大家来猜猜自己扮演的角色。

教师：在心里想一想自己是什么羊，不能用嘴巴说出来。你有什么本领？快给大家表演一下,让大家猜一猜你是谁。

(2)教师组织"羊羊运动会",设置运动会项目与场景。

教师:你觉得会有哪些比赛项目?

教师根据幼儿的想法,进行简单的场地布置,如跑步、跳远、脚跳球等不同的起点和终点线划定。

3.情节创作:灰太狼来了

(1)教师播放气氛紧张的音乐,并由配班教师入戏扮演"灰太狼"进场。

教师:听!谁来啦?大家快躲起来。噢,是灰太狼来啦!

灰太狼:羊羊们,别跑啊。看到你们的运动会这么热闹,我也想来参加。这一次我不吃你们,而是想和你们一起比赛呢!

(2)教师扮演村长,主持羊村会议,与幼儿一起商量和灰太狼比赛的项目和方法。

村长:灰太狼来了,我们同意他的比赛要求吗?如果同意,与灰太狼比赛的项目是什么呢?怎么比赛呢?

(3)教师与幼儿合作表演羊羊与灰太狼比赛。第一次可由教师扮演灰太狼,之后可由幼儿扮演。

(4)播放颁发奖牌的音乐,村长为获得冠、亚、季军的羊羊们颁奖。

4.分享与交流

教师:今天我们羊羊们终于赢了灰太狼,现在心情怎么样?你觉得谁表演得好?为什么?

【活动延伸】

运动会项目设计:在班级或园内组织一个"创意运动会",让幼儿实践他们设计的项目,教师可提供各种材料(如纸箱、绳子、球等),让幼儿动手制作他们设计的项目所需的道具。

(三)大班幼儿戏剧教学活动:《加油,铁皮人》

【活动意图】

本活动设计来源于童话《绿野仙踪》,其中声音硬邦邦、走起路来像机器人的铁皮人尤其吸引幼儿的兴趣。本活动中,教师带领幼儿充分欣赏和感知铁皮人造型、动作和声音的特点,为幼儿的动作和声音模仿提供充实的基础。在情节创作部分,设计了"铁皮人不动了"这一冲突,引导幼儿大胆想象与表现如何创造帮助铁皮人的情节,以及为铁皮人加油后的情感互动,体验戏剧表达和戏剧创作带来的快乐。

【活动目标】

1.尝试用肢体动作表现铁皮人的造型与动态,能抓住特点模仿其声音。

2.积极想办法帮助铁皮人,并能和同伴配合大胆地表达。

3.乐于参加活动,体验被人帮助和帮助他人的快乐。

【活动准备】

物质准备:多萝西、稻草人、狮子、铁皮人的声音或音效,铁皮人欢快行走的音乐,《绿野仙踪》的城堡背景。

经验准备:幼儿看过动画片《绿野仙踪》,熟悉铁皮人的角色形象。

【活动过程】

1. 热身游戏:去翡翠城堡做客

教师和幼儿一起伴随音乐欢快地进场。

教师:多萝西邀请我们去翡翠城堡做客,我们一起去玩一玩吧。

教师:听,森林里传来了什么声音?谁来了啊?我们来和它们打打招呼吧!(多萝西、稻草人、狮子)

2. 角色塑造:铁皮人的动作与声音

(1) 幼儿自由想象与表现铁皮人的造型。

教师:大家都来欢迎我们了,可是谁没有来?(铁皮人)猜猜它为什么没有来?(因为它走得慢,我们再等一等它。)

(2) 教师播放铁皮人进场的音效,并模仿铁皮人说话的声音(比如:你们好!),并提问幼儿:谁来了?

(3) 幼儿自由创作铁皮人静态造型和行进时的动作。

教师:铁皮人是什么样子的?(身体僵硬的造型)走路时的动作是怎样的?(走路时慢慢的,脚步重重的)我们都来做铁皮人,一起来试一试。

(4) 跟着教师学一学铁皮人说话的声音。

教师:我是铁皮人,你们也是铁皮人。我说一句话,你们就像录音机一样,跟我说一样的话,并且声音都要一样的。

3. 情节创作:铁皮人不能动了

(1) 教师和幼儿一起扮作铁皮人,在铁皮人欢快的行走音乐中行走。音乐突然中断,教师引导幼儿模仿铁皮人的声音,并做静止动作。

教师:哎哟,我们动不了了。你们怎么样了?请跟我一样,像铁皮人一样说话。

(2) 幼儿自由创编简单的情景。

教师:铁皮人为什么不动了?你们觉得发生了什么事情?谁来帮助他?怎么帮助他?你们来做一做。

(3) 教师入戏扮演铁皮人,请一名幼儿扮演帮助加油的人。(一轮后交换)

(4) 教师请幼儿两两面对面站立,相互交替扮演铁皮人和帮助者。(一轮后交换)

4. 分享与交流

教师:今天的活动你们开心吗?为什么?

【活动延伸】

(1) 创意手工:制作铁皮人。教师提供各种材料(如纸板、铝箔纸、瓶盖等),让幼儿动手制作自己的铁皮人模型,鼓励幼儿在制作过程中思考如何表现铁皮人的特点,如硬邦邦的身体和机器人式的动作。

(2) 故事续编:铁皮人的冒险。邀请幼儿继续《绿野仙踪》的故事,想象铁皮人在翡翠城堡的冒险。在班级中举办一个"故事分享会",让每个幼儿都有机会分享他们创作的故事。

练习与思考

1. 幼儿戏剧有哪些特点？结合具体作品进行阐述。
2. 什么是幼儿戏剧教育？幼儿戏剧教育的内容和主要形式有哪些？
3. 选择一首儿歌、幼儿诗或一个童话、生活故事，将其改编成幼儿戏剧。
4. 小组合作，排演一个幼儿戏剧，在班级、学校、幼儿园、社区或儿童乐园演出。
5. 选择一个年龄班，为幼儿设计一个戏剧教育活动。

附：幼儿戏剧剧目选读

1. 小熊拔牙（幼儿诗剧）

柯 岩

人物　狗熊妈妈　小熊　小白兔医生　小黄狗　小花猫　大尾巴松鼠　小鸟

妈妈　我是狗熊妈妈。
小熊　我是狗熊娃娃。
妈妈　我长得又胖又大，
小熊　我就像我妈妈。
妈妈　妈妈要去上班，
小熊　小熊在家玩耍。
妈妈　不对，你要先洗脸……
小熊　嗯嗯……好吧，洗一下。
妈妈　不对，你还要刷牙……
小熊　嗯嗯……好吧，刷一下。
妈妈　不对，要好好地刷，
　　　还有……
小熊　还有，还有……
　　　什么也没有啦！
妈妈　不对，想想吧！
　　　……不自己拿饼干，
　　　……不自己拿……
小熊　好啦，好啦，都知道啦！
　　　不许拿饼干，
　　　不许吃甜瓜，
　　　不许抓糖球，

还不许打架……
〔小熊用脑袋把妈妈往门口顶,妈妈疼爱地戳一下他的额头,出去了

小熊
妈妈走了,啦啦啦,
现在我当家,啦啦啦;
先唱个小熊歌,
1　2　3　4,哇呀呀呀,呀!
再跳个小熊舞,
5　4　3　2,蹦蹦跳跳,跶!

哎呀,答应过妈妈洗脸呀!
先洗洗小熊眼,
再擦擦熊嘴巴;
熊鼻子抹一抹,
熊耳朵拉两拉;
熊头发梳三下,
嗯,就不爱刷牙。

饼干拿一叠……
唉,答应过不吃它。
糖球抓一把……,
唉,答应过不吃它。
这罐甜蜂蜜,
哈,没说过不吃它,
这筒果子酱,
哈,妈妈也忘了提它。

先吃一勺蜜,真甜!
再吃一勺酱,真鲜!
勺儿才舀一点点,
不如盛上一小盘;
越吃越想吃,
干脆添一碗。
一勺、一盘、一大碗,
吃完挨个舔三舔……

小熊吃得真高兴,
小熊吃得肚子圆。
啦啦啦,甜到舌头底,

　　　　啦啦啦,甜到牙齿尖。

　　　　唉呀呀,嗞,嗞,嗞,
　　　　怎么甜变了酸?
　　　　酸到舌头底,
　　　　酸到牙齿尖。

　　　　哎呀呀,嘶,嘶,嘶,
　　　　怎么酸变成了疼?
　　　　疼得没法儿办。
　　　　哎哟,哎哟,
　　　　疼得小熊直打转,
　　　　哎哟,哎哟,
　　　　疼得小熊直叫唤。

小兔　身穿白衣裳,
　　　　手提医药箱。
　　　　每天给人去看病,
　　　　小兔大夫真正忙。

小熊　大夫,大夫!快来呀!
　　　　牙齿疼得像针扎……

小兔　你先别哎哟,
　　　　别直着嗓子叫。
　　　　嘴巴张开来,
　　　　让我瞧一瞧。
　　　　唉,你的牙齿真不好。
　　　　唔,这一颗要补一补,
　　　　唔,这一颗嘛,要拔掉。
　　　　你坐好,唉,我够不着,
　　　　你怎么长得这么高?
　　　　搬个板凳当梯子,
　　　　爬上去给你打麻药。
　　　　哎,你坐好,别害怕,
　　　　钳子夹牢才能拔。
　　　　……拔呀,拔,拔不动它,
　　　　你这颗牙齿怎么这么大?

小熊　哎哟哟,快拔掉,
　　　　你怎么长得这样——小?

二人　小狗小狗快快来,

小狗	汪汪汪,我来了。
三人	帮助快把牙拔掉。
	拔呀,拔,拔不动……
	你这颗牙齿怎么这么重?
小熊	哎哟哟,快拔掉,
	疼得小熊眼泪冒。
三人	小猫小猫快快来,
小猫	喵喵喵,我来了。
四人	帮助快把牙拔掉。
	拔呀,拔,哎呀!
	〔众人差一点跌倒。
小兔	夹碎了……
	你这颗牙齿都烂透了。
小熊	哎哟哟,快拔掉,
	疼得小熊双脚跳。
四人	松鼠松鼠快快来。
松鼠	吱吱吱,我来了。
五人	帮助快把牙拔掉。
	拔呀,拔,还是拔不动,
	你这颗牙齿可真要命。
小熊	哎哟哟,快拔掉,
	我实在疼得不得了。
五人	小鸟小鸟快快来,
小鸟	叽叽叽,我来了。
六人	帮助快把牙拔掉。
	拔呀,拔,拔不掉,
	一二,一二,一二,
	哎佐,哎佐,哎佐哟!
	〔咕咚!大家摔倒在地。
	总算拔掉了。
小兔	现在还疼吗?
小熊	嘻,一点也不疼了。
小兔	好,现在涂上一点药,
	以后牙齿要保护好,
	要不一颗一颗都要烂,
	一颗一颗都要这样来拔掉。
小熊	嗯嗯,我不来,
	嗯嗯,我不干,

为什么光叫我牙疼，
你们牙齿都不烂？

小兔　我们从来不挑食。
小狗　汪汪汪，从来不多吃甜饼干；
小猫　喵喵喵，也不偷把蜂蜜吃；
松鼠　吱吱吱，也不偷把果酱舔；
小鸟　也吃菜、也吃饭；
小猫　也吃鱼；
小狗　也吃蛋；
松鼠　也吃胡萝卜；
小鸟　也吃棒子面……
众　　该吃什么吃什么，
　　　牙齿每天刷几遍。
小熊　那……以后我也不挑食，
　　　每天也把牙齿刷几遍。
小兔　这样刷，那样刷，（示范）
　　　上上下下、里里外外都刷遍。
小熊　（学着）这样刷，那样刷，
　　　上上下下、里里外外都刷遍。
小兔　说到一定要做到。
　　　省得把牙齿全拔完。
小熊　说到一定要做到，
众　　千万别把牙齿全拔完。
小熊　说到一定要做到，
众　　千万别把牙齿全拔完。

2. 回声（幼儿话剧）

［日本］坪内逍遥

对面是高山，山旁一户农家，一个孩子和母亲到这里过暑假。

大郎　（五六岁。高高兴兴地跳出来）真高兴！真高兴！妈妈叫干的活儿都干完啦，这回光剩下玩儿啦。（说着，高高兴兴地，这儿那儿跑跳着）
大郎　万岁！万岁！
　　　［山那边响起回声。
回声　万岁！万岁！
　　　［大郎吃了一惊，奇怪地望着。
大郎　（自语）哎呀！这是谁呀！（大声地）谁在那儿呢？
　　　［山那边重复着。
回声　……在那儿呢？

大郎　（自语）哎呀！山那边也问啦！（大声地）你是谁呀？
回声　你是谁呀？
大郎　我呀,是大郎！
回声　我呀,是大郎！
大郎　我才是大郎呢！
回声　我才是大郎呢！
大郎　不！你不是大郎。
回声　不！你不是大郎。
大郎　是大郎！
回声　是大郎！
大郎　哎呀！你真讨厌！
回声　……呀！你真讨厌！
大郎　讨厌！
回声　讨厌！
大郎　去你的！
回声　去你的！
大郎　你！小狗。
回声　你！小狗。
〔妈妈从窗里探出头来。
妈妈　大郎！你跟谁那么粗声粗气的……
大郎　（要哭的样子）妈妈！山那边有个坏孩子,净这个那个的学我。
妈妈　那,你跟他说什么啦？
大郎　我跟他说:"讨厌！去你的！小狗！"
妈妈　你好好跟他说说试试,他也就跟你好好说啦。可别像刚才那样粗声粗气的啦！啊？
〔妈妈缩回头。
大郎　（向山那边）噢依——
回声　噢依——
大郎　别生气啦！刚才我不对啦！
回声　别生气啦！刚才我不对啦！
大郎　咱俩做个朋友吧。
回声　咱俩做个朋友吧。
大郎　你来这儿玩儿吧。
回声　你来这儿玩儿吧。
大郎　到这儿来！
回声　到这儿来！
大郎　我过不去！
回声　我过不去！

大郎 那咱们就这样说话吧。

回声 那咱们就这样说话吧。

大郎 行吗?

回声 行吗?

大郎 好吧。

回声 好吧。

[妈妈又从窗口探出头来。

妈妈 大郎,吃饭啦,快回来吧。

大郎 哎!(向山那边)我吃饭啦,不说啦!

回声 ……吃饭啦,不说啦!

大郎 再见。

回声 再见。

妈妈 大郎快点呀,你还在那儿磨蹭什么呢?

大郎 妈妈,刚才我照你说的那样,和和气气地跟他说话,那孩子就跟我好啦。

妈妈 嗯,你看是不!你跟人家好好的,人家也跟你和和气气的吧?可得好好记住点儿。来吧,来吧,快回来吧。

参考文献

[1] 杜传坤.20世纪中国幼儿文学史论[M].北京:北京大学出版社,2020.
[2] 杜卫.美育论[M].北京:教育科学出版社,2000.
[3] 方卫平.幼儿文学教程[M].(2版).北京:高等教育出版社,2023.
[4] 方先义.儿童戏剧创编与表演[M].南京:南京大学出版社,2019.
[5] 高格褆,舒平.幼儿文学[M].(2版).北京:高等教育出版社,2011.
[6] 黄云生.儿童文学教程[M].杭州:浙江大学出版社,2016.
[7] 蒋风.幼儿文学教程[M].郑州:郑州大学出版社,2008.
[8] 蒋风.中国儿童文学史[M].上海:华东师范大学出版社,2018.
[9] 金波.爱与美的馈赠幼儿文学与文学启蒙[M].上海:少年儿童出版社,2013.
[10] 瞿亚红.幼儿文学[M].北京:北京大学出版社,2013.
[11] 李少梅.幼儿文学教程[M].北京:北京师范大学出版社,2015.
[12] 李莹,肖育林.学前儿童文学[M].(4版).上海:复旦大学出版社,2021.
[13] 刘波.小学生小散文100篇[M].北京:北京时代华文书局,2018.
[14] 鲁兵.中国幼儿文学集成·理论编第二卷(1919—1989)[M].重庆:重庆出版社,1991.
[15] 马晓嘉.幼儿戏剧表演与指导[M].天津:天津大学出版社,2014.
[16] 聂珍钊.文学伦理学批评导论[M].北京:北京大学出版社,2014.
[17] 皮亚杰.教育科学与儿童心理学[M].傅统,译.武汉:长江少年儿童出版社,2014.
[18] 人民教育出版社中学语文室.幼儿师范学校语文教科书(修订本)幼儿文学[M].北京:人民教育出版社,2005.
[19] 任继敏.幼儿文学创作与欣赏[M].(2版).北京:高等教育出版社,2016.
[20] 松居直.我的图画书论[M].郭雯霞,徐小洁,译.上海:上海人民美术出版社,2009.
[21] 松居直.幸福的种子:亲子共读图画书[M].刘涤昭,译.南昌:二十一世纪出版社,2013.
[22] 王蕾.儿童文学概论[M].北京:高等教育出版社,2024.
[23] 张金梅.学前儿童戏剧教育[M].南京:南京师范大学出版社,2015.
[24] 张美妮,巢扬.幼儿文学概论[M].重庆:重庆出版社,1996.
[25] 郑光中.幼儿文学精品导读[M].成都:四川民族出版社,2002.
[26] 郑荔.教育学视野中的幼儿文学[M].南京:江苏教育出版社,2005.
[27] 朱自强.中国儿童文学与现代化进程[M].杭州:浙江少年儿童出版社,2000.
[28] 祝士媛.幼儿文学经典作品赏析[M].北京:高等教育出版社,2012.
[29] 宗介华.中国当代幼儿散文精品[M].上海:上海教育出版社,1997.